명월비선가

명월비선가

明月飛船歌

조선 스팀펑크 연작선

박애진 장편소설

아작

차
례

서곡

누가 죽었습니까

소인 묻사오니, 울새를 죽음에 이르게 한 자 누구이옵니까?
나, 작(雀)이 활에 살을 끼워 건넸노라.

소인 묻사오니, 울새의 죽음을 보고만 있던 자 누구이옵니까?
나, 결(鴃)이 이 큰 눈으로 똑똑히 보았노라.

소인 묻사오니, 울새가 얼마나 많은 피를 흘리는지 가늠한 자
누구이옵니까?
나, 흑조어(黑條魚)가 사는 내까지 흘러들어 물이 핏빛으로 흐
르더라.

소인 묻사오니, 거짓 눈물을 흘리며 울새의 수의를 지은 자 누구이옵니까?

나, 갑충(甲蟲)이 성심성의껏 지어 입혔노라.

소인 묻사오니, 울새를 죽이려 앞서 무덤을 판 천인공노할 자 누구이옵니까?

나, 효(鴞)가 곡괭이와 삽으로 밤새워 팠노라.

소인 그치지 않고 묻사오니, 어떤 미친 세상이 내 사랑하는 울새를 죽게 하였사옵니까?

세상을 향해 묻고 또 물었으나 답하는 이 아무도 없었네.
모두 뿔뿔이 흩어진 뒤 나 홀로 탄식하며 울었네.
내 통곡이 조종(弔鐘)으로 울려 퍼지고,
내 눈물이 삼도내가 되어 울새의 시신을 흘려보냈다네, 아아아,
울새야, 나의 울새야,
행여나 닮을까 차마 불러보지도 못한, 나의 단 하나 너를 누가 죽였단 말이냐!

1장

그 몸, 옷 아래 감춰진
그 몸을 원하나이다

남여기(藍輿機)를 탄 세 남자가 천마산의 좁고 구불구불한 산 길을 한 줄로 올랐다. 각 남여기 뒤로는 수통을 멘 종들이 바늘 가는 데 실 가듯 따라붙었다. 길가에 펼쳐진 전나무와 참나무 따위가 푸른 잎을 빛내며 뜨거운 볕을 가리고, 솔향을 머금은 바람이 땀을 식혀주었다.

"과연 송도의 명물이로다. 아니 그러한가?"

두 번째로 올라가는 젊은이가 산 중턱을 보며 탄성을 질렀다. 신선이 노니는 곳인 양 산허리에서 신비한 안개가 피라미 떼처 럼 모였다 흩어지기를 반복했다. 젊은이는 상체를 내밀면 더 가 까이 보이기라도 할 듯 몸을 한껏 앞으로 뺐다 그만 남여기에서 떨어질 뻔했다. 안 그래도 메는 이 없이 허공에서 움직이는 신 식 남여기를 타는 게 낯설었던 터라 모골이 다 송연해졌다. 구식 남여도 타본 적 없지만 말이다. 젊은이는 뒤에서 따라오는 세 번째 사내가 자기를 비웃을까 눈치를 보더니 짐짓 아무 일 없었던 듯 자세를 바로 했다.

"진짜 명물은 안에 있지."

앞서 가는 첫 번째 남자가 말을 받았다. 두 번째 젊은이의 어세가 흔들려 떨어질 뻔했음을 알았으나, 돌아봐 괜찮은지 확인하거나 묻지 않았다. 성가셨다.

"정말 그 계집을 볼 수 있을까?"

두 번째 젊은이의 눈이 희번덕거렸다. 대답은 돌아오지 않았다.

"우리가 온다는 말에 저리 준비를 하는데 당연히 나오겠지!"

젊은이는 냉담한 침묵에 개의치 않고 자문자답했다. 이날만을 별러온 터였다. 본시부터 계집이 사내를 고른다는 자체가 말이 안 되었다. 입때껏 명월관을 드나든 종자들은 그 계집을 다스리지 않고 뭘 한 건지. 자신이었다면 가시 박힌 회초리로 종아리를 쳐 갓 그림자만 봐도 머리를 조아리고 옷고름을 풀도록 만들었을 것이다.

마침내 기회가 왔다. 그 계집을 쓰러뜨려 계집이 해주는 비단옷에 기름진 음식을 즐기며 이렇게 불안정한 남여기가 아닌 사인남여(四人監輿)에 올라 거리를 활보할 것이다. 이제껏 조모(祖母)가 재가했다 해 그를 무시했던 자들이 죄다 양쪽으로 비켜서서 자신을 우러르며 이전에 얕잡아 대한 일을 후회하고 군자라 칭송하리라.

첫 번째 남자는 자기들처럼 관직에 오르지 못한 유생(儒生) 처지에는 그 계집의 옷깃도 스치기 힘듦을 알고 있었다. 지난달 경기도에서 올라온 목사도 헛물만 켜고 돌아갔다. 하기사 왕실 종친도 풍류를 모른다며 내쳤던 계집인데 목사 따위가 성에 찰 것인가. 그런가 하면 기운 두루마기 차림으로 과거를 보러 한양에 가는 길에 송도를 지나치던 이는 먼저 초청해 방에 들이기도 했다.

혹자는 그 계집이 군자를 흠모해 학식이 깊은 자라면 재산과 지위 고하를 가리지 않는다 했다. 어떤 이는 시화(詩畵)를 보내 마음을 얻었다 했고, 다른 이는 기생치고는 값이 비쌀 뿐 큰돈을 주니 나오더라 말했다. 그 기생이 사내에게 자신을 허락하는 기준은 도통 종잡을 수가 없었다. 조흘강(照訖講)*을 보려면 사서를 암송하고, 초시와 복시에 합격하려면 사서오경을 달달 외우면 되는데 그 기생의 마음을 얻는 건 최소한의 출제 범위도 없이 과거를 보라는 것처럼 막막했다.

첫 번째 남자는 직접 그린 시화나 부모 몰래 융통한 돈으로 산 선물을 보내 환심을 얻으려 누차 시도했으나 실패했다. 그러니 다른 날 같았다면 그 역시 아무 기대 없었을 것이다. 멀찍이서 지나치는 모습이라도 보면 골목을 걷다 금덩이라도 주운 양 희희낙락했으리라. 그러나 오늘은 달랐다. 지금 명월관에서 안개가 자욱하도록 끓이는 물은 필시 그들을, 정확히는 세 번째

* 과거에 응시하기 전에 치르던 예비 시험

사내를 위해서였다.

남자는 슬쩍 뒤쪽을 곁눈질해 남여기에 정좌한 세 번째 사내를 보았다. 불혹을 앞둔 사내로 이름은 도로(到勞)라 하며, 조선인의 복장을 하고 있으나 조상은 회회인(回回人)*이다.

저자는 알까, 명월관이 생긴 게 바로 자기 때문임을?

도로는 9년 전, 첫 번째 남자가 땋은 머리를 늘어뜨리던 시절에 송도를 찾았었다. 그 무렵 남자의 먼 친척이 병든 남편에게 손가락을 끊어 피를 먹였다. 하필 그 소식을 들은 날이 남자의 열 번째 생일이었던 터라 잊을 수가 없었다.

— 《삼강행실도》에도 예시가 있지 않은가.

— 《삼강행실도》에 수록된 예는 아들이 아비의 병을 치료하기 위함이지, 부인이 남편을 위해 행한 게 아닐세.

— 부인은 남편을 어버이처럼 섬겨야 하니 마땅한 도리지요.

— 관찰사께 아뢰어야 하네. 우리 가문에서 열녀가 나고 고을에 홍살문이 생긴다면 가문과 고을의 큰 광영이야.

— 괜히 따라 하겠다는 이가 나서면 어쩌는가. 사람 생피로 병이 낫는다니, 될 소리인가.

어른들은 먼 친척의 단지(斷指)가 지나치다는 소수와, 갸륵한 정성이 만인의 귀감이라는 다수로 나뉘어 열띤 토론을 벌였다. 그 자리에 도로가 있었다. 당시 유향소(留鄕所)**의 좌수(座首)였던 큰아버지가 자기 집에 머무는 객이라며 데려왔다.

* 페르시아인
** 고려 및 조선시대에 지방의 수령을 보좌하던 자문 기관

도로의 조상은 태조 때 조선에 와 정착했다고 했다. 그간 회회인의 피가 많이 희석되었다 하나 안와가 돌출되어 깊게 들어간 눈이나, 코끝과 턱을 이으면 입술이 닿지 않을 만큼 높은 코에서 이국의 향이 났다.

　도로는 토론에 끼지 않았다. 상다리가 휘어지게 올라온 음식이 무색하게 젓가락은 붙박이처럼 상판에 붙여두었고, 향만 맡아도 취할 것 같은 술은 잔에서 식어가게 방치했으며, 기생은 숫제 병풍 취급이었다. 그 무렵 송도에서 주목받기 시작했던 그 계집 앞에서도 그러했다고 들었다. 그 계집은 다른 사내와 달리 자기에게 무관심한 도로의 모습에 외려 오기가 발동했던 걸까? 설마 사내들이 곱다 곱다 떠받치니 분수도 모르고 특이한 사내를 수집하는 취미라도 만든 걸까?

　도로가 떠난 그해 가을에 평안도 관찰사 이한종이 송도를 방문했다. 당시 부윤(府尹)이었던 김문식은 이한종을 위해 성대한 잔치를 열었다. 유향품관인 집안 어른들도 참석했으며 남자도 사촌 형들과 함께 찾아가 얼굴도장을 찍었다.

　기생들이 노래를 부르고 악기(樂機)가 연주를 하고 무기(舞機)가 춤을 췄다. 당시만 해도 악기의 연주에는 삐걱거리는 소음이 섞였고 무기의 움직임은 뻣뻣했으며, 자욱한 김이 시야를 가려 제대로 감상하기 어려웠으나 그 자체로 진기한 구경거리였다. 초대받아 온 참석자들은 연신 감탄사를 터뜨리며 짙은 김 사이로 움직이는 무기들을 좇는 중에 자리의 주인공인 이한종만 역으로 구석에서 대기 중인 기생의 면면에 시선을 고정해 책장을 넘기듯 꼼꼼히 확인했다.

"이 고을에 어린 나이가 무색하게 금을 타는 기생이 있다 들었는데…."

찾는 이가 없는지 이한종의 말끝이 늘어졌다. 김문식은 즉각 누구를 말하는지 알아차렸다. 거문고면 거문고, 노래면 노래, 춤이면 춤 못 하는 게 없어 예기(藝妓), 성기(聲妓), 무기(舞妓)의 자질을 고루 갖춘 중에 미모 또한 출중해 동기(童妓) 때부터 연회에 나와 거문고를 타고 노래를 부른 이를 말하는 게 분명했다. 머리를 올릴 나이가 되니 너도나도 달려들어 송도 기생 중 최고의 몸값으로 초야를 치렀다. 김문식은 문제의 기생이 보이지 않자 도기(都妓)인 금선을 찾았다. 금선이 앞으로 나와 무릎을 꿇었다.

"명월이 년이 몸이 안 좋아 나오지 못하였으니 죄를 청하나이다."

김문식이 주안상을 내리쳤다. 거문고 소리와 노래가 그치고 춤을 추던 이들이 전원 땅바닥에 달라붙었다. 악기와 무기만 분위기가 바뀐 줄도 모르고 북을 두드리고 깃털 부채를 펄럭거렸다. 황망해진 기공(機工)들이 달려가 기기(汽機)의 몸에서 수선(水線)을 뺐다. 쏟아지는 뜨거운 김에 기공들의 손이 벌겋게 달아오르더니 순식간에 두꺼비 피부처럼 우둘투둘한 수포(水疱)가 올랐으나 혀를 물고 비명을 삼켰다.

"고연 년 같으니라고! 어디서 꾀를 쓰느냐?"

너털웃음과 간드러지는 기생의 애교, 음악이 그득한 잔치 자리를 죄인의 문초 자리처럼 살벌하게 바꿔놓는 노성이 터졌다.

찾는 이가 늘자 명월은 이 핑계 저 핑계로 나오지 않으며 도도하게 굴기 시작했다. 귀엽게 봐주는 것도 정도가 있지, 관찰사 앞에서 자기를 망신 주려 들어? 이참에 그년의 버르장머리를 고치리라 다짐한 김문식은 수노(首奴)에게 속히 잡아 오라 명했다.

금선은 올 것이 왔다고 한탄했다. 손모가지를 분질러서라도 끌고 나오려 했는데 진즉 낌새를 채고 도망쳤다. 이제 그년 때문에 깡그리 경을 치리라. 몇 달 전 그때 회초리를 아끼지 말아야 했다.

수노가 관노청에 들어서니 창곤이 기다렸다는 듯 서한을 내밀었다. 창곤은 관노청에서 잡일을 했으나 상민으로 노비는 아니었다.

"네놈이 빼돌린 거야? 죽으려고 환장했어?"

수노의 입에서 나온 죽으려고 환장했느냐는 말은 비유가 아니었다. 명월을 데려가지 못했다가는 수노도 무사하지 못할 수 있었다. 그러할진대 명월이 도망치도록 협조한 창곤은 말해 무엇하랴. 한데도 창곤은 잔칫집인지 초상집인지 분간하지 못하고 고정된 동작만 하는 기기처럼 서한만 내민 채 서 있었다. 수노는 자기 사형 일자를 받아오듯 서한을 가지고 돌아갔다. 노기 띤 얼굴로 서한을 받은 김문식이 좍 펼치기 무섭게 독이라도 묻은 것처럼 팽개쳤다.

"이, 이런 발칙한 년을 봤나!"

"뭔데 그러시나."

이한종이 어디 보자는 투로 말했다. 옆자리에 앉았던 기생이 서한을 줍다 짧은 비명을 지르며 내던졌다. 한차례 놀란 숨을 고른 기생이 썩은 걸레 집듯 손끝으로만 집어 이한종에게 건넸다.

군자라 칭송받는 공의 이름을 오래도록 사모해왔나이다.
박연에서 기다리겠사오나 설령 들르지 않으신다 하여도
오늘 하루 제 금은 오직 공만을 위해 울리리다.

서한은 피로 쓰여 있었다. 붓처럼 굵기를 조절하지도 못하는 손가락으로, 한 번 힘껏 깨문 뒤 흐르는 대로 맡긴 선에는 절벽 아래로 거침없이 몸을 던지는 폭포의 기세가 담겨 있었다.

이한종은 홍연대소(哄然大笑)했다.

"듣던 대로 범상치 않은 계집이로구나."

그러더니 도포를 털며 몸을 일으켰다.

"영감!"

김문식이 얼결에 따라 일어섰다.

"조용히 다녀오리다."

따라오지 말라는 의미였다. 남여기를 올릴 물이 준비되지 않아 사내종 넷이 가마채를 어깨에 얹었다.

밤늦게 한창때 젊은이처럼 활력에 차 돌아온 이한종은 자신이 모든 것을 부담할 터이니 천마산에 새 관노청을 지으라 했다.

말이 관노청이지 명월을 위한 거처였다.

얼마 뒤 명월에게 청기와를 올리고 꽃담을 두르며 아홉 채의 집에 연못을 두 개나 파는 설계도가 왔다. 금선, 당시 인기의 절정을 누리던 월정향, 다른 기생들 싹 다 설계도를 보고 호들갑을 떠는데 정작 명월은 촛불을 끄듯 눈살을 찌푸렸다.

몇 달 뒤 이한종은 조선 제일 기공(機工)이라는 제필수를 찾아 보내주었다. 훗날 사람들이 말하길, 이한종의 종이 돌아가 제필수의 설계도를 본 명월이 웃었다 전하자 이한종이 병환 중에 모처럼 화색을 띠더라 했다.

완공된 새 관노청은 기생들이 머무는 안채, 객을 맞는 사랑채, 여종들용 거느림채, 남종이나 기공과 수공(水工)들의 행랑채만 각기 어지간한 집 크기를 넘었다. 명월을 위해 따로 지어진 별채는 명나라풍으로 꾸민 안뜰에 연못을 파고 연못 중앙에는 팔각 정자까지 세웠다.

모르는 이들은 정승집 저리 가라 하는 웅장한 외관에 탄복했으나 공사에 대해 약간이라도 아는 이들은 명월관에는 나무보다 쇠가 더 많이 쓰였다는 점에 주목했다. 혹자는 명월관에 쓰인 쇠가 병사 만 명을 무장시킬 정도라고까지 했다. 하지만 사람의 진면목이 쉽사리 드러나지 않듯 명월관에 쓰인 쇠도 겉으로는 노출되지 않았다.

명월관 곳곳에는 쇠로 만든 신묘한 기기들이 나무에 감싸여 보이지 않게 숨겨져 있었다. 사랑채 천장에는 넓은 살로 된 바퀴를 달았는데 사람이 돌리지 않아도 저절로 돌아가 한여름에도 부채가 필요 없었다. 계곡과 연결된 수원에서 물을 받아 가뭄에도 기기가 멈추지 않으며, 명월관 뒤에 지은 석빙고는 송도 사람 전체에게 수박만 한 얼음 한 덩이씩을 돌릴 수 있는 규모라 했다.

명월관은 휘황찬란한 외관과 각종 볼거리로 정평이 나 송도 유람 시 필히 들러야 하는 명소가 되었다. 이는 이한종만의 힘으로 지을 수 있는 규모가 아니었다. 이한종에게 잘 보이려는 자, 명월과 함께한 적 있는 자, 명월을 탐내는 자들이 앞다투어 자금을 냈기에 가능했다. 그래도 현판은 이한종의 글씨로 쓰였다.

이제 명월을 보려면 험한 천마산길을 올라야 했다. 그로 인해 명월의 이름은 더 널리 퍼졌으며 어지간한 고관대작도 저 좋을 대로 만나기 어려운 존재가 되었다. 명월은 이한종을 향한 감사의 시를 지어 바쳤고, 2년 뒤 이한종이 노환으로 죽자 3개월간 어떤 자리에도 나가지 않음으로써 그를 기렸다.

세간에서는 명월을 봄과 가을이 없이 여름과 겨울만 있는 이라 평했다. 뜸들임도 없이 타오르는 정을 나누고도 돌아서면 여운 한 조각 남기지 않고 망각 속으로 떠내려 보냈다. 명월은 그를 스쳐 간 이들이 어떤 구구절절한 서신과 값비싼 선물을 보내도 답장하지 않았다. 왕족일지라도 그의 마음을 사로잡지 못하면 그만이었다. 그랬던 명월이 3개월간 소복을 입고 나물 한 가지에 맨밥을 먹으며 이한종을 추모했다. 그 소문이 퍼지자 명월을 하룻밤 품는 이상으로 그의 연심을 얻으려는 사내들이 단물에 꼬이는 개미처럼 열을 지었다. 돈이 있는 자는 돈으로 그의 환심을 사려 했고, 지위가 있는 자는 지위를 과시하며 그에게 접근했으며, 이도 저도 없는 자는 시화를 그려 순정을 바쳤다.

그날 명월은 자기 목숨을 걸었다. 이한종이 서한을 괘씸하게 여겼거나, 호기롭게 박연까지 오른 그를 흡족하게 하지 못했다면 명월은 치도곤을 맞아 죽었을 것이다. 다소 도도하기는 했어도 도를 넘지는 않았던 명월이 바뀐 계기가 바로 천마산의 경치에도 명월의 명성에도 아무 감흥 없이 늘 가는 길처럼 남여기 위에 앉아 있는 사내, 도로였다.

도로는 9년 전, 첫 번째 남자의 아버지를 비롯한 유향품관들에게 청할 일이 있어 송도에 왔었다. 공으로 요구할 수는 없는지라 기생들을 불러 술자리를 마련했다. 그날 일은 적어도 송도 안에서는 21년 전 반정만큼이나 입에 오르내려 모르는 이가 없었다.

자리에 나가 도로를 본 명월은 평소답지 않게 화마(火魔)가 달려오는데도 속수무책인 나무처럼 꼼짝도 하지 못했다. 명월을 수차례 본 이들 중 누구도 그의 눈이 그토록 정염(情炎)으로 빛나는 걸 보지 못했다 말했다. 명월은 흡사 서산 너머 사라지는 해를 붙잡아보겠다는 듯한 절박함마저 담아, '명월'이라는 기명을 얻은 이래 최초로 자진해서 몸을 바치겠다 간청했다. 도로는 거절했다. 그는 명월이 꺾지 못한 단 한 송이 꽃이었다.

첫 번째 남자는 도로가 9년 만에 송도에 다시 왔으니 명월이 과거의 패배를 바로잡을 기회를 잡고 싶어 하리라는 데 기대를 걸었다. 도로 또한 이전처럼 자기 아버지에게 청이 있는지라, 같이 명월관에 가자 하면 거부하기 어려우리라. 밑져야 본전이려니, 도로 앞에서 슬며시 명월관 이야기를 꺼내자 언제든 좋다며 수락했고, 도로를 데려간다는 전갈에 명월관은 명월관대로 귀한 손님으로 모시겠다는 답을 돌려주었다. 다만 동행은 최소로 해달라는 암시가 있었다.

첫 번째 남자는 자랑하고 싶어 입이 근질거렸으나 알려지면 데려가달라 할 이들이 속출할 터라 꾹 참았다. 그러다 두 번째 젊은이를 만났을 때 그만 말을 흘려버렸다. 가진 게 없어 명월관에 갈 수 있는 이가 아니라 경계가 풀렸다. 설마하니 염치도 없이 끼워달라 조를 줄은 몰랐다. 어쩌다 어린 시절을 함께 보냈을 뿐 깊이 얽히고 싶지 않은 자였다. 장고 끝에 그와 같은 자를 데려가면 군자로서 자기 면모를 보일 기회가 될지도 모른다는 계산속으로 수락했다.

도로와 두 젊은이가 산을 오르는 동안 박연이 시원하게 내려다보이는 누각에서 한 여인이 초조하게 밑을 살피고 있었다.

누각에서 조망하는 산의 모습은 길을 따라 오는 이가 보는 풍경처럼 한가하지 않았다. 곳곳에 자리한 수백 년 된 나무들이 만든 짙은 그림자는 음습한 비밀이 감춰진 동굴 같기도, 짐승의 아가리 같기도, 사냥꾼이 놓은 덫같이 보이기도 했다.

녹음 사이로 뿌연 김이 뱀처럼 늘어지는 형상이 나타났다. 김이 만든 뱀은 악의가 들어찬 어둠들을 용케 피하며 산을 올랐다. 보는 이가 더 살이 떨리는 광경이었다. 여인은 기둥을 짚어 일순 쓰러질 것 같은 몸을 버텼다.

"마침내, 오시는구나."

"명월 언니, 이럴 때가 아니에요. 어서 단장하셔야지요."

명월의 뒤에 선 어린 태가 가시지 않은 여자, 연연이 다그쳤다. 명월은 얼굴에 화장기가 없었고 가체도 쓰지 않았다.

"내 단장 따위에 연연할 분이 아니시다."

"그렇게 느긋하게 구실 때가 아니에요! 그러다 월정향 년… 아, 아니 월정향 언니에게 또 뺏기시려 이래요? 여길 언제 다시 오실 줄 알고…."

연연이 명월의 팔을 잡아끌었다. 명월관을 향해 돌아서던 명월의 눈이 문득 하늘에 꽂혔다. 통통하게 살이 오른 삼치 같은 유선형의 비선(飛船)이 창창한 하늘에 떠 있었다.

— 언젠가 너와 단둘이 비선을 타고 조선 팔도를 유람하고 싶다.

"뭘 그리 넋을 놓고 계세요? 서두르셔야 해요. 벌써 저만큼이나 오셨어요!"

"그래, 단단히 채비해야지. 이번이 마지막 기회다."

명월은 누각을 떠났다.

남여기 석 대가 명월관에 들어섰다. 뒤따라온 종들이 남여기에 붙은 커다랗고 둥근 단추를 눌렀다. 펄펄 끓는 솥뚜껑을 연양 뭉게구름 같은 김이 일며 세 남여기가 아래로 내려왔다. 종들도 수통을 내려놓았다. 종들은 물이 식지 않도록 이중으로 만들어 숯을 깐 수통을 지고 오느라 등에 두꺼운 천을 덧대고 있었다. 무게와 더위에 짓눌린 종들의 얼굴에는 핏기가 없었다. 그들은 한마음으로 모쪼록 젊은이들이 명월을 만나기 바랐다. 명월은 자기 손님은 종까지 챙겨 넉넉한 음식과 쉴 곳을 제공했다.

두 번째 젊은이가 남여기에서 뛰다시피 내렸다. 음악, 웃음소리, 술과 음식 냄새, 자극받아 폭발하는 침샘, 몸을 애무하는 것 같은 꽃과 향낭에서 풍기는 향기, 학의 목처럼 하늘을 향해 솟구친 처마까지 오감이 자극되었다. 마음만 급하지, 어디부터 시작해야 좋을지 모르는 발이 갈지자로 엉켰다.

순서를 가르쳐주듯 첫 번째 남자가 왼편에 있는 커다란 못으로 방향을 틀었다. 먼저 온 낯선 젊은이들 예닐곱 명이 몰려 있었다. 못 중앙에는 작은 섬이 자리했고 한 뼘만 한 양반과 기생 인형들이 뱃놀이를 즐겼다. 배 꽁무니에 달린 물레방아를 닮은 장치가 배만이 아니라 기생들이 거문고를 타는 손짓까지 만들어냈다.

섬에서 기생 인형들이 손을 맞잡고 둥글게 섰다. 섬 아래에 숨겨진 아륜(牙輪)이 돌자 기생들이 강강술래를 하듯 빙글빙글 돌며 한 다리씩 번갈아가며 번쩍번쩍 들었다. 넓은 원을 그리던 기생들이 손을 높이 쳐올리며 가운데로 모이자 섬과 바깥을 잇는 다리가 내려오더니 종을 본 딴 인형들이 음식과 술을 이고 아장아장 다리를 건넜다. 줄도 없이 허공에 떠 있는 달은 어떻게 구현했는지 가늠도 되지 않았다.

"저 옷고름 좀 보게."

"보름마다 구성을 바꾼다더군."

"보름에 한 번씩 오란 이야기인가?"

"보름? 하, 언제 또 올지…."

"속히 장원급제하시게. 누가 아나? 명월이 자기 방으로 불러들일지…."

"말처럼 되기만 하면 누가 마다하겠나. 그 방 전용 무기가 따로 있다며?"

"명월이 무기에 비할 바인가. 서른이 넘었는데도 보는 이들마다 지금이 미색의 절정이라 한다지 않나."

억양으로 미루어 보아 한양에서 내려온 이들 같았다. 두 번째 젊은이는 혀를 내둘렀다. 한양 젊은이들마저 보러 오는 곳이란 말인가.

한양 젊은이들의 말대로 보름마다 못의 구성을 교체해 첫 번째 남자도 같은 광경을 두 번 본 바 없었다. 추석이나 설에는 특히 장관이라 손가락 한 마디만 한 연등이 떠다니고 화산희(火山戱)*를 터뜨렸다. 그 무렵이면 전국각지에서 인파가 몰렸다. 명월관에는 들어오지 못해도 먼발치에서나마 보러 오는 이들로 천마산이 인산인해를 이루었다.

배나 섬, 표정까지 실감 나는 기생 인형들에게 넋이 나간 여타의 이들과 달리 도로의 시선은 연못 가장자리에서 한가로이 노니는 원앙 기기 한 쌍에 꽂혀 있었다. 다른 장식이나 나무는

---

* 불꽃놀이

모두 한 뼘 크기로 만든 인형들의 비율에 맞췄는데 뜬금없이 암 컷 원앙 두 마리만 실물 크기라 기이한 위화감을 불러일으켰다. 애초에 몸체를 붙여 만들었는지 크고 작은 물살에도 틈 없이 꼭 붙어 다니다 이따금 짝지의 깃을 손질해주거나 섬과 뱃놀이를 하는 사람들을 지켜보았다. 어쩐지 그 눈빛이 사나웠다.

"다음 장소로 가시지요. 이제 입구이옵니다."

안내 겸 따라붙은 기생이 한양에서 온 젊은이들을 안쪽으로 인도했다.

떠들썩한 젊은이들이 떠난 자리를, 마치 명월관이 조용한 건 있을 수 없는 일이라는 듯 피리 연주 같은 새소리가 채웠다. 못 옆 적송 가지에 앉은 가기조(歌機鳥)가 만드는 소리였다. 가기조 는 금속 몸체에 은을 입힌 뒤 산호 따위로 장식되어 있었다. 가 장 화려한 새가 중심 가락을, 다른 새들은 같은 가락을 두 음 높 거나 낮게 불렀다. 몇 가지 건너 놓인 새들은 그 가락을 한 소절 늦게 따라 했다. 새들이 만들어내는 화음은 거문고나 북 같은 조선의 가락과는 다른 흥취가 있었다. 동기(童妓)들이 돌아다니 며 노래를 멈춘 새를 잡아 발조(發條)*를 돌리고, 그 새의 소리가 들어가야 하는 순간에 맞춰 나뭇가지에 올렸다.

"한 번도 같은 가락을 들어본 적이 없어."

첫 번째 남자가 짐음을 삼켰다. 도로는 조금 전 못을 볼 때처 럼 감탄이 아닌 분석하는 눈빛으로 새들을 살피다 하나를 집어

* 태엽

손바닥에 올렸다. 그의 뺨이 경직되더니 어깨도 따라 딱딱하게 굳었다.

새들을 조절하던 동기가 놀라 콧방울을 벌름거렸다. 도로가 이 많은 새 중 명월이 직전에 직접 가져다놓은 새를 집은 것이다. 얼마 전 명월의 특별 지시로 제필수가 심혈을 기울여 만든 새였다. 명월은 도로가 저 새에 관심을 둘지 어떻게 알았을까? 참으로 귀신같은 이였다.

"어서 오시어요. 그간 별고 없으셨는지요."

젊은 여인이 다가와 첫 번째 남자의 팔짱을 끼고 안채로 들어가자는 듯 가볍게 당겼다.

"오, 단옥이구나. 무탈했다. 너도 잘 있었느냐."

두 번째 젊은이는 첫 번째 남자와 단옥을 따라가며 자기가 본 게 명월관의 극히 일부분이리라 어림했다. 명월관의 행수 금선은 사랑채까지 들어오지 못할 하급 관리들이나 아직 급제하지 못한 이들에게는 값을 받고 명월관을 관람시켰다. 아까 한양에서 온 이들도 그런 자들이리라. 관람만 하는 데 필요한 돈조차 그로서는 엄두도 내지 못할 액수였다. 벗에게 묻어온 것이긴 해도 마침내 온 김에 소문으로만 들은 명월관을 구석구석 돌아보고 싶었다. 한양에서 온 젊은이들은 단추만 누르면 우물에서 물을 긷는 자동활차(自動滑車), 손잡이를 돌리면 알아서 장작을 패는 장작기(長斫機)는 물론, 이보다 호화롭다는 뒤뜰도 볼 것이다.

그래 봐야 외관만 보고 가는 자들이지.

이내 실망을 떨쳐낸 두 번째 젊은이는 실내에 들어간다는 사실에 우쭐거렸다. 그는 진작 명월관에 와서 대접을 받아야 했다. 첫 번째 남자가 명월관에 초대받았다는 자랑을 하기에 자존심을 뭉개며 부탁했다. 아쉬운 소리를 하기 전에 먼저 권하지 않은 게 야속한 속마음은 맨밥을 삼키듯 뻑뻑하게 삼켰다.

단옥은 살그머니 눈을 돌려 도로를 찾았다. 큰 키와 독특한 외모로 인해 알아보기 어렵지 않았다. 도대체 어떤 사내이기에 명월이 9년을 못 잊고 기다린 걸까? 궁금증이 일었으나 도로를 탐낼 수는 없었다. 도로의 임자는 따로 있었다.

자기도 있다는 듯 두 번째 젊은이가 헛기침을 했지만 단옥은 들었는지 못 들었는지 돌아보지 않았다. 도로는 이런 자리에 있고 싶지 않은 마음을 감추기 위해 애쓰며 누가 뒤에서 매달려 당기듯 무거운 발걸음을 옮겼다.

안내되어 간 방에는 사람 수에 맞춰 주안상이 차려져 있었다. 한 면이 텅 비어 있는 게 거기서 공연을 하는 듯했다.

"호오?"

첫 번째 남자가 술병을 들었다. 흔히 보는 회색 태토(胎土)에 문양을 새긴 병이 아닌 하얀 민무늬 병으로 주둥이는 좁고 아래로 내려갈수록 풍만해지는 형태였다. 잔과 그릇도 다 같은 재질이었나.

"요즘 한양에서 유행하는 그릇이랍니다. 명나라 양식이지요. 광주(廣州) 수령께서 친히 보내주셨지 뭐예요. 나라님께도 진상되는 상등품입니다."

단옥이 설명했다. 명월에게 보낸 것이라는 말은 하지 않았다.

"가위… 대국의 멋이로다."

첫 번째 남자가 고개를 주억거렸다.

명월관은 명월이라는 한 기생과 명월관의 독특한 내부 설계로 이목을 끌었다. 이후 한양만이 아니라 명에서 유행하는 그릇, 음악 따위까지 발 빠르게 들였다. 각지의 젊은이들은 시대의 선구자가 된 맛에 취하고자, 주머니를 탈탈 털어 명월관으로 몰렸다.

연연이 들어와 두 번째 젊은이의 옆에 앉았다. 연연은 하필 이런 자를 데려올 게 뭐냐고 마음속으로 첫 번째 남자를 향해 눈을 흘겼다. 두 번째 젊은이는 딱 봐도 자기 힘으로 여기에 올 수 있는 자가 아니었다. 갓은 수차례 수선한 흔적이 보였으며 대님도 끝이 낡아 해어지면 접어 꿰매길 반복해 두 번 돌려 묶을 걸 한 번 겨우 감았다.

"이쪽은 내 오랜 벗이네. 덕이 높은 군자시니 잘 뫼시도록."

첫 번째 남자가 두 번째 젊은이를 가리키며 말했다.

"명심하겠사옵니다."

연연은 몸에 밴 웃음을 지었다.

"내 외조모께서 재가만 안 했어도…. 옛부터 굶주려 죽는 것은 하찮은 일이요, 절개를 잃는 것은 큰일이라 했거늘 외조모께서는 어찌 그리 절개를 가볍게 여기시어…."

단숨에 술잔을 비운 두 번째 젊은이가 빈 잔을 흔들었다. 연연이 잔을 채웠다. 첫 번째 남자는 만날 때마다 들은 한탄이라

듣기 싫었지만 애써 좋은 얼굴로 술잔을 부딪쳤다.

"그래도 자네 자식은 이제 벗어나지 않는가."

"《소학》명륜편에 과부의 아들과는 친구로도 지내지 말라 쓰여 있는데 무려 〈자녀안(姿女案)〉*에 외조모 이름이 오른 내게 딸을 줄 이가 있겠는가."

"자네 같은 군자를 알아줄 이가 분명히 있을 걸세. 세조 때 김개도 어머니가 〈자녀안〉에 올랐으나 총애받아 사모관대(紗帽 冠帶)를 착용하지 않았는가."

"그때와 지금이 같은가. 《소학》은 애들이나 보는 책이었거 늘, 그놈의 효직(孝直)이…. 효직은 사사(賜死)되었으나 그자를 따르던 이들의 기세는 죽지 않았네. 장담하는데 《소학》은 몇 년 안에 도로 진강(進講)** 때 읽힐 게야."

미닫이문이 열리는 소리가 두 번째 젊은이의 한탄을 끊었다. 중년에서 노년으로 향하는 여인이 모습을 나타냈다.

"귀한 공자들께서 저희 명월관에 다 와주시니 영광이옵니다. 소첩은 행수, 금선이옵니다."

금선의 등장에 두 젊은이의 입이 큼지막하게 벌어졌다. 행수 가 왔다는 건 특별한 누군가를 소개하기 위해서일 터였다. 도로 는 복잡한 시선을 들었다. 9년이 흘렀다. 그만 포기했기를 바랐 는데 그 반대였다. 명월은 이날을 기다리며 칼을 갈아왔다.

---

* 양반집 여자로 품행이 바르지 않거나 세 번 이상 다시 결혼한 사람의 소행을 기 록한 대장
** 임금의 앞에서 글을 강론하는 것

"공자들을 위해 작은 여흥을 준비했습니다. 소소하나마 아무쪼록 즐겨주시기 바랍니다."

금선이 나가자 미닫이문이 모조리 열리더니 향춘과 악기(樂機) 하나와 무기(舞機) 둘이 들어왔다. 명월이 아닌 줄 대중한 두 번째 젊은이가 노골적으로 실망한 티를 냈다. 두 번째 젊은이의 태도에 향춘은 표나지 않게 코웃음 쳤다. 자신 역시 명월관에서 손꼽히는 기생이거늘 혼자서는 명월관 문턱도 못 넘을 자가 주제도 모르고 명월이만 그리고 있었다. 향춘은 머리 매무새를 다듬듯 손을 올려 가체에 꽂힌 나비떨잠을 쓰다듬었다. 명월이 특별히 부탁한다며 선물한 호사스러운 물건이었다. 노래 몇 곡 부르고 나가면 되는 쉬운 자리에서 이런 선물을 받았다. 두 번째 젊은이의 언행 따위는 못 본 체하면 그만이었다.

"신첩은 향춘이라 하옵니다. 최근 저희 명월관의 기공이 만든 아이들을 금일 공자분들께 처음으로 선보이고자 하니 부디 너그럽게 봐주시기 바랍니다."

연연은 명월이 준비한 거라고 생색내고 싶어 안달 난 혓바닥을 막느라 애꿎은 전을 물어 씹었다. 명월에게 절대 내색 말라는 신신당부를 들었다. 뭔가 뜻이 있겠지, 싶으면서도 이렇게 여유 부리다 또 뺏길까 봐 애가 탔다. 명월은 연연의 꿈이자 목표였다.

악기는 높이 7척에 가장 넓은 하반부는 5척이었다. 계단처럼 만든 하반부에는 각 여덟 줄, 열 줄짜리 현악기 두 개를 고정시켰다. 형태는 사람의 그것이 아니었으나 얼굴은 눈썹이며 눈,

입술을 곱게 그리고 비단을 걸쳤다. 반면 손가락은 사람 뼈 모양을 섬뜩할 정도로 정밀하게 재현했고, 각 뼈와 뼈 사이는 쌀알만 한 나사와 가는 철판으로 정교하게 연결했다. 팔은 네 개라 두 팔이 각기 여덟 줄과 열 줄을 맡았다. 머리에는 소고가, 가슴에는 긴 피리가, 가장 밑에는 큰 북이 붙어 있었다.

자리를 잡은 악기가 작동을 시작했다. 목 뒤로 이어진 수관을 타고 들어온 김이 나무 구슬을 밀어냈다. 김의 힘만으로는 모자라 숨겨진 방에서 동기(童妓) 둘이 막대 손잡이를 돌렸다. 구슬의 무게로 인해 내려온 악기의 팔이 여덟 줄짜리 첫 현을 튕겼다. 첫 번째 일을 마친 구슬은 내리막길을 굴러 작은 두레박에 담겼다. 두레박이 기울어지며 북채를 건드렸다. 이어 구불구불한 오르막길을 오른 구슬은 소고를 친 뒤 열 줄 현을 연주하는 손으로 갔다. 동기들이 손잡이를 조절하는 속도에 맞춰 구슬은 각기 다른 통로를 따라갔고 거기에 따라 음률이 변했다. 여덟 줄 현악기에 소고가 덧대지고, 열 줄이 슬며시 꺼나 싶더니 큰북도 자기 역할을 했다. 거기에 이름대로 봄처럼 맑고 산뜻한 향춘의 노래가 가세했다. 악기는 해가 갈수록 발달하고 있지만 음성(音聲)을 구현하는 건 아직 요원한 일이었다.

"구슬이 오르내리는 모양이 놀랍군."

"서 손가락 좀 보시게!"

"사촌 형님께서 일전에 한양을 다녀오셨는데 저런 악기에 대한 이야기는 못 들었네. 다루는 악기가 넷, 아니…."

마지막으로 피리가 높은 소리를 더했다.

"저건 어떻게…?"

움직이는 방식이 눈에 보이는 다른 악기와 달리 피리는 뜯어서 내부를 확인하지 않는 한 작동 원리를 알 수 없을 것 같았다. 주안상은 물론 향춘도 소 닭 보듯 하던 도로도 악기의 움직임은 매섭게 살폈다. 이어 무기들이 춤을 추기 시작했다. 무기들은 목재를 깎아 만든 얼굴에 분을 바르고 눈 코 입을 그렸다. 사실적인 얼굴보다는 눈매와 입술을 과장해 요염한 느낌을 주었다. 손톱에는 색동옷처럼 빨강, 주홍, 노랑 칠을 했는데 곱다기보다는 기괴했다.

한 무기가 제자리에서 빙그르르 도니 치마가 항아리처럼 부풀며 남녀의 그림이 나타났다.

"호오?"

무기가 속도를 올리자 그림 속 남녀가 꼭 붙어 허리를 움직이기 시작했다. 움직임이 뚜렷하게 보인다 싶으면 속도를 늦춰 흐릿해져 좁은 문구멍으로 신방을 엿보듯 애를 태웠다.

양팔을 둥글게 휘어 올리던 다른 무기의 손가락이 자기 저고리 고름에 걸렸다. 무기는 까맣게 모르는 양 팔을 마저 올려 꽃봉오리 모양을 만들었다. 자연히 손가락에 걸렸던 고름이 풀렸다. 두 번째 젊은이가 무릎을 쳤다. 저고리가 만개하기 전 무기가 그제야 알아차린 듯 뒤로 돌았다.

"봐서 뭐한단 말인가."

첫 번째 남자가 야유했다.

"돌아선다 해도 군자의 마음을 흔들기에는 역부족이지."

목을 길게 뽑은 두 번째 젊은이가 입으로는 딴소리를 했다.

젊은이들이 무기에게 정신이 팔린 틈을 타 연연과 단옥이 슬쩍 저린 다리를 주물렀다.

모든 방이 이렇게 편하지는 않았다. 두 번째 젊은이는 기녀(妓女)의 공연에 익숙하지 않았고, 첫 번째 남자는 자기가 내는 값보다 큰 대접을 받는 줄 알기에 조심하고 있었다. 다른 방에서는 강원도에서 올라온 현감이 체면도 내던지고 달려들어 무기의 옷을 벗겼다. 치마와 저고리가 날아가며 보통 이상으로 크게 만든 유방이 드러나 흔들렸다. 유방은 탈색하고 피부색을 입힌 소가죽을 써 실제 사람의 피부와 유사했고 유두까지 그럴싸하게 달려 있었다. 억세게 주무르는 아귀힘에 분리된 유방이 덜렁거렸다.

"네년은 아픔을 못 느끼지?"

현감은 거리낌 없이 무기의 팔을 꺾었다. 문구멍으로 지켜보던 수공(水工) 도제가 수방(水房)으로 달려갔다.

"5번 방 무기 고장이요오오!"

수방에 들어온 도제가 소리쳤다. 뿌연 김으로 인해 한 치 앞도 제대로 보이지 않는 중에도 숙련된 수공들은 거침없이 5번 방 무기의 관에 연결된 고리를 잠가 더 이상 김이 공급되지 않게 했다.

현감은 움직임을 멈춘 무기를 뒤로 돌리더니 뒷목을 조르며 자기 허리를 무기의 아랫도리에 바짝 대고 앞뒤로 흔들었다. 함께 온 별감들이 박장대소했다. 옷이 찢어발겨지고, 유방이 뜯겨

덜렁거리고, 몸이 여기저기 너덜너덜해졌어도 기기는 들어올 때와 똑같이 웃고 있었다.

"네년들은 아프겠지?"

현감의 잔혹한 시선이 기생들에게 와 박혔다. 기생들은 애써 까르르 웃어 보였다. 계집종이 술과 새 안주를 가져왔다. 문 가까이 앉았던 기생이 쟁반을 받았다.

"새 술이 왔사옵니다. 귀한 분들께만 올리는 술이랍니다."

"호오?"

능숙한 기생이 일어서서 현감이 기기와 연결된 수선을 밟지 않도록 조심히 자리로 모셔 왔다. 술을 마신 현감이 능숙한 기생의 옷고름 속에 손을 집어넣었다. 기기를 망가뜨리며 고조되었던 흥분이 남아 있었다.

"명월관에서 인기 절정인 기녀(機女)가 방금 공연을 마쳤다는데…"

능숙한 기생이 눈을 내리뜨며 말끄트머리를 흐렸다.

"왜? 내가 돈이 없을까 봐?"

"설마, 우리 현감 나리가요."

기생이 깔깔 웃었다. 현감은 논문서를 넘기겠다는 계약서를 쓰고 지장을 찍었다.

"뭐해, 후딱 가서 준비시키지 않고서!"

술을 들인 뒤 다시 문구멍 뒤에서 안을 살피던 동기가 기방(機房) 도제에게 말했다.

"당장 내보낼 게 없을 텐데…"

"뭐? 그럼 어떡해?"

동기가 사색이 되었다.

"알아볼게."

도제가 달려갔다.

"되었느냐?"

현감이 손바닥으로 탁 소리 나게 상에 놓인 계약서를 쳤다. 눈웃음으로 화답한 기생이 손뼉을 쳤다. 동기가 들어와 귓속말 했다. 기생의 눈썹이 파르르 떨렸다.

"명월관까지 오셨으니 환락(歡樂)의 끝을 보셔야지요."

냉큼 일어난 기생이 무대로 가며 다른 기생들의 어깨를 꼬집 듯 눌렀다. 정신 차리라는 뜻이었다. 지치고 질린 기생들이 화급히 자세를 정돈했다. 명월관에서는 방에서 추가로 뜯어낸 재물은 그 방 기생들에게 나눠 주었다. 그렇다고 능숙한 기생이 재물 욕심에 현감의 비위를 맞추는 건 아니었다. 한 대라도 덜 맞고, 험한 꼴을 조금이라도 피할 길을 찾는 필사적인 몸부림일 따름이었다. 양반이 몰락할 수는 있어도, 천민이 상승할 기회는 없는 조선에서 기생의 딸로 태어난 이들에게 기생의 길을 벗어 날 방법은 단 하나, 죽음뿐이었다.

명월이 명성을 떨치며 많은 사람들이 기생을 남자를 호려 호 의호식하며 편하게 사는 이들이라 여겼다. 그러나 명월은 예외 이자 홀로 독보적인 존재였다. 대다수의 기생들은 하루하루 몸 과 정신을 갉아 먹히며 죽지 못해 살아갔다.

능숙한, 다른 말로 그만큼 긴 세월 모진 풍파에 시달려온 기생이 부채춤을 추기 시작하자 다른 기생은 노래를, 또 다른 기생은 거문고를 잡았다.

타인의 삶을 갈취해서 자신들의 삶을 만끽하는 이답게 현감은 기생들의 몸부림을 오로지 춤과 음악으로서 감상하며 새 술을 마셨다.

기방 문 앞에 도착한 도제가 잠시 거친 호흡을 골랐다. 문득 기방에 첫발을 들인 날이 떠올랐다. 바닥에는 분리된 팔, 다리, 목이 널브러져 있었다. 벽은 내장처럼 구불구불한 금속관들로 빽빽하게 채워져 있었다. 작업장 위에서는 벌거벗은 여자들이 크고 작은 망치, 톱, 도제로서는 듣도 보도 못한 공구를 든 사내들에게 몸을 맡겼다. 여자들은 한눈에 보기에도 정상이 아니었다. 신체가 성하게 붙어 있는 이가 아무도 없었다. 더러는 팔뚝이 덜렁거렸고, 더러는 파손된 허벅지 안쪽에서 감춰둔 관절과 아륜, 나사, 못 따위가 드러났다. 도제는 문을 열고 들어갔다.

"어떤 미친 새끼가 오줌을 쌌어!"

수리하던 기녀에게서 한 기공이 기겁하며 떨어졌다. 어디도 보지 않는 죽은 물고기 같은 눈동자를 한 여자가 간헐적으로 몸을 떨었다. 소를 잡고 피를 빼 내장을 꺼내고 살을 해체하는 백정의 그곳도 여기만큼 참혹해 보이지는 않으리라.

몇 달 지나지 않아 익숙해졌다. 이제는 기기들이 망가진 의자로 보였다. 도제는 바닥에 흩어진 크고 작은 아륜, 발조, 못들을 피해 날렵히 발을 움직였다. 각자 맡은 무기와 악기에 달라붙은 기공들이 연결이 끊어진 팔을 재조립하거나 북채를 다시 달고 있었다. 가장 많이 망가지는 부분은 유방과 둔부였다. 기공들은 어느 순간부터 그 부분들을 숫제 떼어내기 쉽게 만들었다.

"5번 방에 무기 추가요!"

공구들이 만들어내는 소음을 뚫느라 도제의 목에 핏대가 올랐다.

"지금 보낼 수 있는 게 없는데?"

늙수그레한 이가 소처럼 느리게 눈을 끔뻑였다.

"논문서를 넘겼어요. 뭐든 보내야 합니다. 어떻게 잠깐이라도 굴릴 거 없을까요?"

"너 여기 온 지 얼마나 됐지?"

늙은이는 기공방에 속해 있으나 화공(畫工)으로, 가죽으로 얼굴, 피부, 가슴을 만들고 눈, 코, 입을 그렸다. 수십 년을 해온지라 화공이 그린 얼굴은 실제 사람보다 농염했다.

"3개월이요."

"더 지나봐라. 이년들이 딸년처럼 느껴질 테니…. 본디 이 짓거리에 동원되라고 만든 게 아닌데…."

얼굴을 손보는 화공의 손짓에 회한이 묻어났다.

"기공장님은 부서지면 좋아하시던데요? 새 거 만든다고…."

"그자야 쓰임은 안중에도 없이 만드는 데에만 환장한 자고."

"암튼 뭐라도 빨리 내보내지 않으면 난리가 날 거예요."

"기다려봐. 지금 마무리하고 있잖아."

도제는 공방을 둘러보았다.

"근데 기공장님이 안 보이시네요? 어디 가셨어요?"

"어딨겠냐."

기공장 제필수는 도로가 있는 방 뒤, 기기를 다루는 숨겨진 공간에 있었다. 모과처럼 자글자글한 주름만 보면 오십 줄은 거뜬히 넘어 보이는데 눈빛만은 젊은이처럼 형형했다.

"비켜봐."

제필수의 말에 동기들이 악기를 움직이는 손잡이에서 물러났다. 그들을 대신해 양손으로 하나씩 손잡이를 잡은 제필수는 양쪽의 속도를 달리해 가며 돌렸다. 음이 한층 깊으면서 풍부해졌다.

"차이를 알겠느냐?"

"과연, 명공(名工)이십니다."

동기들이 귀를 쫑긋 세우며 놀라움을 표했다. 어리다 하나 전문적으로 악기와 소리를 배우는 이들이기에 미세한 음의 차이도 곧잘 알아들었다.

시범을 마친 제필수는 문구멍에 눈알을 박을 태세로 무기와 악기의 움직임을 주시했다. 몇 달을 공들인 역작이었다.

"압력을 낮추고… 팔목을 보강해서… 저놈의 허리가 계속 문제야…"

제필수는 동기들로서는 알아들을 수 없는 혼잣말을 중얼거렸다.

현감이 있는 방에서 노래가 끝나갔다. 기생들의 속은 타들어 갔다. 기어이 노래가 끝났는데 기녀가 들어와야 할 방문은 앙다

문 입을 벌릴 줄 몰랐다. 능숙한 기생이 저고리를 벗어 머리 위로 흔들더니 다음 노래로 이어갔다. 자리에 나온 지 1년 좀 넘은 기생이 현감의 잔에 새 술을 따랐다. 이 술은 윗부분은 약하나 아래로 내려갈수록 독해졌다. 방심해 마시다가 순식간에 취하게 만드는 술이었다. 능숙한 기생은 춤추는 사이사이 문을 곁눈질했다. 이 곡을 마칠 때까지 기녀가 오지 않으면 현감이 난동을 부릴 건 불을 보듯 뻔했다. 다행히 마지막 소절에 들어간 직후 체했던 속이 뚫리듯 문이 열렸다. 유독 골반과 가슴이 큰 기녀가 문을 지나기 전부터 작은 방울이 매달린 허리띠를 빙그르르 돌리며 소리와 움직임으로 취흥을 이어받았다. 한바탕 요란을 떤 기녀는 돌아서서 큼지막한 엉덩이를 뒤로 쭉 빼고 위아래로 흔들었다. 사람은 할 수 없는 움직임이었다. 치마 속에서 방울 소리가 들렸다. 찾아보라는 도발이었다. 갈지자로 달려간 현감이 기녀의 엉덩이를 잡았다. 기생들이 안도할 새도 주지 않고 별감들이 덤벼들었다. 기생들은 억지웃음을 지으며 괄괄한 손에 몸을 맡겼다. 멍이 들 것 같았다.

도로가 있는 방에서 연주와 노래가 끝났다. 향춘과 악기, 무기가 인사하고 자리를 비웠다. 악기와 무기는 제필수가 직접 수거했다. 손잡이를 돌린 동기 둘은 뻐근한 어깨를 주무르며 수방(水房)으로 총총걸음 쳤다. 수방 벽에는 얇고 굵은 금속관들이 촘촘하게 늘어섰고 장정 한 명이면 너끈한 크기부터, 여럿이 달라붙어야 겨우 돌아가는 크고 작은 바퀴손잡이, 막대손잡이, 각종 단추가 있었다. 종들은 수방수노의 지시에 따라 손잡이를 돌리고 단추를 눌렀다. 열기와 습기로 인해 전원 웃통을 벗고 바지도 허벅지까지 걷어 올렸다. 종들의 전신을 덮은 물기는 땀인지 습기인지 구분이 되지 않았다. 이 일의 험난함을 보여주듯 숙련된 자들의 몸에도 지도 같은 화상 흉터들이 있었다.

"물 들어갑니다아아!"

종 둘이 김이 뭉게뭉게 솟는 커다란 솥을 가지고 오며 소리쳤다. 일하던 종들이 물러서며 물이 지나갈 통로를 만들었다.

"명월이 언니 방 끝났어요!"

동기 둘이 들어와 한목소리로 외쳤다.

"명월이 방이 끝났단다. 물을 돌려라앗!"

수노의 지시에 한 종이 손잡이를 잡고 돌리자 끓는 물이 담긴 솥이 기울며 옆에 있는 솥으로, 또 옆에 있는 솥으로 물을 옮겼다. 물이 떨어지면 방금 온 솥에서 퍼다 채웠다.

"이것 좀 들어요."

각기 차가운 술과 돼지육전을 맡은 두 동기가 돌아가며 한 명씩 입에 넣어주었다. 이어 수노에게 묵직한 주머니를 건넸다.

"다 우리 일인데 뭘 매번⋯."

수노가 누런 이를 드러내며 웃었다. 흠뻑 젖은 수염에서 물방울이 후두둑 쏟아졌다.

"새 악기가 워낙 김이 많이 필요했잖아요. 명월이 언니가 다들 고생한다고⋯."

"너희는 뭐 받았어?"

젊은 종이 젖은 팔뚝으로 눈에 들어가는 땀을 훔치며 물었다.

동기 둘이 뒤돌아 선물 받은 댕기를 자랑했다. 하나는 개나리
색, 다른 하나는 철쭉색으로 고운 자수까지 놓여 있었다. 둘은
내친김에 댕기를 흔들며 덩실덩실 엉덩이춤을 추었다.

"곱구만!"

두 동기의 재롱은 구름이 해를 가린 틈에 땀을 식히는 바람처
럼 고단함을 가시게 해주었다.

"저희 가요!"

동기들은 문밖을 나설 때까지 엉덩이를 흔들었다.

"저년들 크게 될 거야."

수노가 흐뭇한 얼굴로 말했다.

"명월이가 직접 가르치는 애들이니 당연하죠."

다른 종이 말을 받았다.

연연과 단옥은 술을 따르고 돌아가며 노래를 부르거나 거문
고를 탔다.

"도로 공께서 어려운 자리에 오셨는데 진이 년은 안 나오고
뭐 하는 것이냐?"

기다리는 지루함을 못 견딘 두 번째 젊은이가 언성을 키웠다.
명월이 욕먹는 소리에 단옥이 얼굴을 가리고 웃었다.

"왜 답이 없어? 지금 날 무시하는 게냐? 외조모께서 〈자녀안〉
에 이름만 오르지 않았어도 진이 년은 내 이름 석 사에 버선발
로 달려왔어야 했을 게다!"

연연은 두 번째 젊은이가 명월을 기명이 아닌 이름으로 부르
며 잘 아는 척하는 게 같잖았다. 가진 게 없이 남의 호의에 기대

온 자들이 자격지심으로 더 포악하게 구는 걸 수차 봐왔으나 이 자는 정도가 심했다.

첫 번째 남자가 두 번째 젊은이의 불평을 자르듯 헛기침을 했다. 명월관은 오늘 특별한 배려를 해주고 있었다. 아까 본 악기와 무기는 그들만이 아니라 수령보다 직급이 높은 유향품관인 그들의 아버지가 왔더라도 나오지 않았을 것이다. 넘치도록 베푼 만큼 애태우며 기다려줘야 하는데 두 번째 젊은이는 사실상 한량으로 지내온 탓에 이런 경우 마땅한 처세를 알지 못했다.

"확인해보고 오겠습니다."

이때다 싶은 단옥이 일어나 방을 빠져나왔다. 단옥은 아픈 손목과 가슴을 문질렀다. 첫 번째 남자가 평소와 달리 손아귀 힘에 사정을 두지 않았다. 자기는 사람이지 기기가 아니거늘….

복도에서 한 기생이 쫓기는 사람처럼 단옥을 스쳐 달려갔다. 기생은 수방 문에 몸을 부딪치듯 밀고 들어갔다.

"아니, 큰 년에게만 몰아주면 우린 어쩌라고 이래요? 지금 공연 더 보여달라고 난리야, 난리!"

기생이 얻어맞은 뺨을 들이댔다. 명월과 월정향이 없을 때면 기생들은 명월을 큰 년, 월정향을 작은 년이라 불렀다. 월정향 앞에서는 특히 말을 조심해야 했는데, 년자가 붙는 것보다 자기가 작은 년으로 지칭되는 걸 견디지 못하기 때문이었다.

"물이 저절로 끓어?"

수노가 거들떠보지도 않으며 대꾸했다. 기생이 짠 얼굴로 주머니에서 엽전을 몇 개 꺼냈다.

"우리도 좀 살자, 응? 아유, 큰 년은 또 무슨 새 악기를 만들어가지고설랑…."

"악기와 무기가 연주도 해, 교태도 부려, 편해서 좋달 땐 언제고…."

누군가가 들으라는 듯 읊조렸다. 그 소리에 맵게 찢어졌던 기생의 눈이 아차 싶었는지 금세 풀렸다.

"다음은 무조건 우리 방이야, 알았지?"

"알았으니 가 봐."

수방을 나온 기생이 안쪽을 향해 마뜩잖은 눈초리를 던졌다.

"하여간 사내놈들은 큰 년이라면 사족을 못 써. 무조건 그 방이 우선이지."

그러더니 피식 웃음을 흘렸다.

"하긴 그년이 못 넘긴 유일한 사내니, 목숨 걸고 달려드는 것도 이해는 한다만…."

"저년 방으로 물 보내요?"

한 종이 물었다. 수노가 어깨를 두드렸다.

"우리도 살아야지. 쉬엄쉬엄하자. 기방도 지금쯤 다른 기기를 볼 여유가 없을 걸?"

오늘 명월이 첫 시연한 아기는 필요한 물의 양도 양이시만 다루기도 만만치 않았다. 시연이 끝났으니 어디 문제는 없는지 점검하느라 기방도 정신없을 것이라는 수노의 예측은 정확했다. 같은 시각 기방에서는 제필수를 필두로 노련한 기공들이 기기를 점검하고 있었고, 아직 견습인 이들은 곁눈질로 힐끔거리며 뭐라도 주워들으려 했다.

기방과 수방에서 명월을 우선으로 하는 까닭은 명월이 기기를 쓸 때마다 주머니를 풀고 술과 안주 따위를 돌려서가 아니었다. 명월은 달에 한 번은 그들을 불러 탄주를 하며 노래를 들려주었다. 한양에서 온 고관대작들에게도 그림자도 비치지 않을 때가 빈번한 명월이 기방과 수방 일꾼들은 동등한 사람으로 대우했다. 뿐이랴, 그 청아하고 아름다운 노래와 거문고 소리를 들으면 한 달간 일한 피로가 파도 한 번에 허물어지는 모래성처럼 날아갔다.

단옥은 월정향의 방으로 갔다. 정실부인이 들이닥쳤던 첩의 방처럼 서랍 속 물건들이 죄 밖으로 나와 흩어져 있었다. 단옥은 흡, 소리를 가까스로 삼키고 떨잠, 비녀, 가락지를 피해 월정향의 옆에 앉았다.

"그년은?"

월정향이 떨잠을 꽂으며 물었다.

"향춘 언니까지 동원해 공연으로 기대치만 올리고 자기는 그림자도 안 비추고 있어요. 아주 작정을 하고 꾸미나 봐요. 그래 봐야 제깟 년, 그때도 언니한테 졌잖아요."

"그 방 놈들은 별말 없고?"

"슬슬 불러오라고 채근이네요. 얻어먹는 놈이 젤 지랄 염병이에요. 속히 가요."

"내가 먼저 가?"

"당연히 언니가 먼저 가서 옆자리에 딱 붙어 앉으셔야죠. 그래야 그년이 기세등등하게 들어왔다가 헛물켜는 꼴을 보죠."

듣고 보니 맞는 소리였다.

"그래, 가자."

월정향은 마지막으로 거울을 보고 일어섰다.

단옥이 데려온 여인을 본 두 번째 젊은이는 환희에 찼다. 버들잎처럼 하늘거리는 몸매에 둥근 얼굴, 농익은 눈매에 앵두처럼 앙증맞은 입술까지 미색의 극치였다. 마침내 명월이 온 것이다. 여인이 인사를 올렸다.

"월정향이 도로 공과 두 분 공자께 인사 올리옵니다."

"왜 부르지도 않은 년이 와? 우리가 우스워?"

벌써 세 번이나 기대가 깨져 폭발한 젊은이가 상을 걷어찰 태세로 고함을 질렀다. 이년들이 외조모가 〈자녀안〉에 이름이 올랐다 해 자기를 우습게 보는 거다. 자기가 기생년들에게까지 무시를 당해야 한단 말인가? 부리는 종도 없어 변소도 직접 치우고, 울타리가 상하면 스스로 고치는 등, 선비가 할 일이 아닌 일을 한다고 자기를 업신여기려 들어?

"그것도 내처 올 것입니다. 소첩이 뵈러 온 분은 따로 있답니다."

두 번째 젊은이의 고성을 산들바람처럼 날려 보낸 월정향이 도로의 곁으로 가, 그 앞에 놓인 잔을 집었다. 차가운 잔이 첫 잔도 건드리지 않았음을 알려주었다.

"버릇없이 먼저 마시겠나이다."

월정향은 잔을 비운 뒤 따뜻한 술을 채워 건넸다. 도로는 잠자코 받아 마셨다.

도로의 행적을 집요하게 좇은 명월 덕에 월정향도 곁다리로 그의 행보를 들었다. 도로는 각지를 돌아다니며 수령들을 만나 일을 도모했다. 그러다 보니 수시로 기방을 드나들지 않을 수 없었다. 조선에서 일을 도모하려면 계회에 가입해 회음(會飮)을 해야 했다. 그러나 도로는 단 한 차례도 몸가짐이 흐트러질 정도로 술을 마시지 않았고 우연이라도 여인의 몸에 손대지 않았다고 했다. 그런데도 도로가 지나친 관노청의 기생들은 도로의 점잖은 자태 뒤에 숨겨진 밤일 솜씨를 두고 속살거렸다. 월정향 이후 달리 기생을 취하지 않았음에도 소문은 가라앉기는커녕 한 다리 건널 때마다 부풀어 올랐다. 보이지 않는 범이 더 무서운 것처럼 증명되지 않았기에 꺾이지 않는 깃발이 되었다.

월정향은 도로가 술은 받아 마시면서도 자기는 알은체하지 않아 상심했다. 사내 따위 진저리쳐지는 게 기생의 일인데도, 기이하게도 도로는 월정향에게 여타의 사내와 다르게 다가왔다.

강산이 변한다는 10년에서 한 해 모자란 시간이 지났다. 도로는 당시 30대 중반이던 나이보다 겉늙은 얼굴이었으나 지금은 제 나이로 보여, 시간이 자기에게만 흐른 것 같았다. 잔주름이 생기고 새치까지 돋은 자기가 다시금 도로에게 지목받을 수 있을까?

사내는 나이 들수록 젊은 여인을, 심지어 아직 여인이라 부르

기 전의 소녀를 탐낸다. 젊음과 어림은 곧 생명력이다. 월정향
은 검버섯을 피운 사내들이 소녀의 육신에 침흘리며, 그 육신을
취하는 걸로 목전에 닥친 죽음을 회피하려 몸부림치는 꼴을 수
없이 보아 왔다. 가련하다는 말조차 아까운 추잡스러운 행태
였다.

　여인은 갓 움튼 새순의 어린 아름다움과 생의 절정을 지나 아
슬아슬하게 가지를 붙들고 있는 마르고 찢기고 벌레 먹은 늙은
잎의 아름다움을 둘 다 볼 줄 알았다. 무모함과 열정, 어리석음
과 담대함 사이에 미처 경계가 없는 젊은이와, 삶의 노고와 회
환, 실패와 실수, 그로써 얻은 현명함의 총체인 늙은이를 같은
눈으로 바라보았다. 풍파에 시달려보지 못했기에 지닌 아이의
고움과 만고풍상을 통해 만들어진 늙은이의 기상을 모두 볼 수
있기에 나이 든 사내에게도 마음을 열 수 있었다.

　월정향은 도로가 진귀한 음식, 고급스러운 술, 입속의 혓바
닥처럼 구는 여인 모두 아랑곳하지 않기에 오히려 건드려보고
싶은 충동이 이는 것만이 아니었다. 다른 사내들처럼 눈은 게슴
츠레하게 뜬 주제에 자기 같은 군자의 마음에 욕정을 불러일으
키기에는 어림없네 마네 입으로만 나불대는, 꼴같잖은 위선을
떨지 않아서 역시 아니었다.

　월정향은 도로가 어린 여인에게만 침을 흘리는 뭇 사내들과
다른 존재이기를 바라는 걸 넘어서서 그런 존재라 확신했다. 그
건 바로 도로의 눈동자 때문이었다. 그 눈동자로 인해 월정향은
자기 믿음이, 도로를 원하는 마음이 불러낸 망상이 아니라 진실

이라고 믿을 수 있었다. 도로의 눈동자는 불혹을 넘긴 사내라 믿기 어려울 만큼 맑았다. 아이의 눈이 맑은 건 세상의 가혹함을 겪기 전이기에 지니는 순수함과 더불어 갓 만들어진 물건이 깨끗한 것과 같다. 뭐든 쓰다 보면 닳고 낡아가며 빛이 바래기 마련이다. 사람이 나이 들며 껍질이 늙어가고 머리가 하얗게 셈도 같은 이치다. 도로도 겉모습에는 분명 나이가 담겨 있었다. 한데 눈은, 무엇보다 흰자위가 열 살도 먹지 않은 아이의 눈동자처럼, 아직 몇 번 쓰지 않은 새 물건처럼 깨끗했다. 바닥이 훤히 비치는 맑은 물처럼 도로의 눈동자에는 그가 부와 명예, 여인에게 관심 없는 척하는 게 아니라 실제로 관심이 없음이 비쳤다. 하지만 단언컨대 사내 중의 사내였다. 저 얇고 이지적인 입술이 얼마나 뜨거울 수 있는지 익히 겪어보지 않았는가.

마음까지는 갖지 못해도 좋았다. 그저 젊음과 늙음이 한 몸과 정신에서 공존하는 이 불가사의한 사내가 자기에게 작은 예외를 허용한다면 그로써 기꺼우리라.

느닷없이 가슴 깊은 곳이 시려왔다. 사내들은 명월을 자기가 도로 보듯 보았다. 그래서 명월과 하룻밤이라도 보내려 갖은 수를 쓰는 것이다.

도로가 연회에 참석하고도 유흥에 관심이 없듯, 명월은 기생인데도 사내에게 관심이 없었다. 누군가에게 관심이 없다는 건 그에게 바라는 게 없다는 뜻이다. 조선에서 부와 지위를 가진 자들은 부와 지위를 무기로, 출세에 집착하지 않으며 청빈을 추구하는 자들은 학문과 덕망을 내세워 타인에게 영향력을 끼치고자 했다. 고관대작으로서 권세를 누리는 자들이든 미관말직이나 겨우 맡으며 학문과 교육에 힘쓰는 자들이든 자신이 칭송받아 마땅하다 여겼다. 모든 이가 자기 말 한마디에 그리하겠다며 머리를 조아리거나 옳은 말씀이라며 경탄해야만 했다. 그러나 자기에게 바라는 게 없는 자에게는 아무런 영향력을 행사할 수 없다. 영향력을 미칠 수 없는 자는 자신을 무력한 존재로 전락시킨다. 조선의 사대부들은 무력감을 견디지 못했다. 그들은 남보다 높은 곳에 우뚝 선 존재여야 했다. 다른 사내에게는 몰라도 자기에게는 명월이 바라는 게 있어야 했다. 경탄하며 흠모해야 했다. 명월은 관심 없는 척해서 관심을 받으려는 게 아니라 진짜 관심이 없기에 누구의 소유도 되지 않았다. 지금 도로처럼 말이다.

도로는 자기를 잊은 체하는 게 아니라 정말로 잊은 것 같았다. 산전수전 겪어온 기생으로서 그날 밤 도로가 자기에게 마음이 동해 밤을 보낸 건 아니라는 정도는 알고 있었다. 기생으로서 살아온 숱한 밤 중 그토록 뜨겁게 몸이 달았던 밤이 없었지만 말이다. 어설프게 먹은 좋은 음식에 입맛만 버린 것처럼 한동안 다른 사내와 밤을 보내는 게 곤욕스러웠을 정도였다. 사내들은 낮에는 각기 다른 이들이나 밤이면 제 허리 놀리기에만 바쁘다는 점에서 그놈이 그놈이었다.

도로는 월정향에게 두 육신이 하나가 됨으로써 맞이하는 진정한 열락의 극치를 느끼게 해주었다. 그는 여인의 몸에 대해, 여인이 어느 지점에서 쾌락을 느끼는지를 정확히 알았다. 월정향은 한편으로 그의 손길이 흡사 자기 자신의 손길 같다 느꼈다. 월정향 또한 아무 애정 없는 사내도 적절한 기술과 기교를 이용해서 만족시켰다.

어떻든 도로는 더 이상 사내다움을 증명할 필요가 없었다. 그러니 새삼 명월에게 넘어가지도 않을 것이다. 그걸로 족했다.

"언니, 명월이 언니! 월정향 언니가 그 방에 들어갔대요!"

악기를 돌리던 동기 중 한 아이가 명월의 방으로 호들갑스럽게 뛰어 들어갔다. 몸가짐만큼이나 흐트러짐 없는 방에서 거울을 보는 명월의 뒷모습은 어느 장인이 실물 크기로 그린 그림처럼 아무런 움직임이 없었다. 그 모습이 너무 한가해 동기는 순간 자기가 엉뚱한 방에 들어왔나 했다. 동기는 열세 살이었다. 9년이란 그에게 전 생애나 다름없었다. 그 세월을 찾으며 기다려왔던 이가 아닌가? 어찌 저리 느긋하담?

명월은 동기의 말을 남의 일처럼 들으며 분을 바르고, 먹으로 눈썹을 그리고, 입술에 색을 입혀 달라진 거울 속 자기 얼굴을 물끄러미 바라보았다.

— 너처럼 고운 아이는 난생처음 본다. 넌 이름을 무엇이라 하느냐?

연하늘색 도포를 입은 또래 아이가 어른 흉내를 내느라 뒷짐을 지고 물었다. 그 또한 아이를 보며 꼭 같은 생각을 했었다. 세상에 어찌 저리 고운 아이가 있단 말인가….

몇 해가 지나 훌쩍 커, 더는 아이라 부를 수 없는 이가 다른 복장을 하고 와 말했다.

— 혼처가 정해졌다.

"언니 지금 뭐하시는 거예요? 제가 작은 년을 봤는….."

명월의 뒷목이 나무라듯 뻣뻣해졌다. 동기는 황급히 입을 막았다. 명월은 없는 자리라고 함부로 말하는 걸 용인하지 않았다.

"아, 월정향 언니가 얼마나 단장을 했느냐면….."

명월이 고개를 틀었다. 동기의 입이 떡 벌어졌다. 평소 명월은 요란하게 꾸미지 않았다. 애당초 맨얼굴로 나갈 때도 부지기수였다. 화장하지 않았을 때도 아름다웠지만 꽃의 진정한 아름다움은 활짝 피었을 때 드러나는 법이었다.

"오늘은 언니가 이길 거예요."

동기가 자기 일처럼 의기양양하게 가슴을 폈다.

"같은 실수는 두 번 하지 않는다."

명월은 일어났다.

문을 나서니 금선이 서 있었다. 금선은 전쟁이라도 나가는 듯한 명월의 차림새에 무겁게 가라앉은 목소리를 내었다.

"네게 9년 전에 한 말이 있지. 네 잊은 듯하니 되풀이해 들려주마."

숨을 들이켠 금선이 엄하게 말했다.

"마음 비워라."

명월은 한숨조차 쉬지 않았다. 금선은 그가 이날을 위해 준비한 게 고작해야 악기, 무기, 음식, 술병과 잔, 단장 따위로만 알았다. 금선을 탓할 일은 아니었다.

"제가 마음이 흔들려 이후 일을 제대로 하지 못할까 근심하십니까?"

"그때는 그 이유로 만류했지."

9년 전의 일이 겨우내 죽은 체하던 나무에 우수수 새순이 움트듯 한꺼번에 돋아났다. 그때는 금선도 종종 자리에 나갔다. 금선은 그날 명월이 자리에 나가자마자 도로에게 마음 그 이상의 혼까지 빼앗기는 모습을 똑똑히 보았다. 명월은 전심을 다해 탄주하며 노래를 불렀다. 미련스레 남은 초봄의 추위가 원님 행차에 고을 백성이 수그리듯 물러나고 따스한 봄바람과 함께 종달새가 우짖고, 실개울이 흐르고, 붓꽃향이 피어오르는 듯했다. 곡이 끝났는데도 공기 중에 남은 음들이 나비처럼 날아다녔다. 그때껏 했던 연주와 노래 중 단연 으뜸이었다.

명월은 금을 내려놓고 도로의 앞으로 가 무릎을 접었다.

"제 연주가 어떠셨는지요."

"듣기 아름답더라."

도로는 다른 기생들이나 악기, 무기를 보고 들을 때와 달리 명월의 작은 움직임조차 놓치지 않으며 귀를 기울여놓고 야박한 답을 했다. 저런 인색한 칭찬을 들을 소리가 아니었던 터라 자리했던 이들이 놀라 허둥대며 찬사를 쏟았다. 명월은 다른 이들의 반응은 일절 개의치 않으며 도로만을 직시했다.

"하오면 오늘 밤 쇤네를 품어주시겠나이까?"

"일없다."

도로는 단박에 쳐냈다. 다른 사내들 전부 그 무슨 미친 소리냐며 도로를 타박했다. 자기를 택하지 않은 것만도 분한데 일축하는 꼴에 쌈닭처럼 볏을 세우고 달려드는 이들도 있었다.

금선을 데리고 뒤뜰로 나온 명월이 어떻게든 도로를 모시게 해달라고 간원했다. 금선에게는 마른하늘에 날벼락 같은 소리였다. 얼마 전부터 명월의 밤 시중을 요령껏 줄이며 몸값을 올리고 있었고, 명월도 뜻대로 잘 따라오고 있다 믿고 있었다.

"안 된다."

"어째서요?"

"네가 초야를 치를 때 뭐라 했느냐?"

"어떤 사내에게도 저고리 고름 하나에도 절대로 마음은 주지 말라 당부하셨습니다."

"그걸 기억하는 년이 이래? 마음 비워라. 네 앞날이 달려 있어. 한창 피어날 때 처신 잘해서 좋은 댁에 첩으로 들어가. 그게 우리 같은 년들이 그나마 편히 살 길이야. 그자는 네게 마음이 없어. 애먼 사내 때문에 마음고생 해 신세 망치지 마. 아무나 너 같은 미모와 자질을 타고나는 게 아니다."

금선은 더 조르는 말을 피하려 즉시 자리를 뜨려 했다. 금선의 앞을 가로막은 명월이 장도를 꺼내 뽑았다. 노리개라 하나 날은 살아 있었다.

"제 청을 들어주지 않으시면 얼굴을 긋겠습니다."

"뭐? 이년이…."

금선이 한발 다가가자 명월이 칼끝을 자기 얼굴에 가져다 댔다.

"아뿔싸, 늦었구나. 어쩔 셈이냐, 기생년이, 그것도 이 고을 사내도 아닌 자에게 마음을 줘서 어쩔 셈이야? 미련한 년, 이 미련한 년!"

금선이 자기가 더 억울해 고함을 질렀다.

"자리, 만들어주세요."

"싫다잖으냐."

"방책을 찾으세요."

"나라님이라도 물길은 만들지언정 마음 길은 못 만든다."

그 말은 수긍할 수밖에 없었는지 명월이 아랫입술을 깨물었다. 이어 무언가를 궁리하듯 수그러져 있던 명월의 고개가 들렸다. 명월의 눈에서 잘 벼린 칼날보다 살벌한 불똥이 번뜩였다.

"어떤 수를 써도 안 되거든 도로 공이 도모하는 일을 실패하게 해주세요."

"뭐라?"

금선은 한발 늦게 명월의 의중을 파악했다. 언제고 다시 오게 하려는 것이었다.

"그렇게까지 해야겠느냐?"

"조선에 그런 사내는 하나뿐입니다. 이 기회를 놓치면 살 이유가 없습니다."

순간 어질증이 난 금선이 이마에 손을 짚고 흔들리는 몸의 균형을 잡았다.

명월은 8년 전, 열네 살에 조실부모하고 제 발로 관노청에 찾

아왔다. 외모와 목소리가 빼어나 잘 가르치면 명기가 될 자질이
보였다.

"이 짓거리가 화려하고 좋아 보이냐?"

당시 금선이 반은 떠보려, 반은 가난할지언정 그에게만 충실
한 남자와 사는 게 더 아늑하리라는 마음에 물었다.

"천한 계집으로 태어나 글을 익힐 곳이 여기밖에 없습니다."

허를 찌르는 대답이었다.

"글을 배우러 기생이 되겠다? 해어화(解語花)가 되겠다 이거
냐? 고년 참 맹랑하구나."

금선은 박장대소했다. 이후 기명을 명월이라 짓고 갖은 정성
을 쏟았다.

"정을 주지 말라 그리 일렀거늘⋯."

금선은 엎질러진 물로 받아들였다. 기생치고 한 번쯤 가슴앓
이를 하지 않은 이 있을까. 명월은 가르치는 것 이상으로 혹독
하게 스스로를 단련시켜온 만큼 다른 이들보다 아프게 치르리
라. 지금으로서는 언제고 지나보내 더 단단해지길 바라는 수밖
에 없었다.

마음을 다잡은 금선이 자리로 돌아갔다. 기왕지사 눈이 멀
었다면 하룻밤이라도 보내게 해야 미련이 남지 않을 터였다. 그
러니 도로는 도무지 틈을 보이지 않았다. 명월을 보고 이리도
목석 같은 사내가 있다니. 남색인가 싶어 미동을 불러다가 이런
저런 심부름을 시키며 떠보았으나 다행인지 불행인지 역시 반
응이 없었다.

도로는 당시 유향소의 좌수 권철주 등에게 청할 일이 있어 술자리에 참석했다. 그는 그들의 환심을 사야 했다. 금선은 그간 갈고닦은 기술을 남김없이 발휘해 자리한 사내들이 도로를 사내구실 못하는 자로 몰아붙이게 했다. 권철주는 도로가 멋을 몰라 잔치의 흥을 깬다며 안색을 굳혔다. 일이 틀어질 참이었다. 도로로서는 선택의 여지가 없었다.

"그럼 네가 시중을 들거라."

도로는 월정향을 지목했다. 동녘이 파리하게 밝아오도록 월정향의 숨넘어가는 교성이 관노청을 뒤흔들었다.

분하고 참담한 마음에 금선은 그 밤을 꼬박 새웠다. 박정한 놈, 이만큼 했으면 한번 품어줄 법도 하건만…. 양반만이 기생을 택할 수 있고, 감히 기생년은 택하면 안 된다는 게야? 저나 명월이 넌이나 죽으면 썩어 문드러질 몸뚱어리인 건 피차일반인 것을….

여기서 이년, 저기서 저년 멋대로 희롱하는 사내놈들은 모른다. 꺾으면 꺾이는 대로 살아야 하는 꽃이 한번 마음을 준다는 게 무언지, 노류장화(路柳墻花)로서 살아야 하기에 더 절절한 그 마음을…. 십수 년이 흐른 지금도 떠오르면 가슴 뻐근해지는 사내가 그에게도 있었다. 다시 온다는 약조나 말지….

도로가 떠난 뒤 명월은 예상대로 시체처럼 드러누웠다. 금선은 기다렸다. 열세 살에 머리를 올리고 도기까지 된 지금, 이제 명월이 제 마음먹기에 달렸지 자신이 할 수 있는 일이 없음을 알고 있었다. 명월은 금선의 예상보다 빠르게 일어나 자기 손으로 음식을 먹었다. 안도한 것도 잠시 명월은 문고리에 숟가락을 꽂고 그 누가 찾든 일체 자리에 나가지 않았다. 제 신세를 갉아 먹는 명월의 꼴에 금선의 속에서 천불이 일었다. 그런데 경기 목사 이한종에게 혈서를 써 명월관을 얻어냈다. 그제야 금선은 명월이 실연당한 아픔에 사내에게 오만 정이 떨어진 게 아니라 거르고 받는 기준이 전보다 더 엄격하고 치열해졌음을 감지 했다.

9년이 흘러 도로가 송도에 돌아왔다. 명월은 이한종에게 명월관과 제필수를 얻어내고, 각종 기기를 만들고, 관노청을 벗어난 희대의 명소로 명월관을 가꾸어온 것이 오직 이날만을 위해서였다는 듯 움직였다. 금선은 9년 전 자기 의지마저 담아 권철주를 움직여 도로의 청을 묵살하게 만든 걸 후회했다. 도로는 다시는 오지 말아야 했다. 기생으로서 살아온 생애에서 그날처럼 머리를 굴리고, 뒷돈을 쓰고, 교태를 부린 적이 없었다. 그 하룻밤 동안 10년은 늙은 듯했다. 그때 기운을 깡그리 소진한 것만 같아 이후로는 동기를 가르치고 기생들을 관리할 뿐 자리에 나가지 않았다.

"지금은 어떤 연유로 만류하십니까?"

"월정향이 들어갔지 않느냐."

양보하라는, 명월로서는 전혀 예측하지 못한 답이었디.

"우리가 이리 사는 건 전부 네 덕이다. 네가 명월관을 만들었고, 우리를 다 데려왔으며, 한양에서 유행하는 물건들을 구해와 명월관을 꾸린 덕에 기생들의 주머니가 마른 콩 붇듯 불어나며 성행하지. 네가 고관대작들을 호령하니 험한 일도 덜 일어난다. 명월관의 차기 행수는 네가 될 것이다. 명월관이 지어질 때부터 예정된 일이었어. 그러니 월정향이 넌 면 한번 세워다오. 넌 나이가 들수록 원숙미가 피어오르니 못해도 앞으로 10년은 더 활짝 핀 꽃으로 살 것이다. 그년은 이제 기울어가고 있어. 네가 입 때까지 퇴기(退妓)들을 보살폈듯, 월정향이도 네 그늘 아래서 살겠지. 그년도 알아. 그래도 한때는 송도 관노청 최고의 기생이었다. 너만 아니었으면 지금도 최고였을 거야. 그년에게 마지막으로 기 펼 기회를 줘. 월정향이도 자기를 따르는 어린 기생들이 있지 않니. 다 가지려 들지 마라. 그 사내 하나를 제외하면 온 세상 사내가 다 네 발밑에 있다."

"온 세상 사내, 명목상으로는 관노청이되 사실상 독립된 명월관의 행수 자리, 갖은 사치한 것들을 다 버리더라도 그 사내만은 포기할 수 없다면요?"

"아서라, 오만이다."

"다 가진 자의 오만이라 여기시는군요. 없어보지 못했으니 없다는 상태가 뭔지도 모르기에 하는 치기 어린 말로요."

당초부터 알아줄 건 바라지도 않았다는 태도였다.

금선은 시리게 언 호수를 향해 돌을 던졌다. 살얼음이나 깔려 있어 손쉽게 깰 수 있을 줄 알았는데 돌은 표면에 흠집 하나 내지 못하고 퉁겨 도리어 자기에게 날아왔다. 금선은 자기가 명월에게 아무런 위엄이 없음을 깨달았다. 더 가르칠 것도 줄 수 있는 것도 없었다. 아니, 금선은 이미 오래전 명월을 관노청에 들이고 기명을 지어준 것에서 제 역할을 다했다. 진즉 쓸모를 다한 그를 명월이 예의상 언니로 대해줬을 뿐이었다.

"말릴 수 없음은 알고 있었다. 그래도, 말이나 해보려…."

단단히 가르치리라 벼르고 온 마음은 화로에 들어간 삭정이처럼 쪼그라들어 사라졌다.

"행수 언니의 말씀은 명심하겠습니다."

명월이 앞으로 한 걸음 내디뎠다. 금선은 고개마저 숙이며 비켜섰다.

도로가 있는 방 앞에 선 명월은 이날을 위해 준비한 것들을 되돌려 확인했다. 아무것도 빠뜨리지 않았다. 심지어 도로는 딱 적절한 때에 왔다. 이보다 일찍 왔다면 그때처럼 자기가 미처 준비되지 않았을 것이다. 이보다 늦었다면 더는 방법이 없었을 것이다.

— 너와 나 단둘이서 비선을 타고 세상을 떠도는 꿈을 꿨었다….

눈물범벅으로 말하던 이의 얼굴이, 떨리던 말소리가 지금 발을 딛고 서 있는 복도보다 더 또렷했다.

명월은 문을 열었다. 음악, 노래, 술에 취해 떠들어대는 소리가 일시에 멈췄다. 명월이 조용히 하라 말한 것도, 누가 마침내 명월관의 명월이 들어왔다 고한 깃도 아니었다. 사람들은 자기가 왜 말을 하다, 술을 마시다, 노래를 부르다 멈췄는지 의식하지 못한 채로 문으로 시선을 돌렸다.

"명월, 인사 올리옵니다."

명월의 고아한 음성이 산 그림자처럼 방에 내려앉았다. 아무도 화답하지 못했다. 명월이 비키란 말도 하지 않았는데 거문고를 타던 연연이 치맛자락 소리도 나지 않게 주의하며 자리를 내주었다. 거문고 앞에 앉은 명월이 좌단에 손을 올렸다. 그 순간의 정적부터 연주의 시작이었다.

명월이 어릴 때부터 눈여겨본 월정향도 지금처럼 숨 막히는 모습은 처음이었다. 이 순간에는 시기조차 불가능했다. 무기가 인간으로서는 불가능한 몸짓을 한다 한들 여상히 발을 디뎌 자리에 앉는 명월의 자태에 견줄 것이며, 악기 하나가 홀로 100가지의 음률을 낸다 한들 목청 하나로 노래하는 명월을 따를 것인가.

9년 전 명월의 소리가 듣는 이들을 모두 명월이 만들어낸 세계로 데려갔다면, 지금은 제각기 의식 깊은 곳에 가라앉아 있던 무의식을 수면 위로 끌어올렸다. 첫 번째 남자는 여러 번 덧댄 저고리와 그 아비의 낮은 관직이 벗을 만드는 데 아무런 장애가 되지 않던, 금방 지은 쌀밥처럼 희고 매끄러운 빛으로 가득했던 시절로 돌아갔다. 두 번째 젊은이는 빛바랜 종이처럼 흐릿해진 조모를 회상했다. 조모는 아버지와 자기에게 항시 죄스러워했다. 하지만 증조부모는 조모와 그의 아비까지 먹이고 입힐 여력이 없었으며 외증조부모는 묵묵부답이었다.

낮과 밤이 손바닥 뒤집듯 한순간에 바뀌지 않는 것처럼 명월의 연주의 시작과 끝도 그러했다. 차를 다 마신 뒤에도 남은 향처럼 음악의 잔향이 방을 메웠다.

술에서 깨듯 자기 자신으로 돌아온 월정향이 다른 이들에게도 현실로 돌아올 때가 되었음을 알리는 신호처럼 손뼉을 쳤다. 그제야 정신을 차린 두 젊은이가 양 손바닥을 열렬하게 두드렸다. 도로는 예의상으로라도 손뼉을 치지 않았다. 월정향의 입술을 타고 회심의 미소가 흘렀다.

그래, 꾸미지 않은 너도 못 이기는 내가 작정하고 나온 널 어찌 이기겠니. 하지만 명월아, 날 이기는 걸로는 부족하지. 그때 도로 공이 날 원한 게 아니라 널 피한 것이었음을 누구보다 잘 알지 않느냐.

"미흡한 솜씨라 즐기시는 중에 누가 되지는 않았는지 모르겠습니다."

명월의 내리뜬 눈은 누구도 보고 있지 않으나 도로를 향한 말이라는 걸 모를 이는 없었다.

두 번째 젊은이는 그리 별러놓고도 막상 명월이 오자 쭈뼛거릴 뿐 아무 말도 건네지 못했다. 첫 번째 남자는 자기들을 위해 준비한 게 아닌 줄 알기에 눈치껏 가만히 있었다.

"9년 전 듣는 날이 절정인가 했는데 뛰어넘었구나. 이후에도 함부로 네 한계를 그어서는 안 되겠다."

도로의 입이 열렸다. 월정향은 별안간 명치를 맞은 양 고통스러운 충격을 받았다. 모른 척할 줄 알았는데 칭찬을 해서만이 아니라 내리 물고기처럼 무감정하던 눈에 진정 찬미하는 빛이 깃들어 있었기 때문이었다.

"미천한 소리를 기억해주시니 감읍하옵니다."

명월이 공손히 고개를 조아렸다.

도로는 명월이 들어와 노래하고 금을 타는 내내 온 신경망을 총동원했다. 그러느라 상당한 동력원을 소비해야 했다. 그 또한 무한한 존재가 아니었다. 하지만 명월의 연주는 그의 남은 시간을 소모시킬 만한 가치가 있었다.

기기는 놀라움을 선사할 뿐 음률의 정확함 이상의 감동을 주지 못했다. 그래도 9년 전에는, 노래는 머나먼 훗날을 기약해야 할지언정 연주는 짧으면 10년, 길어도 20년이면 따라잡으리라 믿었다. 사람은 기분과 몸 상태, 환경에 따라 평소 잘하던 연주도 망칠 수 있으나 기기들은 어떤 상황에서도 음을 놓치지 않았다.

도로는 오늘 명월의 연주에서 기기의 한계를 보았다. 기기는 평소보다 못할 수도 없으나 당초 만들어진 상태보다 더 뛰어나게 하지도 못한다. 시간이 지나 노후하면 성능도 떨어진다. 인간도 나이가 들면 음역의 폭과 호흡의 길이는 줄지만, 대신 다른 깊이를 만들어낼 수 있다. 하물며 명월처럼 정점을 가늠하기 힘든 이를 기기가 따라잡을 수 있을까?

아니, 기기의 가능성이야말로 섣불리 선을 그어서는 안 되었다. 그야말로 인간의 청력으로는 다 담지 못하는 미세한 음까지 빠짐없이 들었다. 미각이 예민한 사람이 음식을 잘하듯 인간의 청력을 뛰어넘은 귀가 있다면 인간을 능가하는 소리를 만들어낼 수 있는 것이다.

첫 번째 남자는 둘의 짧은 말에 내포된 속뜻을 찾아 귀를 곤두세웠다. 그때 두 번째 젊은이가 여 보란 듯 술잔을 비우고 소리 나게 내려놓았다. 이어 명월이 앉을 자리라는 뜻으로 옆에 앉은 연연을 거칠게 밀었다. 뭘 걸쳤든 기생 따위에게 양반인 자신이 밀릴 수는 없었다. 외조모가 〈자녀안〉에 올랐을지라도 양반은 양반이었다.

본성이란 혹은 한 해 한 해 누적된 경험을 토대로 만들어진 인간의 내면이란 한두 번의 정화로 가실 수 없는 법, 명월의 탄주와 노래가 준 감흥은 찰나로 사라졌다.

명월의 눈썹이 흔들렸다. 그는 자기 눈앞에서 기생이든 노비든 몸에 손을 댄 자와는 다시는 같은 자리에 앉지 않았다.

"적절한 술은 흥을 돋우나 과하면 음률이 들어갈 곳이 없지요."

명월의 목소리가 냉랭하게 울렸다.

"밤이 늦었군."

첫 번째 남자가 자리를 뜰 채비를 했다.

"무슨 소리야? 이제 시작이지."

낄 자리 빠질 자리 모르고 따지는 두 번째 젊은이를 첫 번째 남자가 힘주어 일으켰다. 천둥벌거숭이 시절의 정으로 몇 번 군자라 칭해주니 주제를 몰랐다. 애초에 부덕한 이의 소생을 벗으로 두는 게 아니었다.

단옥과 연연이 배웅을 핑계로 몸을 세웠다. 방을 나서려던 첫 번째 남자가 중요한 일을 잊고 있었다는 듯 연언에게 비단 주머니를 건넸다. 그는 문간에 버티고 서서 연연에게 지금 풀어보라는 의지를 전했다. 연연이 열어보니 값진 비녀가 들어 있었다.

"오늘 수고한 네게 주는 상이니라."

그는 생색을 넣은 헛기침을 했다. 단옥은 기가 찼다. 시중은 자기가 들었는데 선물은 연연이 받았다. 푸대접을 받은 연연에게 명월 앞에서 선물을 하며 자기는 두 번째 젊은이와는 다름을 보이고자 하는, 씨알도 먹히지 않을 허세였다. 그런다고 명월이 자기를 봐줄 줄 아나?

첫 번째 남자는 명월의 칭찬을 기다렸으나 명월은 사이에 담벼락이라도 있는 양 눈길도 주지 않았다. 남자는 소인을 멀리하지 못한 자신을 탓하며 방을 나갔다. 내일 명월관에 서신을 보내 두 번째 젊은이와 절연했음을 알리리라.

방에는 도로와 명월을 흥미롭게 지켜보다 나갈 때를 놓친 월정향만 남았다. 9년 전 명월은 눈에 불을 켜고 달려들었다. 지금은 초연한 태도를 보이고 있었다. 그게 먹힐까?

나이 지긋한 유향품관들도 관노청에서는 점잖은 허울을 벗어던졌다. 9년 전 명월이 도로에게 자신을 품어달라 청하자, 그들은 하얗게 센 수염을 쓰다듬으며 자기들이 훨씬 잘 할 수 있다며 지저분한 농지거리를 던졌다.

"왜 저자냐? 어디가 마음에 들어서?"

명월을 탐내던 권철주가 격분해 콧바람을 뿜었다. 좌수인데다 이 자리에서 가장 연장자이니만큼 그가 바라면 다른 이들은 양보할 수밖에 없었다. 문제는 옆에 있는 다른 사내가 아니라 명월을 어찌 달래 품을까였다. 그런데 그 도도하기로 이름난 계집이 도로에게 자진해서 자신을 바치려 들었다. 다른 저의가 숨어 있는 건 아닌지 하는 의혹마저 들었다. 자기보다 젊은 걸 제외하면 도로에게 뭐 볼 게 있단 말인가?

명월은 고개를 들어 대담하게도 도로를 정면으로 응시했다. 한겨울 서리도 단박에 녹일 듯 뜨거운 눈빛이었다. 나중에 그 자리에 있던 이들은 하나같이 명월만이 아니라 다른 어떤 이에게서도 그토록 맹렬한 정염에 타오르는 눈은 본 적 없다 입을 모았다.

"소첩 감히 그 몸, 옷 아래 감춰진 그 몸을 원하나이다."

사내들이 발칙한 계집이라고 박장대소하는 중에 월정향은 대대로 내려오던 도자기가 산산조각 나는 소리를 들은 듯 무너졌다. 명월이 관노청의 문턱을 넘은 날부터 언젠가 자기 자리를 위협할 것을 직감했고, 각오도 다져두었다. 자기가 나이가 더 많으니 당연한 순리였다. 월정향은 떨림을 감추려 상 아래에서 손톱이 살을 파고들도록 주먹을 쥐었다. 자기가 명월을 얕봤다. 명월은 이미 오래전에 자기를 능가했다. 가랑비에 옷 젖는 줄 몰랐던 정도가 아니라 장맛비에 둑이 터져 논밭이 쑥대밭이 된 줄도 모르고 한가하게 낮잠 자고 있었던 것만 같은 열패감이 몰아쳤다. 행수인 금선조차 저리 대담한 말을 뱉는 기생은 본 적 없었을 것이다. 월정향의 무너진 마음을 짓밟듯 사내들의 웃음과 찬사가 울렸다. 명기가 되겠구나! 명기가 되겠어!

"한 곡 더 들으시겠습니까?"

명월이 눈을 내리깔며 손가락을 거문고 줄에 대었다. 현재로 돌아온 월정향이 엷은 미소를 지었다. 그때처럼 앞뒤 없이 달려들리라고는 생각도 하지 않았다.

"소리는 그만 됐다."

도로가 손을 들어 제지했다. 그리고 몹시도 어색하고 낯선 얼굴로 말했다.

"내게 바라는 게 있느냐?"

그러더니 제풀에 눈을 피했다. 월정향은 소스라쳤다. 갑자기 왜? 자기가 뭘 놓쳤지? 도로 또한 명월이 연주하는 동안 줄곧 해바라기가 태양을 좇듯 온 신경을 쏟았으나 여인을 탐심하는 사내의 눈빛은 아니었다. 분명 경이로운 선율에 대한 순수한 경탄이었다. 그렇다고 확신했다. 자기가 어언간에 퇴물로 전락해 세밀한 눈빛의 변화를 읽지 못했는가?

"소첩은 공께서 제 노래와 금을 칭찬해주신 것만으로도 과분하옵니다."

명월이 바라는 게 없다는 태도로 말했다. 이제 당황해야 할 쪽은 도로였다.

"소리는 그만 되었다면 이만…."

"잠시만…."

물러나려는 뜻을 표하는 명월을 도로가 붙들었다. 짐짓 의아한 얼굴을 한 명월이 도로를 쳐다보았다. 도로의 형색은 겉보기로는 태연했으나 머릿속 회로들은 분주히 돌아가고 있었다. 9년 전 명월은 자기의 모든 걸 걸고 그를 갈구했다. 지난 9년간 오직 이날을 위해 자기 생을 바쳐왔다. 그런데 왜 저런 태도를 보이는 거지?

분석 결과가 나왔다. 조선은 법보다 예가 앞서는 나라였다.

명월 자신은 개의치 않는다 해도 주변의 눈이 있었다. 그가 일전에 혼신을 다한 명월을 무안 줬으니만큼 입장이 바뀐 지금은, 조선식으로 말하자면 예전 명월이 보인 것 이상의 예를 표명해야 했다.

"지난날의 무례를 사죄한다. 그리 가벼이 물리쳐서는 안 되는 마음이었다. 바라건대, 이제라도 갚을 길을 다오. 내 네 종이 될 것이니 대청 밖에서 밤새 무릎을 꿇으라 명하면 꿇을 것이요, 온 세상에 나는 이제 너만의 사내라 천명하라 하면 미친놈처럼 온 고을을 돌아다니며 목청을 다해 외칠 것이요, 소지(小指)를 끊어 성의를 보이라면 이 자리에서 잘라 바칠 것이다. 그리하여 네 마음이 풀려 다만 하룻밤일지라도 함께할 수만 있다면 눈 깜빡하는 찰나의 시간조차도 헛되이 보내지 않으리라 약조한다."

월정향은 도로의 입에서 나온 말만이 아니라 그의 입술과 목소리가 미세하게 떨리는 것을 놓치지 않았다. 이 사내는, 명월이 이 정도 준비를 했으니 설마한들 그럴 리야 없겠지만 만에 하나라도 거절당할까 진심으로 우려하고 있었다. 하늘이라도 무너진 듯 요동치는 월정향의 동공이 명월에게 옮겨 갔다. 무엇이냐? 무엇으로 이 사내의 마음을 바꿔놓았느냐?

명월의 이마가 이럴지 저럴지 갈등하듯 수그러졌다. 도로의 회로가 아까보다 기민하게 움직였다. 자신의 분석이 틀렸는가? 9년간 쌓인 앙금을 해소하려는 의도가 다였나? 명월과 왕실 종친 이종숙의 일화는 워낙 유명해 도로도 알고 있었다. 명월은 이종숙을 유혹하기 위해 혼신의 힘을 다했으나 막상 넘어오자 즉시 흥미를 잃고 내쳤다고 했다.

"아이가 방을 준비할 것입니다."

이 말을 끝으로 명월은 뒷걸음질 쳐 나갔다. 월정향도 정신을 수습해 빠져나왔다. 복도에 단옥과 연연이 서 있었다.

"차, 참말로 조, 조, 종이 되겠다고까지 하셨어요? 양반 나리가?"

연연이 신랑이 장원급제했다는 소식을 들은 양 발을 굴렀다. 월정향은 허덕대며 안채에 있는 자기 방으로 갔다.

독한 년….

큰 기대를 품고 공들여 칠했던 입술이 자기 이로 짓찢겼다. 월정향은 아끼던 분통을 집어 벽에 던지기 직전에 멈췄다. 마지막 자존심이었다. 다들 자기가 철저하게 졌으며 그로 인해 얼마나 분할지 알 터였다. 굳이 그 사실을 확인시킬 것까진 없었다.

"언니, 들어가요."

문밖에서 명월의 목소리가 들리더니 거부할 새를 주지 않겠다는 듯 문이 열렸다. 월정향은 거울을 보지 않아도 눈가에 바른 분이 너저분하게 번져 있음을 알았지만 큰 패배 앞에 작은 상처에 불과했다. 그는 얼룩진 눈가를 닦는 시늉도 없이 물었다.

"망할 년, 그 사내를 기다리게 하면서까지 날 놀리려 왔느냐?"

"어찌 그런 말씀을 하세요."

"어떻게 넘긴 게야? 보통 이가 아닌데 무슨 수작을 부렸어?"

월정향이 채근했다. 도로는 그때나 지금이나 달라진 게 없었다. 여인들의 춤, 음악, 술에 관심이 없는 걸 넘어 성가신 걸 감추려 안간힘을 쓰고 있었다. 한편으로는 이런 자리에서 어떻게 행동해야 하는지 아무것도 모르는 순진하고 어린 남자의 모습으로 보이기도 했다. 그런 사내를 그 짧은 시간에 어떻게 홀렸단 말인가?

명월은 잠자코 가져온 자개함을 열었다. 옥가락지, 은 몸체에 밀화와 금패를 물린 비녀 여럿, 금세공을 한 빗, 떨잠, 장도가 달린 은젓가락 따위로 꽉 채워져 있었다. 월정향의 표정이 다소 풀렸다. 혼자서만 오기 부릴 뿐 이러든 저러든 지는 싸움에서 상대가 이 정도로 숙이고 들어온다면 받아들이지 않을 이유가 없었다. 월정향도 자기가 명월 덕분에 다른 지역 기생보다 편히 지내며 노년도 근심할 필요 없음을 알았다. 명월은 첩으로 들어갔다 정실의 등쌀을 이기지 못해 도망쳤거나 남자가 싫증을 내 버려진 이들을 전부 거두어 돌보았다. 알면서도 명월이 미운 까닭은 자기보다 곱고 잘나 시기하는 것만은 아니었다. 명월은 여타의 기생과 달랐다. 명월이 자진해서 기생이 되겠다며 찾아와 금선 앞에 섰을 때 월정향도 그 자리에 있었다.

— 천한 계집으로 태어나 글을 익힐 곳이 여기밖에 없습니다.

금선은 그 말을 해어화가 되겠다는 뜻으로 받아들였으나, 월정향은 그 말이 진심임을 인지했다. 뭐 저런 미친년이 다 있나 싶어 면밀히 지켜보니 과연 명월은 소리, 춤, 노래를 공부하는 틈틈이 글공부에 몰입했다. 그게 꼴같잖았다.

월정향은 다섯 살 때까지 어미와 함께 관청의 내동헌이 자기 집인 줄 알고 살았다. 아비의 생김새나 목소리는 물안개가 낀 날의 산수(山水)처럼 어슴푸레했지만 자신을 몹시도 귀여워했던 건 선명했다. 아비는 본가에 있는 딸은 어미를 닮아 박색인데 그는 반반하다며 역시 여자는 예뻐야 한다고 입버릇처럼 말했다. 어미는 매번 그런 소리 마시라며 낯빛을 흐렸다. 월정향은 자기가 칭찬받는 걸 어미가 싫어하는 게 이상했다. 그는 '딸'이었고 다른 딸은 '따님'인 이유도 말이다. 어미가 만류할 때마다 아비는 "군자란 빈말을 하지 않는 법"이라며 껄껄 웃고는 그의 볼기를 토닥였다.

그가 다섯 살 무렵에 아비가 곧 송도를 떠난다고 했다. 당연히 그도 함께 가는 줄 알았다. 아비가 그를 무릎에 앉고 얼렀다. 그날 일은 구름이 채 가리지 못해 홀로 빛나기에 더 눈이 가는 별처럼 희미한 기억 속에서 홀로 선명했다.

"우리 딸, 얼마나 컸는지 볼까?"

마침맞게 들어온 어미가 그를 아비에게서 빼앗다시피 데려가 품에 안았다.

"나리, 나리의 친딸입니다!"

"어차피…."

아비는 별일 아니라는 듯 웃었다.

자라서야 그날 그 몸짓의 의미를, 엄마를 보자마자 안도하며 터진 눈물의 의미를 알았다.

아비가 예쁘다며 총애한 그는 어미의 출신을 따라 기생이 되

었고, 박색이라 아비가 한 번도 안아보지 않았다는 딸은 지금쯤
비슷한 가문의 사내와 혼인해 호의호식하고 있을 것이다.

아비의 뒤를 이어 부임한 이가 송도를 떠날 때 어미를 데려가
겠다 했다. 어미는 어린 그를 두고 가고 싶지 않았으나 선택의
여지가 있을 리 만무했다.

"얼굴만 믿고 교만하게 굴지 않으면 네게도 앞길이 트일
게다."

그게 어미의 작별 인사였다.

월정향은 어미의 가르침을 따랐다. 교태에 글과 노래, 춤, 금
을 익혀 송도의 이름난 기생이 되었다. 비록 명월에게 추월당해
이인자로 하락했지만 말이다. 그래도 마음만 먹으면 첩으로 들
어갈 자리를 고를 수 있었고 혹여 혼자 늙을 때를 대비해 꾸준
히 패물도 모아두었다.

하지만 명월은 다른 기생들과는 본질부터 달랐다. 사내들이
하는 말에 적절한 답을 해주기 위해서가 아니라 학문 그 자체에
매진했다. 도로에게 거절당한 뒤에는 전보다 더 가열하게 자기
자신을 갈고닦았다. 월정향은 명월이 선전관을 지낸 이와 몇 해
동안 살림을 합쳤던 것도 기생으로서 구할 수 있는 책에 한계가
있기 때문이라 보았다. 명월의 별채에는 기생과는 아무 상관도
없는 《내훈》,《삼강행실도》,《속 심강행실도》에다, 소과를 치르
는 이들이나 보는 《시경》,《서경》,《대학》,《논어》,《중용》에
《소학》까지 있었다. 그걸로도 성에 안 차는지 명에서까지 책을
구했다. 더해 높은 학식으로 이름을 떨치는 이는 자비로 청하거

나 천릿길도 마다 않고 찾아가 학문을 논했다.

다른 기생들은 명월이 사내를 고르는 기준을 모르겠다지만 월정향은 알았다. 명월은 학식으로 사내를 택했다. 부유하거나 관직이 높은 자는 명월관을 유지하기 위한 주머니에 불과했다.

월정향은 명월관 내에서, 아니 아마도 조선을 통틀어서도 명월의 목적이 만인의 찬사 속에서 사치를 누리며 사는 삶이 아님을 간파한 몇 안 되는 이였다. 명월에게는 다른 뜻이 있었다. 그걸 견딜 수가 없었다. 자기도 그 뜻 중 일부로 인해 혜택을 볼 것이면서도 그러했다. 저나 나나 천한 기생인 건 마찬가지이거늘….

"미안해요, 언니. 그이를 간절히 갖고 싶었어요. 아시잖아요."

명월의 두 눈이 초승달처럼 휘었다. 월정향은 9년 전 그날 밤을 떠올렸다. 여러모로 영원히 잊히지 않을 밤이었다. 하지만….

"그따위 말로 날 속이려 들지 마. 난 행수 언니랑 달라. 넌 그 사내의 몸이나 정에 관심이 있는 게 아니야."

월정향이 가소롭다는 듯 콧방귀를 뀌었다.

"왜 그리 생각하시죠?"

"그야…."

명월의 의아한 표정에 월정향의 말문이 막혔다. 월정향은 명월에게 다른 포부가 있음을 꿰뚫어 볼 만큼은 영리했으나 그 뜻을 읽기에는 부족했다.

"저는 어떤 사내에게도 거부당할 수 없어요. 제 명성은 곧 명월관의 명성이에요. 그렇다고 해서 제가 언제 혼자 누리던가요?"

"그래, 네년이랑 싸워봐야 나만 손해지. 몇 개나 고르면 돼?"

명월이 입을 가리고 웃더니 뚜껑을 닫아 손끝으로 밀었다. 함 자체도 고가의 물건으로 명월이 가진 것 중에서도 상등품이었다.

"고르시긴 뭘 골라요."

"함째 주겠다고?"

통 큰 년…. 이런 년이랑 경쟁을 하려 드는 내가 미친년이지. 뱁새가 주제도 모르고….

월정향은 놀라움보다 자괴감에 빠졌다.

"제가 미안해서 주더라며 동생들에게도 자랑하세요."

월정향은 자기의 체면까지 배려하는 명월의 말에, 외려 물이 끓는 힘에 뚜껑이 들썩이듯 부아가 목구멍으로 솟구쳤다. 명월 은 그를 경쟁자로 여기지 않았다. 차라리 그를 제친 뒤 득의만 만해했다면 이보다는 의좋게 지낼 수 있었다.

"이년아, 그래 봐야 우리 팔자 기생 팔자지…."

"공을 오래 기다리게 할 수 없어서요."

"가라, 년아."

명월이 사뿐히 일어나 나가니 단옥과 다른 기생들만이 아니라 연연까지 들어와 자개함 속 물건을 살폈다.

"이걸 다 주고 갔다고요?"

"세상에…. 언니한테 내심 미안했나 보나."

기생들은 차마 건드리지도 못하며 부러워서 어쩔 줄을 몰라 했다.

"언젠가 너희한테 갈 물건이니 지금은 구경만 해."

월정향이 쌀쌀맞게 말을 뱉었다. 허리가 반으로 굽을 지경까지 늙어도 다는 못 주겠지만…. 자기는 몇 년 안에 퇴물로 물러날 것이다. 가르치는 건 영 귀찮은 일이나 동기들 선생을 맡아서라도 악착같이 명월이 옆에 붙어 있으리라. 그년이 도대체 뭘 바라는지, 그걸 해내는지 자기 눈으로 보고 싶었다.

"아까운 년…."

월정향이 저도 모르게 말했다. 막 꽃을 피워 올린 안뜰처럼 화사하던 분위기가 서리 맞은 것처럼 가라앉았다.

"맞아요, 명월 언니는 사내로 태어났어야 해요."

연연이 서글프게 말했다.

✳

초롱을 앞세운 동기가 도로를 명월의 별채로 안내했다.

"명월 언니가 별채에 뫼시라 한 건 공이 처음이옵니다."

동기의 어깨가 귀까지 닿을 듯 치솟았다.

첫 번째 남자가 도로를 데리고 간다는 전갈을 보낸 뒤 명월관에는 바람 없는 풍랑이 일었다. 도로가 누구인지, 그때 명월과 월정향이 어떠했는지, 명월이 처음이자 마지막으로 사내로 인해 앓아누웠다는 말까지, 기생들은 도로, 명월, 월정향의 이름으로 입방아를 찧느라 분주했다. 동기는 작게는 자신의 삶에서, 크게는 명월관의 역사에 남을 일에 자기도 한자리를 맡아 한껏 들떠 있었다.

도로는 이 동기가 벽 뒤에서 악기를 조정하던 두 아이 중 한 명이리라 짐작했다. 그 정도 정밀한 기기는 아직 사람의 손 없이 움직이기 무리인 것이다. 다만 자기 일도 아닌데 기뻐하는 까닭은 알기 어려웠다.

별채 앞에 조금 전 본 남자가 있었다. 그때는 유심히 살필 겨를이 없었다. 찬찬히 보니 30대 중후반으로 체격이 건장해 20대 못지않은 힘을 쓸 것 같았다. 남자가 별채를 받치는 기둥처럼 서 있는 양상은 국경을 지키는 장수처럼 보이기도, 한 세월 전에 버려진 고을일지라도 오로지 자기의 소임을 다하고자 자리를 지키는 빛바랜 장승처럼 보이기도 했다. 이자는 명월 같은 이에게 필연적으로 따라붙을 부류의 사내였다. 보답 받지 못할 마음인 줄 알면서 우직한 순정으로 자리를 지키는 자, 명월이 바라는 일이면 어떤 일이든 묻지도 따지지도 않고 수행할 그런 자 말이다.

사내가 한 발 다가왔다.

"명월은 오래 지체하지 않고 올 것입니다."

"심려할 것 없네. 내 성심성의껏 시중을 들 것이니."

재빨리 신발을 벗은 도로가 툇마루로 올라섰다.

"더 따라올 것 없다."

도로는 동기에게 가라고 손짓하고, 자기 말에서 멀어지듯 발길음을 서둘렀다. 그가 관여하거나 헤아릴 마음이 아니거늘….

"세상에, 지금 시중을 든다고 하신 거야?"

동기는 나직하게 속삭였으나 도로의 청력을 피하지는 못했다. 동기가 놀란 이유는, 몸을 섞는 건 남녀의 일인데도 조선은 여인이 사내의 시중을 든다 하지 그 반대는 존재하지 않기 때문이었다. 도로는 정욕에 얽매이는 존재가 아니었기에 더욱 이런 조선이 기이하게 보였다. 정욕은 남녀를 가리지 않는 인간의 본성인데 조선의 사대부는 얼마 전부터 여인의 그것은 존재 자체를 부정하며 사내들만의 것으로 규정하려 들었다.

방으로 들어간 도로는 마련된 방석에 앉았다. 한쪽에 곱게 깔아놓은 보료는 한 번도 쓰지 않은 새것이었다. 마주 본 원앙 조각도 갈고닦은 장인이 만든 것이나 어쩐지 어색했다. 원래는 소박하게 지내는 방인데 특별히 치장한 모양새였다. 자기를 위해서가 아니라 그와 명월을 예의 주시할 명월관 이들의 눈을 의식한 듯했다.

명월과 자기에 얽힌 이야기를 아는 이들은 열이면 열, 예외없이 명월이 자기를 연모한다 단정지었다. 명월에게 왜 자기를 연모하는지 물은 자는 있어도, 실지로 자기를 연모하는지 물은 자는 없을 것이다. 여인이, 그것도 기생이 사내에게 다른 걸 바라거나 바랄 수 있다고는 아무도 고려조차 하지 않았다.

학식과 인품은 비례하지 않아 오늘 그가 함께했던, 널리 알려진 가문에서 배운 이나 불우한 환경에서 제대로 배우지 못한 이나 명월의 의도를 간파하지 못한 점에서는 도토리 키 재기였다. 그들만이 아니었다. 고전을 통해 조선을 인과 의의 나라로 만들겠다며 학문에 매진하는 수많은 사대부가 명월관을 스쳤다. 그 많은 이들 중 단 한 명도 명월관의 참모습을 보지 못했단 말인가? 사나운 기세의 원앙, 악기와 무기들의 기괴한 요소들, 그 요소들에 내포된 의미를 읽은 이가 정녕 아무도 없는가?

그가 조선 팔도를 돌며 만난 사대부 중 이걸 읽을 만한 이가 떠오르지 않았다. 늙은이들은 고루하고 편협했으며 젊은이들은 우둔하고 욕심만 많았다. 오늘 본 두 젊은이처럼 말이다. 그들이 조선의 미래였다.

붉은 촛농이 핏방울처럼 흘렀다. 명월은 초가 반가량 타도록 오지 않았으나 도로는 동요하지 않고 기다렸다. 자기가 안달복달하라고 일부러 늦장을 부리는 건 아닐 것이다. 아까 기본적인 합의는 이루어졌다. 이제 세부사항을 의논할 때였다. 도로는 명월에게 긴히 처리할 일이 있으려니 했다. 자기보다 그 자신에게 더 중요한 이 시간을 늦출 만큼 꼭 필요하거나 절차상 어쩔 수 없는 일이리라.

도로는 9년 전에도 지금도 명월이 바라는 것을 명확히 알았다. 그렇게 노골적으로 말했는데 모를 수가 없었다. 문제는 그게 그가 주고 싶다고 줄 수 있는 게 아니라는 데 있었다. 없는 걸 있는 척하고 명월을 기만했다가 발각되면 곤란해질 건 자기 자신이었다. 명월은 그 옛날 송도에서만 유명한 기생이 아니었다. 한양의 권문세가와 연이 닿아 있어 명월이 작심하면 그의 신상이 곤란해질 수도 있었다. 이름과 외양이야 바꾸면 그만이지만 다시 자리를 잡고 일을 시작하려면 오래 설빌 것이다. 한편으로 명월은 그의 일을 앞당겨 이루게 해줄 수도 있었다. 그럼 이제 어떻게 해야 하는가….

그가 대응책을 채 마련하기도 전에 체중이 실린 툇마루가 삐

걱거리는 소리가 가까워졌다. 곧 이어 미닫이문이 열리더니 9년 전에는 가능성은 보였으되 덜 여물었던 이가 이제는 장수의 기백을 하고 어울리지도 않는 다소곳한 절을 올렸다.

도로는 품에서 작게 접힌 편지를 꺼냈다. 아까 그는 첫 번째 남자의 위선, 두 번째 젊은이의 불평과 치기를 잠시라도 피하려 뒷간 핑계를 대고 나왔었다. 그가 혼자 있기를 기다리던 사내가 다가와 이 편지를 주고 사라졌다. 명월은 편지를 돌려받지 않았다. 자신이 쓴 글이니 볼 필요 없었다.

관아를 기기청(汽機廳)으로 신건축하게 해드리겠나이다.

"어찌 알았느냐?"

명월은 옅은 미소를 방패 삼아 모든 패를 다 보여줄 수는 없다는 뜻을 전했다.

"사실이냐?"

"믿지 못하셨다면 그리 사죄의 말까지 하시며 이 자리에 오셨겠습니까?"

다른 이들이 있는 자리에서는 속내를 다 드러낼 수 없었다 해도 단둘이 있는 지금에조차 명월은 기이하리만큼이나 냉정했다. 이 방으로 오면서 상상한 눈빛과 달랐다. 일순 거울을 보는 듯한 착각이 일 정도로 무감정했다.

아니다. 같을 리 없었다. 그에게도 욕망이라 명명할 만한 것이 존재하나 앞에 있는 인간과는 달랐다. 9년 전의 명월이 타오

르는 불꽃이었다면 현재의 명월은 뼛속까지 얼어 있는 빙산이
었다. 그러나 본질은 같았다. 얼음도 화상을 입힌다.

"네 글귀 한 줄 때문에만 여기 온 건 아니다. 나무에 있던 가
기조 중에 기이한 게 섞여 있더구나."

가기조 중 도로의 시선을 끈 새는 기계로만 만들어진 게 아니
었다. 그 새는 실제 새의 안구를 썼다. 집어 들어 살피니 심장까
지 진짜였다.

"공이시라면 알아보실 줄 알았사옵니다. 보셨다시피 공께는
한참 못 미치옵니다."

"오래는 못 가겠더라."

심장 주위에 발조로 돌아가는 집게가 새의 심장을 자극해 뛰
게 했다. 발조가 다 풀리면 손으로 새로 감아 돌려야 했다. 그래
도 길어야 10여 회를 넘기지 못하고 영구히 멈출 것이다.

"아까 선보인 악기가 정녕 명월관의 기공들이 만든 것이냐?"

"그러하옵니다."

"뛰어난 기공을 구했구나."

"어찌 번데기 앞에서 주름을 잡겠나이까."

"어린아이들이 뒤에서 조작을 거들더라."

"맞사옵니다. 김으로만 움직이지 못합니다."

"그 손가락…."

춤과 연주, 노래에만 취한 두 젊은이는 지나쳤으나 도로는 악
기의 손을 놓치지 않았다. 악기들은 주로 타악기를 연주했다.
현악기를 쥐고 나온다 해도 간간이 튕기며 음을 거들 뿐 본격적

인 연주는 하지 못했다. 섬세한 손놀림을 요하는 탓이었다. 그런데 명월이 들여보낸 악기는 여덟 줄과 열 줄 현악기를 다뤘다. 연주라 부르기는 부족했으나 튕기기만 하는 수준은 넘었다.

"그건 분명 사람의 손가락뼈였다. 어디까지 갈 셈이냐? 아니, 어디까지 갔느냐?"

"자연히 죽은 이의 것입니다. 산 자의 것을 앗는 악랄한 수는 쓰지 않습니다. 그리 이루어서는 안 되는 일이지요. 하여 공이 필요합니다."

"뭘 원하느냐?"

도로가 여전히 같은 것을 바라는지 확인차 물었다. 그 순간 명월의 눈이 한밤중 깊은 산중에서 마주한 범의 그것처럼 형형하게 빛났다. 도로는 새삼 인간들의 어리석음을 느꼈다. 어찌 저 눈빛을 정염으로 읽는단 말인가. 긴 세월 조선 팔도를 떠돌며 사내에게서도 본 적 없는 눈빛이었다. 9년 전에는 바로 그 이유로 거부했다. 인간들과 섞인 지 수백 년이었다. 그간 누구에게도 들킨 바 없거늘 명월은 한눈에 자기 정체를 간파했다. 저 속에 무엇이 더 있을 것인가. 위험한 자였다. 알면서도 이번에는 무작정 거부할 수 없었다. 이제는 그도 명월이 필요했다.

"그때와 같사옵니다. 공의 몸, 옷 아래 감춰진 그 몸을 원하나이다."

"주고 싶다 해서 줄 수 있는 게 아니다."

"줄 수 있는 만큼이라도 주시옵소서."

"왜 이 몸을 바라느냐?"

"익히 짐작하실 텐데요?"

"내 짐작이 맞는다면 현재 조선의 기술로서 가능한 일이라 장담하기 어렵다."

"하여도 보아주시기는 하시겠지요?"

도로는 고개를 까딱였다. 명월은 짧은 한숨을 쉬었다.

"당장 오늘 밤에라도 보여드리고 싶사오나 지금은 눈과 귀가 많습니다. 이 주변이야 얼씬도 못 하게 막았습니다만….."

도로는 나무 그림자, 기둥 뒤처럼 으슥한 곳에 숨어 있는 이들의 기척을 감지했다. 누구도 둘의 대화를 엿듣지 못하게 하려 함이었다. 그래도 둘이 어떤 밤을 보내는지 궁금해 멀리서나마 서성이는 이들이 있었다.

"사람의 마음을 살 줄 아는구나."

이 별채를 지키는 자들은 대충 시간을 때우고 술값을 얻으려는 게 아니었다. 쪽지를 건넸던 사내만이 아니라 다들 진심으로 명월을 지키고자 했다.

"공께서는 못하시는 것이지요. 저는 유향소 좌수 권양목의 마음을 움직일 수 있습니다. 권양목이 나서면 유향품관들이 따를 터이고, 그들이 함께하면 수령도 뒷짐 지고 있지 못합니다."

명월의 말대로 조선에서 일을 하려면 지위와 명망이 높은 자의 환심을 사야 했고, 환심을 사려면 사치스러운 술자리가 필수조건이었다. 술로 초면의 어색함을 삭감해 누그러진 분위기에서 대화를 통해 일을 논의하는 게 아니라 인사불성이 될 정도로

취해 다 같이 바닥을 드러내야 했다. 술자리를 끝까지 함께하는 자가 일도 끝까지 함께하리라 여기는 것이다.

도로로서는 이해하기 힘든 논리이나 정히 필요하다니 매번 술값과 기생에게 선심 쓸 값을 마련했다. 심지어 9년 전에는 그도 어울리라는 강요에 못 이겨 기생과 밤을 보내기까지 했다. 그렇게까지 했는데도 당시 좌수였던 권철주는 그가 그릇이 작다며 내쳤다.

"시절이 수상할수록 누가 진정 믿을 만한 자인지 따져봐야 하지 않겠습니까?"

마땅찮아 하는 도로의 의중을 읽은 명월이 말했다.

"그걸 왜 술로 하는가?"

"그게 조선의 사내입니다."

"넌 사내를 유혹해 다룰 줄 알지. 하지만 내 바라는 일은 명월관을 짓는 것과는 차원이 다른 일이다."

"사내를 얻으면 그 사내가 가진 것도 얻는 법입니다. 오늘 그 공자들이 왜 제게 쩔쩔맸겠습니까. 제 가체에 꽂힌 떨잠이, 제 손가락에 끼워진 가락지가 누구에게서 왔는지, 다른 말로 제 말 한마디에 자기들 앞날이 걸린 줄을 알기 때문입니다. 공께서 제 종이 되어 밤새 무릎을 꿇으라 하면 꿇겠다 하신 것도 같은 연유 아니었습니까? 저는 욕심이 많지 않습니다. 제가 바라는 걸 들어주신다 해도 공께 해가 가지는 않으리이다. 제 사사로운 이익만을 위해 쓰겠다는 말씀입니다."

명월의 입술이 하얀 치아가 보일 듯 말 듯 벌어졌다. 유혹하는 듯한 웃음이었다. 일순 당황했던 도로는 곧 그것이 명월의 의도가 아님을 인지했다. 유혹하는 웃음이 아니라 웃음이 아름다워 유혹당하는 것이다. 심지어 그가 말이다. 그는 이대로 호락호락하게 넘어가지 않도록 정신을 바짝 차려야 한다고 스스로에게 단단히 일렀다. 저자를 어떻게 믿고 그 기술을 내준단 말인가? 그건 당장 실연하기 요원한 건 둘째 치고 아직은 실연되어서도 곤란한 기술이었다.

"나는 네게 내가 원하는 것만 취할 수도 있다."

명월은 그게 어떻게 가능하겠느냐는 듯 바라보았다.

"난 힘으로 널 굴복시킬 수 있다."

"이 몸에 상처가 나면 값어치가 떨어집니다. 하면 공께서 바라시는 일도 요원해지리다."

"난 네 몸에 상처를 입히지 않고도 육신을 가진 존재는 이겨 낼 수 없는 고통을 가할 수 있다."

"뭇 사내들이 탐내는 건 이 몸만이 아닙니다. 제 몸이 아무리 대단한들 상상 속에서나 가능한 체형에, 뜻대로 고분고분한 데다 살아 있는 자 누구도 불가능한 체위를 제공하는 기녀들에 견줄 바가 아니지요. 그런데 왜 저를 갈망할까요? 사내들은 이 몸 안에 있는 정신을 원합니다. 제가 자신을 진정으로 섬기기를 바라지요. 그게 제가 사내들에게 발휘할 수 있는 힘입니다. 제 일생을 건 바람을 버리고 공의 뜻대로 움직이도록 제 정신을 굴복시키시면 역시 값어치가 떨어집니다. 아무 힘이 없는 자의 절박한 애걸 따위 얼마나 속절없는지 익히 아시지 않습니까?"

명월은 9년 전 일을 이야기하고 있었다. 도로가 지쳐 잠든 월정향을 두고 방을 나서니 명월이 문 앞에 엎드려 있었다. 경칩이 지났거늘 꽃샘추위는 한겨울 못지않았다. 추위로 굳은 명월이 고장 난 기기처럼 끊어지는 동작으로 고개를 들었다. 밤새 그 자세로 있던 품새였다.

"절 취하소서. 공께서 원하는 건 무엇이든 이루어드리리다. 필요한 이 누구라도 마음을 움직여드리리다. 그러니⋯."

명월의 곱은 손이 도로의 발목을 붙들었다.

"부디, 제게 그 몸을 허락하여주소서, 공, 제발⋯."

도로가 힘으로 뿌리치자 명월은 장도를 꺼내 목에 가져다 댔다.

"끝내 제 청을 들어주지 않으신다면 이 자리에서 자진하겠습니다!"

명월의 입에서 칼날 같은 입김이 뿜어져 나왔다. 기생 하나가 자진하든 말든 상관할 바 아닌지라 돌아서기 직전, 자기를 겁박하는 존재가 보통 기생이 아니라는 정보를 인식했다. 명월을 탐내는 이들이 있는 만큼 분명 일이 커질 것이다. 도로는 명월을 관찰하며 저렇게 극단적으로 나오는 까닭과 실행에 옮길 확률을 분석했다.

"넌 목숨을 걸고라도 이 몸을 원할 만큼 절실한 이유가 있다. 그건 네가 살아 있어야만 이룰 수 있는 일이다. 따라서 넌 그리 못 한다."

"도로 고오오오오옹!"

도로는 명월의 절규에서 돌아섰다. 그로부터 9년이 흘러 도로와 명월은 냉기 흐르는 마룻바닥 대신 준비된 방에서, 한쪽은 내려보고 한쪽은 올려보는 게 아니라 마주 앉아 평행한 시선으로 서로를 바라보고 있었다.

　"그때 일을 원망하느냐?"

　"소첩이 미숙했지요. 공을 탓할 일이 아닙니다."

　명월에게서는 새삼 지난 실패에 연연하는 모습은 보이지 않았다.

　"그간 네가 살아야 할 이유에 많이 근접했구나."

　도로는 필요에 의한 것과 별도로 이 인간에게 흥미를 느꼈다. 기생들은 타고나서든 배워서든 교태가 몸에 배기 마련인데 지금 명월은 고장 나거나 심지어 파괴되어도 표정만은 초지일관인 기기처럼 냉정하고 침착했다. 연주를 하고 노래를 부르면서도 머리카락 끝에까지 찰랑거리던 교태 따위는 찾아볼 수 없었다. 그 정도 몸짓이 연기로 가능하다면 명월을 모범삼아 자신의 인간다움을 한 단계 향상시킬 길을 모색할 수 있지 않을까? 더해 그를 보조할 기기인(汽機人)을 제작하는 데에도 큰 참고가 될 지도 몰랐다.

　"저는 공이 일을 시작할 수 있도록 도울 수 있습니다. 다만 이후에도 공께서 원하는 바를 이루시려면 연기가 필요합니다. 연기가 통하려면 최소한의 진심이 들어가 있어야 합니다. 물론 공께서도 가능하십니다."

　"그걸 위해 너 자신을 만들어온 것이냐? 이 몸을 얻고자? 하지만 힘을 가진 자들은 한 가지 이유로만 움직이지 않는다. 너는 많은 사내를 홀릴 수 있고, 그들의 힘을 이용해 다른 자들을 조종할 수도 있겠으나 네가 예상치 못한 대가를 치러야 할 수도 있을 것이다."

속을 읽힌 게 불쾌해진 도로의 말이 날카로워졌다.

"그 몸을 얻고자 저는 모든 걸 걸었습니다. 새삼 못 치를 대가는 없습니다. 공께서는 이루고자 하는 원(願)을 위해 얼마나 거실 수 있습니까? 그 몸을 그리 아까워하셔서야 큰 뜻을 이룰 수 있겠습니까?"

명월의 흔들림 없는 눈동자가 도로를 응시했다.

그의 원, 그가 모든 걸 걸고 이루어야 하는 원…. 이 순간 거짓은 불가능했다. 도로는 실질적으로 확답할 수 있는 상황은 아니나 자신이 명월의 원을 들어주기 위해 최선을 다하리라는 사실을 받아들였다. 뜻밖에 거기에는 명월의 바람을 이루어주는 걸 종국에는 실패한다 해도 최선을 다한다면 명월이 도중에 멈추지 않고 끝까지 약조를 지키리라는 계산은 들어 있지 않았다. 도로는 웃었다. 날 이 정도로 매료시킬 수 있는 인간이 있다니…. 내가 졌구나. 긴 시간 속에서 겪은 가장 유쾌한 패배였다.

명월은 도로가 결정하기도 전에 미리 그의 결정을 전달받은 이처럼 다가와 그의 옷고름을 잡았다. 도로가 명월의 손목을 쥐어 막았다.

"굳이 봐야겠다면 내가 하겠다."

그 말에 순순히 손이 치워졌다.

"너도 그 차림으로 잠들기는 곤란할 터이나 역시 내 도움은 필요치 않을 것이다."

명월은 입도 가리지 않고 천장을 향해 가슴을 열고 웃었다. 살을 베고 뼈를 깎는 각고의 노력 끝에 마침내 원하는 것을 손에 넣은 자만이 지을 수 있는 웃음이었다.

"아깝구나."

도로가 불현듯 말했다. 그는 인간을 믿지 않았다. 그러나 저 자라면, 저 정도 배포와 담력을 지니고 뜻을 위해 몸을 낮추고 긴 세월 와신상담 할 수 있는 자라면 그의 목적을 공유하며 같이 일을 도모할 만했다. 애석하게도 명월은 여인이었다. 이 땅은 여인에게 그런 일을 용인하지 않았다. 명월이 많은 사내를 부릴 수 있다 하나 그것은 어디까지나 기생이기에 가능한 영역 안에서였다. 도로가 너는 네 자신의 재능이 아깝지 않으냐고 묻듯이 명월을 바라보았다. 명월은 우문(愚問)에 현답(賢答)하듯 짧게 웃었다.

도로는 두루마기를 벗었다. 본격적으로 보겠다는 듯 명월이 양반다리를 하고 앉아 무릎에 팔꿈치를, 손등에 뺨을 괴었다. 도로의 마음이 불편해졌다. 자기가 여인 앞에 몸을 보인다 해 부끄러움을 느낄 리가 없으며 명월이 자기에게 아무런 욕정도 없음을 아는데도…. 그는 자기의 지금 감정을 분석하고 당황했다. 수치스러운 부끄러움이 아닌 열에 들뜬 부끄러움으로, 그가 처음 인지하는 감정이었다. 그가 이럴진대 명월을 본 사내들이 명월에게서 헤어 나오지 못함은 당연한 일이었다.

"만져봐도 되겠습니까?"

명월이 물었다. 도로는 위아래로 턱을 움직였다. 명월은 시집보낼 손녀의 자수를 살피는 조모처럼 애정과 엄격함이 깃든 손길로 그의 머리끝부터 발끝까지 낱낱이 훑었다. 습관인 듯 왼손 새끼손가락은 곧게 세워 아홉 손가락만 그에게 닿았다.

"아름다우십니다."

명월의 입술 양 끝이 올라가며 유려한 호를 그렸다. 이런 걸 찾아왔다.

＊

도로는 수면 상태에서 활동 상태로 전환했다. 명월의 눈은 감겨 있었고 숨소리는 느린 박자로 반복되었다. 이불 아래 선을 보니 실오라기 하나 걸치지 않았다. 본시 그렇게 자는 모양이었다. 자기 전 화장을 지워 맨얼굴에 9년 전 어린 여인의 모습이 달무리처럼 남아 있었다. 자기를 보는 시선을 느낀 명월이 깨어났다.

"기침하셨습니까?"

명월은 늘어지게 기지개를 켜며 일어났다. 이불이 흘러내리며 벗은 상체가 고스란히 드러났으나 몸을 가리려는 시늉조차 하지 않았다. 그를 유혹하려는 게 아니라 유혹할 필요가 없는 까닭이었다. 명월은 입었던 순서와 반대로 벗어, 곱게 접어 쌓아둔 옷 무덤에서 다리속곳을 집었다.

도로는 사람들이 옷을 입고 있을 때도, 특히 한복처럼 체형을 상당 부분 가리는 복식을 걸쳤을 때조차 그 안에 있는 육체를 파악할 수 있었다. 그가 성욕이 없는 존재라는 건 둘째 치고 그렇기에 옷 안에 있는 몸 따위에 관심을 둘 이유가 없었다. 하지만 이번만은 명월의 몸이 크고 작은 몸짓에 따라 변화하는 곡선을 놓치지 않고 지켜보았다. 집중해 볼 가치가 있는 몸이었다. 명월이 팔을 뻗고 다리를 움직이고 허리를 세울 때마다 한 번도 같은 모습으로 부서지지 않은 파도처럼 이전과 다른 각도의 곡선들이 생겼다 사라지고 다시 나타나기를 반복했다. 여인은 바라고 사내는 원하는 곡선이었다. 옷고름을 매는 손동작에서도 운율이 느껴졌다. 명월의 몸이 옷에 완전히 가려지자 아쉬움이 밀려왔다. 이는 아름다운 곡이 끝났을 때의 아쉬움과 같았다.

도로는 모든 걸 기록했다. 언젠가 저 몸의 곡선이 필요할지도 모른다. 명월의 말대로 사람을 움직이려면 그의 욕망을 읽어야 했다.

어떻든 도로는 사내의 외양을 취하고 있는데도 명월은 옷장 앞에서 옷을 입고 벗기를 주저하지 않는 듯 거리낌 없이 나신을 드러내 옷을 입었다. 그로써 자기도 그 앞에서 인간다움을 연기할 필요가 없음을 알려주었다. 명월과 함께 있을 때는 정체를 숨기기 위해, 풀지 못한 수수께끼인 인간다움을 연기하기 위해 동력을 소모시킬 필요 없었다. 인간과 함께 있는 중에, 그중에서도 남녀를 엄격히 구분하는 이 땅의 법도 속에서 여인과 단둘이 있는데도 사내와 있을 때보다 효율적으로 동력을 사용할 수 있다니, 실로 신비로운 인간이었다. 양파는 껍질을 까도 작아진 모습으로 나타날 뿐이나 이 인간은 꽃봉오리가 열릴수록 새로운 향과 모양의 꽃잎이 피어나오듯 다른 면을 드러냈다.

"참으로 다양한 면모를 지녔구나."

"누구도 다 보지 못할 것입니다."

도로의 칭찬에 명월의 눈가에 짙은 웃음이 파였다. 많은 사내와 밤을 보냈으나 지금처럼 편안한 적이 없었기는 명월도 마찬가지였다. 물론 그들은 정사를 나누지 않았다. 명월은 도로가 월정향을 실제로 품은 게 아니라, 성욕을 충족시키는 혈을 사용했으리라 짐작하고 있었다. 도로와 명월은 사내와 여인이라는 긴장감이 없기에 피차 연기할 필요가 없는 드문 관계였다.

문득 도로는 명월이 사내들과 밤을 보낼 때 무엇을 느낄지 궁금해졌다. 인간의 욕정이 본능을 넘어서 단지 한 대상만을 향할 수 있는 것인가? 심지어 육신이 주는 희열에 눈을 뜬 뒤에도? 한번 눈을 뜨면 헤어나기 어려운 게 두 육신이 합쳐져 얻는 희열이라는 정도는 그도 알았다.

명월이 누구를 위해 이 모든 일을 하는지는 오래지 않아 알게 될 것이다. 그자가 없었더라면 명월은 더 크게 성장했을까? 아니면 신분제 사회의 틀을 벗어날 다른 계기를 찾지 못한 채 그렇고 그런 인생을 살다 사라졌을까? 알 수 없는 일이나 기왕이면 전자이길 바랐다. 여인으로 태어난 것도 한 사람에게 매이기에도 아까운 자였다.

"공께서는 누군가를 연모하는 마음이 작다 여기십니까?"

명월이 물었다. 도로는 이제 명월이 자기 생각을 읽어내는 게 놀랍지도 않았다.

"연모는 인간의 감정 중 가장 복잡다단한 것이라 온전히 분석하지 못했다. 다만 나에게도 반드시 이루어야 하는 일이 있기에 무언가를 향한 열망과 비슷하리라 추정할 뿐이다. 어떠하든 그대와 내가 바라는 일에 겹치는 영역이 있음이 기쁘구나."

도로는 명월의 손등에 입 맞췄다.

"이런 예법은 멀고 먼 곳에서 온 책에서나 봤습니다."

명월의 눈이 둥글어졌다.

"내 고향의 예법도 아니다. 달리 떠오르는 게 없어서…."

잠시 명월을 응시하던 도로가 입을 열었다.

"아무래도 모르는 듯하여 말한다. 그대를 움직이는 원동력은 연모만이 아니다."

"그럼 무엇이 더 있사옵니까?"

명월이 모르리라는 도로의 추측이 맞았다. 인간들은 때로 인간다움을 모르는 그보다 더 자기 자신의 깊은 감정에 대해 몰랐다.

도로는 어젯밤 명월이 방에 들어온 이후 내내 그를 면밀히 관찰했다. 명월은 안면에 있는 일곱 가지 근육들을 자유자재로 조절할 줄 알았다. 모르긴 몰라도 그러기 위해서 남모르는 노력을 해왔을 것이다. 그로 인해 명월은 원하는 표정은 무엇이든 지을 수 있었다. 꽃은 들판에 피어 있을 때도 아름다우나 장인의 손에 꺾여 다른 꽃을 배경 삼아 어울리는 꽃병에 꽂으면 또 다른 미를 창조한다. 명월은 야생에서 태어나 자랐으나 장인의 눈에 띄어 잎과 가지가 걸러지고 색과 모양과 향까지 신중히 따져 고른 꽃병에 꽂힌 꽃처럼 자연미와 인공미가 어우러진 이였다.

명월은 평온한 표정을 지은 채 답을 기다리고 있었다. 도로의 입이 열렸다.

"분노다."

명월의 얼굴에서 안개가 걷히듯 가공된 표정이 사라졌다. 그 자리에 연기하지 않는 맨얼굴을 넘어 무의식 차원에 존재해, 자기 자신조차 인지하지 못했던 걸 깨달은 자 본연의 얼굴이 나타났다.

"날 감동시킨 대가로 알려주고 싶었다. 널 움직이는 원동력을 명확히 아는 것이 네 바람을 이루는 데 도움이 될 테니."

"감축드리옵니다. 쇤네가 진정 감명한 첫 번째 이가 되셨습니다."

명월의 입은 웃되 눈에는 이전에 없던 깊은 치열함과 노여움이 고스란히 드러났다. 각오하는 자의 눈빛이었다.

"그만 가야겠다."

"배웅하겠습니다."

"그럴 것 없다."

"번거로우시더라도 참으셔야 합니다. 쇤네는 지금까지 운우지정을 나눈 이를 홀로 보낸 적 없나이다."

명월은 거기까지만 말했다.

"함께 일을 하는 상대의 호의는 불필요함을 넘어 성가실지라도 받아들여야 한단 말이지?"

도로가 답을 찾았다.

"이 나라는 뭐든 까다롭답니다."

명월이 애제자를 칭찬하는 스승의 웃음을 지었다. 외면으로는 평심을 되찾은 듯 보였으나 도로는 속지 않았다. 스스로의 본질을 깨닫기 이전으로 돌아가는 건 불가능했다.

도로는 명월관을 나섰다. 남여기를 타고 내려가다 문득 돌아보니 명월이 그가 가는 모습을 지켜보고 있었다. 자기가 시야에서 사라질 때까지 서 있으리라. 타인의 눈을 의식해서가 아닌 그 자신의 원칙이었다. 자기가 돌아보지 않았더라도 다르지 않았을 것이다.

오늘 이후로 여인을 보는 눈이 전과 같을 수 없으리라. 불현듯 실제 볼 수 있는 여인이 한정되었다는 사실이 아쉬워졌다. 그가 여태까지 여인의 존재에 무관심했던 건 이 나라가 안 그래도 사내만 못하던 여인의 운신의 폭을 더욱 좁히고 있으며 그로 인해 그에게 도움이 될 기회가 없는 탓이었다. 조선은 수많은 인재를 낭비하고 있었다. 하지만 어쩌면 그 편협함이 그의 목적을 이루는 데는 더 유용할지도 몰랐다. 한 종류의 인간만 공략하면 되기 때문이었다.

명월은 도로의 모습이 완전히 사라진 뒤에도 제자리에 서 있었다.

마침내… 마침내 너를, 나의 너를….

2장

지금 제 마음이 그러합니다

권철주의 조카가 과거에 급제해 인사를 올리러 왔다. 유향품
관, 고을 관리들이 찾아와 젊은이의 장래를 격려하고 권철주에
게 선물을 안기며 눈도장을 찍었다. 젊은 금선이 권철주 옆에
앉아 경하드린다며 아양을 떨었다. 이때까지만 해도 금선은 자
기가 장차 도기가 될 줄 예상하지 못하고 있었다.

마당에서는 기생들이 너울너울 춤을 추며 가야금을 뜯었다.
사이사이 악기가 북으로 장단을 맞췄으나 박자를 놓치기 일쑤
였다. 그럴 때마다 기공은 양반들의 안색을 살피며 기기를 조절
했다.

본시 기기는 백성들을 교화시키기 위한 용도로 개발되었다.
기공들은 대부분 중인으로, 자신들의 기술력과 백성들을 교화
시키는 역할의 중추를 맡는다는 점에 자부심을 가지고 기기를

제작해 왔다. 그런데 어느 순간부터 기기의 본디 목적은 시나브로 사라지고 양반들의 놀음에 유흥거리로만 동원되니 속이 쓰렸다.

"그만 치우고 다른 걸 가져와라!"

거슬리는 음을 더 참지 못한 권철주가 역정을 냈다. 소가죽 장갑을 낀 기공이 서둘러 악기를 끌어냈다. 끓는 김으로 작동하는 악기는 장갑을 끼고도 만지기 쉽지 않았다. 이어 도제가 다른 악기를 급히 자리에 내보냈다. 기공의 간이 쪼그라들었다. 저 악기 역시 잔치가 잦아 제대로 보수하지 못했다. 박자만 놓치지 않기를 두 손 모아 비는 수밖에 없었다.

금선은 틈을 타 소변을 보러 일어났다. 막 기생이 된 백옥이 안뜰 구석에서 당시 도기였던 홍화에게 야단을 맞고 있었다.

"싫으면 어쩔 거야?"

"연향(宴享)에 참여하면 그뿐이지 왜 잠자리 시중까지 들어야 합니까? 관기와 간음하면 처벌한다는 어명이 내려왔습니다!"

홍화의 손이 백옥의 머리채를 잡았다. 금선이 달려가 홍화를 밀어내고 자기가 백옥을 밀어 자빠뜨려 손과 발을 가려 쓰지 않고 내리쳤다. 그러면서도 얼굴은 피했다.

"죽어, 죽어, 이 미련한 년이 어디서 어명 같은 소리를 하고 앉았어? 시원찮게 굴었다가는 나한테 먼저 죽을 줄 알아!"

백옥은 속수무책으로 얻어맞았다.

"되었다."

홍화가 말했다. 금선은 매를 멈추지 않았다.

"그만하고 네가 책임지고 준비시켜."

홍화는 치맛자락을 휘날리며 사라졌다. 맞은 백옥보다 때린 금선이 더 가쁜 숨을 몰아쉬며 백옥의 머리와 옷차림을 만져주었다.

"조선에서 가장 팔자 드럽게 태어난 연놈들이 기생하고 백정이야. 조카가 과거에 급제했으니 술에 음악에 여자까지 좋은 걸로 주려는데, 여기서 싫은 티 보였다가는 몸 성히 걸어나가지 못해. 빨리 포기할수록 좋아. 임금님이 여는 잔치에 나가는 상기(上妓)도 누가 오늘부터 내 첩으로 들어와라, 하면 찍소리 못하고 끌려가는데 우리 같은 지방 기생년들이 어쩌겠냐. 눈 딱 감고 좋은 얼굴하고, 억울하면 선물이라도 뜯어내. 안 그러면 네 서방까지 성치 못한다."

그 말에 백옥이 꾹꾹 눌렀던 울음을 터뜨렸다.

"울지 마라. 잔치에서 눈물이 웬 말이냐고 따귀 맞아."

금선은 백옥을 달래 다시 잔치에 나가게 했다.

"어딜 갔다 오느냐?"

급제한 조카가 백옥의 허리를 잡아 무릎에 앉혔다.

백옥이 웃는 낯으로 술잔을 드는 걸 보고서야 돌아선 금선이 참았던 소변을 누며 "썩을 놈들."이라고 혼잣말로 욕을 했다. 잔치로 돌아가는 길에 담벼락에 기대 서 소변을 보던 한 유향품관이 금선을 잡았다.

"너, 너, 거기서 꼼짝 말고 있거라."

그는 지난주에 부친상을 치러 법도상 술과 여인을 멀리해야 했다. 금선으로서는 아무도 지키지 않는 법도를 왜 만들었는지 모를 일이었다.

"이년, 이리 오너라!"

볼일을 마친 유향품관이 바지춤을 올릴 필요도 없어 잘되었다는 듯 금선을 잡아끌었다. 지나가던 노비 모두 못 본 척했다. 그는 금선을 벽에 밀어붙이며 아랫배에 힘을 주어 외쳤다.

"나 여기서 금선과 한판 한다아아아아아!"

금선은 이를 악물었다. 견뎌야지, 기생으로 태어난 팔자 어쩌겠냐, 수없이 되뇌어도 익숙해지지 않는 굴욕과 고통이었다. 취해 제대로 서지도 못한 물건으로 낑낑대는 유향품관과 그가 외친 소리를 듣고 터진 음탕한 웃음소리 중 무엇이 더 자기를 갉아놓는지 금선은 구분할 수 없었다. 기생은 벌레 먹은 자두였다. 무른 데다 향기로워 벌레들이 꼬이는 자두처럼, 겉은 곱고 향긋하나 벌레가 파먹은 속은 씨까지 곯아 있었다.

하늘은 쨍하니 맑았다. 권철주와 양반들은 비단 장막 아래 앉아 기생이 부쳐주는 부채 바람을 맞았지만 소작농들은 바람 한 점 없는 논에서 지푸라기를 엮어 만든 모자 하나에 의지해 허리 펼 새 없이 일을 하고 있었다.

"오늘 누가 온 거야?"

"좌수 나리 조카가 과거에 급제했다나?"

"에라이, 이삭이 들 시기에 물을 죄 갖다 쓰면 우린 다 뒈지란 것이야? 금수령(禁水令)이 내려온 게 언젠데…."

한 사내가 젊은 혈기를 이기지 못해 곡괭이를 집어 던지고 한쪽 콧구멍을 막아 마른 코를 뱉었다. 잔치 때마다 악기니 무기니 하는 기기를 돌리다보니 논에 댈 물이 남아나질 않았다.

"아가리 조심하지 못해?"

그의 아비가 사내의 입을 막고 근방에 마름이 없는지 두리번거렸다. 일하던 이들 중 단 한 명, 중덕만 제외하고 다 약속이라도 한 듯 권철주의 저택 방향으로 눈을 돌렸다. 저택 쪽에서 용오름처럼 뿌연 김이 하늘을 향해 치솟고 있었다.

"니미럴…."

사내가 재차 말했다. 이번에는 아비도 아들을 제지하지 않았다. 그저 고작 서른 중후반에 겨울나무처럼 갈라지고 터진 손으로 그늘을 만들고 하늘을 올려볼 뿐이었다. 죽으라고 쏴대는 왜구의 화살 같은 뙤약볕이 쏟아지는 중에 철없는 잠자리들만 좋다고 날아다녔다.

중덕은 누가 무슨 불평을 하든 말든 묵묵히 주어진 일만 했다. 그리고 속에서 열불이 터지지 않는 건 아니나 말해봐야 입만 아팠다.

"아빠!"

여섯 살 난 딸이 논으로 달려왔다.

"진이 왔구나!"

중덕이 온 얼굴에 주름을 접으며 웃었다. 논으로 들어온 진이가 같이 김을 매려 했다.

"아서, 손 다쳐!"

"나도 거들래."

"나중에 해. 나중에 더 커서."

중덕이 진이의 손에서 호미를 받았다.

"우리 진이 착하기도 하지."

"섭섭해서 나중에 시집은 어떻게 보내나?"

일하던 이들이 너도나도 얼굴을 펴며 아는 척을 했다.

"시집을 왜 보내? 장가를 와야지!"

중덕이 눈을 부라렸다.

"나라에서 장가보내지 말고 시집보내라잖아."

"육시랄 것들, 지키라는 금수령은 안 지키면서, 그래 혼인은 시키는 대로 하라고? 도대체 시집을 보내라는 건 어디 법도야? 마땅히 남자가 와야지!"

금수령이 지켜지지 않는다는 불평에는 침묵하던 중덕이 시집 소리에는 참지 못하고 주먹을 쥐어 흔들었다.

"나한테 장가들겠다는 사람이랑 혼인하면 되지."

진이가 또랑또랑하게 말했다.

"나한테 시집오면 되겠네. 골목 하나 건너 집이니 언제든 아빠 보고 싶으면 가면 될 것 아냐?"

니미럴 욕한 사내가 얄궂은 웃음을 지으며 말했다.

"너 지금 뭐라 했냐?"

중덕이 눈에 쌍심지를 켜자 사내의 아비가 아들의 등짝을 소리 나게 치며 중덕을 타박했다.

"아이고, 이 사람아, 농도 못해? 간다 해도 내가 안 보내. 나이는 둘째치고 어딜 진이한테 이런 썩을 놈을 줘?"

"아니, 아무리 그래도 아들한테 썩을 놈이 뭐요?"

아들이 구시렁댔다. 다들 유쾌하게 웃었다. 진이만 보면 모조리 얼굴에 웃음이 폈다. 진이는 비단옷만 입히면 양반가의 자식으로 보기에도 손색없을 만큼 어여쁜 데다 마음씨도 고와 아빠를 끔찍하게 위했다. 소리도 제법 맛깔나게 해, 가끔 와서 한 곡조씩 뽑아주면 한여름에 등목을 한 듯 단숨에 피로가 가셨다.

"우리 아들은 어때? 진이야, 너 창곤이 오라비 잘 따르지 않니? 우리 진이만 좋다면야 내가 장가보내지!"

중덕과 비슷한 또래의 남자가 운을 뗐다.

"아, 무슨 벌써부터 혼인 이야기를 하고 그래? 우리 딸 이제 여섯 살이야!"

중덕이 다들 아무 소리 말라는 몸짓을 했다.

"노래할까?"

진이가 물었다.

"어허, 이 더위에 목 상한다."

중덕은 혹시나 누가 시킬까, 조급하게 손바닥을 휘저었다. 그러고는 흙 묻은 손을 바지에 정성껏 닦고도 어깨 힘에 팔뚝만 써 진이를 소중하게 안아 올렸다.

"집에 가서 놀고 있어. 오늘 같은 날 돌아다니면 더위 먹어."

중덕은 진이를 나무 그늘 밑에 내려놓았다. 마음 같아서는 신에 흙 한 톨 묻지 않게 집까지 안아다 놓고 오고 싶었다.

"참말이지? 우리 진이는 장가들겠다는 놈이랑 혼인할 거지?"

진이의 볼을 쓰다듬으려던 중덕이 손에 묻은 흙을 보고 급히 내려 바지춤에 문댔다.

"그럼, 내가 아빠를 두고 어디 가? 오겠다는 사람 없으면 우리 고을 사람이랑 하면 되지."

진이가 말갛게 웃었다. 중덕은 기쁜 동시에 마음이 복잡해졌다. 고을 꼬마 놈들 중 눈에 차는 아이가 없었다. 세상에, 창곤이라니? 올해 여덟 살인가, 아홉 살인가, 똥오줌도 못 가리는 놈을 누구에게 갖다 붙이려 들어?

"너도 크면 혼인해야 하는데…."

언젠가 진이가 자라 혼인할 생각만 해도 가슴이 먹먹해졌다. 진이 엄마와는 어린 시절부터 같이 자라 당연한 일처럼 베개를 맞대었다. 그랬던 사람이 진이를 낳고 산욕으로 사경을 헤맸다. 급한 대로 마의(馬醫)에게 달려가 봐달라 사정했지만 부질없는 일이었다. 혹한에 바위처럼 단단해진 땅을 파 부인을 묻은 중덕은 젖동냥으로 진이를 키웠다. 사방에서 재가를 권유했으나 중덕은 육중한 닻을 내리고 정박한 배처럼 꿈쩍없었다. 그는 암컷이 낳고 간 알을 품고 지키는 물장군처럼 오로지 진이를 보살피고 키우는 데에만 성심을 다했다. 진이가 건강하게 자라기만 하면 더 바랄 게 없었다. 자칫 마마라도 걸릴까, 어쩌다 넘어져 다치기라도 할까 아침저녁으로 당산나무에 들러 치성을 올렸다.

"얼른 집에 가 있어."

"밥 차려서 기다릴게."

진이가 뛰는 걸음에 맞춰 댕기머리가 좌우로 흔들렸다. 제 엄마가 쓰던 댕기였다. 어린 나이답지 않게 손이 얌전해 알아서 수선해 쓰고 있었다. 새 댕기 하나 사줄 돈이 없는 자기 신세가 서러웠다.

"뛰지 마! 넘어져!"

중덕이 소리쳤다. 진이는 그 말에 뛰던 걸 멈췄고, 아빠가 보이지 않을 만큼 가서도 뜻을 지켜 다시 뛰지 않았다.

고을로 들어서는 입구에서 포졸들과 관노들이 절부를 칭송하는 정문(旌門)을 수리하고 있었다. 절부로 이름이 오른 이는 진이의 할아버지 대에 멀리서 이 고을로 시집온 이라고 했다. 시집오는 일이 흔하지 않아 오래도록 입에서 오르내렸었다. 그런데 혼인한 지 1년이 채 못 되어 남편이 죽었다. 당시 부인은 임신 중이었다. 친정에서는 데려가 몸을 풀게 한 뒤 재가를 시키려 했고, 시댁에서는 아이가 아들일 경우 장래가 막힌다며 극구 반대했다. 부인은 아들을 낳고 얼마 뒤 죽었다. 시댁은 그를 재가하라는 친정의 강요를 뿌리치고 수절한 이로 보고를 올렸고, 절부로 인정받아 정문이 세워졌다. 그 뒤 달리 관리하지는 않아 방치되고 있었다. 그러다 얼마 전 나라에서 각지에 정문을 수리해 절부의 뜻을 기리라는 명이 내려왔다. 공은 양반들이 받는데 정문 수리비는 농민들에게 걷어 가 고을 어른들이 한참 욕을 했었다. 진이는 소피를 끼얹은 듯 섬뜩한 붉은색으로 바뀌어가는 기둥을 보다 발걸음을 돌렸다.

야트막한 고개 양쪽에서 우뚝 선 은행나무들이 그늘을 만들어주었다. 관목 가지 끝에서 여섯 날개를 펼친 잠자리가 머리의 대부분을 차지하는 눈으로 어딘가를 주시하고 있었다. 진이는 잠자리를 낚아채 걷다가 다른 잠자리를 발견하면 놓아주고 새로 잡았다. 잠자리 잡는 재미가 쏠쏠해 길이 지루하지 않았다.

고갯마루에 이 길과 어울리지 않는 이가 서 있었다. 연한 하늘색 비단 도포를 입은, 진이와 또래로 보이는 아이였다. 양반의 어린 자식이 노비도 없이 혼자 외진 곳에 있다니 이상한 일이었다.

아빠는 양반이 보이면 무조건 피하라고 말했다. 특히 아무리 어리더라도 남자 양반에게는 치맛자락도 들키지 않게 길을 돌아서 가야 한다고 신신당부했다. 그럴 때 아빠의 눈은 다정한 평상시와 달랐다. 공포와 분노가 뒤섞여 진이의 어깨를 아플 정도로 잡으며 꼭 그러겠다는 답을 받아냈고 그러고 나면 온몸으로 끌어안았다. 한 번도 못 본 엄마도 진이처럼 고왔다고 했다. 어릴 때 양반 자제들에게 끌려가 몹쓸 짓을 당했다고 들었다. 진이는 몹쓸 짓이라는 게 뭔지 몰랐지만 물어봐서는 안 될 것 같아 묻지 못했다.

오밤중에 쳐들어와 부모 앞에서 딸을 끌고 가는 법도가 어딨어어…. 채 여물지도 못한 어린것을…. 하이구, 금수만도 못한 짓인 줄 알기는 아는지 얼굴에 천 쪼가리를 뒤집어쓰고, 그럼 누군지 모를까? 그래도 안 죽고 살아와 자네처럼 좋은 놈이 서방으로 왔으니 이제 됐다 했는데, 핏덩이만 남기고 아비보다 먼저 가, 무정한 년…. 할아버지가 술에 취하면 하는 소리였다. 자네 아직 젊어, 나야 다 늙었지만…. 됐습니다. 옛날 같으면 관에서 의부라 칭하고 상을 줬겠네. 그런데 의부는 사라지고 절부만 칭송하는군. 여자가 지조를 지키면 의로운 일이고, 남자가 지조를 지키는 건 못난 짓인가? 의부는 무슨 의부요, 치우십쇼. 난 진이가 자랄수록 고와지는 게 영 마음에 걸려. 자넬 닮았으면 오죽 좋았을까. 그만하십쇼. 애 깨겠습니다.

양반 아이는 까치발을 하고 잠자리를 잡으려다 놓쳤다. 살며시 고개를 숙인 채 지나치던 진이가 호기심에 그만 아이 쪽으로 고개를 돌렸다. 이렇게 가까이에서 반가의 아이를 볼 일은 흔치 않았다. 인기척을 느낀 아이가 헛손질하는 모습을 들킨 게 부끄러운지 몸을 외로 꼬았다. 통통한 양볼은 더위와 부끄러움으로 발갛게 달아올랐고 이마에는 송골송골 땀방울이 맺혀 있었다. 둥그스름한 얼굴에 이목구비는 오밀조밀했으며 피부는 갓 삶아 작은 손상도 없이 완벽하게 깐 달걀처럼 희고 매끄러웠다. 부끄러움이 가라앉은 아이가 진이를 말끄러미 보다 말했다.

"너처럼 어여쁜 아이는 처음 본다. 넌 이름을 무엇이라 하느냐?"

진이는 고을 아이들이 대부분 그러하듯 볕에 그을어 짙은 피부에 아이치고는 마른 편이었다. 하지만 작은 움직임에도 수많은 표정이 만들어지는 눈썹이나, 놀라 벌어진 입에서 보일 듯 말 듯한 하얀 치아, 작고 귀여운 콧방울에 앙증맞은 입술이 조화로웠다.

"진이라 하옵니다, 아… 음…."

진이는 이름을 답한 뒤 어떻게 말을 마무리해야 할지 몰라 입만 벙긋댔다.

"나와 같은 이름자를 쓰는구나! 나는… 나는… 상것에게 함부로 이름을 알려줄 수 없으니 그냥 진 도련님이라고만 하거라."

"네, 진… 도련님."

도령의 눈이 진이가 잡은 잠자리에게 가 꽂혔다. 진이는 손가락을 펴 잠자리를 날려 보냈다. 섭섭한 도령의 손이 뒤를 쫓았으나 늦었다. 진이는 금세 다른 잠자리를 잡았다.

"그새 잡았느냐?"

또 놓아주려나 싶어 뛰어온 도령이 잠자리에게 코를 박았다.

"드릴까요?"

진이가 잠자리를 잡은 손을 내밀었다. 도령은 반색을 하는 한편으로 받다 놓칠까 안절부절못했다. 손끝까지 내려오는 도령의 긴 소매를 접은 진이가 검지와 중지 사이에 잠자리를 끼워주었다.

"어찌 잡았느냐? 미처 못 보았다."

"이렇게요."

진이가 두 손가락을 가위처럼 놀렸다. 둘은 적당한 가지에 앉은 잠자리를 찾았다. 숨마저 멈춘 도령이 발끝으로 살금살금 걸어 배운 대로 잠자리 날개를 집었다. 환호할 새도 없이 잠자리가 잡히지 않은 날개를 퍼덕이자 지레 놀라 떨구었다. 잠자리는 허둥지둥 날아갔다. 도령이 간절한 얼굴을 해 진이는 잠자리를 잡는 모습을 보여주었다. 가지에 앉은 잠자리에게 다가가 손가락을 벌려 한쪽 날개를 끼고 파닥거리는 반대 날개를 잡아 모았다.

"고추잠자리구나."

도령은 고추잠자리를 뚫어져라 쳐다보았다. 조금 전 진이가 도령의 손에 쥐여준 건 평범한 갈색 잠자리였다. 진이는 도령이 갈색 잠자리를 놓치지 않도록 검지와 중지 끝을 잡고 중지와 약지 사이에 고추잠자리를 넣었다. 놓치지 않으려 도령의 손가락에 힘이 들어갔다.

"또 잡아드릴까요?"

"사실 나비잠자리를 잡고 싶었다."

나비잠자리는 드물어 길에서는 쉽게 보이지 않았다.

"예서 기다리시면 잡아오지요."

"내가 잡아달라 했는데 어찌 널 혼자 보내느냐."

둘은 길을 벗어났다. 찾기가 어려웠을 뿐 발견하자 잡는 건 일도 아니었다. 도령이 빈손을 펼쳤다.

"먼저 잡은 아이들은 놓아주시지요."

아까운지 도령이 시무룩해졌다.

"네가 애써 잡아주었는데…."

"계속 잡고 계시면 죽습니다."

도령은 손가락에 낀 두 잠자리를 설에 받은 육전처럼 바라보았다. 한 시진이 넘게 잡으려 애썼는데 실패했다. 어렵게 손에 넣은지라 놔주고 싶지 않았다. 그런데 놔주지 않으면 진이가 새 잠자리를 주지 않을 낌새였다. 그래도 달라 하면 아무리 자기가 어리다 하나 상민인 진이가 따르지 않을 수 없다. 하지만….

"네 말이 맞다. 미물이라 하나 이리 허무하게 죽여선 안 되겠지."

도령은 나뭇가지 위에서 손가락을 펼쳤다. 잠자리 두 마리는 짧은 거리를 낙하하다 여섯 다리로 가지를 쥐었으나 예상과 달리 바로 날아가지 않았다.

"한참 날개가 잡혀 있었으니 저도 힘들겠지요. 놔두면 알아 날아갈 것이옵니다."

"그럴까?"

도령은 잠자리를 유심히 살폈다. 가까이에서 보는데도 도망칠 기력이 없는지 가만히 있었다. 한 마리는 날개 하나가 약간 찢어져 있었다.

진이가 도령에게 나비잠자리를 넘기려 했다. 도령은 선뜻 받지도, 되었으니 놔주라고도 하지도 못하고 망설였다. 잡자니 가여웠고 놓자니 아까웠다.

"네가 잡는 모습을 본 걸로 되었다."

도령의 입이 가까스로 떼어졌다. 진이는 하늘을 향해 잠자리를 던졌다. 잠자리는 훨훨 날아갔다. 도령의 눈이 사라지는 잠자리를 좇았다. 이렇게 즉각 놓아줄 줄 몰랐다. 적어도 한 번은 괜찮으니 손에 쥐어보라고 권할 줄 알았다.

"잠자리를 쥐고 있던 내 손도 아프구나. 놓칠까 너무 힘을 주었던 탓이지. 그로 인해 잠자리 날개도 찢어졌어. 누군가를 해하면 나도 다치는 모양이다."

"도련님의 손은 한두 시진이면 나을 것이나 잠자리의 날개는 회복되지 못할 것입니다."

"아까는 알아서 날아가리라 하지 않았느냐?"

"많이 찢기진 않았으니까요."

도령이 울상을 지었다.

"다시는 잠자리를 잡지 않겠다. 너도 잡지 마라."

살아온 세월이 짧은 걸 감안해도 진이가 지금껏 들은 중 가장 어처구니없는 말이었다. 진이의 아빠는 고을에 드문 자작농이나 자기 땅만으로는 먹고살기 빠듯해 양반의 땅도 소작했다. 대부분 소작농인 고을 사람들은 모이면 하는 게 양반 욕이었다. 땅의 소유주는 양반이라 하나 땀 흘려 일하는 건 그들이거늘, 양반들은 별의별 명목으로 죽지나 않을 정도만 남기고 가져갔다. 양반댁에 일이 생기면 싫든 좋든 품삯도 없이 가서 일해야 했고, 거기서 일하느라 논일의 시기를 놓쳐도 그들 탓이었으며, 곡식을 꾸면 몇 배로 갚아야 했다. 어른들은 누구나 양반들은 입으로는 인이니 예니 하면서 행동거지는 자기들이 제일 경우 없다고 입을 모았다.

"그리하겠느냐?"

"반가에서 명하시면 따라야지요."

진이가 한숨 쉬듯 말했다. 어른들이 말한 게 이런 거였구나.

"내 말이 부당하다 여기느냐?"

도령의 물음에 진이의 입이 다물렸다. 실수했다. 양반 앞에서는 말 한마디 잘못해도 치도곤을 맞는다 들었다.

"말해보아라. 널 벌하지 않겠다고 약조하마."

진이가 머뭇거리는 속뜻을 가량한 도령이 달랬다.

"아… 음, 도련님은 잠자리를 잡지 못하십니다. 저는 잡더라도 다치게 하지 않는 데다 이내 놓아주죠. 그런데 어찌하여 도련님이 안 잡을 테니 저도 잡지 말라 하십니까?"

도령은 무안해 온몸이 홧홧거렸다.

"네 말이 맞다. 내가… 미안하다."

자기가 무얼 잘못했는지를 표현할 적절한 단어를 찾아 한참을 헤매다 실패한 도령이 사과했다.

놀란 진이가 그만 입을 헤 벌렸다. 이전에 가까이에서 양반을 대면한 바 없으나 상민의 말이 맞다 하고 심지어 사과까지 하는 이는 없다는 정도는 알고 있었다. 도령이 손그늘을 만들었다. 서산을 넘어가느라 낮아진 해가 정면으로 빛을 쏘았다. 두 아이의 그림자가 한 몸처럼 길게 늘어졌다.

"그만 가야 한다. 내일도 나와 놀아주겠느냐?"

진이야말로 이대로 헤어지기 아쉽던 차였다. 자기와 같은 이름자를 쓴다는 이 반가의 아이와 더 이야기를 나누고 싶었다.

"그러지요."

"다른 사람들에게는 비밀로 해야 한다. 자칫 난처해진다."

"네, 아, 도련님."

진이는 도령의 긴 도포가 가지에 걸리지 않게 여며주며 수풀을 지나 내려갔다.

"꼭 내일도 나와야 한다."

도령이 반복해 말했다. 진이는 이미 그러마 약조한지라 두 번세 번 대답하지 않았다. 도령은 진이가 거듭 대답해주지 않는게 서운했다. 하지만 진이는 약속대로 다음 날 같은 자리에서 도령을 기다렸다.

*

　시간은 유수처럼 흘러 첫 만남 이후 어느새 2년이 흘렀다.

　이야기책을 펼친 도령이 또박또박 읽어나갔다.

　"누가 울새를 죽였느냐. 사또가 엄히 물었다."

　진이는 도령 옆에 바투 앉아서 책을 구경하며 들었다. 이전 책들은 간혹 더듬거리던 도령이 이 책은 수차례 반복해 읽었는지 막힘이 없었다.

　"소인 작이 활을 쏘아 죽였나이다. 작이 고했다."

　"작이 무엇이옵니까?"

　"참새를 말하니라. 증인이 있다면 나서거라. 사또가 명했다. 소인 결이 이 조그만 눈으로나마 보았나이다."

　"결은 또 무엇이옵니까?"

　"파리니라. 누가 울새의 수의를 짓겠느냐. 사또가 좌중을 향해 물었다. 소인 갑충이 바느질 솜씨가 좋으니 맡겨 주시옵소서. 갑충은 딱정벌레니라. 울새의 상주는 누구냐? 사또가 물었다."

　책을 다 읽은 도령이 보자기를 풀어 딸기를 꺼내 하나는 진이의 손에 쥐여주고 하나는 자기가 물어 마른 목을 축였다. 진이는 먹을 생각은 하지 않고 쥐고만 있었다.

　"무슨 생각을 그리 골똘히 하느냐? 내가 가장 좋아하는 이야기책이라 네게도 들려주려 가져왔다."

평소 책을 읽는 사이사이만이 아니라 다 읽은 뒤에도 온갖 질문을 하는 진이가 조용한 것을 이상히 여긴 도령이 물었다.

"작은 왜 처벌을 받지 않은 것이옵니까?"

"응?"

"이야기 어디에도 작이 어떠한 처벌을 받았는지 나오지 않습니다. 누군가를 죽였으니 마땅히 처벌을 받아야 하지 않습니까? 무엇보다 작은 왜 울새를 죽인 것이옵니까?"

"그건….."

도령은 그 점은 한 번도 생각해보지 않았다. 이 이야기를 좋아하는 까닭은 독특한 운율과 조선의 이야기와는 다른 기이한 분위기 때문이었다.

"듣고 보니 이상타. 작은 왜 울새를 죽였고, 사또는 왜 작을 처벌하지 않았을까? 이 이야기는 바다 건너 멀고 먼 나라의 것이라 한다. 그 나라 말로 쓰인 걸 누군가가 한자로 옮겼고, 또 누군가가 국문(國文)으로 옮기고, 누가 그걸 베껴 써 새 책을 만들고 그렇게 내 손까지 들어왔다. 그 과정에서 원래 이야기는 많이 변질되었을 것이야. 어쩌면 원 이야기에는 있었을지도 모르지. 그나저나 퍽 총명하구나. 너와 있으면 배우는 게 많다."

새삼스러운 눈빛으로 진이를 바라다보던 도령의 입술이 열렸다.

"아깝구나….."

진이는 이날 처음 이 말을 들었다. 이후 명월로 이름을 떨치며 수없이 같은 말을 듣고, 그때마다 이 순간을 돌이킬 줄 앞서 알 도리는 없었다.

"네?"

"네가 반가에서, 그것도 아들로 태어나지 못한 게 안타깝다. 너라면 큰일을 했을 것이다."

"큰일 날 소리 하십니다."

진이의 눈이 휘둥그레졌다.

"우리 둘뿐이다."

도령이 다 먹은 딸기 꼭지를 멀리 던졌다. 그제야 진이도 작은 입에 딸기를 넣고 오물거렸다. 딸기는 자기 몫으로 딱 두 개 왔다. 보자마자 진이가 어른거려 챙겨 왔다. 전에는 철없이 진이에게 다 먹으라 했다. 하지만 그게 진이를 부끄럽게 만든다는 걸, 자기와 진이가 대등한 관계가 아님을 인지시키는 행위임을 느낀 다음부터는 꼭 같이 먹었다. 농민의 딸로 태어나 달리 예법이나 학문을 배운 적도 없을 텐데 진이는 항용 댓구멍으로 하늘 보던 자기의 시야를 틔워주었다.

"글을 배우겠느냐?"

"네?"

"국문은 가르칠 수 있다. 나는 여인도 배워야 한다고 생각해. 아버지는 내… 누이에게 한문은 가르치지 않으신다. 계집이 그 이상 배우면 못쓴다 하셔. 손수 국문을 가르치신 어머니마저 이제 여덟 살이니 이야기책은 그만 읽고 여인의 몸가짐을 익혀야 한다 하시지."

"여인의 몸가짐이란 무엇이옵니까?"

"남편과 어른의 말씀을 공손히 따르고 누에고치를 키우고 실을 자아 옷을 짓고 정갈하게 음식을 하고 제기(祭器)를 관리하는 법 따위다. 사람이 어찌 그런 일만 하며 산단 말이냐. 누이의 앞날을 생각하면 절로 한숨이 난다. 심지어 아버지께서 이제 누이에게 안채 밖 출입을 자제하라 하고 내게는 안채에 들어가지 말며 식사도 따로 하라신다. 남녀가 유별하다는 것이다. 우리가 어찌 벌써 남녀냐? 우린 기껏해야 아이다! 그 어린것을 벌써부터 안에 가둬두려 하시다니, 어린것이 얼마나 갑갑하겠느냐?"

뒤로 갈수록 도령의 어세가 강경해졌다.

"왜 남녀가 같이 있으면 안 된다는 겁니까?"

"안 그래도 누이가 아버지께 어찌 안 되는 것인지 여쭈니, 아버지께서 옛부터 그러한 게 예라 하셨다. 옛부터가 언제부터를 말하는지 재차 여쭙자 벌써 계집이 어른 말에 토를 단다고 불호령을 내리셨다. 그래서 내 누이는 남녀가 유별해 같이 있을 수 없다면 여자들이 배우는 서당을 따로 만들면 되지 않느냐는 말은 꺼내지도 못했다. 내… 가 서책을 읽다 막혀 질문을 하면 격려하며 자상하게 가르쳐주시는 아버지가 누이는 질문조차 못하게 나무라니, 분하고 서러운 마음에 밤을 꼬박 새우며 울었다더라."

"어쩐지 눈이 부으셨다 했습니다."

"억울하게 꾸지람 듣는 누이가 가여워 덩달아 눈물이 나더라. 한자는 익히지 못하게 하고 국문으로 된 책도 그만 보라니…. 정 책을 봐야겠으면 《삼강행실도》를 보라신다."

"《삼강행실도》는 어떤 책이옵니까?"

"군신, 부자, 부부가 삼강이다. 만백성에게 모범이 될 충신, 효자, 열녀의 행실을 모아 만든 책인데, 작년에 나라에서 국문으로 옮겨 찍어 각 도에 반포하라 명하셔서 우리 집에도 왔다. 모처럼 읽으라며 받은 책이니만큼 열심히 읽으려… 읽겠다 하더라, 누이가. 내일부터 글을 가르쳐주마. 네가 글을 잘 읽게 되면 이야기책만이 아니라 《삼강행실도》도 빌려주겠다. 그럼 내가 읽어주는 걸 기다리지 않고 네가 알아서 읽다가 내게 궁금한 점만 물어보면 되지 않느냐. 내가 답을 해줄 수 있는 건 아니나 네 질문이 재미난다."

"제가 어찌…."

진이는 도령이 바라는 건 무엇이든 들어주고 싶었다. 그렇다고 선뜻 배우겠다고 대답하자니 겁이 났다. 천한 출신이 어찌 글을 배운단 말인가.

"천것이 글은 배워 어디다 쓰겠사옵니까? 읽어주시기 번거로우신 거라면…."

"번거롭다니! 네게 이야기를 읽어주는 건 내게 더 큰 기쁨인걸. 쓸 데가 없으면 또 어떠냐. 공자께서 '학이시습지 불역열호(學而時習之 不亦說乎)라, 배우고 익히니 즐겁지 아니한가.'라고 하셨느니라. 나는 네게 배우고 익히는 그 자체의 즐거움을 알려주고 싶다. 나도 입신양명을 꿈꾸지는 못하지만 배우는 건 언제나 즐겁더라."

고개 숙인 진이의 입술이 길어졌다. 도령은 한참 전부터 자기에게 글을 가르치리라 마음먹었던 모양이었다. 자기를 설득하는 과정에서 쓰려 저 길고 어려운 말이 입에 붙도록 외우는 모습이 상상되어 절로 웃음이 지어졌다.

"따르겠습니다."

도령이 진이의 손을 덥석 잡았다.

"잘 생각했다! 《소학》도 언해(諺解)해 반포하자는 건의가 올라갔다 들었느니라. 성리학의 깊은 뜻을 부녀자도 깨우칠 수 있게 하기 위함이라더라. 너와 함께 읽고 싶다."

"네, 아… 도련님."

도령의 팔보다 긴 옷소매가 진이의 손까지 덮었다. 지난 2년간 도령은 키가 크고 그만큼 젖살이 빠졌으나 타고난 골격이 작아 여전히 진이보다 어깨가 좁았다.

"비선이다!"

도령이 하늘을 향해 손을 뻗으며 벌떡 일어섰다. 먼 하늘 위에 돛도 없이 항해하는 배처럼 날개 없는 비선이 지나가고 있었다. 도령에게 손이 잡혀 있는 진이도 무릎을 세웠다.

"언젠가 너와 단둘이 비선을 타고 조선 팔도를 유람하고 싶다."

진이를 향한 도령의 눈빛에 너도 같은 걸 바라지 않느냐는 뜻이 담겼다. 지금 진이를 잡은 손처럼, 아무 사심 없이 맑은 눈빛이었다.

"난 궁금한 게 많다. 저 하늘의 공기는 어떠할지, 풍광은 어떠할지, 한양은, 남원은 어떤 곳일지…. 조선의 바깥도 알고 싶다. 먼바다를 건너면 화란(和蘭)이라는 나라가 있다더라. 얼마나 아름답기에 나라 이름에 난초를 쓸까? 불란서(佛蘭西)라는 나라 이름에도 난초가 들어 있다. 이름에 난(蘭)자를 넣은 나라는 다 돌아보고 싶다."

이 철없는 도령을 어찌할까, 속으로 한숨지은 진이가 느리게 입을 열었다.

"얼마 전 혼인하지 않은 여인은 비선 탑승을 금지하라는 명이 각도에 전해졌다 들었습니다. 혼인한 여인도 부모가 상을 당한 경우에 한해, 지아비가 동승했을 때에만 가능합니다. 그나마도 고관대작에게나 제한적으로 허용해주지요. 그 외에 비선에 동승할 수 있는 여자는 주인을 수행하는 종이나 기생뿐입니다."

"널 노비로 데려가겠다는 뜻이 아니다."

"압니다."

"네가 무얼 아는데?"

도령이 상처받은 얼굴로 물었다.

"절 벗으로 아끼시는 마음이요."

도령의 얼굴에 안도하는 빛이 퍼져나갔다. 이어 두려운 의문이 피어올랐다.

"나는… 네게 벗이 아니냐?"

글자를 깨우치지 못했는데도 진이는 도령의 눈동자에서 글을 읽듯 마음을 읽었다. 이토록 투명하게 자신을 드러내다니…. 이 순진한 이를 어쩌면 좋담. 같은 나이인데, 두 시진 늦게 태어났을 뿐인데, 이리 세상 물정 모르는 이 아기씨를….

진이와 진 도령은 같은 해, 같은 날에 태어났다. 진이는 훗날 명월이라는 기명을 얻고 한문을 익히고 내로라하는 학자들과 의견을 주고받게 된 무렵에야 자기가 태어난 날의 의미를 알았다. 진성대군(晉城大君)이 폐위당한 이복형을 대신해 왕위에 오른 날*이었다.

진이의 아버지는 누가 왕이든 자기 같은 이들과는 아무 상관 없다고 말했다. 이놈이 수령으로 오든 저놈이 수령으로 오든 살기 팍팍한 건 매일반이라는 소리였다. 진이라 불릴 때는 아버지가 하는 말이라 유순하게 "예." 하며 들었으나 명월이 된 뒤에는 그 말에 동의하지 못했다. 누가 왕위에 오르는가, 그 왕이 누구를 중용하고, 누구를 내치는가, 그와 함께 어떤 사상을 중시하고, 어떤 사상을 경시하는가에 많은 이들의 삶이 달려 있었다.

다른 한편으로는 맞는 말이라 수긍했다. 이러든 저러든 결국 조선은 사내들이 만든 사내들의 나라였다. 《삼강행실도》는 사후 수십 년이 흐른 지금도 성군이라 칭송받는 이의 재위 시에 편찬되었다. 그는 성군이었으나 여인의 왕은 아니었다. 조선의 여인에게 조선은 지시에 따라 순응하며 살아야 할 뿐, 어떠한 목소리도 낼 수 없다는 점에서 철저하게 남의 나라였다.

"왜 말이 없느냐?"

도령이 답을 재촉했다. 온 마음을 다해 벗으로 대했는데, 집에서 몰래 빠져나올 때마다 발각나면 종아리가 터질 일이라 가슴이 조마조마한데, 진이에게 자기는 무엇일까?

---

* 1506년 9월 2일, 중종 즉위

도령은 감정을 적나라하게 표출하면 자신이 더 다칠 수 있음을 겪어본 바 없는 어린아이였다. 그래서 때로 감정을 감춰야 한다는 사실을 몰랐고, 당연히 감출 줄도 몰랐으며, 그랬기에 상처받은 마음이 날것 그대로 얼굴에, 몸에, 여전히 맞닿은 손의 떨림에, 가을이 지나면 겨울이 온다는 불변의 진리처럼 고스란히 드러났다. 못 본 체하려야 못 본 체할 수 없는 마음이었다. 감사한 말씀입니다, 저도 꼭 그러고 싶습니다, 라고 넘기면 그만인 일이었다. 그러나 진이는 본디 빈말을 몰랐다.

"제가 나비잠자리를 잡았던 날을 기억하십니까?"

"기억하고말고. 우리가 처음 만난 날 아니냐."

"잠자리를 갖고 싶으셨지만 다치게 할까, 다칠까 두려우셨지요."

"그러했다."

"지금 제 마음이 그러합니다."

비로소 도령은 진이와 자기 사이에 놓인 결코 건널 수 없는 강을 보았다. 자기는 양반이었고, 진이는 자작농의 딸이었다. 나라의 준엄한 법도상 둘은 벗이 될 수 없었다. 자기가 자작농의 여식과 허물없이 지내는 줄 부모가 알면, 자기는 종아리를 맞는 정도겠지만 진이와 진이의 아비는….

견우와 직녀는 1년에 하루라도 까마귀와 까치가 다리를 놓아주었으나 두 사람 사이를 가로막은 신분의 장벽을 넘을 수 있는 다리는 없었다. 둘이 함께, 그것도 벗으로서 비선을 타는 건 불가능했다.

"내가 철이 없었구나. 괜한 말로 널⋯."

도령은 말을 잇지 못했다. 누가 칼로 가슴을 자근자근 저미는 것처럼 아팠다.

"도련님께서는 마음에서 우러나오는 말씀을 하셨습니다. 그 마음에 대해 사실을 고하면 아파하실 줄 알았습니다. 그래도 입에 올린 까닭은 진실한 말을 주고받지 않는다면 저희에게는 아무것도 없기 때문입니다."

"진실한 말⋯."

그 말에 도령이 진이의 손을 놓치듯 놓았다. 자책하는 몸짓이었다.

"만약에, 만약에 말이다. 네가 굳게 믿은 이가 있는데, 그이가 널 속였다면, 아니 속인 건 아니고, 그러니까 거짓을 말하려던 건 아니었는데, 어쩌다 보니 오해가 생겼고, 그걸 풀 기회가 없었을 뿐이라면⋯ 용서하겠느냐?"

"그 답에 따라 오해를 바로잡을지, 말지가 결정되는 것이옵니까?"

진이가 거꾸로 물었다.

"그렇구나. 오해를 만든 자가 풀어야지, 어찌 상대방에게 선택하게 한단 말이냐. 네가⋯."

반가의 아이였다면 얼마나 좋았을까.

"오늘은 이만 가야겠다."

"네."

"너는 늘⋯."

도령은 무언가 말하고 싶었다. 이렇게 마음이 엉킨 상태로 돌아가겠다 말하는데 담담하게 받아들이는 진이가 원망스러웠다. 자기를 붙들고 무슨 일인지 물어보길 바랐다. 하지만 그는 비겁한 마음이었다.

"내일도 나와줄 것이냐?"

"네."

"너는 참으로 한결같구나."

몇 발짝 걸어가던 도령이 뒤를 돌았다. 진이가 제자리에서 그가 가는 모습을 바라보고 있었다. 가라 손바닥을 흔들고 걷다 다시 돌아보니 진이는 여전히 같은 자리였다.

"왜 안 가고 있느냐?"

"늘 가시는 모습을 지켜본걸요."

저만치 떨어진 곳에서 들리는 진이의 말투는 일과를 보고하듯 평온했다.

"참말이냐?"

"네."

도령이 한달음에 달려와 진이를 끌어안았다.

"나는 도대체 어쩌면 이다지도 못났을까. 너는 항시 그 자리에 있는데…."

도령의 눈가에 눈물이 고인다 싶더니 넘쳐 둥근 뺨을 타고 흘렀다.

"먼저 가거라. 오늘은 내가 네 가는 모습을 지켜보고 싶다."

"네."

돌아선 진이가 사뿐사뿐한 발놀림으로 멀어졌다. 금방 진이의 마음을 다 알았다 느꼈으면서도 그새 뒷모습만 보이며 사라지는 게 도령은 야속했다. 그가 한 말을 곧이곧대로 믿기에 돌아서서 확인하지 않은 줄 알면서도 헤어지는 게 아쉬워, 한 번 더 보고 싶어 돌아보기를 바랐다.

1년이 지나고, 2년이, 3년이 가더니 어느덧 6년이란 시간이 흘렀다. 진이는 여느 날처럼 도령을 만나던 언덕에 갔지만 도령은 오지 않았다. 다음 날도, 그다음 날도 마찬가지였다.

3장

너의 심장은 차갑게 식어

언해된 《소학》을 읽던 연연이 읽던 책에 이마를 박고 허리를 두드렸다.

"아우, 허리 아파."

"그러게 그런 건 왜 읽고 그래?"

단옥이 타박했다.

"명월 언니한테 나도 서책을 읽고 싶다고 조르니, 방에 있는 책 중 골라보래. 여러 번 읽은 흔적이 보여서 이 책을 집으니까 언니 표정이 어쩐지 좀 그렇더라고. 그래서 내려놓고 아무 책이나 잡고 물러났다가 왜 그런 얼굴을 했는지 궁금해서 몰래 구했지."

"명월 언니는 한문으로 된 《소학》도 읽던데?"

"그 심사를 누가 알까. 양반님네들은 온종일 이런 걸 어떻게 읽고 있나 몰라."

"과거 붙으려고 읽는 거지."

"그것도 지난 일이야. 임금이 효직을 죽이며《소학》을 금서로 만든 줄 몰라?"

연연이 어설프게 아는 지식으로 나서지 말라는 듯 면박을 주었다.

"효직이랑《소학》이 무슨 상관이야?"

"효직이《소학》이야말로 사람됨의 기본이니 과거 시험에도 넣고, 백성들도 교화시키는 데 쓰자고 줄기차게 주장했었잖아. 임금이 효직을 예뻐할 때는《소학》을 인쇄해 전국에 배포할 정도로 중시하더니, 효직을 죽인 뒤에는《소학》도 같이 내친 거지."

연연이 잔뜩 거드름을 피우며 설명했다.

"그깟 책 내치거나 말거나 사내는 사내일 뿐이야. 올 때마다 내 몸 구석구석을 촛불에 비춰보는 자 알지? 자기 없을 때 내가 딴 놈이랑 붙었나 안 붙었나 흔적 찾는답시고 말이야. 근데 얼마 전에 종을 임신시켰다며 부인이 투기를 하네 마네, 소리를 내 앞에서 하더라니까?"

단옥이 고개를 절레절레 저었다.

"아유, 머리 아파. 명월이 언니 말을 들으면 자다가도 떡이 떨어진다니까. 어차피 기생 팔자인 나랑은 상관없는 일. 그만 읽어야겠다."

요란하게 책을 덮은 연연이 땅에 등을 붙였다.

"《소학》이 금서가 되었단 말이지…."

연연은《소학》이 금서가 되자 명월의 입가에 웃음이 번지는

걸 놓치지 않았다. 그날 밤 명월은 수노와 기공들을 불러 한바
탕 잔치를 열었다. 명목이야 항용 그러듯 고생하는 그들을 달
랜다는 것이었으나 연연은 명월의 가락에서 진정 어린 신명을
읽었다. 이 책이 도대체 뭐기에?

"명월 언니에게 선물 받은 거 없어?"

무릎걸음으로 다가온 단옥이 연연의 옆구리를 찔렀다.

"언니 요즘 너무 바빠. 얼굴 보기도 어려워. 그래도 뭐… 아
마 곧?"

연연의 입가에 배시시 웃음이 걸렸다.

명월은 작년에 부임한 수령 김길성과, 몇 해 전 권철주가 죽
은 뒤 유향소 좌수에 오른 권양목을 상대하느라 분주했다. 오늘
도 기공장 제필수와 엄선한 기기들을 데리고 관청으로 내려
갔다. 도로와 함께 무슨 일인가를 도모하고 있는 게 분명했다.
연연은 이전에도 그러했듯 그 일이 끝나면 명월관이 더 커질 테
고, 자기에게도 떡고물이 떨어지리라 기대하고 있었다.

"명월 언니 손님 온 것 같던데? 언니 청에 불려 간 거 모르나?"

"알면서 여기 와서 기다리는 거지. 따로 만나고 싶어서. 언니
명단에 있는 사람이라 놔뒀어."

"어떻게 하기에 언니 앞에서는 양반네들이 설설 기지?"

단옥은 명월에게 받은 조언이 없느냐는 얼굴로 연연을 쳐다
보았다.

"졸졸 따라다니는 월정향 언니를 두고 왜 나에게 물어?"

연연은 새침하게 고개를 돌렸다. 물론 연연은 명월에게 물어

봤었다.

"어떻게 해야 사내들이 제게 몸이 달까요?"

"사내를 받는 너만의 기준을 만들고 반드시 지키거라."

말이야 쉽지…. 연연은 세상 다 산 늙은이 같은 한숨을 쉬었다. 내키지 않는 이라도 선물을 많이 준다면 하룻밤 눈 감고 보내면 그뿐이었다. 마음에 드는 이도 가난하다면 굳이 몸과 마음을 쓰고 싶지 않았다. 평생 젊을 것인가.

해가 진 뒤에야 돌아온 명월은 줄곧 자기를 기다린 손님을 맞이했다. 작년에 진하사(進賀使)* 중 한 명으로 명에 다녀온 김정택이었다.

명월이 고요히 차를 따랐다.

"낯빛이 좋지 않으십니다. 내키지 않는 발걸음을 하셨던 탓일까요?"

"자네는 속일 수가 없군."

명월의 말대로 김정택은 이번 진하가 달갑지 않았다. 명이 대국이라 하나 구묘를 건립하고 태후에게 존호를 추증한 일까지 진하하는 건 과한 일이었다.

신하들의 추대로 보위에 오른 현왕(現王)은 항시 왕좌와 목숨이 불안했다. 그 이전 왕 중 넷이 자기 뜻과 달리 폐위되었으며 그중 둘은 유배지에서 죽었다. 그 죽음을 자연사라 믿는 이들은 없으니 왕이 두려워하는 건 당연지사였다. 왕은 살아남고자 두

* 조선 시대 중국으로 파견되던 비정규 사절

124

가지 전략을 썼으니 하나는 믿을 만한 신하를 우대해 자기를 지키게 했다가 그 신하가 자기 자리마저 위협한다 싶으면 한순간에 자르는 것이었고, 다른 하나는 명에 기대는 것이었다.

조선은 성군이라 일컬어지는 4대 왕을 지나며 안정기에 접어들어 7대 째에는 스스로 천제를 올릴 정도로 나라의 기틀을 다졌다. 그러나 명은 현왕의 책봉을 두 차례나 불허했고 왕은 그때마다 역모를 겪었다. 조선 내에서 지지 기반이 단단하지 못한 걸 대국의 권위로 만회하고자 왕은 명에 마땅한 신하의 본분을 한답시고 정기 사행 외에도 좋은 일이 있으면 축하한다고 진하사를, 흉한 일이 있으면 위로한다고 진위사를, 조선에 필요한 일을 간청한답시고 주청사를 보냈다. 전례가 없던 일이라거나 지나치다는 대신들의 간언도 소용없었다.

"얼마 전에는 어느 선왕께서도 행한 적 없는 5배3고두를 나서서 행하셨지. 신하들이 그리 반대했는데도 기어코…. 주상께서 명을 어버이의 나라로 받들려 하시니 걱정이네."

김정택의 미간이 좁아졌다. 명월이 위로하듯 그의 잔에 술을 따랐다. 김정택은 향을 음미하더니 부드러운 웃음을 지었다.

"명에서도 명월관의 소주가 그리웠지."

잔을 넘긴 김정택은 비단 보자기에 싸 온 물건을 상 위에 올렸다.

"그래도 덕분에 자네를 위한 작은 선물을 가져올 수 있었네."

보자기 안에는 송대(代)의 사서(史書)가 들어 있었다.

"제 청을 들어주시고자 먼 길을 오셨군요."

명월의 낯빛이 환해졌다.

"어찌 잊을 수 있겠나. 자네가 학문에 관심이 많은 건 익히 알았으나 송대의 사서까지 읽으려 하다니."

"《소학》은 송대까지 거슬러 가는 경전과 사서에서 편집한 책이니까요."

기뻐하는 명월의 반응에 흐뭇해하던 김정택의 얼굴이 조금 어두워졌다. 명월은 새 술을 올렸다. 이후 김정택은 연거푸 술만 마셨다. 명월은 그가 할 말이 있음을 느꼈으나 무엇인지 묻지 않았다. 결국 김정택이 운을 뗐다.

"날 만나줄 줄 몰랐다."

"제가 무어 서운하게 해드린 게 있습니까?"

"낮에 와 한참 기다렸다. 아무도 전하지 않더냐."

김정택은 명월이 도로와 시간을 보냈다고 여겼다. 명월은 군이 정정하지 않았다.

"네가 한 사내에게 얽매일 수 없다는 것도, 그럴 의향도 없음을 안다. 그런데 그자에게는 유별난 듯하다. 그 사내의 어디가 그리 네 마음을 끌더냐?"

"투기하십니까?"

"투기라니!"

김정택이 지레 찔려 큰소리를 냈다. 명월은 고요히 그의 잔을 채웠다.

"오늘 제가 올리는 마지막 술이옵니다."

김정택은 당황했다. 명월이 그와 밤을 보낼 의향이 없는 것이다. 어렵게 책을 구해 먼 길을 마다치 않고 여기까지 들고 왔건만….

"모처럼 기기를 보고 싶구나."

"죄송하오나, 얼마 전부터 기기들을 모두 점검하고 보수하고 있습니다."

"공연을 할 기기가 한 대도 없다는 소리냐?"

김정택이 언짢은 기색을 드러냈다. 명월이 마음만 먹는다면 얼마든지 내올 수 있을 것이었다. 김정택은 화를 낼까, 책을 도로 뺏을까 궁리했다. 하지만 자기가 아니더라도 명월에게 저 책을 가져다줄 이는 많았다. 그나마 자기가 먼저 가져와 명월을 볼 수 있었다는 것도 알았다.

"오래전부터 공을 흠모했다며 소개시켜달라 조른 아이가 있답니다. 소리에 자질을 보여 제가 아끼는 아이입니다."

김정택은 명월과 도로가 하는 일에 훼방을 놓을 수 있을 만큼 영향력이 있는 자는 아니나 괜한 잡음을 만들 필요는 없었다. 모든 일에 만전을 기해야 할 때였다.

"열다섯을 넘지는 않았겠지?"

대대손손 오르내릴 충신처럼 나라의 앞날을 시름하던 때와 딴판인 사내의 바닥을 드러내는 저열한 언사와 눈빛이었다. 김정택은 자기가 도로만은 못해도 어느 정도는 대접을 받을 줄 기대했다. 도로라는 자가 얼마나 잘났는지는 몰라도 자기도 못났다는 소리는 들어보지 못했다. 그러나 더 졸라봐야 모양만 빠질 것 같았다. 그렇다면 뭐라도 받아내야 했다.

"어찌 공을 소홀히 대접하겠나이까."

방을 나온 명월은 연연을 불러 몇 달 전 머리를 올린 아이를 들여보내라 했다. 그 아이라면 순진함이 남아 있어, 김정택의 군자인 양 굴며 자상하게 품고 싶은 마음을 자극할 것이다. 화풀이 삼아 험하게 굴지 않으리라.

자기 별채로 돌아온 명월이 받은 책을 서안에 던지듯 내려놓았다. 김정택은 50대 중반에 이른 이였다. 나라와 백성을 위하는 말을 뱉은 입으로 손녀뻘 아이를 원했다. 기생은 백성이 아닌가.

명월이 16세에 첫 시중을 든 이도 환갑이 넘은, 폭음과 탐식에 비대하게 늙은 전직 재상이었다. 한여름 개처럼 늘어진 혓바닥으로 그를 군자라 칭하던 자들과 자칭 군자의 과음과 너절한 욕구를 해소할 기대에 풀어진 눈동자…. 과시욕이니 정복욕이니 하는 말조차도 똥뚜깐을 측간(厠間)이라 부르듯 되잖은 허울에 불과했다. 똥뚜깐을 측간이라 부르면 똥냄새가 사라지고 똥파리가 꼬이지 않는가? 단지 사내라는 이유로 내면의 짐승을 정당화하는 주제에 마치 대단한 걸 하사하는 양 굴었다. 옷이 벗겨질 때마다 복숭아 껍질을 뜯어낼 때처럼 살점과 자기 일부가 같이 뜯어져 나가는 듯했다. 일단 뜯긴 껍질은 다시 붙일 수 없듯 그 밤 이전과 이후는 같을 수 없었다. 명월은 술과 음식이 뒤섞인 역한 냄새를 풍기며 잠든 몸뚱이를 두고 방을 나섰다. 다리 사이에서 뱀처럼 피가 흘렀다.

기어갈 기운도 없는데 그 순간 가장 마주치고 싶지 않았던 이가 문밖에서 명월을 기다리고 있었다. 물리칠 힘이 없어 그의 팔에 들려 조금 전 몸을 씻었던 나무통 앞에 섰다. 창곤은 그 이상 도와줄 수 없었다. 그는 대대로 반상의 굴레에 매여 살아온 이가 그러하듯 안 되는 일에 헛되이 힘을 쓰지 않고 나갔다.

나무통에서 온천처럼 김이 올랐다. 새로 끓인 물이었다. 이미련한….

울지 않으리라, 울지 않으리라 수없이 마음을 다잡았었다. 어차피 일어날 일이라며 작정하고 그자를 택했다. 따뜻한 김이 의지와 상관없이 서럽게 얼어붙은 명월의 몸을 녹였고 거기에 기대 몸을 움직일 수 있었다. 뜨거운 물에 여러 갈래로 갈라지는 실개울처럼 홍사(紅蛇)가 퍼져나갔다. 창곤이 문밖에 있는 줄 알면서도 명월은 울음을 멈추지 못했다.

낮에 명월을 맞이한, 나랏일을 하는 자들도 마찬가지였다. 명월은 이번에는 자기 몸을 제공하지 않았다. 몸으로 얻어낼 수 있는 건 한계가 있으며 반복될수록 더 지저분해지기 마련이었다. 몸을 내주든 내주지 않든 어차피 군자들이 바라는 군자다운 대가는 치러야 했다.

왕에게 영원한 총애를 받을 것 같던 효직이 죽으며 효직을 따랐던 자들도 휩쓸렸다. 사대부는 자기와 직계가족만이 아니라 일가친척, 스승과 제자, 벗으로 지내온 자들의 목숨을 걸고 윗자리에 올라가기 위해 협잡을 일삼는 자들이었다. 아무것도 내주지 않으며 받아내기만 하는 건 불가능했다. 일간 적어도 한 번은 자기 몸도 써야 하리라. 그 정도면 싼값이었다. 명월은 수

해간 버려진 집처럼 을씨년스럽게 웃었다.

창곤이 1년에 두 번, 진이 혼인하며 간 고을에 가 소식을 알아봐주었다. 축소하거나 과장하지 않고 좋은 소식도 나쁜 소식도 알아온 대로 전했다. 5년이 흘렀다. 창곤이 몸에 쌓인 눈도 털지 않은 채 명월의 처소에 들어왔다.

"죽었단다."

창곤이 어느 순간부터 특징이 된 고저 없는 말투로 말했다. 명월은 읽던 《소학》에서 고개를 들어 물었다.

"왜?"

명월은 고개를 숙였다. 오래 쓴 서안 위에 방금 받은 송대의 《사서》와 《예기》, 《소학》 따위가 어지럽게 놓여 있었다. 흰 종이에 쓰인 검은 글자가 뱀처럼 기어 나와 몸을 부풀리더니 방 안에 짙고 음침한 어둠을 깔았다.

"왜?"

명월은 재차 물었다. 방 안에는 음산하게 자리한 어둠과 그 하나뿐, 대답해줄 수 있는 이는 없었다.

허름한 옷으로 갈아입은 명월이 계절상 이른, 솜을 누빈 쓰개치마를 팔에 걸었다. 그리고 뒷문으로 명월관을 빠져나갔다. 해가 뉘엿하게 기울었다. 단풍들이 짧고 굵은 생에 종지부를 찍는 핏빛을 뿜었다. 명월은 흐린 초롱 불빛에도 능숙하게 산길을 올랐다. 눈보다 발이 익힌 길이었다.

─사람은 산을 올려보는 존재지. 같은 산을 수없이 올라 속속들이 아는 심마니나 약초꾼, 사냥꾼도 산 전체를 본 적은 없

을 것이다. 하지만 비선을 타면 산을 내려다보며 전체를 볼 수 있다더라. 어떠할 것 같으냐?

너 없이 수없이 비선을 탔지. 내게 자신의 힘을 과시하고 싶어 하는 사내들과 말이야. 위와 아래는 해가 뜨고 지는 시간이 다른 줄 그때서야 알았어. 지상은 어둑해도, 나는 창공에서 나만을 위한 잔치처럼 지는 해가 단풍보다 짙게 산을 태우는 모습에 취했어. 걸어서는 까마득할 봉우리와 봉우리 사이를 날았고, 예성강이 봄볕에 나른하게 똬리를 튼 모습도 보았어. 그 어떤 절경도 그 풍경을 상상하던 네 눈빛만은 못하더라. 못하다고 생각했어.

어느 날 또 비선에 올랐지. 한두 번 본 경관이 아니었는데 어찌 그리 심장이 떨렸는지 모르겠더라. 그 순간 너는 한 사람의 인생에서 뒤안길로 밀려난 것들이 침강하는 망각의 늪 가장 깊은 곳에 가라앉아 있었다. 그 늪에서 너를 건져내기까지 오랜 시간이 걸렸어. 그리 널 건져놓고도 나는 네 눈빛이 진정 어떠했는지 기억이 안 나. 매일 밤 되새기며 잊지 않으려 몸부림쳐도 너와 보냈던 날들은, 잠에서 깨고 나면 급속도로 사라지는 꿈처럼 흐릿해져 간다. 그래도 나는 너를….

명월은 석빙고 앞에 도착했다. 사람들은 명월관에 눈이 팔렸지만 명월이 진정 원한 건 석빙고였다. 향과 꿀로 벌을 호리는 꽃들 틈바구니에서 남몰래 줄을 치고 먹잇감을 기다리는 거미처럼 명월은 겉으로는 명월관을 치장하고 안으로는 기기술(汽機術)을 쌓으며 도로를 기다렸다. 도로는 언젠가 다시 올 것이다.

와야 했다. 눈앞에서 놓치는 일이 또 있어서는 안 되었다.

오지 않으면? 너무 늦게 오면?

도로는 먼저 와서 기다리고 있었다. 명월의 입에서 안도하는 긴 숨이 새어 나왔다. 모든 게 환영일까 두려웠다. 명월은 석빙고 입구에 달린 도르래 손잡이를 두 손으로 잡고 힘껏 돌렸다. 문이 열리며 원통히 죽은 여인의 한처럼 시린 냉기가 끼쳐왔다. 명월은 아까운 찬기가 빠져나갈까 다급히 들어갔다. 도로가 뒤를 따랐다. 좁은 복도를 따라 만든 계단을 내려갈수록 금지된 세계에 진입하는 걸 막는 경고처럼 냉기가 거세졌다. 명월은 쓰개치마를 걸쳤다.

얇은 두루마기 차림인데도 낮아진 온도에 낯빛 하나 변하지 않은 채 도로는 석빙고를 이모저모 살폈다. 외견은 다른 석빙고와 비슷했다. 석빙고는 현재의 기술로는 정점에 도달해 있었다. 계절에 따른 온도 변화의 영향을 받지 않도록 땅을 깊이 판 뒤 겨울에 자연히 언 얼음을 잘라 모아 온도를 낮췄다. 천장은 찬 바람은 들어오고 더운 바람은 나가도록 하고, 수로를 파 얼음이 녹은 물은 흘러 빠지도록 만든 건축 구조에 의지했다. 기술이 획기적으로 발전하지 않는 한 지난 수백 년간 이 형태였듯 앞으로도 한동안은 같은 형태일 것이다.

다만 내부는 다른 석빙고와 확연히 달랐다. 보통 석빙고가 커다란 창고 형태인 데 반해 명월의 석빙고는 여러 작은 방들로 구획을 지어놓았고, 바닥에 수레길을 만들어 집채만 한 얼음도 손쉽게 옮길 수 있었다. 각 방의 위치를 교묘하게 잡고 얼음을 쌓아 미로처럼 복잡하게 꾸며 수레길을 길잡이 삼아 움직이도록 유도하는 동시에 타인의 눈을 피할 곳은 수레길을 놓지 않는 방식으로 접근을 막았다. 거기가 거기 같은 눈속임을 준 곳에서 명월은 능숙하게 길을 찾았다. 자세히 봐도 얼음이 쌓여 만들어진 벽처럼 보이는 곳을 미끄러지듯 통과하자 감춰진 석벽이 나왔다. 명월이 양 손바닥을 펼쳐 벽의 두 지점을 누르니 각기 정사각형 모양으로 들어갔다. 손가락 열 개를 모두 정확한 지점에 놓아야만 하는데 겉보기에는 아무 표식도 보이지 않아 우연으로 열기는 불가능에 가까웠다. 정사각형으로 파인 곳에서 고리 모양의 홈이 나타났다. 명월은 왼쪽 정사각형에 자기 왼손을 오므려 넣은 뒤 위로 올려 밖에서는 보이지 않는 작은 고리에 새끼손가락을 걸었다.

"오른쪽은 공께서 하십시오."

도로는 명월이 시키는 대로 오른손을 넣어 고리를 찾아 걸었다.

"동시에 당겨야 합니다."

둘은 눈을 마주하며 함께 고리를 당겼다. 바닥 일부가 미닫이문처럼 열리더니 더 깊은 곳으로 내려가는 비좁은 계단이 나왔다.

"오른쪽은 누구나 걸어도 되지만 왼쪽은 제 손 모양에 딱 맞게 만들어 저만이 작동시킬 수 있습니다."

"이 장치를 만든 기공조차 믿지 못한다는 것이냐."

"그만큼 중요하다는 뜻입니다."

명월이 앞서 걸었다. 도로가 뒤따라 들어오자 문이 닫히며 빛을 저지해 어둠만이 남아 일시에 오감을 모두 잃은 듯 아무것도 인지할 수 없었다. 도로도 마찬가지였다. 그 역시 앞을 보려면 최소한의 빛은 필요했다. 명월의 옷자락이 사각거리는 소리가 들리더니 호롱불이 밝혀지고, 음영의 높은 격차 속에서 명월의 얼굴이 드러났다. 명월은 곳곳에 놓인 호롱에 불을 붙였는데, 항시 같은 자리에 두는지 처음 켠 빛에 의지하는 기색이 없었다.

빠져나갈 틈 없이 굳건히 닫힌 문 안에서도 어둠은 알아서 사라졌다. 도로는 호롱불을 따라 방 구석구석을 낱낱이 눈에 담았다. 열 평 남짓한 크기로 자개 서랍장, 은과 옥으로 장식한 경대, 작은 서안, 곱게 개어둔 보료까지, 당장 써도 손색없을 공간으로 꾸며져 있었다. 누비옷을 걸친 명월도 몸을 떨 만큼 춥다는 것과 방 중앙에 얼음으로 만든 관이 있다는 점을 제외하면 말이다.

도로는 얼음 관 앞에 섰다. 주름진 뇌와 정지한 심장이 원래 몸속에 자리했을 때와 같은 간격을 두고 놓여 있었다.

"이게 전부냐?"

도로의 질문에 명월이 서랍장을 열었다. 내용물을 곱게 싼 비단이 겹겹이 들어 있었다. 그 순간 명월의 눈앞에 지금보다 9년만큼 젊은 창곤이 나타났다. 그 당시 진의 몸은 오래전에 사태로 인해 금이 가 버려진 석빙고에 있었다.

"봄이 오면 썩을 거야."

창곤의 단조로운 음성이 들렸다. 곳곳에 균열이 인 석빙고는 제 역할을 하지 못했다. 기온이 오르면 버티지 못할 것이다.

"그 전에 할 수 있는 기공을 찾을 거야."

명월은 다짐하듯 입술을 짓씹었다.

경칩을 하루 앞두고 기적처럼 도로가 송도에 왔다. 명월은 도로를 본 순간 사람을 흉내 낸 그 몸 안에 있는 것이 기기임을 감지했다. 투명한 자기(瓷器)처럼 깨끗한 눈동자, 숨소리에서 나는 쇠 냄새만 맡아도 알 수 있었다. 명월은 엎드려 간청했으나 도로는 돌아섰다.

그날 밤 진의 뺨을 만진 명월은 흠칫 놀랐다. 손끝을 타고 피부가 녹는 기미가 전해졌다. 계절을 붙들 수 없는 이상 창곤의 말이 맞았다. 이대로 두면 썩는다.

명월은 진을 데려온 이래 의서를 읽어왔다. 사람의 정신을 지배하는 것은 뇌요, 마음을 담는 것은 심장이라 했다.

"내가 할게."

창곤이 팔을 걷었다.

"아무도 손 못 대."

명월은 비단을 하나 꺼내 풀어 도로에게 자신이 한 일을 보여주었다.

숫돌에 칼을 갈고, 끌과 망치를 장만했지. 네 수의를 벗기고 네 가슴을 열어 돌아선 애인의 마음보다 차갑게 얼어붙은 심장을 꺼냈다. 다시는 열릴 리 없는 네 입술에 입 맞추며, 어느 입술이든 내게는 네 입술이리라, 들을 수 없는 네 귀에 다짐하고 또 다짐했다. 세상에 대한 호기심으로 차 있던 네 머리를 갈라 뇌를 꺼낸 뒤 물을 끓여 살을 삶아, 하나 부족한 네 뼈를 발라냈고, 살은 화장했다. 작은 절차 하나 남김없이 모두 내가 이 두 손으로 직접 했다.

창곤은 할 수 있는 한에서 석빙고를 보수하고 산을 뒤져 미처 녹지 않은 얼음은 죄다 가져와 뇌와 심장을 지켜주었다. 명월은 명월관과 새 석빙고를 지었다. 가장 큰 수확은 제필수였다. 제필수는 실력이 출중할 뿐만 아니라 기기에 미쳐 법 따위야 어떻든 만들고 싶은 건 반드시 만들어내고야 마는 섬뜩한 의지를 가진 자로, 그 무렵 명월이 기대할 수 있는 유일하며 최선인 이였다. 그 제필수마저 뇌와 심장을 보더니 머리를 저었다.

"수차례 해봤지만 쥐의 심장도 다시 뛰게 못 했어."

"그래서, 못 하시겠다고요?"

명월의 질문에는 제필수가 못하면 다른 기공을 찾겠다는 뜻이 담겨 있었다.

"조선 팔도에 나만한 기공은 없어."

명월은 지나친 과장은 아닌지 하는 의문을 얼굴에 떠웠다.

"적발되면 둘 다 거열형(車裂刑)을 받을 게야."

"여기 오기 전에 옥에 계셨죠. 닭과 개를 가지고 실험하다 들켜서요. 이한종 나리께서 절 어여삐 여겨 빼내 송도로 보내지 않았다면 진작에 손목이 잘렸을 겁니다."

"그래, 조선 팔도에 이걸 해보겠다고 달려들 자도 나뿐이지. 시간이 오래 걸릴 게야."

제필수가 킬킬 웃었다.

"제 몸이 사내들에게 유용함을 잃기 전에 해내셔야 합니다."

"돈이 많이 필요해. 구해야 하는 게 많거든."

"얼마든지요."

"뼈로구나. 확인차 물은 거지 다른 게 필요해서가 아니었다. 심장도 필요 없어. 뇌만 있으면 된다."

도로의 음성이 명월의 상념을 끊었다. 쓰지 않는다, 필요 없다…. 그 말들이 명월의 목에 갈고리를 쑤셔 넣어 심장을 생으로 뽑아내는 듯했다.

뇌만 있으면 되는구나, 다른 건 다, 심장마저 필요 없었어….

심장은 명월이 유일하게 간직한 진의 내부 장기였다.

명월의 잘게 떨리는 손이 비단을 다시 쌌다. 다른 비단에는 다른 게 더 있다는 말은 하지 않았다. 쓰고 말고, 아쉽고 말고의 문제라는 말은 더더욱 입에 올릴 생각이 없었다.

"최소한 숨은 붙어 있는 이일 줄 알았다. 석빙고로 오라 해 설마설마했는데 그래도 이 정도일 줄은 미처 예상 못 했구나. 그전에 이미 죽은 이였느냐?"

'죽은 이'라는 말이 올가미가 되어 명월의 목을 졸랐다. 명월은 핏기가 가신 얼굴로 한동안 숨을 쉬지 못했다.

"사람의 뇌로 운용되는 기기는 모르긴 몰라도 나를 만든 곳의 기술로도 불가능한 일일지도 모른다. 기술이 천 년을 발전해도 된다 말하기 어렵다."

명월은 제필수에게 이 말을 들었을 때와 같은 얼굴을 했다.

하여 못 하겠다 말씀하십니까?

"그런데 뼈만 모았다기에는 비단이 많구나."

도로는 명월의 표정을 읽지 못했는지, 시도해보기 전에는 모를 일에 부질없는 말을 덧붙이고 싶지 않은지 말머리를 돌렸다. 명월은 묵묵히 손만 움직였다. 뼈도 쓰지 않는다면 다른 부분들은 더욱 의미가 없을 터, 굳이 꺼내 들추고 싶지 않았다.

어스름한 새벽녘에 누구도 담근 바 없는 상류로 가 얼음을 깨물을 길었다. 냉기를 느낄 리 없는 줄 알면서도 쑥과 난초를 넣어 데워 머리를 감기고, 곱게 말려 한 올 한 올 빗은 뒤 가장 좋은 댕기로 묶어 첫 번째 비단으로 감쌌다. 손톱과 발톱을 정갈하게 잘라 각기 다른 비단에 담았다. 울고 싶지 않았다. 그저 폭포를 거꾸로 흐르게 할 수 없듯 치솟는 눈물을 도로 밀어 넣을 수가 없었다. 명월은 손끝을 모아 비단을 싸 장 안에 넣었다.

"잠깐, 뼈를 다시 봐야겠다."

혹시나 하는 기대에 명월이 다급히 장을 열어 일말의 주저 없이 뼈를 싼 비단만 골라 꺼내 바닥에 깔아 펼쳤다. 도로는 건드리지 않고 눈으로만 살폈다. 명월이 꼭 필요한 순간이 아니면 허락하지 않을 것임을 감지한 탓이었다. 그중 한 뼈가 도로의 눈길을 끌었다.

"놀라셨습니까?"

"뜻밖이긴 하구나."

"그걸 확인하고자 하셨습니까?"

"내가 만들어줄 몸 아니냐. 당연히 알아야지."

도로는 새삼스러운 눈으로 방을 둘러보았다. 금방 면밀히 보았는데도 이전에 수차례 들어가본 사랑채에 있던 물건들과는 다르다는 점을 인식하지 못했다. 아는 만큼 보인다. 바꾸어 말하면 모르면 보이지 않는다는 점에서 그 또한 인지하고 사고해 결론을 도출하는 데 한계가 있었다.

"그때는 이런 석빙고가 없었는데 용케 보존했구나."

"이이가 묻혔던 게 한겨울이었으니까요. 하실 수 있겠습니까?"

명월은 이미 도로에게 불가능에 가까운 일이라는 말을 들었다. 그럴지라도 대충 해보는 게 아니라 사력을 다할지 묻는 질문이었다.

"나야말로 묻겠다. 기필코 할 텐가? 어떤 대가를 치르더라도?"

작동을 멈춘 뇌를 다시 움직이게 하고, 거기에 몸을 주기 위해서는 기술이 필요했다. 기술을 획득하려면 더 많은 기기를 만들며 시험을 거쳐야 했다. 그러려면 순도 높은 철과 솜씨 좋은 대장장이가 필수였다. 수령 김길성과 좌수 권양목 또한 섬세한 기기를 바라면서도 돈과 물자를 지원하려면 명분이 필요하다 말했다.

"말했다시피 어려운 일이다. 인간들의 말을 빌려 지성이면 감천이라, 하늘이 도와 성공한다 해도 예전 모습으로는 불가능해. 또한 예상하지 못한 부작용이 발생할지도 모른다. 어떤 결과를 맞이하든 후회하지 않겠느냐?"

도로가 재차 물었다. 그 역시 이 일에 많은 걸 걸고 있었다. 명월이 중간에 마음이 약해져 일을 그르쳐서는 안 되었다. 물론 명월은 쉽게 마음이 흔들릴 자는 아니었다. 명월이 모든 걸 걸고 되돌리고 싶어 하는 이는 그의 예상과 달랐다. 비로소 명월의 집념이 이해되었다. 섣불리 드러낼 수 없는 마음이었기에 더 절절하고 한이 되어 남은 것이다.

하지만 이자가 죽은 지 10년이 지났다. 자기가 지난번 송도에 왔을 때는 이자가 죽은 지 얼마 되지 않았을 때라 목숨도 아깝지 않다 달려들었겠지만 여태껏 그러할까?

명월은 놀라운 이였다. 명월의 명성에 취해 그를 품는 게 자신을 증명하는 행위인 양 달려드는 자들도 있겠지만 그보다 더 많은 이들이 명월에게 진심으로 반해 그를 원할 것이다. 그중에서는 남들보다 출중한 이들도 있을 터였다. 빼어난 자가 마음을 다해 구애하는데 흔들리지 않을 사람은 없다. 명월도 흔들린 적 있을 것이다. 지금까지 없었다면 앞으로 생길 것이다. 자고로 연정이란 타인의 힘으로는 끊기 어려우나, 막상 자기 자신은 한순간에 털어버리기도 하는 것이다.

"뭘 염려하십니까?"

명월이 되물었다.

제필수는 지난 10년간 참새, 제비, 꿩, 토끼, 양, 사슴, 순록, 쥐, 고양이, 개 가리지 않고 실험을 했다. 작년에야 멈췄던 쥐와 꾀꼬리의 심장을 다시 뛰도록 해냈다. 그나마 오래가지 못했다.

명월은 제필수가 온 이래 우리에 갇혀 차례를 기다리던 작은 생명들을, 겁에 질린 몸짓을 외면해왔다. 너를 위해서, 너를 위해서라면 어떤 희생을 치르더라도, 무엇을 못 본 척하더라도,

내 몸으로, 마음으로 어떤 짓이든 다 할 수 있었지. 그런데 지금 그들이 바라는 그것은….

도로는 집요하게 대답을 기다렸다. 그는 수령이 조건을 말할 때 명월이 동요하는 모습을 뚜렷이 보았다. 명월은 미소 지었다.

"이날만을 기다려왔습니다. 공께서는 어떠십니까?"

명월이 물은 건 도로도 할 의향이 있는지가 아니었다. 도로는 명월처럼 수령이 바라는 걸 들어주기를 저어할 이유가 없었다.

"회회인의 피가 섞인 자라 그런지 양반답지 못하고 중인처럼 잡기술 따위에 관심을 둔다며 뒤에서 비웃지."

도로가 대수롭지 않은 투로 말했다. 회회인의 피가 섞였다는 건 지금까지 그러했듯 앞으로도 그를 따라다닐 꼬리표였다. 조선은 편협해 터럭만큼도 다른 것은 용납하지 않았다.

"저로 인해 곤란한 일은 만들지 마십시오. 언제든 데려오셔도 됩니다."

"널 얼마든지 이용하라는 말이냐?"

"말씀드렸던 줄 압니다."

명월의 눈동자에 결의가 깃들었다. 나의 너…. 이제 곧 너를….

도로는 명월이 대답하기 전 찰나의 공백을 놓치지 않았다. 그는 이후 명월이 어떻게 하는지 면밀히 살펴야 한다 마음을 다잡았다. 연심은 흔들린 순간이 바로 끝을 의미하기도 했다.

＊

동헌에서 시작된 물안개가 긴 가뭄 속에서 가파르게 몸을 불리는 화마처럼 온 고을에 퍼져나갔다.

"또 뭔 지랄을 하려고….."

농부들은 침을 뱉었고 잔치에 끌려간 아낙들은 높은 습도에 녹아버린 상추처럼 지친 몰골로 전을 부치고, 술상을 차리고, 끝도 없이 들어오는 그릇을 닦고 다시 상을 만들었다.

동헌 안뜰에는 사전에 만들어둔 임시 전각이 있었다. 전각 안에는 아버지, 시아버지, 남편, 아들, 오라비 혹은 남동생을 따라온 사대부의 여인들이 가득했다. 어린 딸의 손을 잡거나 아이를 업고 온 이들도 보였다. 젖살이 통통한 여아도, 머리가 하얗게 세고 말린 대추처럼 주름이 자글자글한 노인들도 있었다. 모두 모처럼 외출을 허가받은 데다 여인들을 위한 공연을 보여준다는 이야기에 들떠 면면마다 웃음이 가득했다. 만날 낮은 남성의 음성만 오가던 곳에 높은 여인의 음성이 가락처럼 울리자, 길짐승들만 있던 곳에 날짐승들이 날아들어 한가롭던 창공이 분주해진 듯했다.

흥을 돋우기 위해 재인(才人)들이 줄에 올라 뛰고, 악공들이 태평소와 피리를 불고, 기생들이 춤을 추고, 탄주를 했다. 딸, 부인, 어머니 등을 데리고 온 사내들은 한데 모여 앉아 기생들이 따라주는 술을 마셨다. 여인들은 눈앞에서 남편이 기생의 몸에 팔을 두르는 꼴을 보면서도 의연해야 했다.

안뜰 한쪽에 둘린 칸막이 안에는 기공들과 기기들이 대기하고 있었다. 제필수는 공연을 앞두고 지난 며칠간 잠 한숨 이루지 못해 핏발이 터진 눈으로 기기들을 거듭해서 점검했다. 명월관은 기기들의 움직임에 최적화되도록 설계되어 있으나 동헌은 구식 건물이라 공연 전에 사흘을 꼬박 매달려 필요한 장치를 설치해야 했다. 그나마 공연을 할 수 있게 된 건 모두 도로가 알려준 기술 덕분이었다. 도로는 발조와 아륜을 정밀하게 운용하며 기기들의 움직임을 다양하게 만들었다. 이번에 성공해 도로의 신기술에 관의 지원을 받으면 다음 단계의 기기를 만들 수 있었다.

줄을 타던 재인들이 안뜰을 떠났다. 소리에 능한 재인이 목청을 가다듬었다.

"오늘 첫 이야기는 주처견매(周妻見賣)니, 옛날 옛날 먼 옛날에 주적이라는 이가 살았음이라. 주적의 처는 지아비를 섬기는 마음이 극진하였는데…."

허름한 두루마기를 입고 낡은 갓을 쓴 남자 재인이 등장했다. 그 뒤를 부인 역을 맡은 기녀(機女)가 줄에 묶인 염소처럼 온순하게 따라 나왔다.

부채춤이 피어오르듯 경탄하는 소리가 퍼져나갔다. 여인들의 탄성은 기기 자체가 낯설고 신기해 내지르는 소리였지만 사내들의 수군거림은 결이 달랐다.

"수선이 없지 않은가?"

기기들을 움직이는 동력원은 물이 끓을 때 나는 김이었다. 수

선을 통해 훈김을 보내는데 지금 남자 재인 뒤에 있는 기녀에게
는 바로 그 수선이 없었다.

　제필수는 기녀와 재인을 눈으로 움직일 듯 주시했다. 그는 기
녀에 대해서는 걱정하지 않았다. 기녀는 어김없이 정해진 움직
임을 따를 것이다. 제필수의 걱정은 소리꾼과 남편 역을 맡은
재인이었다. 그들이 정해진 각본과 주어진 시간에 맞춰 움직이
게 하느라 공연을 준비하는 내내 고성이 포함된 입씨름을 벌
였다.

　관객과 호응하며 즉흥적으로 연기해온 소리꾼과 재인은 어떠
한 변주도 불가하다는 지침 아래 기기의 움직임에 맞추는 걸 곤
욕스러워해 합을 맞추는 데 애를 먹었다. 그들은 사지를 꽁꽁
묶어두고 공연을 하라는 것처럼 말이 안 되는 요구라 항의했다.
멀쩡하게 소리 잘하고, 춤 잘 추고, 노래 잘하는 꾼들을 두고 가
짜를 따라 하라는 건 재인들로서는 수용하기 어려운 요구였다.
그들의 반발에는 저런 어설픈 것들에게 자리를 뺏길지도 모
른다는 두려움도 한몫했다.

　제필수는 제필수대로 줄 위에서도 날아다니는 꾼들이 몇 가
지 움직임만 순서대로 하면 되는, 그 쉬운 걸 자꾸 틀리는 꼴에
물속에 고개를 처박힌 양 답답하고 숨이 막혔다. 두둑한 돈을
안겼는데도 팔려 가는 송아지처럼 우거지상을 하고 연습하는
것도 납득이 가지 않았다.

　다행히 재인과 소리꾼은 박자와 보조를 정확히 맞췄다.

　"그런데 난리가 나는 바람에 그만 먹을 것이 떨어져 아사할

지경에 처했다. 이에 처가 남편에게 간청하니…."

기녀가 남편 역을 하는 재인 앞에 무릎을 꿇고 두 손을 모았다.

"대체 어떻게 한 건가?"

수령 김길성의 얼굴이 귀신이라도 본 양 파리해졌다. 수선 없이 움직이는 기기는 매다는 실도 없이 저절로 공중에 뜬 그릇처럼 비현실적이었다.

"발조(發條)라는 신기술로 만든 것입니다. 다만 오래가지는 못합니다."

도로가 설명했다.

"오래가게 하려면 어찌해야 하는가?"

김길성은 기기술의 세부에 대해서는 알지 못했고 관심도 없었다. 그가 묻는 건 기술이 아니라 비용과 시간이었다.

"질 좋은 철이 필요하지요."

다행히 이번 도로의 대답은 김길성이 이해할 수 있는 범위였다. 김길성은 기기에게서 눈을 떼지 못했다.

수선으로 움직이는 기기에 견주어 마디마디 동작이 끊어지는 느낌은 있었지만, 수선 없이 움직인다는 건 획기적인 개선이었다. 물을 끓일 필요도, 훈김을 보낼 수선도 필요 없으니 운용이 훨씬 자유로웠다.

"청컨대 절 푸줏간에 팔아 여비를 마련해 귀향하소서."

기녀의 말소리는 소리꾼이 대신했다.

처는 남편의 손을 잡고 푸줏간으로 갔다. 남편은 푸줏간 주인에게 돈을 받고 떠났다. 도한(屠漢)이 날이 시퍼런 칼날을 들어 올렸다. 여인들이 일제히 숨을 죽였다. 섬뜩한 파공음과 함께 칼이 내리쳐졌다. 처의 팔에서 피가 솟고 미리 넣어둔 돼지고기가 그릇에 떨어지며 피가 튀었다. 여인들이 새 떼가 놀라 날아오르듯 소리를 지르며 얼굴을 가렸다.

"한 근이요오오!"

재인이 지붕을 흔들 듯 우렁찬 소리를 질렀다. 도한은 다시 칼을 휘둘렀다. 처가 쓰러졌다.

"두 근이요오오!"

같은 일이 반복되었다. 기녀가 열 근짜리 고기조각이 되었을 때 돌아온 남편이 남은 신체를 수습했다.

다음 공연이 시작되었다.

"옛날 옛날 먼 옛날에 아리따운 용모만큼이나 남편을 모시는 마음이 갸륵한 최 여인이 있었는데 하늘이 무심하여 남편을 일찍 데려가니 최 여인은 이부종사를 하느니 차라리 굶어 죽기로 다짐했으나 최 여인의 용모를 눈여겨보던 이가 첩으로 들어오기를 권하였다."

최 여인 역을 맡은 기녀가 나왔다. 치맛자락이 나부낄 때마다 은은한 도화향이 풍겼으며, 둥근 얼굴에 갸름한 눈썹, 앵두처럼 자그마하면서도 붉은 입술, 풍만한 가슴과 둔부, 내리뜬 눈까지 가히 미의 절정이었다. 이번에도 수선은 없었다.

"내 용모로 인해 지아비를 배신하라는 말을 듣는단 말이냐?"

칼을 든 기녀가 자기의 코를 잘라냈다.

"이런 말이 들리는 것조차 지아비에 대한 부덕이다!"

기녀는 얼굴의 오른쪽을, 이어 왼쪽을 칼로 그어 잘라낸 두 귀를 부정 탄 물건처럼 내동댕이쳤다. 얼굴의 중앙과 양옆에서 쏟아진 흥건한 피가 입술과 턱, 목을 지나 옷까지 벌겋게 물들이다 바닥에 선연한 피 웅덩이를 만들어냈다.

겁에 질린 한 여아가 울음을 터뜨렸다. 15세로 혼인할 나이가 머지않은 아이였다. 자기를 푸줏간에 팔라던 기녀의 말도, 거기서 밥을 짓고 빨래를 해 남편의 여비를 마련하겠다는 소리인 줄 알았다. 이번에도 기껏해야 얼굴에 재나 바르려니 했었다. 혼인한 뒤 남편이 먼저 죽으면 자기도 저리해야 한단 말인가. 늙은이, 젊은이 할 것 없이 모든 여인이 오열했다. 분위기에 놀란 갓난아기가 얼굴이 시뻘게지도록 울며 몸부림쳤다.

"기녀가 목소리를 낼 수 있는 기술을 연구하고 있습니다."

도로가 입을 열었다.

"기녀가 말을 한다고? 그게 가능하다는 말인가?"

좌수 권양목의 눈알이 얼굴에서 빠져나올 듯 튀어나왔다.

"말은 훗날을 두고 봐야 하나 가락이라면 가능할지도 모릅니다."

"흐음⋯. 불경을 독경하는 기기를 만들면 여인들이 불공을 핑계로 절에 가는 걸 막겠구나."

"기녀의 비명도 들을 수 있을 테고."

김길성과 권양목의 입술에 흡족한 웃음이 걸렸다.

공연이 끝났다. 여인들은 몸종과 함께 집으로 돌아갔다.

"지아비를 섬김이 무릇 저와 같아야 하는 법이니라."

시어미가 며느리에게, 어미가 딸에게 말했다.

"저는 곱지 않으니 괜찮을 거예요."

"옳다, 여인이 외모 따위에 연연하면 아니되느니라. 절개는 여인의 모든 것이다."

남은 사내들은 흥청망청한 술자리를 벌였다. 교화하는 용도로 쓰였던 기녀들이 이번에는 과장되게 만든 가슴과 엉덩이를 달고 와 춤을 췄다. 수선이 없는지라 한 기기가 오래 버티지 못하고 계속 교체되었다.

관직이 높고 돈이 많은 이들은 공연에 참여했던 기녀를 데리고 방으로 가 특별 공연을 관람할 기회를 가졌고, 그보다 못한 자들은 일반 기녀들을 데리고 갔으며, 그조차 안 되는 자들은 눈요기로 만족해야 했다.

명월은 월정향을 포함해 능숙한 기생들을 데리고 갔다. 월정향은 아쉬움이 남은 자들에게 명월관에 찾아오면 회포를 풀 수 있으리라는 암시를 던졌다.

이 자리에는 관찰사도 와 있었다. 그는 흡족한 얼굴로 연신 턱을 끄덕였다.

"백성을 교화하는 데 실로 저만한 물건이 없겠군."

관찰사는 코와 귀를 잘렸던 기녀를 원했다. 기녀가 자리에 나갈 수 있게 준비하는 건 제필수이나, 은근한 암시에 맞장구치며 그 기녀를 보내겠다 대답해야 하는 이는 도로였다. 곤혹스러운 일이나 바라는 지원을 받으려면 감수해야 했다.

"관에서는 기기의 공연을 길게 볼 수 없습니다."

"수선 없이 움직이는 시간을 늘릴 수는 없는가?"

"개선할 시간이 필요합니다. 야장(冶場)을 만들어 가까이에서 순도 높은 철을 제련할 수 있다면 개선 속도를 높일 수 있습니다."

관찰사는 확답하지 않고 방으로 돌아갔다. 관찰사의 대답은 반 이상 그가 감상할 기녀의 공연에 달렸다.

"명월관 기녀의 솜씨는 나도 몇 번 겪어봤지. 심려 말게."

김길성이 도로에게 말했다.

"명월관에서처럼 긴 공연은 불가해서 염려할 따름입니다."

"그렇지. 그런 움직임은 명월관에서만 가능하지."

"명월관은 수방이 있으니까요."

"수방만 지어서 될 일이 아니란 말이지."

김길성이 뇌까렸다.

물을 끓이는 일이야 뭐 어렵겠는가. 하지만 수선을 각 방에 보내려면 관 자체를 뜯어 새로 짓는 대공사를 벌여야 했다. 관찰사가 돕기만 하면 불가능한 일은 아니리라. 김길성이야말로 번거로운 걸음 없이 관에서 편하게 기기의 공연을 즐기기 바랐다. 오늘은 아쉬운 대로 자기 몸을 푸줏간에 판 기녀를 요구했다.

권양목이 손가락으로 긴 수염을 빗질했다.

"명월이는 오늘 탄주하지 않는가?"

도로는 일어나서 명월을 찾았다. 그럴 줄 알았다는 듯 가까이에서 기다리던 명월이 눈웃음을 흘리며 다가와 권양목의 팔짱을 끼고 일으켰다.

멀어지는 두 사람의 뒷모습을 도로의 눈이 따라갔다. 9년 전에 명월의 청을 들어주었더라면 어땠을까. 도로에게는 후회가 없었다. 그는 다만 분석했다. 그때 명월은 아직 어리고 미숙했다. 지금 명월은 실패를 밑거름 삼아 스스로를 담금질하며 만반의 태세를 갖췄다. 아마도 그때였다면 일이 지금처럼 수월하게 풀리진 않았으리라. 권양목 또한 명월이 제 손으로 데려갔다.

그런데도 옳지 않은 기분을 넘어 자기가 부인을 푸줏간에 팔아 여비를 마련한 사내처럼 느껴졌다. 도로는 왜 자기가 참담한 느낌을 받았는지 분석했고 결과를 도출했다. 그건 오늘 하루가 모순투성이였고 명월이 늙은이의 밤 시중을 들러 가는 게 그 정점이었기 때문이었다.

조선의 사내들은 여인들에게는 생명의 가장 기본적인 욕구, 생존에 대한 욕구마저 일부종사를 지키기 위해서는 초개처럼 내던지라 강요하면서 자기들은 조금 전까지 어머니와 부인, 딸들이 있던 곳에서 다른 여인을 희롱하려 들었다. 그것을 위해, 오직 사내만이 여인을 고르고 취할 수 있기를 바라는 마음으로 여인들에게 오로지 순종하라 가르쳤다.

명월은 늙은 권양목이 지쳐 나가떨어질 때까지 그를 놔주지 않았다. 그 어느 때보다도 격정적이었던 명월로 인해 숨이 턱까지 찬 권양목은 옴짝달싹하지 못했다. 대조적으로 명월은 잠시

앉아 쉰 양 평온하게 옷을 입었다.

"내게 오너라."

권양목이 가쁜 숨이 오가는 목구멍에 어렵게 소리를 섞었다. 명월은 대꾸 없이 일어섰다. 기력이 모두 소진된 권양목은 명월을 잡을 힘이 없었다.

"내게 와야 한다."

"제가 바라는 걸 다 이룬다면…."

모호한 답변만 남긴 채 명월은 방을 나갔다.

연연이 명월을 기다리고 있었다. 연연에게서 사내의 체취가 배어 나왔다. 사내가 심하게 굴었는지 걸음새가 위태로웠다. 이런 공연을 보고 나면 사내들은 최소한 일주일은 정신 못 차리며 여자를 찾았고 평소보다 거칠게 굴었다. 명월은 자기 가마기에 연연도 태웠다. 연연은 한참 말이 없다가 불쑥 입을 열었다.

"저도 지아비가 있으면 좋겠어요."

"왜? 이 사내, 저 사내를 전전하는 게 싫증나느냐?"

상념에 잠긴 명월이 건성으로 물었다.

"저도 몸과 마음을 다 바칠 수 있는 이가 있으면 얼마나 좋을까요?"

"뭐라 했느냐?"

명월의 손발이 쥐가 난 듯 저릿저릿해졌다.

"한 지아비를 위해 모든 걸 거는 여인이란 얼마나 숭고한가요. 저는 이미 여러 사내에게 더럽혀졌으니 이제 와서 그런 꿈을 꾸어서는 안 되겠지요."

연연이 옷고름으로 눈물을 닦았다.

"더럽혀졌다?"

"구애하는 말만 들어도 귀가 더러워졌다고 잘라내는 용기를 지닌 여인이라니, 부러워요."

"피곤하구나."

명월이 그만하라는 듯 고개를 돌렸다.

"죄송해요, 언니. 조용히 갈게요."

연연은 명월관에 도착할 때까지 훌쩍거렸다.

이후 달포가 지나도록 명월관은 손님으로 넘쳐났다. 그런데 정작 이 손님을 끌어온 명월이 두문불출이었다.

"저년이 또 속을 썩이네."

금선이 투덜거렸다. 명월이 연출하지 않은 공연은 좋은 재료를 써서 호화롭게 차렸으나 간이 과하거나 부족한 잔칫상처럼 세심한 완성도가 떨어졌다. 금선이 직접 찾아가 연회 참석이 싫으면 공연 연출만 하라 해도 요지부동이었다. 심지어 수령 김길성과 좌수 권양목에게조차 코빼기도 보이지 않았다. 세 번째도 헛걸음이자 분기탱천한 둘은 포졸을 불러 명월의 안채를 뒤졌다. 명월은 안채에 없었다.

"그년에게 즉각 나타나지 않으면 모두 없던 일로 한다 전해라."

김길성이 으름장을 놓았다. 권양목은 명월을 품었는데 자신은 품지 못해 독이 바짝 올라 있었다. 권양목은 권양목대로 그날 밤 바위마저 녹일 듯 뜨거웠던 명월이 바다마저 얼릴 듯 냉랭하게 구니 황당하고 분했다. 갈 때마다 버선발로 맞이하던 집에서 앞뒤 없이 문전박대당하는 기분이었다. 명월의 열정과 냉담 사이는 중간이 없다는 말을 익히 들어왔으나 사내의 오만함으로 자신은 예외라 철저하게 믿었다.

연연은 명월을 찾아 병풍에 그린 그림처럼 박연이 내다보이는 누각에 갔다. 명월은 안주도 없이 병째 술을 마시고 있었다.

"언니, 지금 좌수 나리와 수령 나리가 언니 안채를 대들보까지 다 부숴놨어요. 퍼뜩 일어나 가요!"

명월은 들은 체도 하지 않았다.

"안 오면 명월관에 불을 지른대요."

"그게 날 보기 위함이겠느냐?"

"그럼 뭐 때문이겠어요?"

명월은 실소를 터뜨렸다.

"언니이!"

연연이 명월의 팔을 잡았다. 명월이 연연의 손에 자기 손을 포갰다. 연연은 전갈에게 쏘인 메뚜기처럼 굳었다. 독주를 마신 것처럼 뺨이 달아오르고 가슴이 두근거렸다.

"언니?"

명월은 깊이를 알 수 없는 밤하늘을, 속을 읽을 수 없는 눈으로 올려보았다.

"다 저 달 때문이다."

"네?"

하늘에는 보름이 되기 하루 전 달이 떠 있었다. 명월은 완전한 원이 되는 것을 저지하는 흐린 부분을 향해 건배하듯 병을 들었다가 그대로 목구멍으로 넘겼다.

"언니….."

"안 그래도 안채가 싫증나던 참이었다."

"왜 이러세요?"

명월은 아무렇게나 다리를 벌리고 난간에 기대앉아 있었다. 연연만이 아니라 명월과 숱한 밤을 보냈던 사내조차도 본 적 없는 흐트러진 자세였다. 기생이기에 부여된 삶으로서 술과 음률로 지새는 나날을 보내면서도 명월은 단 한 번도 자신을 이렇게 내버려둔 적이 없었다. 명월은 만취해 있었다. 연연은 더럭 겁이 났다.

"취하신 거예요? 언니가요? 왜요? 기공장은 야장방 공사가 마무리되어 어깨춤을 추는데 언니는 왜 이러고 계세요?"

"잔소리할 거면 술부터 가져오너라."

명월은 이 이상 한마디도 하지 않겠다는 듯 아예 몸을 틀었다. 연연은 더 말을 붙이지 못하고 누각을 떠났다. 걸으며 명월의 손이 포개졌던 자기 손을 잡았다. 아이고머니나, 내가 미쳤나 봐. 세상에…. 순간 몸에 열이 오르고 정신이 아득해졌었다. 자기도 모르게 완전히 방심해서 한쪽으로 기울어진 목덜미와 흐트러진 옷고름에 눈이 갔다.

미쳤어, 미쳤어!

연연은 자기 양 뺨을 번갈아 찰싹찰싹 소리가 나게 쳤다.

앞에서 구원자처럼 창곤이 오는 모습이 보였다.

"명월 언니가 영 이상해요. 가서 말 좀 해보세요."

창곤은 연연이 보이지도 않는 듯 지나쳤다. 연연은 한숨을 쉬며 명월관으로 돌아왔다. 김길성과 권양목이 있는 방으로 들어가려니 삶은 이불을 머리에 인 듯 무릎이 부들부들 떨렸다. 행수 언니가 알아서 하겠지. 자기가 뭘 어쩌겠는가.

명월은 자기를 곁에 두고 아끼는 듯 보였으나 자기에게 무언가 바라는 기미를 보인 바는 없었다. 명월이 가르치고 장신구를 나눠준 기생들이 이간질을 해 명월을 찾던 손님을 뺏어가도 힐난하기는커녕 관심도 두지 않았다. 자기가 여기서 겁먹고 도망쳐도 그러려니 하리라. 그 생각이 들자 산에서 까불거리다 길을 잃고 갈팡질팡하던 강아지가 어미를 발견해 질주하듯 기준점 없이 떠돌던 상념들이 가시고 정신이 번쩍 들었다. 자기는 더 이상 어린 기생이 아니었다. 자기 밑에 새로 온 기생들이 어느덧 열 명이 넘었다. 언제까지 명월에게 기대 어린 기생인 양 굴 것인가. 명월 같은 기생이 되길 바라왔다. 그러려면….

연연은 손바닥으로 머리를 매만지고 산길을 오가느라 흐트러진 옷차림을 간추렸다. 치맛단에 흙이 묻어 있었다. 갈아입어야 할까? 명월은 화장도 안 한 채 나갈 때가 더 많았다. 명월을 찾는 사내들이 어떤 패악을 부리든, 어떤 값비싼 선물을 하든 눈썹 하나 까딱하지 않았다. 연연은 자신이 명월처럼 고요하면서도 당당하길 바라며 문을 열었다. 명월을 기다리던 두 사내가 연연의 뒤편을 살폈다. 연연은 모르는 척 치마를 부풀리며 앉았다.

"명월이는?"

김길성의 취한 눈동자가 흉포하게 번들거렸다.

"안 그래도 안채가 싫증나던 차였다며 이참에 달을 즐기겠답니다."

연연은 술잔이나 술병 혹은 음식이 담긴 그릇이 자기 머리나 몸으로 날아오는 상상을 했다. 결단코 미동도 하지 않으리라.

"네가 명월이 키우는 아이냐?"

혀가 꼬인 권양목의 숨결에서 고약한 냄새가 풍겼다.

"연연이라 하옵니다."

권양목의 흔들리는 손이 잔을 들었다. 무릎걸음으로 다가간 연연이 잔을 채웠다.

✳

창곤은 명월의 옆에 술병을 놓았다. 명월은 술병을 들어 입에 가져다 댔다. 권양목….

달빛이 쏟아지는 정자가 무대 장치가 바뀌듯 칙칙한 옛집으로 탈바꿈했다. 어린 진이가 끙끙 앓는 아버지의 이마에 물수건을 얹었다.

"일하러 나가야 하는데…."

잠에서 깬 아버지가 흐릿한 눈을 들었다.

"사흘 만에 깨어났어."

진이가 숟가락에 뜬 죽을 아비의 입 앞에 가져갔다.

"사흘? 사흘이라고?"

일어나려던 아버지가 눈앞이 핑 도는지 도로 쓰러졌다. 아버지를 잡아 일으켜 앉힌 진이가 한 숟갈, 한 숟갈 죽을 떠서 먹였다. 아버지는 턱을 움직여 씹고 삼키는 것도 버거워했다.

"창곤이 애비 좀 불러와라."

진이는 시키는 대로 했다. 창곤의 아버지를 본 아버지가 진이더러 나가 있으라는 얼굴을 해 밖에서 기다렸다. 잠시 후 창곤의 아버지가 굳은 얼굴로 손에 논문서를 쥔 채 나왔다.

창곤의 아버지는 고을 유지인 권 씨 일가를 찾아가 논문서를 담보로 돈을 빌리기 청했다. 그 댁에서는 종에게 돈을 보내겠다고 말하고 창곤 아버지를 돌려보냈다. 그게 끝이었다.

창곤 아버지도 그 누구도 언제 돈을 주느냐 독촉하러 가지 못했다. 감히 양반의 약조를 우습게 본다며 몽둥이찜질을 당할 게 뻔했다.

"돈을 받으면 솜씨 좋은 의원을 불러와. 그럼 벌떡 일어날 거야."

아버지가 초점 없는 눈으로 말했다. 진이는 아버지의 손을 꼭 쥐고 그러마 대답했다.

아버지는 보름 뒤 죽었다. 권 씨 일가는 끝내 돈을 보내지 않았다. 어른들은 권 씨 일가가 아버지가 죽기를 기다렸다고 갖은 욕을 퍼부었다. 물론 자기들끼리 있는 자리에서였다.

땅문서는 아버지가 목숨보다 귀하게 간직해온 것이었다. 하지만 아버지는 자기 없이 어린 진이가 살 대책이 없으리라 여겼다. 아버지의 우려는 사실로 드러났다. 재산을 아들에게만 물려주는 법도가 만들어지고 있었다. 이랬든 저랬든 아버지가 죽고 나면 권 씨에게든 관아에든 뺏겼을 것이다.

진이는 창곤의 아버지가 권 씨 일가 중 누구에게 말했는지 알지 못했다. 새삼 궁금하지도 않았다. 어차피 양반은 구경도 못 하고 종을 통해서 말을 전했을 것이다. 아버지가 죽을 때까지 기다리면 된다는 결정을 누가 했는지도 몰랐다. 당사자도 기억할 리 없었다. 아침을 먹고 숭늉으로 입가심을 하듯 두 번 고려할 가치 없는 일상적인 일이었을 것이다.

그런 짓을 하지 않는 양반이 있으랴. 이제까지 명월 앞에서 나라의 앞날을 고뇌하고, 시와 서예와 그림과 소리를 예찬한 이 그 누군들 다르랴. 그의 환심을 사겠다고 바친 금비녀, 옥으로 만든 노리개 모두 누군가의 목숨이었다. 그걸 몰랐던 적 없었다. 명월관을 짓는 데 끌려와 아무 대가도 없이 일한 이들 모두 누군가의 아비요, 아들이요, 오라비요, 동생이었고, 그들의 빈자리에서 남편을, 부모를, 자식을, 자기 자신을 먹이기 위해 필사적으로 일해야 했던 어미와 딸들이 존재했다. 이 나라가 본래 그러했다. 명월이 아무리 알아주는 기생이라 한들 어쩔 수 없는 일이라 양반 몰래 삯을 쥐여주는 게 최선이라 받아들였었다.

명월은 술병을 들었다. 술병 주둥이가 지친 발걸음으로 올려보던 고갯마루처럼 아득히 멀었다.

지아비를 섬김이 무릇 저와 같아야 하느니라.

절개란 여인의 모든 것이다.

공포와 외경심, 체념, 그것들이 뒤섞이며 만들어낸 감정들로 눈물짓던 여인들, 각오를 다지던 여인들, 여인의 도를 가르치던 여인들….

몸이 한계를 넘었다며 거부한 술이 턱을 지나 학처럼 긴 목선을 따라 흘렀다. 술을 이기지 못한 육신이 쓰러졌다. 명월의 눈물이 누각 바닥에 얼룩을 만들었다.

너를 살리겠다는 일념으로 나도 이제 작(雀)이 되었다.

창곤은 명월의 어깨와 종아리를 받쳐 안아 산에서 내려왔다.

4장

성품이 업이라

  도로는 대장장이들에게 순도 높은 철을 만드는 법을 가르쳤다. 제필수는 야장의 발열보다 이글거리는 눈으로 전 과정을 지켜보았다. 음식을 할 때 재료가 중요한 만큼이나 기기 또한 기반이 되는 철이 중요했다. 순도 높은 철이 있다면 지금까지 만든 것들을 월등히 능가하는 기기를 만들 수 있었다.

  명월이 입구에 와 섰다. 도로는 야장방을 나와 명월과 어깨를 나란히 해 걸었다. 야장꾼들의 작업에 정신이 팔렸던 제필수는 뒤늦게 도로가 사라졌음을 알았다.

  명월과 도로는 석빙고로 갔다. 석빙고 아래에 감춰놓은 진의 방에 있던 물건들은 모두 사라지고 그 자리에 작업대와 아궁이가 놓였다. 크고 작은 끌과 정, 망치, 나사못, 나사돌리개, 양날톱, 실톱 따위가 작업대 위에 언제라도 쓸 수 있게 정렬되어 있었다.

"발조만으로는 부족해. 자유롭게 움직이려면 내부 기관 자체가 동력원이어야 하지. 조선은 이 기술을 받아들일 준비가 되지 않았다. 조선의 위정자들은 기기술의 발전을 경계하고, 모난 돌에 정을 내리치니 이 기술이 실현된 걸 들키면 이를 만든 나는 위험 요소, 즉 제거해야 할 대상이 된다."

"제필수 기공장을 경계하시는 마음은 이해하나 이 일을 해내려면 그의 힘이 필요합니다. 공께서 가진 기술은 현재의 기술을 월등히 뛰어넘습니다. 하지만 애초에 그 기술로 지어진지라 공은 중간 단계를 모르십니다. 기공장은 현재의 기술과 공의 기술 사이의 간극을 딛고 올라갈 계단을 만들 수 있는 기술과 의지가 있는 자입니다. 일부라도 내주셔야 합니다."

도로도 그건 부정하지 못했다. 제필수는 기술에 대한 욕심이 많고 다루기 힘든 자라 그에게 전수하는 건 내키지 않으나, 여하튼 궁극적으로는 조선의 기술이 발달해야 자신이 바라는 걸 얻을 수 있었다.

"너는 내가 왜 조선의 기술을 발전시키려 드는지 묻지 않느냐?"

"자고로 여인이란 사내의 일에 관심을 두지 않는 법이랍니다."

명월이 짐짓 다소곳하게 대답했다. 도로는 아마도 인간이라면 이 말에 헛웃음을 지으리라 생각했다.

"조선을 위한 일은 아니다."

도로가 그래도 괜찮으냐는 태도로 물었다.

"사대부의 나라 따위 어떻게 되든 저와 상관 없습니다."

명월이 스산하게 대답했다.

"성공한다는 보장은 없다."

"어찌 자꾸 떠보십니까? 새삼 제가 못 미더우십니까?"

"관에서 연 공연 이후 네가 전 같지 않다는 말이 명월관 내에 떠돈다. 피와 살이 흐르는 인간은 언제든 약해지거나 흔들리지."

"사람들은 흔히 감정이란 이성에 대항해 옳은 결정을 방해한다 여기지요. 하지만 사실은 그 반대입니다. 충성심, 효심, 연심에 모두 마음 심(心) 자가 들어가는 연유가 무엇이겠습니까? 감정은 사람에게 목표를 부여합니다. 목표는 곧 기준점이지요. 기준점이 없이는 아무것도 결정하지 못합니다."

명월은 자기 말이 도로를 설복시키지 못함을 깨닫고 말을 멈췄다. 마음을 정리한 명월이 도로의 눈동자 속까지 건너보며 말을 이었다.

"바다를 항해하는 배가 파도에 흔들리고, 폭풍을 만나 위태로워질 때가 있다 해 항구를 잊겠습니까? 오히려 더 애틋하고 그리워지지 않겠습니까?"

명월의 말은 격정적인 연주를 할수록 마음을 냉정하게 다잡는 탄주가의 연주 같은 깊이가 있었다.

"쇠가 준비되면 시작하겠다."

도로가 더 시험하지 않겠다는 뜻을 담아 대답했다.

석빙고를 나온 뒤 명월은 명월관으로 돌아갔다. 홀로 산에서 내려오던 도로는 한발 늦게 자신이 왜 명월에게 확답받으려 했는지 인지했다. 명월이 못 미더워서가 아니었다. 오히려 그 반대였다. 도로는 명월의 마음의 추가 기울었다는 증좌를 찾고자 했다. 겨자씨만 한 증좌라도 나타나기만 한다면 그 마음을 북돋고 싶었다. 오래전에 떠난 이를 집착하느라 짧은 생을 헛되이 보내지 말고 그 재주를 더 크게 쓰기 바랐다. 그게 결과적으로 그의 일을 늦추게 될지라도 말이다.

도로는 발걸음을 멈추고 소태처럼 쓴 한숨을 내쉬었다. 타인에게 하는 조언과 충고란 대체로 어쭙잖고 오만한 소리에 불과하다. 삶의 방향은 그 삶을 짊어지고 살아야 하는 이가 스스로 결정해야 하는 것이라는 원론적인 소리를 빼더라도 애초에 인간의 삶은 그가 관여할 일이 아니었다. 관여하고 싶은 충동을 느낀 적도 없었다. 그런데도 명월은 도무지 그냥 지나쳐지지가 않았다. 도로는 명월이 제한된 삶에서 벗어나, 명월이 가져 마땅한 것, 미처 의식하지 못하는 무의식 깊은 곳에 숨겨진 소망마저 모두 이루도록 돕고 싶은 충동을 느꼈다.

불현듯 도로는 자신이 인간다움에 오염된 건 아닌지 하는 우려가 일었다. 인간다움이란 부질없는 일인 줄 알면서도 그만 두지 못하고 헛되이 동력을 소모하는 짓으로서 어리석음의 다른 이름이었다.

✳

명월은 새로 지은 별채에 들어갔다. 김길성이 구해 온 통영산 참전복 자개장에 권양목이 상등품 비단과 노리개를 채웠다. 명월의 입가가 비릿하게 뒤틀렸다. 명월은 김길성과 권양목을 경쟁시켰다. 지금껏 써본 바 없는 조잡한 하수였다. 그러나 지붕이라 부르기 민망할 정도로 헐거운 지붕 아래 살아 비가 온다해도 막거나 그릇으로 받칠 엄두도 나지 않는 것처럼 심신이 피로해 복잡한 수를 둘 여력이 없었다. 가장 큰 관문을 마침내 넘었는데, 네가 목전에 있는데, 그런데 내 마음이 왜 이러는가….이러니 도로가 다짐 받으려 했겠지.

"언니, 연연이에요!"

문밖에서 연연의 째지는 언성이 들렸다. 요즘 부쩍 잔소리가늘었다. 피곤하다 내칠 틈도 없이 서슬 퍼렇게 들어와 빚쟁이가빚 갚을 기한이 지났다는 계약서를 들이밀 듯 서한을 건넸다.

간곡히 기다려 온 네 새끼손가락의 주인을 만났느냐. 네게 그를 알린 나를 탓하고 또 탓하였다. 만나보니 어떻더냐. 네가 꿈에 그리던 이가 맞더냐. 혹 상상과 다르더냐. 네가 실망했기를 바란다면 날 못난 사내라 타박하겠느냐. 하지만 어찌하겠느냐. 내 세상(世)은 여전히 너로가득차 있고, 내 바다(洋)에 담을 이도 오직 너뿐인 것을.

"양곡(陽谷) 공께서 보낸 서한 맞지요? 입때 언니를 기다리시는 겝니다. 더 늦기 전에 공께 가세요."

연연의 태세를 보아하니 그간 이 말을 할 날만 별러온 듯했다. 명월은 하하 웃었다.

"이제 내게 충고도 하느냐?"

"주제넘은 소리 한다고 얼마든지 야단치세요. 양곡 공은 관직에서 물러나 풍류를 즐기며 사신다 들었어요. 그분과 세상을 돌아다니며 자유롭게 사세요. 늘 그리 살길 바라셨잖아요."

"내가?"

"네, 명월관을 떠나고 싶어 하시잖아요."

"내 속을 읽는 걸 보니 다 컸구나. 이제 내가 필요 없겠어."

"그분처럼 진정 어린 정을 줄 수 있는 사람이 세상에 또 있을까요? 언니도 그분에 대해서는 각별하셨잖아요. 그러니…."

땅에 내려놓다 밑이 터진 독처럼 연연의 입에서 훈계하는 말들이 쏟아졌다. 관에서 연 공연 이후 연연은 변하지 않은 듯 변했다. 전처럼 다른 기생들과 경쟁하며 손님을 끄는 한편으로 자신을 진심으로 아낄 사람을 찾았다.

"정착할 이를 찾느냐? 본처에 첩이 있고 너 이후에 다른 이를 또 들일지도 모르는데?"

"일찍이 수많은 사내에게 더럽혀진 몸, 어찌 투기를 하겠어요."

"왜 너 자신을 더럽혀졌다고 하느냐?"

분한 눈으로 명월을 노려보던 연연이 소리쳤다.

"언니는 모든 걸 다 가지셨잖아요! 지나친 욕심은 화를 부르는 줄 모르세요? 양곡 공은 첩 따위 들이지 않을 거예요! 언니만 아끼실 분이라고요."

팽 돌아서서 나간 연연이 제 분을 이기지 못해 혼자 씩씩댔다. 연연은 어린 날 얼핏 조모가 반가의 여인이었다고 들었다. 조부가 무슨 일인가에 연루되며 사내들은 유배지에서 죽었고 조모를 비롯한 여인들은 관기가 되었다는 이야기였다. 그래서 모친에 이어 연연도 기생이 되어야 했다. 하지만 조모가 양반이 었다는 말은 연연에게 호랑이 담배 피우던 시절 이야기처럼 먼 옛날 소리였다. 연연은 날 때부터 자신이 기생의 딸이라 기생이 되어야 함을 알고 자랐고 거기에 의문을 품지 않았다. 태어난 운명대로 살아가는 게 조선이었다. 연연은 명월 같은 기생이 되기를 꿈꿨으나 그런 기생이 무엇인지는 때마다 달라졌다.

처음에는 명월처럼 찬란한 기생이 되고 싶었다. 내로라하는 사내들이 목을 매는 기생이 되어 줄지어 선 사내들 중 고르고, 내키지 않는 사내는 고갯짓 하나로 걷어찰 힘을 갖기 바랐다. 명월처럼 아리따운 얼굴과 몸매로 태어났다면 얼마나 좋았을까. 명월이 준 분을 바르고 명에서 온 먹으로 눈썹을 그려도 연연은 명월이 될 수 없었다.

연연은 명월처럼 금을 타고 노래하는 예기(藝妓)로 목표를 바꿨다. 그거라면 노력으로 해낼 수 있을 것 같았다. 사람들은 소리를 하고 탄주할 때의 명월을 이름 높은 학자인 가구(可久), 박연폭포와 함께 송도삼절이라 불렀다. 천민인 한 기생을 조선에서 명성을 떨치는 유학자에, 수천 년을 흘러내린 폭포와 같은 반열에 올린 것이다. 그건 공으로 얻은 게 아니었다.

연습실에는 명월이 동기일 때 쓴 금이 걸려 있었다. 선생들은 새 아이가 들어올 때마다 저것이 바로 송도 명월의 금이라는 말로 첫 수업을 시작했다. 하도 들어 두 눈으로 목격한 것처럼 그 무렵의 명월을 그릴 수 있었다. 명월은 터지고 갈라진 손에 붕대를 감고 금 앞에 앉았다. 손톱에 가시 하나 박히고 발끝이 돌부리에 부딪히기만 해도 비명을 지르는 게 사람이거늘 명월은 붕대가 해어지고 찢겨나간 살점과 피가 현과 뒤엉키도록 손을 멈추지 않았다. 핏물로 무거워진 명주실이 낮은 음을 토했다. 그 피가 마르기 전에 새 피가 현을 타고 흘렀고, 손톱이 빠지고, 새 손톱은 자리를 잡기도 전에 빠지고, 드러난 뼈가 현을 긁었다. 현은 닳아서 끊기고 몸체는 피를 머금어 검붉게 변했다. 명월이 정식 기생이 된 후 그 금은 혈금(血琴)이라는 별칭을 얻었다.

연연도 손끝이 아리고, 물집이 잡히고, 터지도록 연습했다. 손끝이 갈라져 피가 나고 손톱이 빠질 것처럼 흔들렸다. 손을 본 선생이 계속 이리하면 영 손을 못 쓰게 될 수 있으니 연습을 쉬라고 호되게 나무랐다.

최근 연연에게는 새로운 목표 혹은 내심 헛된 줄 아는 꿈이 생겼다. 명월처럼 난다 긴다 하는 사내를 섭렵한 뒤 최후에 자기만을 귀애할 사내에게 정착하는 것이었다. 사내들이 왕에게 충절을 바치듯 한 사내에게 지조를 바치는 여인이 되고 싶었다. 전에는 기생들이 으레 그러하듯 노후를 의지할 사내를 바랐는데, 관에서 열었던 공연을 본 뒤 진정 자기 자신을 바칠 만한 사내를 만나고 싶다는 갈망이 샘솟았다.

명월은 마음만 먹으면 그렇게 할 수 있었다. 그런데 왜 그 가치를 모를까? 자기는 간절히 갖고 싶어도 갖지 못하는데…. 그리고 왜 그런 자기의 마음을 헤아려주지 않는 걸까? 명월에게 자기는 도대체 뭐지?

명월은 연연을 남다르게 대했다. 거문고 주법과 노래를 가르쳤고 좋은 선물이 들어오면 나눠주며 연연이 곁에서 시중을 드는 걸 수용했다. 다른 동기 모두 연연을 부러워했고 그로 인해 만날 어깨가 으쓱했다. 혼잣속으로 친자매 같은 사이라 굳게 믿어왔다. 그런데 실상은 멋대로 가져온 환상이 아니었나 하는 의구심이 들었다.

얼마 전 취한 명월이 자기 손을 잡은 밤, 명월과 대식(對食)에 빠진 꿈을 꾸었다. 꿈이었을 뿐인데도 지레 겁먹어 한동안 명월을 피해다녔다. 먼저 부르면 어쩌나 노심초사했는데 한 번도 부르지 않았다. 오늘 며칠 만에 찾아갔는데도 빈말이나마 그간 왜 오지 않았느냐, 무슨 일 있었느냐며 안부를 묻거나 염려하지 않았다.

저만치에서 단옥이 품에 뭔가 안고 바삐 가는 모습이 보였다.

"어디 가?"

누구 눈에 띌세라 땅만 보며 걷는 품새를 수상쩍게 여긴 연연이 다가갔다.

"아, 잠깐 월정향 언니 방에…."

단옥이 뭔가를 등 뒤로 감췄다. 평상시 같으면 이쯤에서 넘어갔을 텐데 심사가 뒤틀린지라 단옥의 팔을 잡아 확인했다.

"소고기네? 월정향 언니 또 누구에게 맞았니?"

연연이 킬킬 웃었다.

"남 일에 신경 꺼!"

단옥은 눈을 부라리고는 종종걸음으로 사라졌다.

"이번에는 또 누구 성질을 건드렸나…."

연연이 중얼거렸다.

현실적으로 추구할 목표는 월정향일지도 몰랐다. 월정향은 기생으로서의 삶을 만끽했다. 월정향의 기준은 명확했다. 그는 돈 많고 지위 높은 사내들 위주로 만나며 시시때때로 두세 사내를 경쟁시켰다. 그러다 몇 번 사내나, 사내가 보낸 자들에게 두들겨 맞았다. 그러면 울고불고 앙탈을 부려 돈과 선물 따위를 받아냈다. 월정향은 사내들은 다 손을 쓰는 법이라며 좌우지간 맞을 거 거저 맞을 이유는 없지 않느냐고 했다. 연연이 듣기에도 맞는 말이었다.

그래도 어린 기생에게마저 같은 태도를 취하는 건 좋게 보이지 않았다. 월정향은 어린 기생들에게 자기 말만 잘 들으면 괜찮은 사내와 엮어줄 듯 굴어 자기 시중을 들게 했다. 연연은 때로 월정향이 명월에게 시비를 거는 것도, 명월에게서 선물을 뜯어내려는 방편이라고 속대중했다.

월정향은 그간 상당한 재물을 모았다. 입만 열면 젊을 때 바짝 벌어 본처나 본처의 자식들에게 시달리지 않고 혼자 편하게 살 거라고 말했다. 그래도 진짜 고관대작이 부른다면 흔쾌히 후처로 들어가리라는 걸 다들 알고 있었다.

명월보다 월정향이 더 곱다 하는 이들도 제법 있었다. 하지만 희대의 명기로서 추앙받는 이는 명월이었다.

왜 명월일까? 자기는 왜 명월 같은 이가 되기를 바라는 걸까?

기생들은 모두 관노, 즉 관에 소속된 노비로 무당이나 백정 못지않은 천한 존재였다. 연회에서 사내들의 신명을 돋우기 위한 존재, 사내를 위한 몸뚱이였다. 기생과 잠자리를 하거나 첩으로 들이는 건 나라에서 금하고 있으나 아무도 지키지 않았다.

연연은 자기와 명월관에 속한 기생들이 운이 좋은 편임을 알고 있었다. 명월관 자체가 호화찬란한 볼거리가 넘치는 곳이라 불려 가기보다는 찾아오는 양반들을 맞이했고, 성능 좋은 기기들 덕에 쉴 틈이 있었다. 당사자가 바라지 않는데도 첩으로 데려가겠다 지목당한 경우까지는 명월도 막아주지 못했지만, 버려지면 거두었고, 맞거나 아프면 의원을 불러주었고, 아이를 낳으면 쉬게 해주었다. 그래 봐야 그들은 기생이라는 굴레에 갇힌 존재였다. 기왕 벗어날 수 없다면 이 틀에서 누릴 수 있는 최대한을 누리고 싶었다.

그런데 명월은 그 모든 걸 하찮게 여겼다. 명월은 명기가 되기를 바라지 않았다.

연연은 미기(美妓)가 될 수 없다면 현기(弦妓)가 되기 위해 금을 잡았다. 현기가 되려면 손이 영 못쓰게 되면 안 되기 때문에 선생의 만류에 따라 연습을 멈췄다. 내심 그만둘 적법한 명분을 받아 안도했다. 연연은 부단히 자신을 갈고닦을 수 있는 이는 못되었다. 그때 딱 한 번 해본 것이었다. 이후 노래는 목이 상하지 않을 정도로만 연습했다.

명월은 현기가 되기 위해서가 아니라 금을 타고자 금을 잡았다. 월정향은 명월이 진짜 예인이라도 되려 든다며 비아냥거

렸다. 다른 사람이 말리든 비웃든 자기만의 세계에 침잠한 명월
은 자기의 모든 것을 금에 담았다. 그러다 영영 금을 못 탄다는
질책 따위는 귓전으로도 듣지 않았다. 한창 연습할 때 명월은
손이 찢어진 줄도 몰랐다고 했다. 현을 따라 핏물이 맺히는 금
에서 귀곡성 같은 울음이 들렸다고 했다. 저 어린 나이에 무슨
한이 그리 깊어 저런 소리가 나오느냐고 다들 놀랐다고 했다.

　연연은 누구나 우러러보는 사내의 애기(愛妓)가 되고자 했으
나 명월은 그 어떤 사내에게도 아무 관심이 없었다. 사내들도
본능적으로 그걸 느꼈다. 그 이유로 명월을 놓지 못했다. 명월
은 부에도 사내에도 연연하지 않기에 모든 걸 가질 수 있었다.
연연은 바라기에 가질 수 없었다.

　최근 연연이 자기를 받아줄지 떠보는 조짐을 느낀 사내들이,
그럼 어디 한번 자기 마음을 사로잡아보라는 듯 재주나 외모를
품평하거나 입에 발린 말을 늘어놓으며 그를 희롱하려 들었다.
원치 않는 자는 갖고 원하는 자는 갖지 못한다니 불공평했다.
비로소 월정향이 명월을 싫어하는 까닭을 이해했다.

　기생은 천민이나 미모와 재주를 타고나면 양반 못지않은 부
와 권세를 누리는 존재였다. 동시에 언제든 한발만 잘못 디뎌도
다른 천민과 같은 자리로 하락할 수 있었다. 설사 이렇다 할 실
수를 하지 않아도 늙어 미모를 잃으면 삽시간에 사라진 시간처
럼 손에 쥘 수 있는 건 아무것도 남지 않았다. 동기의 소리와 춤
선생으로 남는 게 그나마 희망적인 미래였다.

　자기가 유치한 짓을 벌이는 줄 뻔히 알면서 연연은 창곤을 찾

아갔다. 창곤은 장작을 패고 있었다.

"장작을 왜 패, 장작을?"

명월관에는 나무를 받침대에 끼우고 손잡이만 돌리면 쉽게 쪼개는 장작기(長斫機)가 여러 대였다. 도끼를 쓰는 이는 창곤뿐이었다.

창곤은 명월과 한 고을에서 자랐으며 명월이 기적에 이름을 올리자 자진해서 관노청에서 들어와 일하다 명월관까지 따라왔다고 했다. 다들 그를 명월의 개인 심부름꾼이라 여겼고 아무도 그에게 잡일을 시키지 않았다. 창곤이 자진해서 이런저런 일을 할 뿐이었다. 그리고 명월관 내에서 창곤이 왜 명월 곁에 있는지, 왜 장작기를 놔두고 제 손으로 하루에도 몇 시간씩 장작을 패는지 모르는 이는 없었다.

"양곡 공이 서한을 보냈어요. 아시죠? 명월 언니가 그 공에 대해서는 유별했음을…."

창곤의 도끼가 엉뚱한 곳을 쳤다. 자기 말에 동요했음을 느낀 연연이 뒤틀린 웃음을 지었다.

"언니가 겉으로는 심드렁하지만 누가 알겠어요? 저번에도 만나기 전에는 시큰둥하더니 하룻밤 만에 넘어갔었잖아요."

새 장작을 받침목에 올린 창곤이 도끼를 휘둘렀다. 그리고 다음 장작을, 그다음 장작을 갈랐다. 그의 정수리부터 발끝까지 흐르는 땀방울이, 잘생길 것도 못생길 것도 없이 평범한 얼굴을 적신 눈물 같은 땀과 열기가, 그 우직한 순정이 연연의 울화를 부채질했다.

"언니가 초야를 치를 때도 밤새 장작만 팼다면서요? 사내가 그리 한심해서야…. 업고 도망이라도 치든가!"

답답해진 연연이 발을 굴렀다. 그 말에 창곤의 도끼가 멎었다. 아무도 화내는 모습을 본 적 없다는 창곤이 냉혹한 눈으로 연연을 쏘아보았다. 얼핏 경멸하는 빛조차 비친 듯했다. 그는 이내 더 상대할 것 없다는 듯 다음 장작을 집었다. 연연은 어이가 없었다. 자기가 무슨 못 할 말이라도 했나?

침착하려 애쓰는 게 무색하게 창곤의 손이 만취한 사람처럼 흔들렸다. 도끼를 들고 손을 떨어 헛손질하면 크게 다칠 수 있었다. 차마 더 두고 보지 못한 연연이 돌아섰다. 화풀이하려다 애먼 사람의 마음에 상처를 안겼고, 그로 인해 자기 자신도 다쳤다. 이래서 투기하지 말라는 걸까. 그런데 어떻게 투기하지 않는단 말인가.

"내가 미쳤나 봐!"

아무도 없는 장독대 부근으로 가 주저앉은 연연이 어깨를 들썩이며 울었다. 자기 마음이 벌인 짓이 졸렬하고 참담했다. 왜 자기는 명월처럼 태어나지 못했을까. 왜 자기에게는 창곤 같은 사내가 없을까. 주인이 아무리 많은 개를 키우며 애정을 나누어 줘도 애오라지 주인만을 향한 변함없는 애정을 보이는 존재. 귀엽다 바라보는 눈빛 한 번, 머리 한 번 슥 쓰다듬는 손길 하나만으로도 행복해하는.

명월이 되고 싶었다. 자기 옆을 지키는 줄 알면서 외면하고, 그러면서도 완전히 모르쇠로 일관할 수 없는 마음이 자기 것이

길 바랐다. 필요해서 놓지 않으면서도 마음 깊은 곳에서는 죄책감을 느끼고 싶었다. 언제든 그만 지쳐 돌아보면 그 자리에 있어줄 이가 있기에 얼마든지 멀리 갈 수 있는 마음을 알고 싶었다. 연연은 자기가 만든 나락에 점점 더 깊이 빠져갔다.

창곤은 팔뚝으로 이마에 흐른 땀을 훔쳤지만 팔뚝도 땀으로 흥건해 젖은 걸레로 젖은 바닥을 닦는 셈이었다. 그는 도끼를 들었다. 거칠게 패는 바람에 흉하게 흩어진 장작 조각들이 부서진 자기 마음의 조각 같았다. 진이야, 진이야, 진이야….

그는 형만 셋이었다. 옆집에서 여자아이가 태어났다는 말에 엄마를 따라 구경 갔다. 복숭아처럼 예쁜 아기가 누워서 자고 있었다. 눈으로 보는 것만으로도 생채기가 날까 겁날 만큼 고운 아기였다.

"창곤이가 진이가 많이 예쁜가 보네."

엄마는 어린아이가 아기를 예뻐하는 모습이 귀여워 웃었다.

갓 태어난 진이는, 당시 어려 역시 작았던 창곤이 보기에도 너무 작았다. 다섯 손가락을 쫙 펴도 그의 새끼손가락 하나를 제대로 쥐지 못했다. 말도 안 되게 작은 그 손가락에 손톱이 모두 나 있었다. 한 손가락 길이나 될 법한 발에도 발가락 다섯 개와 발톱 다섯 개가 보였다. 한 번도 땅을 디뎌보지 못한 통통한 발바닥이 허공을 향해 흔들렸다. 언젠가 이 발로 땅을 딛고 스스로 걸을 만큼 자란다는 게 거짓말 같았다.

"네 동생이다, 하고 예뻐해주렴."

지나가는 소리로 한 진이 아버지의 말을 창곤은 귀한 선물을 받은 양 간직했다. 동생이, 그것도 여동생이 생겼다. 하루가 멀다고 진이를 보러 갔다. 자연스레 진이가 자라는 매 순간을 함께했다. 진이가 처음으로 몸을 뒤집고, 기기 시작할 때에도 그가 곁에 있었다. 진이는 창곤의 양손을 꼭 잡은 채 첫 발을 내디뎠다.

창곤은 염소를 먹이러 산에 올라갈 때마다 산딸기, 머루, 달래, 살구 따위를 따 왔다. 진이가 작은 입을 오물거리며 먹는 모습만 봐도 배가 불렀다. 그 시절 창곤은 진이의 작은 세계를 그하나로 모두 채워 행복하게 웃게 할 수 있었다. 진이의 엄마가 죽은 뒤로는 아무도 시키지 않았는데 온종일 업고 다니며 우는 진이를 달랬다. 창곤이 등에 업고 도닥이는 걸로 작은 진이의 세계를 덮친 큰 슬픔을 잠재워줄 수 있었다.

창곤의 아버지는 농담 반 진담 반으로 진이에게 장가들라고 말했고, 진이의 아버지는 말만 들어도 기겁하며 진이를 보호하듯 자기 품에 앉혔다. 창곤은 아무런 의도가 없었다. 그는 어렸고 장가라는 건 어느 먼 훗날의 일이었다. 그저 오리 새끼가 처음 본 존재를 어미로 각인하듯, 막내로서 살아오다 처음 접한 자기보다 작고 어린 존재에게 마음을 뺏겼다.

어느 결에 진이는 그가 모든 걸 해줄 수 있던 작은 세계를 벗어나 자랐지만 그는 여전히 진이가 전부인 세계에 머물러 있었기에 누구도 모르는 진이의 비밀을 알았다.

진이가 몰래 어린 도령을 만났다. 어른들은 종종 진이가 양반들의 눈에 띄면 어쩌나 염려했다. 몹쓸 짓을 당할 수 있다고 했다. 예쁘지 않아도 하필 마주치는 바람에 당할 수 있는데 진이는 고와도 너무 고와 걱정이라고 했다. 하지만 그 도령은 진이만큼이나 어렸다. 비단과 무명이라는 걸 제외하면 또래 친구 둘이 노는 평범한 모습이었다. 도령도 집에서 먹을거리를 싸왔다. 진이는 자기에게 그러했듯이 도령도 똑같이 나눠 먹기를 바랐다. 누군가가 그의 몸에 손을 넣어 사과를 으스러뜨리는 아귀힘으로 심장을 으스러뜨리는 것 같았다.

봄이 여름을 향해 가는 건 신령님도 막지 못하듯 진이가 자라며 겪을 일들을 창곤이 모두 막아줄 수는 없었다. 솜털을 벗은 새끼 새가 둥지를 떠날 채비를 갖추는 것처럼 진이는 자랄수록 자연히 그에게서 멀어지고 있었다. 하지만 상대는 양반 도령이었다. 감히 그가 나서지 못할 일이라 어린 날의 풋정으로 끝나기만을 두 손 모아 빌었다.

진이의 아버지 몸에 종기가 났다. 창곤의 아버지가 몸부림치는 그를 힘으로 누르며 째고 고약을 붙여도 번질 뿐 나을 기미가 보이지 않았다.

하루는 진이가 넋 나간 얼굴로 말했다.

"단지를 하는 사람들이 있다던데…."

"단지가 뭐야?"

"부모나 남편이 아플 때 낫게 하려고 손가락을 끊어서 피를…."

"그 무슨 얼토당토않은 소리야? 세상에 자식 손가락 끊어 먹고 낫는 병이 어딨어?"

"그지? 그렇지? 어떻게 그런다고 사람이 낫겠어…."

말과 달리 진이는 그러지 못하는 자신을 탓하듯 훌쩍였다.

"누가 그런 소리를 해?"

"책에…."

"양반들 보는 책 보는 거 아니야. 아버지들 말씀 못 들었어? 양반들은 패를 갈라 싸우며 누가 옳네 그르네 하는 게 일이야. 우린 땅바닥에 납작 엎드려서 우릴 못 보고 지나가기만 비는 거야."

"응…."

그래도 네가 개중 나은 게…. 내 말 알지? 진이의 아버지가 죽기 전 창곤을 보며 말했다. 창곤은 주먹으로 눈물을 닦아내며 마음으로 약조했다. 그다음 날 하염없이 우는 진이와 보조를 맞춰 걸었고, 굳은살이 덜 박인 손이라 다치니 안 된다는 어른들의 손에서 기어코 삽을 뺏어 땅을 팠다. 한겨울 얼어붙은 땅은 긁어내기도 힘에 부쳤다. 창곤은 손바닥 껍질이 벗겨지도록 땅을 팠고 우느라 기력이 빠진 진이가 행여나 넘어질까 어릴 때처럼 업고 내려왔다.

매일 진이의 집에 갔다. 집에서 보리쌀을 챙겨 갔고, 나무를 해다가 불을 땠고, 첫닭도 울기 전에 일어나 가서 아궁이를 살폈다.

"왜, 아예 가서 자고 오지?"

밤이 이슥해서야 돌아온 창곤을 본 엄마의 말씨에 가시가 돋쳤다.

"장가든 것도 아닌데 거기서 어찌 자."

창곤의 말은 진이에게 장가들겠다는 뜻이 아니었다. 아무리 그가 진이를 갓난아기 때부터 봐와 친누이처럼 아낀다 해도, 상민일지라도 최소한의 법도는 있었다. 진이는 그때 열네 살로 두세 해면 혼인할 수 있는 나이였다. 혼자 두고 올 때마다 발길이 떼어지질 않았지만 어른도 없는 그 집에서 잘 수는 없었다.

"알아? 그걸 알긴 알아? 알아서 그 집에서 종일 보내다 와?"

엄마는 등짝을 후려쳤고 아버지도 언짢은 얼굴로 혀를 찼다. 창곤의 부모도 진이를 예뻐했다. 진이의 엄마, 아빠와 그의 엄마, 아빠는 같은 고을에서 나고 자란 친구였다. 하지만 진이의 아빠가 죽은 뒤 차츰 그 집에 발길을 끊었다. 그의 부모만이 아니라 고을 사람들 다 그러했다. 열네 살은 혼인을 앞둔 나이이자 혼자 살기에는 아직 모자란 나이였다. 고을 사람들은 애처로운 마음에 드나들다 떠맡게 될까 두려워했다. 자기 가족 먹이기도 벅찼고, 흉년이라도 들면 가족 중 굶어 죽는 이들이 생기는 삶이었다.

그러나 창곤은 진이를 외면할 수 없었다. 언제나 총명하던 진이가 고을 어른들의 변화를 전혀 눈치채지 못한 채 마냥 넋이 나가 있었다. 밥을 차려주면 먹기는 하는 게 고마운 지경이었다. 무엇보다 창곤은 진이가 얼이 빠진 게 단지 아버지가 죽었기 때문만이 아님을 느끼고 있었다.

어느 날 진이의 먼 친척이라는 여자가 찾아왔다. 여자는 창곤이 진이를 예뻐하고, 둘이 한 고을서 자랐고, 죽은 애 아빠도 바랐을 거라며 둘을 혼인시키자 했다.

"애가 영특하다면서요? 집안일 시키며 한두 해 데리고 있다 가…."

"누구한테 애를 맡기려 들어? 친척이면 친척이 거둬야지!"

눈에 쌍심지를 켠 창곤 엄마의 언사가 흉악해졌다. 창곤의 아버지도 부부는 일심동체임을 증명하듯 합세해 여자에게 삿대질을 했다. 이어 더는 안 되겠다고 마음을 다잡은 듯 여자를 문밖으로 밀어내며 골목에서 소리를 질러댔다. 고을 사람들도 하나둘 나와 가세했다. 일부는 진이의 친척을 역성들었다. 자기들 또한 모른 척하고 있는 죄책감을 덜기 위함이었다. 창곤이가 어릴 때부터 진이를 좀 예뻐했어. 지금도 뻔질나게 드나들잖아. 혼인시켜. 진이를 마음에 품은 아들이 있는 집에서는 창곤 부부편에 섰다. 친척이 돌봐야지! 왜 남에게 맡기려 드쇼? 친척은 억울한 얼굴로 항변했다. 내가 거둘 상황이면 이러겠소, 거저 보내겠다는 것도 아니고, 그릇이랑 무명 정도는 마련해주려 했어! 그릇? 그릇이랑 무명? 그걸로 애를 우리에게 떠넘기겠다고?

이러든 저러든 다 진이 들으라고 하는 소리였다. 창곤은 진이의 집으로 달려갔다. 진이는 맨몸으로 도적 떼를 만난 사람처럼 방구석에서 웅크리고 있었다. 창곤은 장대비를 막듯 진이를 끌어안았다.

친척은 인심이 흉악해 못 있겠다며 고을을 떠났다. 다시는 오지 않을 태세였다. 그 뒤 창곤의 엄마는 진이 집 앞을 오갈 때마다 혼잣말을 가장해 떠들었다.

"누구 코를 꿰차려고? 응? 곱게 굴면 삯바느질이나 빨래 일감

이라도 구해줄걸. 아무렴, 내가 아주 모른 체할까, 내 아들에게
앵겨? 우리 아들이 순하고 착하다고 그러는 거 아니지, 그러는
거 아니야!"

누가 뭐라든 창곤은 매일 진이를 찾아갔다. 진이는 오지 말라
소리는 하지 않았다. 자기가 오는 게 좋은지, 무력함에 빠져 아
무 생각 없는지는 알 수 없었다. 다만 진이가 매일 고갯마루에
올라, 오지 않는 도령을 기다리는 건 알고 있었다.

창곤은 진이가 더 기다리지 않기를 바랐다. 어느 날 애타는
마음으로 진이가 늘 가는 고갯마루에 갔다. 진이는 종의 차림을
한 이와 함께 있었다. 멀리서 봐도 손목이며 발목이 드러나고,
옷 입은 태가 엉성한 게 자기 옷이 아니었다. 비로소 그 도령의
정체를 알았다. 진이는 진작 알고 있었던 것 같았다. 그래서 안
도했다. 그래서 두 번 생각하지 않았다. 그래서 너무 늦게 알
았다. 진이야, 진이야, 진이야.

종의 차림을 하고 왔던 이가 돌아서서 달렸다. 홀로 남은 진
이는 천애고아가 된 후 기댈 마지막 안식처가 사라진 이처럼 허
물어졌다. 눈물을 삼키며 뛰어가던 뒷모습이나 진이의 반응으
로 미루어 보아 작별을 고한 것 같았다. 창곤은 진이를 업고 집
으로 돌아왔다. 이부자리를 깔아 진이를 눕히고 집으로 갔다.

"진이한테 장가들….."

창곤의 아버지가 맨발로 뛰쳐나가 장작을 가져오더니 복날
개 잡듯이 패기 시작했다. 창곤은 억 소리 한 번 내지 않고 몸을
내주었다. 매는 머리, 어깨, 다리, 팔 어디고 가리지 않았다. 창

곤은 자기 몸에서 둔탁한 소리를 들었다. 눈앞에서 반딧불 같은 게 떠다녔다.

창곤의 엄마가 눈에 핏발을 세우며 진이 년이 멀쩡한 자기 아들을 잡는다고 욕설을 퍼부었다. 진이 들으라는 소리였다. 자기가 맞는 건 괜찮았지만, 조금 전 일을 겪은 뒤 이 소리까지 듣고 있을 진이를 생각하니 더는 참을 수 없었다. 창곤은 짐승처럼 포효하며 두 주먹으로 바닥을 내리쳤다. 엄마가 놀라 입을 다물었고 아버지도 팔을 내린 자세 그대로 숨을 몰아쉬다 무릎이 풀려 그만 꺾이듯 앉았다. 한참 전부터 더 두들겨봐야 자기만 지치리라는 걸 감지했다. 그 사실에 더 화가 나 멈추지 못했다.

"야, 이놈의 자식아! 널 키운 건 나야, 나라고!"

창곤의 엄마가 너 죽고 나 죽자는 발악이라도 하듯 외쳤다. 창곤은 마냥 순하게 자랐다. 먹은 게 없어 나오지 않는 빈 젖만 물려도 얌전히 잠들었다. 등에 멘 창곤이 오줌을 쌌는데도 돌볼 겨를 없이 없이 양반댁 허드렛일을 해야 할 때도, 다 끝내고 씻길 때까지 손가락만 빨고 있었다. 쑥버무리에 보리껍질이나 섞어, 그나마도 한 끼도 안 되는 양을 네 아들에게 나누어주면 세 아들은 삼시간에 먹어치웠다. 창곤의 것을 뺏어 먹기 위해서였다. 하루에 한 끼만 간신히 먹을 때조차 창곤은 저항하는 시늉도 없이 뺏겼다. 세 형만 제 몫도 아닌 걸로 아귀다툼을 벌였다. 허리 펼 날 없는 고단한 삶에서 때로는 제 속에서 나온 자식들도 징글징글해, 입으로만 혼내고 속으로는 한 놈이라도 수더분하니 다행이라며 내버려두었다. 지나간 시간은 돌이킬 수 없기에 창곤은 노상 고맙고 안쓰럽고 미안한 막내아들이었다.

"그만해, 진이가 다 듣잖아."

창곤이 행여나 진이가 들을까 흐어 숨죽인 울음을 터뜨렸다.

"안 굶길 거야. 춥게 살게도 안 할 거야. 엄마, 아버지, 형들에게 손도 안 벌릴게. 그러니까 그러지 말아, 그러는 거 아니야."

그러는 거 아니야, 아기 때부터 봐오며 그렇게 예뻐했잖아. 그러는 거 아니야, 툭하면 장가들라더니 제 아버지 죽었다고 모르는 척하는 거 아니야. 그러는 거 아니야, 엎어지면 코 닿을 옆집에 살면서 혈혈단신으로 살다 죽게 하는 거 아니야. 그러는 거 아니야, 열네 살 어린애에게 그리 모질게 구는 거 아니야. 창곤이 한 "그러는 거 아니야."에는 단순하기에 무거운 진실이 있었다. 창곤은 때리면 맞고, 뺏으려 들면 뺏기는 바보처럼 순한 아이였다. 하지만 바보 같다는 게 사리분별을 모르는 진짜 바보라는 건 아니었다.

"그러지 말아."

창곤은 일어나서 진이의 집으로 갔다. 오늘부터 진이의 집에서 먹고 자리라 결심했다. 곁방에서 지내면서 2, 3년 죽을힘을 다해 일해서 비녀를 사고 벼슬이 우뚝한 닭을 골라 식을 올리리라.

진이는 집에 없었다. 창곤이 황망해 나오니 건넛집에 살던, 역시 진이 엄마와 언니 동생 하며 지냈던 여자가 말했다.

"기생이 되겠다며 갔다."

창곤은 작은 눈을 깜박였다. 아까 어디를 잘못 맞았는지 이명이 들리는 것 같았다.

"그게 진이에게도 나을 거야. 배를 곯기는커녕 비단에 둘러싸여 살 거다. 애가 좀 고와?"

건넛집 여자는 창곤의 집에서 나는 소리를 다 듣고 있었다. 창곤의 결심도 알았다. 여자는 창곤을 더 보지 못하고 돌아섰다. 방에 들어서니 올망졸망한 것들이 무슨 일이냐는 얼굴로 여자를 바라보았다.

"자."

여자는 세상 풍파에서 손자, 손녀들을 보호하듯 낡은 이불을 목까지 덮어 올렸다. 그런 생각 마라, 온 고을이 거두면 산 입에 거미줄 치겠느냐. 창곤이 부모도 결국 뜻을 꺾을 게다. 그 말이 나오지 않았다. 여자도 진이를 귀여워했다. 아침이면 마당을 쓸다 자기를 보고 작은 고개를 꾸벅 조아리며 인사했다. 한 해가 지나면 한 해만큼 엄마의 빈자리를 채우며 집안일을 하고 살뜰히 아빠를 살폈다. 자기 친손자, 손녀보다 더 예쁘다고, 저 애가 내 친손녀였으면 오죽 좋을까 생각하기도 했다.

창곤은 집에 돌아가지 않았다. 진즉 진이를 받아주지 않은 부모를 원망해서가 아니었다. 그는 태생적으로 남을 탓하지 않았다. 그저 진이를 따라갔다.

"가!"

진이가, 꿈에서도 입혀보지 못한 수를 놓은 비단옷을 입고 먹으로 눈썹을 그린 진이가 전에 본 적 없는 시퍼런 눈을 하고 그를 쫓아냈다.

그날 밤 창곤은 난생처음 맞은 아비의 매보다 모진 아픔에 목 놓아 울었다. 비로소 자기가 진이를 따라온 까닭을 알았다. 진이와 혼인하겠다고 말했을 때는 그게 진이를 계속 보살필 좋은 방안이다 싶어서였다. 그게 아님을, 진이를 여동생처럼 아껴온 게 아니었음을, 언제부터인지 모를 마음이 씨를 뿌리지 않아도 알아서 피는 잡꽃들처럼 자랐음을 알았다. 절뚝거리는 다리로 진이의 집으로 달려가며 진이에게 비녀를 사줄 생각에, 잘생긴 닭을 찾아 혼인할 생각에 요동쳤던 자기 맥박의 정체를, 뒤돌아보지 않고 진이에게 달려온 이유를 알았다. 진이야, 진이야, 진이야.

창곤은 어린 진이를 안아 하늘을 향해 던졌다. 진이의 웃음소리가 민들레 홀씨처럼 흩날렸다. 으깨지지 않도록 살살 쌓아 가져온 산딸기를 입에 넣어주었다. 진이는 작은 알들이 입안에서 터지는 걸 재밌어하며 한 알 한 알 음미하며 씹었다. 그다음에는 조그마한 엄지와 검지로 하나를 집어 자기 입 앞으로 가져왔다. 자기 입에 들어오는 게 아까워 고개를 저으면 진이도 고집스레 입을 다물고 먹지 않았다. 그래서 입에 넣고 이빨로 으깬 뒤 벌게진 이를 보여주면 손뼉을 치며 까르르 웃었다. 진이를 행복하게 하는 건 그가 가장 잘하는 일이자 가장 쉬운 일이었으며 가장 큰 기쁨이었다. 진이야, 진이야, 진이야.

가!

창곤은 가지 않았다. 갈 수 없었다. 갈 곳이 없었다. 평생을 진이 옆에서 살아왔다. 진이의 옆이 그가 있을 곳이었다.

금선이 창곤을 거뒀다. 일 잘하고 기생들에게 괜한 수작질을 걸지 않을 것 같아서였다. 진이는 창곤이 존재하지 않는 양 굴었다.

진이가 초야를 치를 남자를 골랐다. 금선은 말렸고, 나이 든 기생들은 저게 어설프게 영악하게 굴다 자기 무덤을 팠다고 비웃었다. 진이가 고른 사내가 겉보기에는 점잖아 보이나 잠자리에서는 유독 지저분하게 구는 자라는 뜻이었다. 진이는 고집을 꺾지 않았다.

창곤은 장작을 쪼개 물을 끓였다. 그 물로 씻은 진이가 첫 사내를 맞으러 갔다. 창곤은 그 물을 모두 버리고 새 물을 길어와 똑같이 장작을 패 끓였다. 진이가 방에서 나왔다. 혼자서 걷지 못하는 진이를 안아 물을 담은 나무통으로 데려갔다. 진이는 그 물로 첫 사내의 흔적을 씻었다. 그는 나무 문 밖에서 진이의 가슴을 저미는 울음소리를 들었다. 진이야, 진이야, 진이야.

얼마 뒤 진이가 그를 불렀다. 진이는 헐레벌떡 달려간 창곤이 아닌 향나무에 시선을 고정한 채 냉담하게 용건만 말했다. 자기 뜻을 들어주든 들어주지 않든 그를 대하는 태도가 달라지지 않으리라는 점을 명확히 했다. 형들이 뺏어 먹을 줄 알면서도 밥숟가락을 급하게 놀리지 않았던 어린 날처럼 창곤은 진이의 태도를 받아들였다. 1년에 두 번, 진이가 고갯마루에서 만나던 이가 혼인해 사는 고을에 가 소식을 알아다주었다.

혼자서 살길이 막막해져서 기생이 되겠다 한 줄 알았다. 자기가 더 빨리 혼인을 결심했다면 그러지 않았을 줄 알았다. 가끔 논에 병술을 들고 오는 여자들이 있었다. 병술을 파는 여자들이 나타나면 고을 여자들은 돌을 던지고 침을 뱉어 쫓았다. 관에 속했을 뿐 기생도 같은 존재였다. 아니, 호의호식한다는 면에서 더 나빴다.

소식을 알아다준 지 몇 해가 흘러서야 이러든 저러든 진이가 자기와 혼인할 일은 없었으리라는 사실을 깨달았다. 그건 그의 죄책감을 덜어주는 이상으로 마음을 찢어놓았다. 진이야, 진이야, 진이야.

창곤은 왕실 종친이 진이를 보고 싶어서가 아니라 예사로운 유람인 양 천마산에 왔다는 소식이 들린 무렵, 진이가 그의 속셈을 모르는 척 맞이하러 나가고, 기생들이 혹자는 감탄하며 부러워하고, 혹자는 시기하고 미워할 때 진이가 그날 온 이가 설혹 나라님이었을지라도 가장 야멸찬 방식으로 내치리라는 걸 짐작했던 단 한 사람이었다. 진이조차 자기 마음을 모른 채로 나갔는데도 말이다. 창곤은 직전에 그가 단지했다는 소식을 전해주었다.

진이는 그가 작별을 고한 뒤 기적에 이름을 올렸다. 첫 사내로 가장 형편없는 자를 골랐다. 모두를 의문에 빠뜨린 명월이 사내를 고르는 기준은 그때부터 시작되었지만 창곤만 그 뜻을 알았다. 진이는 기왕 치를 일이라면 바닥을 보기 바랐다. 창곤이 그의 집에 첩이 들어왔다 알리자, 희롱하던 사내들을 한꺼번에 내치기도 했다. 창곤은 아비의 매를 억 소리 없이 맞았듯, 난도질당하는 마음이 아프다 신음 한 번 없이 진이의 곁에서 진이

186

가 바라는 일을 했다. 한 해에 두 번 그의 소식을 알아다주었고, 얼어붙은 땅을 깨 진이의 아버지를 묻을 무덤을 팠듯 얼어붙은 땅을 깨 그의 시신을 가져왔다. 창곤은 진이가 학식이 높은 자들과 교류하고 집요하게 서책을 보며 무얼 찾아 헤매는지도 대중하고 있었다.

왕실 종친을 헌신짝처럼 내버린 뒤 진이의 몸값이 천정부지로 치솟았다. 조선의 사내들이면 누구나 한번쯤 진이를 품고 싶어 했다. 진이는 그 어떤 사내에게도 흥미를 두지 않다가 딱 한 번, 한 사내에게 눈빛이 흔들렸다. 그는 세상에 드문, 겉으로 보이는 모습이 내면과 다르지 않은 사내였다. 진이의 겉모습에 달려드는 게 아닌 진이를 진정 아낀 사내였다. 진이야, 진이야, 진이야.

진이야 뒤에 하고픈 말은 하 많아 다 담을 수 없었다.

5장

너의 새끼손가락

빈방에 홀로 앉은 명월이 나직하게 그의 호를 읊조렸다.

"양곡…."

꼭 10년 전 초가을이었다. 지금은 소위 고관대작이라는 이들도 명월을 먼발치에서나 보길 바랄 뿐, 괜히 불렀다 묵살당해체면 구기지 않으려 들지만 그때는 그를 찾는 이들이 말 그대로 줄을 섰다. 송도의 양반집들은 이런저런 핑계로 인사를 오는 친척들로 붐볐다. 명월은 대단한 기생이 되길 바라고 이 길에 들어서지 않았다. 자기를 찾는 이들이 줄을 잇는 건 더더욱 예상하지 못했다.

일부는 왕실 종친이라며 명월을 찾았던 이로 인함이었다. 그가 쓴 얄팍한 수는 연한 비단에 진 얼룩처럼 한눈에 보였다. 그래도 정성이 갸륵해 한번 놀아줄까 싶었다. 멋을 아는 양 굴더니 막상 마주하자 가리산지리산했다. 숭어는 못 되어도 한창때의 화사한 갈겨니는 되는 줄 알았는데 앞발도 돋지 않은 머리만 큰 올챙이였다. 고작 저런 자로 인해 낭비한 시간에 화가 치밀었다. 지금이라면 코웃음 한번 치고 잊었을 테지만 그때는 그랬다. 아니, 그때도 자기를 태우는 노여움의 근원이 따로 있다는 건 알고 있었다.

그 일은 왕실 종친이라는 말에 호기심이 든 자신에 대한 반성을 불러일으키며 좋은 교훈이 되어주었다. 앞에 어떤 허울 좋은 이름이 붙든 사내는 사내였다.

명월은 만날 이는 만났고 만나지 않을 이는 만나지 않았다. 가을이 왔다. 아버지의 제사에 쓸 과일을 따로 추려 보관했다. 막상 당일에는 담담한데 외려 이 무렵이 허허로웠다. 고을의 몇 안 되는 자작농으로서 아버지가 목숨보다 귀하게 여겼던 땅은 허망하게 사라졌다. 열이 오른 눈으로 아버지는 "약만 지어 먹으면 나을 게다."라는 말만 반복했다. 어린 진이는 부디 그러길 바라는 간절한 마음으로 자신을 알아보지 못하는 아버지의 손을 쥐었다. 아침저녁으로 창곤 엄마가 시키는 대로 마당에 사람 형태를 그리고 종기가 난 부분을 낫으로 찍었다. 창곤 엄마는 정성을 기울여 잘 찍으면 반드시 낫는다고 진이를 격려했다. 고을 어른들 모두 같은 소리를 했다. 그들은 진정 그렇다고 믿고 있었다. 진이야말로 누구보다 더 그 방법이 효험이 있다고 믿길 바랐다. 하지만 마당에 그린 그림은 발로 비비면 지워질 허상이었으나 방문만 열면 몰아치는 고름 냄새와 썩은 내는 현실이었다.

한적한 고갯마루에는 어린 손에 끼워주었던 고추잠자리 색 단풍들만 깔려 삭아갔다. 그래도 매일같이 올라 진을 기다렸다. 그조차 하지 않으면 하루를 버틸 수가 없었다. 해거름에 몸은 돌아서도 그림자는 미련을 떨치지 못하고 길 끝까지 늘어졌다.

내 언제 신의 없이 님을 속였다고
달도 뜨지 않은 깊은 삼경에 온 뜻이 전혀 없네.
추풍(秋風)에 지는 잎 소리야 낸들 어이 하리오.

명월은 붓을 내려놓았다. 낙엽 냄새를 앞세운 창곤이 들어 왔다.
"여묘살이를 시작했다더라."
"하!"
명월은 짧고 굵게 웃었다. 나는 지금 대체 뭘…. 명월은 그 시간을 담았던 종이를 구겨 버렸다.
오후에 당시 갓 동기로 들어왔던 연연이 서한을 가져다주 었다.

류(榴)

단 한 글자였다. 명월이 고갯마루에서 기다리던 이는 죽은 이를 그리며 바야흐로 혹한이 닥칠 계절에 움막을 짓고 묘 옆에서 살겠다는데, 자칭 난다 긴다 하는 잡어(雜魚)들만 몰려들었다.

"호를 양곡(陽谷)이라 한대요. 군자라 칭송받는 이로 말버릇처럼 여색에 빠지는 자는 사내답지 못하다고 했답니다. 그 말에 벗들이 아무리 자네라도 송도의 명월을 보면 헤어 나오지 못하리라 하니 자신만만하게 내기를 걸었대요. 명월과 30일을 보낸 뒤 미련 없이 헤어질 것이며, 혹여나 뒤를 돌아보면 자기를 사람이 아니라 칭해도 좋다고 했다나요?"

남의 연애사에 자기가 몸이 단 연연이 숨도 쉬지 않고 말을 쏟아 부었다. 명월의 입이 목젖이 보일 정도로 벌려지고, 그만큼 큼지막한 웃음소리가 터져 나왔다. 연연은 어리둥절했다. 이런 서한을 받으면 다른 기생들은 대놓고든 은근히든 자랑스러워했다. 자기 같아도 그랬을 것이다. 그러나 명월의 웃음은 다만 공허하고 소름 끼쳤다. 영문 모르는 연연이 머쓱해져 나가는데 교대하듯 금선이 들어왔다. 연연은 스리슬쩍 방문에 귀를 붙였다.

"받거라. 튕기는 것도 적당히 해야 하는 법이야. 지금 널 손보려 벼르는 이가 얼마나 많은 줄 아느냐? 형조판서에 호조판서까지 지낸 분이야. 좋은 가림막이 되어줄 게다."

금선은 어명이 없이는 문을 열어 줄 수 없다는 수문장처럼 버티고 섰다. 명월이 먹을 갈아 답장을 써서 건넸다.

어(漁)

191

"거기서 한 글자 보냈다고 너도 달랑 한 글자만 쓰느냐? 예쁘다, 예쁘다 하니 주제를 모르는구나. 너와 양반이 같은 줄 알아?"

금선의 양미간이 일그러졌다. 명월은 쓸 말은 다 썼다는 듯 침묵을 고수했다.

"그래, 네 수는 대체로 통해왔으니…"

꼿꼿이 선 채로 명월이 쓴 글자를 뚫어져라 쳐다보던 금선이 믿어보겠다는 듯 서한을 들고 나갔다.

얼마 뒤 역시 금선이 직접 와 양곡이 박연에서 기다린다고 전했다. 명월은 맨얼굴에 은비녀 하나 달랑 꽂고 폭포에 올랐다.

"와주었구나."

양곡이 은은한 미소를 지으며 명월을 맞이했다. 그들은 술과 음식을 나누었다. 명월은 금을 탔고, 양곡은 귀 기울여 들었다. 푸르던 하늘이 붉게 변해갈 무렵 둘은 관으로 돌아왔다. 곤한 잠이 들었던 명월이 눈을 뜨자 양곡이 명월을 내려다보고 있었다.

"깼느냐."

"편안히 주무셨습니까."

"덕분에 달게 잤다."

함께 아침을 먹은 둘은 나란히 산에 올랐다. 다채로운 음률처럼 물들어가는 나뭇잎을 한가득 매단 가지들 사이에서 햇빛이 어린아이처럼 흥얼거렸다. 양곡은 경치를 음미하다 이따금 저 구름 좀 보라며 손을 곧게 뻗었다.

명월은 바위 위에 걸터앉아 지친 다리를 쉬었다. 양곡이 물을 떠다주었다. 양지바른 곳에서 앞발을 꾀고 낮잠을 자는 고양이처럼 둘은 상대에게 어깨를 기대앉아 가을볕을 즐겼다. 실눈을 뜬 명월이 중천을 지나가는 해를 바라보았다.

"무슨 상념에 그리 깊이 빠져 있느냐?"

"공을 처음 뵈온 날을 떠올리고 있었습니다."

"어제 아니냐?"

"수 해는 된 듯합니다."

"내가 그리 지루했느냐?"

"그만큼 오랜 사이 같은 편안함이 느껴진다는 뜻이옵니다."

"좋은 소리겠지?"

"이를 말씀입니까."

명월의 입가에 잘 여문 포도송이처럼 탐스러운 웃음이 열렸다.

양곡의 첫인상은 평범했다. 딱히 이렇다 할 특징이 없는, 어느 자리에나 한 명은 있을 것 같은 사십 줄에 이른 사내였다. 머리에는 희끗희끗 새치가 있었고 피부는 탄력을 잃고 갈라지기 시작했다. 다른 건 눈빛뿐이었다.

명월을 기다린 사내들의 눈빛은 참으로 천편일률이었다. 가위 소문처럼 미기인가 어디 한번 보자, 양곡에게는 그 눈빛이 없었다. 그는 서신을 주고받으며 쌍방 간에 흠모를 키워온 선비들이 첫 대면하는 자리에서 그러하듯 스스럼없는 호감을 드러냈다.

소탈한 성품만큼이나 함께 있는 시간도 평범했다. 명월은 금을 탔고, 양곡은 심취해 들었다. 옛 탄주가들의 이름을 줄줄이 읊으며 지식을 과시하거나 명월의 마음을 잡으려 번드르르한 미사여구를 늘어놓거나 자기도 보태겠다며 되지도 않는 소리를 넣어 음을 망치지 않았다.

사내의 참모습은 잠자리에서 드러나기 마련이다. 양곡은 다짜고짜 바지춤부터 내리거나 어느 춘화에서 봤다는 기이한 자세를 바라지 않았다. 양곡과 명월은 서로의 피부를, 손길을 서로가 준비될 때까지 주고받았다. 양곡은 탄주가 끝난 뒤 침묵의 여운에 잠겼듯, 명월이 마지막 한 숨까지 여운에 잠길 수 있도록 배려했다. 달아올랐던 호흡이 가라앉고 마침내 평온해져 잠들 때까지 등 뒤에서 뭉게구름처럼 포근히 안아주었다. 명월은 이렇게 달게 잔 적이 있는가 싶을 만큼 숙면을 취했다.

양곡은 명월을 감상하고 품평하는 대신 함께했다. 명월이 사내를 사로잡는 기술로 자신을 얼마나 휘어잡는지 심사하는 게 아니라 좋은 순간을 같이 만들어 가고자 했다. 높은 지위와 사내임을 내세우며 자기를 받들길 바라는 대신 오직 기쁨을 나누길 바랐다. 그는 두 사람이 사귀어 가는 과정에서 당연한 절차를 밟았다. 양곡은 상식적이고 평범했으며, 바로 그렇기에 평범한 사내가 아니었다. 상식이란 그토록 귀한 것이었다. 물론 고작 하루를 보냈는데도 한 해를 함께 보낸 듯한 편안함과 자연스러움은 상식만으로는 불가능한 일이었다. 그건 그 사내의 본질에 깃든 따뜻함으로 인함이었다. 그간 명월이 만나온 사내들은 그 앞에서 공작처럼 한껏 꼬리를 펼치며 스스로 가장 자신 있는 모습을 드러내 뽐내왔다. 그 많은 사내 중 이런 사내는 없었으며 앞으로도 없을 터였다.

"서책을 가까이 한다 들었다."

"해어화로서 소임을 다하고자 하오니 간하건대 관대히 봐주십시오."

명월이 공손히 두 손을 모았다.

"날 놀리려 드는구나. 분명 그 수준이 아니라 들었는데? 네 질문이 상당히 예리해 어설프게 성리학을 논하면 안 된다더라."

그제야 명월의 입에서 양곡이 기대하는 말이 나왔다.

"고려의 학자 안향이 주자의 문집을 필사하고 후원에 공자와 주자를 모신 사당을 세웠습니다. 이후 유학의 교육에 널리 힘썼습니다. 진나라 이전의 유학과 구분하기 위해 신유학 혹은 송학, 성리학이라 부르지요."

"안향을 다 아느냐? 또 무얼 아느냐?"

양곡의 눈에 이채가 감돌았다.

"성리학은 교육으로서 사람을 교화할 수 있다고 믿어 나라에서 교육에 힘을 쏟게 했습니다. 이는 조선에 와서 더욱 강화되었지요. 그렇다면 그 교육을 통해 형성된 인재가 나라의 요직을 맡아야 할 터인데, 막상은 신라의 육두품이 성리학을 공부한 유자(儒者)임을 앞세워 고려로 넘어온 뒤에도 자신들의 지위를 공고히 했듯, 고려부터 권문세가였던 가문들이 조선에서도 계속 자리를 군건히 해 요직을 차지할 명분이 되었으니 참으로 공교로운 일이지요."

"공교롭다?"

양곡이 재밌다는 듯 웃었다.

"고려의 악습을 폐지해야 한다 목소리를 높이는 조선의 많은 관료들이, 막상 뿌리를 거슬러 올라가면 고려에서 온 이들이잖습니까."

"성리학에 대해 또 어떤 생각을 품고 있느냐?"

자못 흥미롭다는 듯 양곡이 명월을 향해 상체를 기울였다.

"성리학은 학문으로서 인격을 수양함과 동시에 세상의 이치를 파악하고, 그를 바탕으로 관직에 올라 위로는 임금을 보필하며 아래로는 백성을 교화해 바른 정치를 펴고자 하는 학문입니다. 원리로만 따지면 두말할 필요 없이 아름답고 고귀한 가치이지요.

그러나 잘 아시다시피 유자로서 군자를 추구하는 길은 무릇 사내에게만 허가된 것입니다. 그래서일까요. 마땅히 군자됨을 추구해야 한다는 고매한 뜻에서 시작된 성리학이 조선에서는 유독 사내로 태어나지 못한 이, 즉 여인을 태생부터 불완전한 존재로 규정하고, 철저히 사내에게 종속되어야 한다는 논리로 이어졌습니다. 사내가 장가를 들던 풍습에서 여인이 시집을 가는 풍조로 바뀌고, 딸이 재산을 물려받는 걸 금하며 여인의 삶에 족쇄가 걸리기 시작했습니다. 이는 성리학의 기본이라는《소학》의 보급과 밀접한 관련이 있고요."

"효직은 죽었고《소학》도 금서가 되었다."

양곡이 안타까이 말했다.

"한 번 일어났던 일은 필히 흔적을 남깁니다. 늦게 배운 도둑질에 날 새는 줄 모르듯 타인의 생을 갈취함으로써 스스로를 풍요롭게 하는 데 맛 들인 사대부들이 순순히 물러설까요. 당장은 《소학》이 금서가 되었다 하지만 여전히 성리학은 조선의 절대적인 가치로 자리 잡아 여인의 삶을 옥죄고 있습니다. 성리학이 지닌 학문으로서의 가치는 저도 인정하나…."

"너도 인정한다?"

양곡은 핫핫핫 소리 높여 웃었다. 명월은 개의치 않고 하던 말을 밀고 나갔다.

"성리학의 본뜻이 여인의 삶을 옥죄는 데 있을까요? 《소학》동자라 불렸던 대유(大儒)는 부인 외에 다른 여인이 없었으며, 《소학》을 널리 퍼뜨리는 데 공헌한 효직은 서인(庶人)만이 아니라 천민조차 능력이 있다면 등용해야 한다 주장했습니다.

한데 조선은 날이 갈수록 아비가 양반이라도 어미가 양민 이하인 이는 관직의 기회를 박탈하며, 여인의 삶은 금고(禁錮)하는 방향으로 가고 있습니다. 그게 성리학의 본뜻과 맞는다면서요."

"네가 여러 이들에게 성리학에 대해 가르침을 청했다 들었는데 그들이 널 이리 가르치더냐? 쯧, 어디서 그런 사내들을 만났느냐."

"지금 제가 올리는 말씀은 다른 이가 제게 가르친 걸 읊는 게 아닙니다. 부족하나마 저 나름 힘써 성리학을 공부하였습니다. 사대부들께서 추구하는 군자의 본질, 성리학의 근본은 무엇인지, 그 어디에 타인의 삶을 갈취하는 데 정당성을 부여하는 구절이 있는지 알고자 했습니다. 성리학은 조선의 법에도 강대한 영향을 미치며 조선을 지배하는 가치가 되어가고 있으니까요.

외람되오나 조선의 성리학은 중국에서 시작된 성리학에서 벗어나 입맛에 따라 취사선택된 일부 가치가 확대와 과장을 거쳐 왜곡되어가고 있는 것 같습니다. 유교의 지침에 적합한 법을 만든다며 경제육전을 개보수하는 것 또한 결국 부계 사회, 곧 단한 명의 사내가 모든 걸 갖는 걸 정당화하는 논리를 찾는 과정으로 보입니다."

"가장을 단 한 명의 사내라 비하하는구나. 가장은 가족을 옳은 길로 이끄는 이, 그가 짊어진 무게는… 그래, 여인으로서는 재단하기 어려울 게야. 무지한 백성들이 고제(古制)의 깊은 뜻을 다 익히기는 어려운 것과 마찬가지. 하여 유자들이 올바른 법을 제정해 백성들에게 지킬 예를 알려주고자 하는 게다. 사람으로서 마땅히 따라야 할 예를 지키지 않으면 인간이 금수와 다를 바가 무어냐."

"군자라 칭함 받는 이들이 다 현재의 경국대전을 찬성한 건 아닙니다."

"물론 너도 그렇겠지?"

양곡이 떠보듯 말했다.

"성리학은 세상을 이루는 근간, 가장 기본 이치를 탐구합니다. 세상 모든 생명을 잉태하는 것은 여인이지요. 한데 여인을 사내보다 낮추는 것이 과연 올바른 근본 이치일까요? 리 왕조 역시 유교를 받아들인 뒤 여성의 입지가 좁아지고 일부다처

제가 권장되기 시작했습니다."

"리 왕조까지 아느냐? 딴은, 사람들의 칭송이 헛되지 않구나."

호쾌하게 웃은 양곡이 이 이야기는 그만하자는 듯 몸을 일으키며 명월에게 손바닥을 폈다.

"시장하지 않느냐?"

둘은 젊은 연인들처럼 손을 꼭 잡고 산에서 내려왔다.

명월은 사내에게 흔들린 바 없었다. 여태껏 명월을 흔들 만한 사내도 없었을뿐더러 본래부터 자기가 상으로서 존재함을 인지하고 있었던 까닭이었다. 명월을 만났다, 명월에게 시화를 받았다, 명월이 특별한 손님으로 맞이했다는 건 사내의 이름을 드높이는 기상 중 하나였다. 자신이 명성을 얻게 된 덕에 사내들을 가려 받을 수 있을 뿐, 이러든 저러든 명월은 천민인 관에 소속된 노비였다. 술은 명월이 따라주는 것이고, 안주는 명월이 집어주는 것이며, 밤 시중은 명월이 드는 것이었다.

양곡은 명월에게 물을 떠다준 유일무이한 양반이었다. 도포 자락이 개울에 젖지 않도록 뒤로 젖히고 허리를 굽혔다. 흔들리는 돌 위에서 위태롭게 중심을 잡고, 세안할 때가 아니면 손에 물을 묻히지 않는 양반이 두 손을 함빡 적셔 맑은 물을 골라 담았다. 비가 내려도 뛰지 않는 사대부가 손가락 사이에서 새는 물이 아까워 재게 발을 놀렸다. 귀한 보물인 양 가져온 물을 입가에 대어주며 뿌듯하게 웃었다. 불혹을 지난 사내의 웃음에서 댕기머리를 길게 늘어뜨린 소년이 보였다.

명월의 질문을 받고, 명월과 학문을 논한 많은 사내부들이 때로는 말문이 막혔고, 때로는 불경한 소리를 한다며 노여워했다. 양곡은 명월이 어떤 말을 하든 예의 그 소년의 미소를 지으며 경청했다.

"고려 때는 부인이 죽은 뒤 개가하지 않은 이를 의부라 칭송했으나 조선은 의부를 없애고 절부만을 기리려 합니다."

"근친혼을 일삼던 나라까지 언급하며 절부를 걸고넘어지는구나. 기생인 너는 절부가 될 수 없어 분한 게냐?"

"여인들에게는 죽은 사내를 기리라 강요하면서 사내에게는 해당 의무를 배제시키는 것의 부당함에 대해 말씀 올리는 겁니다. 고려 예종 때 유부녀가 통간하면 창비로 만든다는 명이 있었습니다. 한데 유부남이 통간하는 경우에 대한 명은 어떤 것이 있습니까?"

양곡은 더는 못 참겠다는 듯 웃었다.

"널 위해 한번 찾아보마."

명월이 한쪽으로만 기운 법을 항변하는 줄 감지하고도 양곡은 말을 돌렸다. 하지만 명월은 그 정도에서 멈추지 않았다.

"어찌하여 여인만 지조를 지켜야 합니까?"

"삼종지도를 아느냐?"

"공자께서 하신 말씀이지요."

"잘 아는구나. 여인이란 복종하는 자로서 자기 뜻을 앞세우지 않고 아버지를, 남편을, 아들을 따라야 한다 하셨지."

양곡이 잘 새겨들으라는 듯 명월의 뺨을 쓸었다.

"공자가 한 말이라는 이유만으로 진리라 하십니까? 한 점 의

혹도 가해서는 안 되는 것이옵니까?"

"공자의 말씀마저 의심하겠다는 뜻이냐? 그만두어라, 나니까 널 귀엽게 봐주는 것이다. 다른 이들 앞에서 그런 소리를 했다가는 몸이 성치 못한다."

양곡의 어조에 진심 어린 우려가 담겼다.

"아버지와 남편은 죽고, 아들은 없는 여인은 어찌합니까? 공자는 또한 여인의 지시는 규문(閨門)을 나가서는 아니 되니 음식 장만에만 힘을 쓰라 했습니다. 이는 집 밖 일은 하지 말라는 소리라 일가친척도 마땅하지 않은 경우에는 살 방안이 없습니다."

"명륜편의 명군신지의에 이르기를 충신불사이군(忠臣不事二君)이요, 열녀불경이부(烈女不更二夫)라 했다."

"과부를 돌보던 수신전도 이제 없습니다."

"하여 성종 때 재가에 대한 논의가 있었던 것이다. 하지만 정자가 한 말을 성종께서 다시 하셨으니 굶주려 죽는 일은 작은 일이요, 절개를 잃는 일은 큰일이라 하셨다."

"공께서는 굶어본 적이 있으십니까?"

"있다."

"있으시다고요?"

"지금이다. 점심때를 훌쩍 넘겼다. 너와 대화하다 보면 시간 가는 줄을 모르겠다."

양곡이 감미롭게 웃었다. 함께한 지 어느덧 한 달이 코앞이었다. 양곡은 더 머물 의향이 있다는 뜻을 비치지 않았고, 명월은 더 머물지 묻지 않았다. 그건 둘 사이에 은근한 긴장감을 만들어주었다.

 명월은 잠든 양곡을 두고 밖으로 나왔다. 얇은 비단 같은 비가 내렸다. 물기를 머금은 바람이 조금 전 양곡과 나눈 몸의 열기를 앗아갔다. 목숨을 잃는 것은 작은 일이요, 절개를 잃는 것은 큰일이다. 책에서 수없이 본 구절이나 사람의 입에서, 그것도 자신의 마음을 움직인 자의 입에서 듣는 것은 달랐다.

 "왜 절개가 여인에게만 강요되어야 합니까? 제가 남편이라면 자기가 죽은 뒤 재가하라 할 것입니다. 어찌 아끼는 이에게 나 없이 사느니 죽으라 합니까?"

 "강요라 보느냐?"

 "개가한 이의 자식은 사관에 올리지 말라니 개가하면 자식의 앞길을 막는 것 아닙니까? 하지만 자식이 어려 먹일 수단이 없으면 어찌합니까?"

 "그리해도 개가하는 이가 있다. 자식의 앞길보다 자신의 일신을 더 귀히 여기는 이들이 있으니 그런 법이 생기는 것이다."

 "왜 사내는 처첩을 들이거나 삼가를 해도 〈자녀안〉에 이름이 오르지 않습니까? 사내는 줄줄이 첩을 들이면서 여인만 막습니다."

 "임금과 신하가 다르듯 사내와 여인을 비교할 수 없는 법이다. 신하가 임금을 섬기듯, 여인은 지아비를 섬기는 존재니라. 섬길 이를 잃으면 음욕에 빠지는 이들이 있기에 법도를 정해 가르치는 것이다. 하지만 세상에는 의로운 이들이 있기 마련이니, 경원의 잉화이가 손가락을 잘라 아픈 남편의 약으로 쓰고, 위의 공강이 부모가 억지로 개가시키려 하자 물에 뛰어든 것이 누가 강요했기 때문이더냐. 네 말대로 사내도 온전하지는 않다. 두 임금을 섬기고, 역모를 꾀하는 자들이 있지. 하지만 목숨보다도 절개를 귀히 여기는 사내가 있듯 여인 또한 깨인 이들이 있는 것이다."

"스스로 원했다고요?"

"아무도 공강을 강물로 떠밀지 않았다."

개가하느니 죽기를 바랐다? 그것이 스스로의 의지였다?

"《삼강행실도》를 수차례 반복해 읽었다면서. 너처럼 영특한 이가 반복해 읽고도 그 깊은 뜻을 이해하지 못하는 걸 보니, 과연 사내는 호연해 세상의 여러 이치를 깨치나 여인은 베의 굵기나 구분하는 존재라는 옛말에 틀린 게 없구나."

"선후관계가 잘못된 게 아닙니까. 여인에게는 베의 굵기만을 가르치기 때문이 아닌가요."

"지금껏 읽었다 여긴 걸 모두 버리고 오늘 내가 한 말을 되새기며 《삼강행실도》를 다시 읽어보거라. 《삼강행실도》는 여러 고전에서 귀감이 될 이야기를 골라 엮은 것이다. 《소학》 또한 마찬가지. 뭣하면 내 직접 한 구절, 한 구절 가르쳐주마."

이어 양곡의 열기 어린 시선이, 얼굴이, 몸이 가까이 왔다. 명월 또한 다가가 둘 사이의 공간을 지웠다. 그게 직전의 일이었다.

양곡이 깰까 싶어 옷을 챙겨 나오지 못했다. 명월은 양팔로 시린 어깨를 감쌌다. 미닫이문이 여닫히는 소리에 이어 발걸음

소리가 가까이 오더니 등 뒤에서 멎었다. 양곡이 명월의 어깨에 누비옷을 걸쳤다.

"깨셨습니까?"

"네 나가는 기척에 깼다."

"잠귀가 밝으셨군요. 앞으로 주의하겠습니다."

"네가 떠나는 소리에 깬 것이다. 다른 이였다면 몰랐을 것이다."

"떠나다니요?"

양곡의 과장된 표현에 명월의 얼굴에 웃음이 번졌다. 양곡은 불시에 자기를 향한 마음을 드러내고는 했다. 은근슬쩍 떠보는 것도 아니면서 대놓고 조르는 것도 아닌 미세한 감정의 경계가 명월의 마음에 파문을 일으켰다.

양곡이 명월의 양손을 잡고 등 뒤에서 다정하게 끌어안았다. 명월은 양곡의 가슴에 등을 기댔다. 따뜻한 이불 속에서 데워진 체온이 명월에게 옮아 왔다. 비리던 비 냄새가 싱그러워졌다. 혼자 지켜볼 때는 하늘에서 내리던 한낱 물방울이던 빗방울들이 알알이 살아 있는 작은 생명체처럼 빛났다. 빗방울이 처마를, 나무를, 돌을 치는 작은 소리가, 무상히 그은 선이 꽃이 되고 나비가 되고 새가 되는 경지에 오른 화공의 작품 같았다. 비는 수천, 수만, 수억 년을 내렸다. 그 시간이 내공이 되어 쌓였으니 힘을 주지 않아도 작품을 만들었다. 명월은 살면서 수없이 많은 비를 보았다. 그 많은 비들 중 오늘의 비가 유별함은 양곡과 함께 있기 때문이었다.

"너는 동백 같은 여인이다."

"어찌 동백에 비유하십니까?"

"동백은 활짝 펴도 덜 핀 것 같아 사람 애를 태우지."

그 말에 명월은 이렇게 말입니까, 라고 하는 것처럼 웃는 듯 웃지 않는 듯 아슬아슬한 미소를 지었다. 양곡은 웃지 않았다.

"비가 그치면 함께 비선을 타시겠습니까?"

명월이 마음 상한 애인에게 양보하며 한발 다가가듯 물었다.

"지금은 가는 빗줄기나 바람이 심상치 않은 것이 며칠은 내릴 비일 듯하다."

"그래서 싫으십니까?"

내일이 양곡이 말한 30일이 되는 날이었다. 양곡은 명월을 자기 품으로 더 깊이 당겼다.

"네 손을 다 잡게 해주면 타련다."

"잡고 계십니다."

등 뒤에서 무거운 느낌의 침묵이 밀려왔다. 명월은 눈을 내려 자기 손을 보았다. 왼손 새끼손가락이 양곡의 손 밖으로 빠져나와 있었다. 양곡이 새끼손가락까지 감싸려 한 순간 명월은 의식 없이 새끼손가락을 뺐다.

"늘 새끼손가락은 따로 빼두는 걸 아느냐?"

"제가요?"

"날 쓰다듬을 때도, 찻잔에 차를 따를 때도, 내가 네 손을 잡고, 네가 내 손을 잡을 때도 그 새끼손가락 하나만큼은 고집스레 들려 있다. 그 어디에도 닿거나 속할 수 없다는 듯이….."

"몰랐습니다."

"알고 하는 행동은 아닌 듯하더라."

"제가 먼저 비선을 타자 청한 이는 공뿐임도 아십니까?"

"함께 비선을 타자꾸나."

양곡이 대답하기 전에 찰나이기는 하나 명백한 틈이 있었다. 양곡은 명월이 말을 돌렸음을 모를 만큼 둔감한 자가 아니었다.

다음 날 양곡과 명월은 유옥교기(有屋轎氣)에 올라 차탁(茶卓)을 두고 마주 앉았다. 유옥교기 주변을 물안개처럼 감싼 훈김으로 인해 구름을 타고 가는 가마처럼 보였다.

명월은 찻잔을 데운 물을 버리고 차를 우렸다. 잔파도가 치는 바다 위처럼 살짝살짝 흔들리는 유옥교기 위에서도 명월의 손놀림은 떨림이 없었고, 찻잔을 다반에 내려놓을 때도 소리가 나지 않았다.

"유옥교기가 익숙해 보이는구나."

"공은 아니 그러십니까?"

"나는 신문물이 불편하다. 신문물은 노비들의 일을 앗아 가. 일을 해야 할 이들이 일을 하지 않으면 게을러진다."

노비들은 물이 식지 않도록 겹겹이 보온한 물병을 지고 오르고 있었다. 그러나 양곡은 그걸 보지 못했다. 굶는다는 게 한두 끼 밥을 늦게 먹는 정도라는 이상으로 가늠하지 못하는 이였다. 그는 한평생 육체노동을 해본 적도, 할 필요도 없이 살아왔다. 타자로서만 바라보는 이들은 그 속에 깃든 물집과 화상과 고름과 썩은 내와 부러지는 뼈와 찢기는 살을 알지 못했다.

명월은 그 점을 지적하지 않았다. 오늘은 토론하고 싶지 않았다.

"혹 도로라는 자에 대해 들어보았느냐?"

"들어본 바 없사옵니다."

"회회인을 조상으로 둔 자로 전국 방방곡곡을 돌아다니며 기기술의 발전을 도모한다더라. 현재 조선의 많은 기기술이 그자로 인함이라는 말이 있다."

"공께서는 그게 마땅찮으시군요."

"다른 꿍꿍이가 있는 듯해 불길하다. 오롯이 조선인도 아닌 자야. 위험한 실험도 한다 들었다."

"위험한 실험요?"

"삶과 죽음의 경계를 엿보려 드는 건 인간이 할 수 없는 일이며 해서도 안 되는 일이야."

명월이 자세히 캐물을 낌새를 보이자 양곡이 마음 상한 아이처럼 입술을 삐죽였다.

"내 앞에서 다른 사내에게 관심을 갖는 것이냐?"

명월은 깔깔 웃었다.

"투기는 칠거지악에 해당됨을 모르십니까?"

"그래서, 날 쫓아내겠느냐?"

양곡의 그윽한 시선이 명월과 부딪쳤다. 명월은 맑게 웃으며 찻잔을 들었다. 가마를 움직이는 훈김의 열로 물도 끓이기 때문에 가는 내내 차가 식을 일이 없었다.

"육체노동이 오롯이 기기들의 몫이 되는 세상은 어떤 세상일까요?"

"하늘이 노할 소리를 하는구나. 그럼 양민들이 게을러져 본분을 잊을 것이다."

"많은 양반들께오서는 육체노동을 하지 않으면서도 잘 사시지 않습니까."

"결국 시작이구나."

양곡이 이럴 줄 알았다는 듯 웃었다.

"공께서는 유옥교기가 노비들의 일을 덜었다 여기시나 가마를 드는 것과 끓는 수통을 드는 것의 차이일 뿐입니다."

"하면 너는 어찌하여 걷지 않고 가마를 타느냐? 물론 날 배려해서겠지."

양곡이 다 안다는 짓궂은 어조로 말했다.

"쌀 한 톨을 거두기 위한 백성의 수고를 내가 모른다 여기느냐. 먹고사는 것은 사람의 기본이며 백성은 나라의 기본이다. 한편으로 백성은 한 치 앞만을 보며 살지. 오늘 먹고, 오늘 잠자리에 들 것만 걱정하며 그것으로 족하다. 그러나 조선의 사대부는 그럴 수 없다. 우리는 천 년 후까지 이어질 조선의 미래를 그린다. 그러기 위해서는 고려의 악습은 폐지되어야 하고 모든 이들이 진리를 향해 나아가야 해. 사대부란 그 진리의 길을 밝히기 위해 존재한다. 우린 조선을 더 멀리 더 높은 곳으로 나아가게 할 거다."

"조선은 명을 따릅니다. 하오나 명은 서출만이 아닌 노비 또한 능력을 보이면 관직을 개방합니다."

"주상께옵서 명에 지나치게 의지하는 건 많은 이들이 걱정하는 바다. 어떻든 조선은 명과 달라. 조선이 진정 따르는 건 명이 아닌, 명마저 잊은 궁극의 진리다."

"그 궁극의 진리란 명의 고전에서 나오지요. 고전에 쓰인 것은 하늘이 무너지면 무너졌지 의심할 수 없는 진리라며 불가침의 영역으로 규정짓는 것은, 역으로 진리를 추구하는 길을 스스로 막는 행위가 아닐까요? 과거에 연연하면서 어찌 앞으로 나아갑니까. 대왕이라 칭송받은 이도 과거의 제도에 지나치게 연연해서는 아니된다 하셨습니다."

"고전은 우리가 나아갈 바의 기준점이다. 그렇지만 네가 말하고 싶은 건 이 나라의 장래가 아니겠지?"

양곡이 다 안다는 듯 얄궂은 웃음을 띠었다.

"조선이 새로운 질서를 구축해 이상적인 국가로 나아가길 바라는 마음은 잘 알겠사옵니다. 그러려면 말씀대로 많은 이들이 한마음 한뜻으로 함께해야겠지요. 다만 저는 그게 여인의 삶을 제한하는 것과 무슨 상관이 있는지 납득하지 못하겠습니다. 지붕과 벽이 있는 가마를 타 외부에 몸을 보이지도 외부를 보지도 말라, 혼인하면 남편의 집으로 가 살아라, 친정에 가지 마라, 절에 가지 말라더니 이제 여인은 공무가 없으니 애당초 대문턱을 넘지 말랍니다.

그렇다고 제가 여인의 삶에만 관심을 둔다고 여기지는 말아주십시오. 한자는 어렵습니다. 과거 대왕께서 국문을 만들었으나 여전히 한자가 조선의 지배적인 글자이며 국문은 사대부의

209

여인들 사이에서만 읽히고 쓰입니다. 양민은 그조차 배우기 쉽지 않지요. 나라에서 백성에게 알리고자 하는 방을 붙일 때도 한자를 써서, 백성들은 누군가가 읽고 뜻풀이를 해줄 때까지 기다려야 합니다. 조선의 인쇄술은 높은 경지에 이르렀으나 그 인쇄술로 찍은 책은 사대부들 사이에서만 돌 뿐 일반에게 오지 않습니다. 대왕이 국문을 창제할 때의 뜻과 달리 백성은 전과 다름없이 이르고자 할 바가 있어도 이를 방도가 없습니다."

"너는 못 읽는 글자가 없지."

"장자에게 모든 걸 상속하자 해 딸과 서자, 얼자들의 삶은 날로 팍팍해집니다. 사내는 어린 이를 첩으로 들이니 순리에 따라 먼저 사망하는 경우가 비일비재하지요. 하니 첩은 남편의 생전에 귀여움을 획득해 그의 사후를 대비해야 합니다. 한데 세간은 첩에 대해 시기가 많고 젊음으로 본부인의 것을 뺏으려 드는 이로 매도합니다. 애초에 첩을 들이지 않으면 아무 문제가 발생하지 않지 않겠습니까?

어째서 한 사람이 모든 걸 가져야 합니까? 이는 처첩의 문제만이 아닙니다. 한 고을에서 한 집은 곳간에서 쌀이 썩어가는데, 굶어 죽는 이가 있는 게 온당한 일입니까?"

오늘은 토론하지 말자 다짐해놓고도 내리막길에서 놓친 구슬을 중도에서 세우지 못하듯, 양곡의 이쪽에서 멈추자는 말을 명월은 받아들이지 못했다.

"그럼 너는 왜 네 재산을 나누지 않느냐? 네가 종종 값진 선물을 받는 줄 아는데."

"저는 개인의 마음에 맡기는 영역이 아닌 제도에 대해 말하고자 합니다. 장자상속제는 많은 형제자매들에게 불화를 만들고 있습니다. 더 많은 재산을 욕심내는 이들도 있겠으나 살기 위한 방편인 이들도 존재합니다."

"탐욕에 눈이 멀어 가문의 적장자의 자리를 넘보는 이가 나오지 않도록 성리학으로서 풍속을 올바로 세워야 하는 것이다. 그걸 먼저 실천하며 백성들이 따라오도록 가르치는 게 사대부다."

"모든 것을 가르치지 않고 선택적으로 가르치는 것에 대해 여쭙습니다. 《삼강행실도》는 언해한 뒤 8천 부 이상을 인쇄해 배포했지요. 보통 교서관에서 한 번에 2, 3백 부를 간행하는 것에 견주어 엄청난 부수입니다. 지식을 백성들과 나누는 걸 역병처럼 두려워하는 조선에서, 수차례에 걸쳐, 그것도 한 번에 무려 8천 부 이상을 인쇄하면서까지 민간에 반포한 최초의 책이 바로 《삼강행실도》입니다.

조선의 《삼강행실도》는 《고열녀전》, 《고금열녀전》, 《한서》에 있는 여러 사례에서 조선의 사내들이 원하는 여성상만을 선별해 편집한 뒤, 그것만이 올바른 여인의 길이라 설파합니다. 선별한 사례를 통해 가장 강조하는 건 여인의 덕이며 그 덕의 본질은 죽음입니다. 고금을 통틀어 전쟁이 발발하면 사내들은 주어진 권리처럼 침략한 곳의 여인을 강제해 왔습니다. 자신의 뜻으로 당한 일이 아닌데 왜 죽어야 합니까?

《삼강행실도》에 남편이 아닌 자의 손이 닿자 더럽혀졌다 팔을 자른 여인의 이야기가 있더이다. 팔 좀 닿았다고 더러워집니까? 만일 그렇다면 그건 그 사내의 손이 더러워서가 아닙니까? 그럼 그 사내가 자기 손을 잘라야지 왜 여인이 잘라야 합니까? 도대체 《삼강행실도》에서 말하는 더러워졌다는 건 무슨 뜻입니까?”

“《삼강행실도》 어디에 손을 자르라는 말이 있더냐.”

“《삼강행실도》는 다른 사내의 손이 닿았다는 이유로 자기 손을 자른 이, 왜구에게 겁탈당하느니 죽음을 택한 이들을 칭송합니다. 그게 그리 행하라는 말과 무엇이 다릅니까? 제가 사내라면 제 부인이 왜구가 침입한 중에 살아남았다면 그저 감사할 것입니다. 그 모진 고초를 옆에서 막아주지 못했음에 죄스러워했을 것입니다.

《삼강행실도》 그 어디에도 강제로 여인의 몸에 손댄 자, 그 뜻에 반해 자기 첩으로 들어오라 강요한 자가 처벌받거나 비난받았다는 이야기는 없습니다. 여인에게 팔을 자르고, 목숨을 끊게 만드는 행위를 가한 자들에 대한 이야기는 어찌하여 없습니까? 도대체 어떻게 했기에 물에 뛰어들기까지 했단 말입니까? 혹 점잖게 사절하기에는 불가능한 강요였던 건 아닐까요?

조선은 여인의 몸을, 한 사람의 몸을 그 자신의 것으로 인정하지 않습니다. 외람된 소리이나 저는 조선이 천 년을 갈까 두렵습니다. 한번 생긴 사상은 쉬이 없어지지 않습니다. 이런 교육이 계속되면 훗날에도 많은 이들이 자기 잘못이 아닌 것을 자기 잘못이라 여길 것입니다. 강제한 자는 떳떳한데 강제당한 자가 자신을 탓하며 숨어 살게 될 것입니다.”

"처음《삼강행실도》를 편찬하라 명한 이가 네가 말한 대왕이시다."

"그건… 몰랐습니다. 하지만 그는 그 어떤 위대한 일을 이룩한 이든, 사람은 완벽할 수 없다는 뜻이 아니겠습니까. 조선에서 따르는 고전을 지은 이들 또한 사람이 아니옵니까."

"네 말대로 완벽한 사람은 없다. 그렇기에 우리는 완벽을 추구하며 살아가는 것이다. 불사이군(不事二君)하지 않으면 평온하게 살 수 있는 많은 이들이 차라리 죽음을 택했다. 주위에서 한사코 만류해도 관직을 버리고 부모의 묘 옆에서 움막을 짓고 더위와 추위를 견디며 3년을 사는 이들이 있다. 너는 그들의 충성과 효심이 숭고하지 않단 말이냐? 부군을 향한 여인의 충절이 기특하지 않으냐?"

"양반가의 그 누가 남편을 택할 수 있습니까."

"사내도 부인을 택하지 못한다. 적자의 생산은 부인에게 달려 있으니 바른 집안에서 자란 이만을 맞이할 수 있다."

"첩을 들이고, 저와 같은 이들을 만나고, 종을 방으로 불러들이지요. 그러면서도 부인들에게는 머리끝부터 발끝까지 자기에게만 소속되어야 한다고 몰아붙입니다. 그러지 못한다면 죽으라 하고 그것을 덕이라 칭송합니다. 일말이라도 부인을 아끼는 마음이 있다면, 같은 사람으로 본다면 그리 쉽게 죽으라 말하지는 못할 것입니다."

"누가 쉽게 말한다더냐. 쉬운 일이 아니기에 칭송하는 것이다. 아내는 남편에게, 신하는 임금에게 종속되어 충절을 바치는 삼강, 의례의 기본은 이 나라를 요순시대의 이상향으로 이끈다. 한데 너는 이 기초적이면서 가장 중요한 의미는 망각한 채 사내를 처첩과의 관계에서만 읽는구나. 이래서 여인에게 학문은 허망한 게야. 가르치면 글자는 깨우칠지 몰라도 여인은 성리학의 깊은 뜻을 사내처럼 넓고 깊게 깨우치지 못해."

"하여서 여인에게는 학문을 금하는 것입니까? 하면 백성들, 그들 중 사내들에게는 어찌 금하는 것이옵니까. 어찌 관직은 사대부의 일원만 오를 수 있습니까? 백성은 다만 수동적으로 받아들이기만 해야 하는 존재입니까? 통치자, 사대부가 잘못된 길로 인도하여도 백성들은 그냥 따라가야 합니까?"

"사대부는 성리학에 통달한 이들이다. 우린 엇나갈 길로 백성을 인도하지 않아."

"하오면 폐주가 폐위되었어야 할 이유는 무엇입니까? 그를 올바른 군왕의 길로 이끌지 못하고 폐위시킨 이들 또한 사대부 아닙니까? 그리 신봉하시는 고전을 만든 이들 중 맹자는, 신하로서 할 수 있는 최선은 임금께 간하는 것일 뿐, 왕을 교체하는 건 같은 왕족만이…!"

양곡의 팔이 명월의 입을 막듯 화급히 뻗어 나갔다. 차탁이 뒤집히고 찻잔과 주자가 바닥에 뒹굴었다. 찻주전자가 쓰러지며 뚜껑이 열리고 주둥이와 입구에서 더운물이 쏟아졌다.

현왕이 왕위에 오른 과정은 유교의 덕목에서 있을 수 없는 일이라 현왕은 그 존재 자체가 모순이었다. 왕은 자기의 모순을 감추려, 자기와 같은 자가 나타나지 않도록 막고자 필사적이었다. 폐주를 입에 올린 것만으로도 역모로 몰릴 수 있었다. 누구든 역모를 꾀했다는 고변을 당하면 사실이든 아니든 목숨을 부지하기 힘들었다. 일말이라도 사실로 의심할 법한 정황이 드러나면 그의 가솔, 부친과 부친의 일가친척, 모친과 모친의 일가친척, 그의 집에 드나든 자, 그와 서신을 주고받은 자, 그의 집에 드나들고 서신을 주고받은 이를 만나거나 서신을 주고받은 이, 심지어 그가 나고 자란 고을까지 몰살당할 수 있었다.

명월은 기생이 된 뒤 집 근처에는 발도 들이지 않았으나 자신이 살던 고을에 사는 이들을 모두 기억했다. 아버지가 돌아간 뒤 그를 모른 척했다 하나 이해 못 할 사정은 아니었다. 창곤의 어머니도 차마 그의 얼굴을 마주하면서 탓하지 못하고 집 앞을 지나가며 했다. 그들이 아니었다면 젖먹이 시절 어머니를 잃은 그가 무사히 자라지 못했을 터였다.

명월은 쓰러진 찻주전자와 찻잔을 세우고 흥건해진 바닥을 다건으로 닦았다. 양곡은 젖은 소맷자락을 가볍게 털었다. 그 몸짓으로 둘은 더 이상 그 화제는 입에 올리지 않겠다는 암묵적인 약속을 맺었다.

"너와는 상관없는 일이다. 넌 바라는 사내는 누구든 희롱할 수 있으며 지금까지 그리 살아오지 않았느냐. 내가 죽고 난 뒤에도 너는 누구든 취할 수 있을 것이다."

"저만 상관없으면 되는 일일까요. 저는 법도에 대해 말하는 것이옵니다."

"너는 자발적으로 기적에 이름을 올렸다 들었다."

"사내를 바라서가 아닙니다."

"그렇지, 너에게 사내란 다 사내 따위지. 지위고하가 뭐란 말이냐."

한차례 웃은 양곡이 웃음을 지우고 지긋한 시선으로 명월을 응시했다.

"네가 사대부가의 여인으로 태어났다면 달랐을 것이다."

"어떤 면에서요?"

"한 가문에 소속되어 아들을 낳아 대를 잇는 보람, 집안일을 돌보고 시부모를 공양하는 헌신을 통해 덕을 쌓는 기쁨을 알았을 테니까."

방금 뱉은 말을 혼자 숙고한 양곡이 머리를 좌우로 흔들었다.

"아니지, 설령 반가에서 태어났더라도 넌 덕을 쌓기에는 타고난 자질이 부족해. 불필요하게 총명한 데다 눈이 날카롭고 말이 빠르며 지시를 좇지 않아. 여인은 명석해도 한계가 있는지라 자기 머리를 과신하면 집안을 그르친다. 널 가르치려면 아비와 남편이 부단히 노력했어야 했을 것이다. 회초리를 들어도 될까 말까."

양곡은 한숨을 짓는 대신 무한한 인내심과 아량을 지닌 이의 얼굴로 말을 이었다.

"《예기》에서는 하늘에 태양이 하나이듯 한 나라의 왕은 하나이며 한 가족 안에도 존엄한 이는 하나라 하였다."

"그를 이루기 어려운 경우가 닥칠 시 목숨까지 내놓으라 하지는 않았습니다."

"《예기》도 읽었구나. 하나 읽었으면 뭐하느냐. 어찌 같은 책을 읽고도 이리 다른 소리를 하는지…."

"저 또한 공께서 《삼강행실도》를 제대로 읽으신 건지 의심스럽습니다. 여인은 사내를 떠나지 못하게 하면서 사내는 여러 여인을 취할 수 있는 게 정녕 부당하지 않단 말입니까."

"사내도 여인을 한 명만 취해야 했다면 너와 내가 이리 만나지 못했을 텐데? 연모를 누가 어찌 막으랴. 우리 사이에 어떤 아이가 태어날지 넌 궁금하지 않으냐."

양곡의 눈이 아련해졌다.

명월은 양곡의 말에 내포된 의미를 받아들이고 싶은 달콤한 유혹을 느꼈다. 기적에 오르지 않았다면 창곤에게 기대어 살아야 했을 것이다. 창곤도 당시에는 한 사내 몫을 하기에는 미숙했다. 밥이나 굶지 않으면 족한 생활을 했어야 하리라. 자기 자식도 말이다. 누가 그걸 바라겠는가. 하지만 기생의 삶도 순탄치 않다. 젊을 때는 농락당하고 늙으면 버려진다.

양곡에게 간다면….

"딸이면 기생이, 아들이면 노비가 되겠지요. 조선은 사내에게 여러 부인을 취하게 하는 동시에 그들 사이에 차등을 주고 자식은 어미의 신분을 따르는 게 예라 말하니까요. 성리학의 가르침이라 하나 처첩에 이토록 차등을 주는 것은 조선에 이르러서, 조선의 성리학자들의 주장으로 만들어진 개념이며 제도입니다.

조선에서 첩은 천한 존재이며, 천한 존재에게 태어난 서자와 얼자는 관직을 꿈꾸기는커녕 자식으로서 대우를 받지도, 아비에게 제대로 된 봉사도 못합니다. 재가한 여인의 자식은 앞날을 막아 결과적으로 여인의 재가를 금하면서, 사내들은 처첩을 들여 사지를 옥쥔 자식들을 생산하는 데 거리낌이 없습니다. 아비는 양반인데도 자신은 노비인 억울한 삶을 만드는 게 연모입니까? 연모라는 이름하에 몸과 마음을 나눈 여인과 자식을 오도 가도 못 할 처지로 만드는 것이 과연 고려의 근친혼보다 더 예에 걸맞습니까? 음욕에 빠져 자칫 사회를 어지럽히니 법과 예로서 제한해야 하는 이가 어느 쪽인지 묻습니다."

양곡의 얼굴이 처음으로 차게 굳었다. 명월이 선을 넘었다 여기는 것이다. 양곡은 잠시 침묵하더니 마음을 다잡은 듯 예의 평온한 표정으로 돌아갔다.

"네 딸이면 널 능가할지도 모르지."

유옥교기가 멈추더니 서서히 하강했다. 양곡이 먼저 내려 명월에게 손바닥을 보였다. 명월은 그의 손을 잡고 나왔다.

"오호라⋯."

눈앞에 거대한 건축물이 나타났다. 끝을 보고자 고개를 젖히던 양곡은 그로 모자라 허리까지 뒤로 꺾었다. 그러다 뒤로 넘어갈 뻔한 갓을 잡았다. 상하동기(上下動氣)가 거인이 쓰는 창처럼 하늘을 향해 솟아 있었다. 둘은 상하동기에 올랐다. 데운 김이 뿌옇게 일었다.

"옷이 다 젖겠구나."

양곡의 손이 명월의 어깨를 감쌌다.

"손잡이를 잡으시지요."

명월이 자기는 괜찮다는 듯 말했다. 상하동기에 진동이 왔다. 양곡은 체면도 잊고 다급하게 허리 높이에 있는 막대를 쥐었다. 상하동기가 상승을 시작했다. 명월은 격자무늬로 짠 벽 틈으로 작아지는 만큼 넓어지는 시야에 집중했다. 아래는 멀어져도 하늘은 가까워지지 않았다. 그래서 사대부들이 하늘, 하늘, 하늘의 뜻 운운하는 걸까? 결코 도달할 수 없기에?

호수가 끓듯 김이 뿜어져 나오며 상하동기를 움직이는 아륜 수십 개가 맞물려 돌았다. 종들은 상하동기가 한 번 작동할 때마다 마른걸레로 닦아 녹슬지 않도록 관리해야 했다. 진종일 습한 곳에서 일해 종들의 몸에는 습진이 가득했으나 사람보다 귀한 게 기기라 그들을 돌보는 이는 없었다.

"귀가 먹먹하구나."

"침을 삼키시면 나을 것입니다."

말 잘 듣는 어린아이처럼 양곡이 시키는 대로 했다.

"확실히 낫구나."

"비선이 처음이시군요."

"신문물을 싫어한다 하지 않았느냐."

"하면 왜 따라오셨습니까?"

"네가 타자면 타야지."

점잖은 양반이 겁에 질려 채신머리없이 막대를 생명줄처럼 단단히 붙든 채, 그래도 명월을 위해서라면 못 할 게 없다고 말하고 있었다. 명월의 얼굴에 모란이 만개하듯 웃음이 피었다.

상하동기가 선착장에 도착했다. 선착장에서 비선을 타러 가는 길은 가로로 두 명, 세로로 열 명가량이 설 법한 좁은 직사각형 통로였다. 난간이 있다 하나 추락하면 살기를 기대할 수 없는 곳이 주는 근원적인 두려움이 존재했다. 관례(冠禮)를 치르기 전 천둥벌거숭이 시절에조차 얕은 개울을 가로지르는 외나무다리 한번 건너본 바 없는 양곡이었다. 명월이 식은땀으로 축축해진 그의 손을 잡아 이끌었다.

연등처럼 생겼으나 다만 크기가 거대한 주머니 아래에 면이 높은 나룻배가 달려 있었다. 명월이 먼저 올라탔다. 양곡이 따라 오르니 선장과 노비가 허리를 접었다.

상하동기에 오른 뒤 막대를 움켜잡았듯 비선을 탄 양곡이 명월의 손을 단단히 쥐었다. 비선이 선착장을 떠났다. 지상에서는 넓이를 알 수 없던 산이 한눈에 들어왔다. 태고의 존재로서 위엄을 자랑하던 박연과 고모담은 어느 안뜰에 꾸민 모형처럼 보였고, 사람을 주눅 들게 하는 관청과 위압감을 주는 지역 유지와 관리들이 사는 대저택들이 모두 손대면 바스러트릴 수 있는 토우(土偶)들이 사는 집 같았다. 지나간 왕조가 수고해 만든 산성마저 실뱀처럼 얇은 띠로서 존재했다. 아래에서는 그림자가 지고 해가 비침을 하늘의 변덕으로서만 받아들이나 위에서는 구름이 만든 그림자와 그림자의 경계를 볼 수 있었다.

"놀라운 광경이구나!"

마지못해 따라왔던 것과 달리 막상 비선이 날기 시작하자 양곡은 순수한 환희에 젖었다. 그들은 산천어가 되어 계곡 사이를 거슬러 올랐고, 참매가 되어 구름을 뚫고 날았으며, 호랑이가 되어 봉우리와 봉우리를 타 넘었다. 변치 않을 소나무들이 푸르게 무리 지어 자란 곳도, 오색단풍이 물든 곳들도 보였다. 손톱에 들인 봉숭아물이 가장 아름다운 순간은 끝자락에 초승달처럼 걸린 시간이듯 단풍 또한 질 때가 왔기에 처연한 아름다움으로 빛났다.

어지러움에 양곡이 이마를 짚자 선장이 냉큼 속도를 늦추었다. 노비가 그들 가까이에 화로를 가져다 놓고 양곡에게 고로수를 바쳤다. 노비는 명월에게도 공손하고 선량한 웃음을 지었다.

양곡은 손바닥을 사선으로 세워 불을 쬐었다. 노비가 데운 돌을 넣은 주머니를 가져왔다. 주머니를 품에 넣은 양곡이 명월의 옆에 와서 섰다.

명월의 시선은 해가 산 아래로 넘어가는 모습에 가 닿아 있었다. 수차례 비선을 탄 명월도 이토록 또렷한 석양은 처음 만났다. 수없이 비선을 탔어도 한 번도 저무는 해를 제대로 보지 못했노라 한탄하는 이도 있었다. 태양은 단 하루도 어김없이 뜨고 지나, 뜨고 지는 바로 그 모습은 쉽게 목도하기 어려웠다.

옆에 온 양곡의 기척을 느낀 명월이 그의 어깨에 머리를 기댔다. 양곡은 침묵의 소리를 들을 줄 아는 이였으니만큼 명월은 그가 이 순간의 특별함에 함께 잠기리라 확신했다.

"이 순간을 그대로 간직할 수 있으면 좋겠습니다. 나중에 시화로 표현하는 게 아니라 이 순간이 실재했다고 말해줄 수 있는 그런 증좌 말입니다. 언젠가 이런 순간을 포착해줄 기기술이 나올까요?"

숨 쉬는 것조차 시간이 흐르는 것 같아 아까웠다. 노을이 찬란해진다는 건 사라질 시간이 머지않았다는 뜻이었다.

"왜 내게 비선을 타자 청했느냐?"

"무슨 이야기를 듣고 싶사옵니까?"

양곡이 언어로 하는 희롱을 주고받고자 하는 줄 안 명월이 볼에 홍조를 띠었다. 양곡의 옆에 있으면 세상에 위험한 일이란 없는 줄 알았던 어린 시절로 돌아가는 것만 같았다. 그 시간은 봄보다 짧았다. 걷기와 말을 익히며 자신이 양민임을, 양반이 아님을 알았다. 그래도 양반을 코앞에서 대면할 일이 없던 시간들이 있었다. 해거름이면 툇마루에 앉아 아빠와 창곤을 기다렸다. 등에 한가득 나무를 진 창곤이 양손 가득 담아 온 마음을 하나라도 떨굴까 쭉 뺀 궁둥이로 싸리문을 밀며 들어왔다. 진이야, 진이야, 진이야! 지게를 내려놓을 겨를도 없이 달려와 달래, 머루, 산딸기, 밤, 살구가 고봉밥처럼 쌓인 양 손바닥을 보였다. 답례는 고마움을 담은 웃음이면 족했다. 논에서 일하는 아버지, 고을 어른들 곁에서 노래하는 것만으로 사랑받았다. 아무도 노래 이상을 바라지 않았다. 어린아이로서 존재하는 걸로 충분했다.

양곡과 함께 있으면 영영 사라져버린 줄 알았던 그 시절이 지금 이 순간으로, 다가올 미래로 느껴졌다. 산으로 넘어가는 해가 뿜는 다채로운 빛깔, 길게 뻗어 나오는 양곡의 하얀 입김, 뺨과 턱에 닿는 살집 있는 어깨까지 모든 게 완벽했다.

시간은 명월의 마음을 헤아려주지 않고 지나갔다. 어둠발이 자리하며 간간이 불을 밝힌 곳만 눈에 띌 뿐, 더 이상 지상의 형태를 구분할 수 없었다. 산도, 논도, 밭도, 관청도, 민가도 모두 검은 음영으로 공평하게 합쳐졌다. 명월은 밤하늘로 시선을 돌렸다. 어릴 때는 비선을 타면 별이 더 커 보일 줄 알았다. 별이란 대관절 무엇이기에 이만큼 높이 올라와도 아래에서와 같은 크기, 같은 색으로 빛나는 걸까?

선장이 화로를 제외한 등을 모두 꺼서, 어두워지는 것에 비례해 밝아지는 별빛을 감상하도록 해주었다. 양곡의 얼굴은 보이지 않았으나 시각보다 명확한 체온과 그의 머리를 받친 기둥으로서 존재를 증명했다. 어린 시절, 밤에 자다 깨면 방 안이 시커먼 짐승의 입속 같아 무서웠다. 그럴 때면 아빠의 품으로 파고들었다. 아빠는 잠결에 어린 명월의 어깨를 다독였다. 지금 양곡이 어깨를 다독여준다면….

양곡의 손이 명월의 어깨에서 팔뚝으로, 팔꿈치에서 팔을 타고 내려와 손을 쥐었다. 명월은 반사적으로 새끼손가락을 뺐고, 양곡의 몸이 냉랭하게 식었다. 양곡이 자기를 시험했음을 감지한 명월의 얼굴에서 따뜻하고 충만했던 미소가 가셨다.

"그 새끼손가락은 이전에 누군가와 한 약조이냐, 아니면 약조할 이가 올 때를 위해 남겨두는 것이냐."

명월에게 두 번째는 예상하지 못한 질문이었으나 모르는 이라면 그렇게 물을 수도 있다고 납득했다. 명월은 양곡에게 기댔

던 몸을 뗐다. 차가워진 사내의 몸에 계속 기대고 있을 까닭이
없었다.

"내 벗들에게 장담한 한 달을 사흘이나 넘겼다."

"저와 하신 약조가 아닙니다."

"사내대장부로서 누구보다 나 자신에게 한 약조다."

"말씀드린바, 저와 하신 약조가 아닙니다."

"나는 너를 위해 약조를 깼다."

"제 동의 없이 하신 약조를 왜 제게 따지십니까."

"내가 기한을 지나 보냈음을 네가 안다."

둘의 시선이 팽팽하게 맞부딪쳤다. 명월이 먼저 입을 열었다.

"기생이 무엇이라 생각하십니까?"

"기생이란 무엇이냐?"

"역사 속 군자라 칭함 받는 많은 이들에게 따라붙는 수식어
가 여색을 탐하지 않았다는 겁니다. 과거의 군자를 모범으로서
따르고 성리학의 뜻을 받드는 사대부로서 인(仁)과 덕(德), 도
(道)는 따라야겠고, 욕망은 욕망대로 실천하고 싶어 만든 존재
입니다. 인, 덕, 도처럼 어려운 건 부인에게 강요하고 본인들은
술자리의 유흥을 위해 여인을 관에 종속시킨 겁니다.

보기 아리땁고, 그 무엇도 책임질 필요 없이 감정으로만 맺어
지는 관계, 때로 호락호락하지 않아 정복욕과 실연의 아픔마저
경험하게 해주는 대상, 언제든 마음이 식으면 돌아서면 그만인
상대, 여인에게는 학문을 금해놓고도 여인과 지적인 대화는 나
누고 싶어 노비인데도 글자를 깨치는 걸 허락한 이, 사대부의

모순을 가장 극명하게 드러내는 존재, 그게 바로 기생입니다. 사대부의 위선의 산증인이지요."

"재차 말하나 너는 네 뜻으로 이 길에 들어왔다."

명월은 어금니를 물었다.

— 비선은 얼마나 높이 올라갈 수 있을까? 높이, 더 높이 가다 보면 해와 달에도 닿을 수 있을까? 넌 궁금하지 않느냐? 난 궁금하다. 달에 사는 선녀를 만나고 싶고, 방아를 찧는 토끼도 보고 싶다.

비선에 첫발을 올릴 때도, 그 후에도, 명월은 비선을 탈 때마다 처음 비선이라는 말을 들었던 시간으로 돌아갔다. 그러나 지금 바로 이 순간, 비선을 탄 이래 가장 아름다웠던 이 순간만은 자기와 이름 한 글자가 같았던 이를 잊고 있었다. 그렇게 만든 이가 그를 도로 불러냈다.

"비선을 타면 떠오르는 이가 있느냐?"

"오늘은 오직 공만이 있었습니다."

"어제는? 내일은?"

"어제는 지나갔으며 어찌 쉽게 내일을 논하리까."

"나와 내일을, 모레를, 다음 달을, 다음 해를 함께하겠느냐?"

"공께서는 저와 내일을, 모레를, 다음 달을, 다음 해를 함께하시겠습니까?"

"나는 너만을 볼 것이며 다른 그 어떤 여인에게도 눈길을 주지 않으리라."

"저는 오롯이 공의 약조에만 기대어 살아야 합니다."

"여러 사내들에게 돌아가며 의탁하는 게 더 안전하리라는 소리냐?"

"제가 오직 공의 마음과 약조에만 의지해 살아가야 한다는 제도적 제약을 말씀드리는 겁니다."

"여인이란 본래 사내에게 의탁해 사는 존재다."

"남편은 부인을 쫓아낼 수 있으나 부인은 남편을 떠나지 못하는 게 조선의 법도니까요."

"부인은 남편을 떠나서는 안 되는 것이다. 혼인은 여인에게 복된 일이고, 어린아이가 진정 여인이 되는 길이니까. 하지만 너는 다르다. 너는 나를 버릴 수 있다. 매달려야 하는 건 내 쪽이야. 바란다면 네 딸은 기생이 되지 않도록 빼주마."

양곡이 명월의 양손을 잡았다. 명월은 이번에도 새끼손가락을 뺐다. 의도한 행동이 아니었다. 자기조차 몰랐던 오래된 습관이 나온 것이다. 양곡도 명월이 일부러 뺀 것이 아님을 느꼈다.

"네 모든 걸 원한다면 욕심이냐?"

"공께는 본부인이 있습니다."

"설마하니 언젠가 네 신주가 내 곁에 있길 바라는 것이냐? 아서라, 내 아무리 너를 아껴도 첩은 처가 될 수 없다. 아무리 예쁜 자갈이라도 자갈은 금이 아닌 것과 같은 이치야."

"조선의 본부인이란 허울뿐인 자리죠. 그런 자리, 탐하지 않습니다. 저는 결코 공의 모든 것을 다 가질 수 없다는 말씀입니다. 하지만 공은 작은 손가락 하나를 제외하면 제 모든 걸 가지실 수 있습니다."

"그 사람은 내게 아무 의미도 없는 존재다."

"의미가 있고 없고의 문제가 아닙니다. 굳이 원하신다면 이리 말씀드리지요. 저조차 모르던 오래된 습관일 따름입니다. 아무 의미 없는 몸짓입니다."

"너와 나 사이에 있는 건 마음뿐이다. 나는 내 마음을 모두 네게 주겠다는데, 너는 다 주지는 못하겠다 하는 게야."

비선이 선착장에 착륙했다. 양곡이 앞서 내렸으나 이번에는 명월을 기다리지 않았다. 노비들이 유옥교기의 문을 열었다.

"신첩은 이 길이 익숙하니 걸어가도 괜찮습니다."

벌어진 거리에서 멈춘 명월이 말했다.

양곡과는 끝났다. 끝난 사이에 마주 보며 앉아 가는 건 서로에게 못할 짓이었다. 양곡은 명월에게 앉아 가라 하고 싶었으나 험한 산길을 걸어본 바 없어 서툰 다리로 이 밤에 내려가다가는 크게 다칠 수 있었다. 마음은 그러고 싶지 않았으나 명월의 말이 옳았다. 그러나 명월에게 이 밤중에 혼자 걸어 내려가기는 무리니 같이 타자 잡지 않고 한번 돌아보지도 않으며 유옥교기에 오른 건 상처받은 마음이 부른 복수심이었다. 양곡도 자신이 치졸하게 굴고 있음을 알면서 홀로 떠났다. 유옥교기는 성난 황소처럼 긴 콧김을 뿜으며 멀어졌다.

"기생 주제에 무슨 정절을 지킨다고 저 자리를 걷어차? 네년이 무슨 절부라도 되는 줄 알아?"

둘을 지켜본 선장의 눈빛이 흉흉해졌다. 천민인 명월이 비선을 관리하는 노비들에게 먹을거리나 짓무른 몸에 바르는 약 따위를 챙겨주는 게 늘 고까웠다. 비선 선장은 정해진 봉급이 없어 비선을 타러 오는 양반들이 챙겨주는 돈에 더해, 몰래 사냥을 하러 산에 오른 자나 관리를 피해 솔방울을 줍는 이들에게 돈을 뜯어 생활했다.

비선은 급한 소식을 전하고자 만들어진 본연의 쓰임과 달리 양반들의 유흥거리로 쓰였다. 양반들은 기생과 함께 비선을 타러 왔고, 보통 양반보다는 기생들이 후했다. 선장이 비선을 잘 몰아줘야 양반의 흥이 돋고, 그래야 자기들도 돈을 더 많이 받을 수 있기 때문이었다. 양민인 그가 노비의 호의에 의지해야 하는 실정이었다.

명월은 선장의 속내를 읽고 그와 아무런 관계도 맺지 않았다. 눈빛으로 나누는 인사조차 없었다. 대신 그가 비행을 잘한 날은 뱃전에 넉넉한 돈주머니를 놔두었고, 울분을 못 참아 험한 기류를 탄 날은 엽전 한 닢 두고 가지 않았다.

그로써 명월은 피차간에 면전에서 비위를 맞출 필요는 없다는 의사를 전했다. 선장은 딸린 식솔이 있는 중에 헛된 자존심을 앞세울 만큼 아둔하지 않았다. 한편으로 명월이 그를 조종하는 태도와 그에 따를 수밖에 없는 자신의 처지가 부아를 키워 그는 기회만 있으면 명월에게만 들리도록 삿된 말을 퍼붓다가 오늘은 작정하고 면전에 왔다. 그의 딸은 평생 구경도 못 할 비단옷을 걸치고 각종 노리개를 달고 나이 든 양반의 허리춤에 매달려 있는 꼴만으로도 배알이 뒤틀리는데 분수도 모르고 그걸

튕겨?

"비단을 두르고 옥가락지를 꼈다고 네가 사부가 마님이라도 되는 줄 알아? 데리고 살겠다 하면 넙죽 절하며 따라갈 것이지, 어디서 고상한 척을 해? 옘병할 년이 배때기가 부르다 못해 터질 지경인가 보구나. 저보다 더한 이를 기다리느냐? 돈주머니 두둑하고 한창때다?"

"선장께서는 가진 게 없어 정절을 지키시나 봅니다."

명월이 조소했다.

산에는 손바닥만 한 밭뙈기를 일구며 먹고사는 이들이 있었다. 남자들은 품을 팔았고, 여자들은 병술 하나 들고 돌아다니며 몸을 팔았다. 한겨울에도 비선 선착장까지 찾아왔다. 관리들은 관리하지 않고, 여염집 여인들은 숫제 못 올 곳이라 들켜 매를 맞거나 쫓겨날 위험이 적기 때문이었다.

선장의 주먹이 명월의 뺨을 강타했다. 명월은 흙바닥을 굴렀다.

"네년이 비단옷을 입었다고 양반이라도 된 줄 알아? 어디서 주둥아리를 함부로 놀려?"

선착장에 있던 노비들이 무슨 일인가 놀라 뛰어왔다.

"저년 잡아. 양반네들이 어찌 그리 달려드는지 나도 한번 봐야겠다."

노비들이 주춤거리며 눈짓을 주고받았다.

"나 다음엔 너희 차례야."

그 말에 두 노비가 명월의 양팔을 잡았다.

"안 됩니다!"

평소 명월에게 싹싹하게 굴며 아까 고로수를 바친 노비가 선장을 제지했다.

"저년 잘못 건드리면 치도곤을 맞습니다! 우리 다요!"

"쥐도 새도 모르게 묻어버리면 돼. 혼자 내려가다 산짐승을 만났으려니 하겠지."

선장은 시비를 걸 때부터 각오했던 듯 말했다.

"결단코 발견되는 일이 없도록 밤새도록 땅을 파서 묻으셔야 할 겁니다. 제 시신이 나오고 검시관이 제 몸에서 사내들의 흔적을 찾으면 여러분이 제일 먼저 심문받을 테니까요. 일단 끌려가서 매타작부터 당하실 테고, 누구라도 한 명 매를 못 견뎌 불면 선장께서는 목이 매달리고 딸은 기생이 될 겁니다. 딸이 비단옷을 입거든 제게 향이라도 하나 피워주시지요."

살벌한 내용과 달리 명월의 표정이나 음색은 평소처럼 평온했다. 원만한 산등성이처럼 호를 그린 눈이 그의 팔을 잡은 두 노비에게 박혔다. 이어 입가에 요사한 웃음이 걸렸다.

"나와 함께하는 한 번이 그대들의 목숨을 걸 만하다는 건 장담하지."

명월이 뿌리치려 들지도 않았는데 노비들이 더 잡고 있지 못했다. 일어난 명월이 하찮은 그들을 털어내듯 치마에 묻은 흙을 털었다. 옷이 찢어진 곳은 살도 그만큼 찢겨 있었다.

"그래, 네년이 죽으면 내 꼭 향을 피워주마."

고로수를 바친 노비가 으르렁거렸다. 그야말로 명월에게 몇

푼 더 받으려 숙일 때마다 명월을 깔고 짓뭉개는 상상을 했다. 같은 노비인데, 왜 저년은….

"다시는 혼자 있지 마라. 언제고 반드시 네년의 버릇을 고쳐 줄 테니."

선장이 명월의 뒷모습을 향해 침을 뱉었다.

다음 날 밤 선장의 집에 무뢰배들이 침입했다. 앞장선 자가 사립문을 어깨로 밀어 부수고 들어가 방문을 발로 걷어차고 흙발로 이불을 짓밟으며 자는 선장을 끌어냈다. 선장은 비명을 지를 틈도 없이 마당에 나동그라졌다. 뒤따라 들어온 이들이 멍석을 펴 그를 굴렸다. 앞장선 자가 첫 매를 내리쳤다. 다른 이들도 가세했다.

무뢰배들은 장독대부터 시작해 세간살이는 간장 종지 하나 남김없이 박살 내고, 기둥을 꺾고, 지붕을 뜯어내고, 선장이 다시는 사람 구실을 하지 못하도록 만들었다. 부인과 아이들이 울부짖는 소리에 잠에서 깬 고을 사람들이 부스스한 몰골로 뛰어나왔으나 몽둥이를 휘두르는 사내들의 광포한 기세에 눌려 아무도 아무것도 하지 못했다. 선착장 근처 움막에서 자던 노비들도 무사하지 못했음은 말할 나위가 없었다.

창곤과 관노청 노비들이었다. 양곡이 유옥교기에서 홀로 내리는 모습을 본 창곤은 노심초사하며 명월을 기다렸다. 명월은 새벽녘에야 찢어진 치마를 입고 절룩거리며 돌아왔다. 댓돌에 벗어둔 고무신에 다리를 타고 흐른 핏물이 고여 있었다. 양반들이 기분 내키는 대로 기생에게 잔혹하게 구는 걸 봐왔으나 양곡은 그럴 자가 아니었다. 창곤은 전부터 비선의 선장과 노비들이 명월을 벼르는 걸 알고 있었다. 양곡이 명월을 두고 와 혼자 남게 되자 벌인 짓이었다. 명월이 알려진 기생이 아니었다면 돌아오지 못했을 것이다.

그 즉시 가려던 창곤의 발길이 멎었다. 이왕에 손을 볼 거라면 다시는 두 발로 서지도 못하게 철저하게 밟아야 했다. 그간 관노청에서 일하며 관리와 양반들에게서 보고 배운 것 중 하나였다.

다음 날 일과가 끝날 무렵 창곤은 관노들에게 막걸리를 돌렸다. 그들 또한 기생들을 곱게 보지 않는다는 건 피장파장이었다. 기회만 온다면 언제든 선착장 노비들과 같은 짓을 벌일 자들이었다.

창곤은 관에서 여인을 향한 사내들의 뒤틀린 마음을 보았다. 고을 사내들도 자기들끼리 있을 때면 여인들에 대해 농지거리를 했다. 그래도 이 정도로 적대적이거나 거칠지는 않았다. 관노들은 겨울에도 누비옷 한 벌 제대로 걸치지 못하고 험한 일을 하는 중에 같은 노비인 기생들은 호의호식하는 데에 따른 박탈감에 시달렸다. 또한 그들은 관에서 일하느니만큼 수시로 양반들이 기생을 사물 취급하며 희롱하고 조롱하는 모습을 보고 들었다. 탁한 윗물이 아랫물도 오염시키듯 관노들은 손쉽게 윗사람들의 언행에 물들었다.

고을에서 살 때까지만 해도 창곤은 정과 웃음이 헤픈 청년이었다. 관에 온 뒤 급격히 말수를 잃고 표정도 먹구름 낀 하늘마냥 찌뿌듯해졌다. 사내들은 매사에 지저분한 소리를 입에 올리며 그가 여인들에게 사소한 친절이라도 베풀면 그보다 그 여인을 조롱거리로 삼았다. 양반들에게 사람 취급받지 못하는 서러움을 아는 이들이 여인은 자기 밑으로 취급했다. 사람은 쉴 새 없이 자기보다 약자를 찾아 헤맸다. 이 역시 창곤이 관에서 배운 것이었다. 사내에게 여인은 자기들보다 못한 존재였고, 같은 사내끼리는 지위가 우선이었으며, 지위가 같다면 개인의 완력이나 숫자로 판가름했다. 선착장 노비들도 아무리 명월이 거슬렸더라도 사내였다면 쉽게 손을 대지는 못했을 것이다.

관노들을 일으킬 수 있는 말은 단순했다. 창곤은 자기가 혐오해 마지않는 말을 입에 올렸다.

"그놈들이 우리 계집에게 손을 댔소."

기생은 그들의 계집이 아니었다. 하지만 그 말은 마른 등걸에 불씨가 던져진 듯 관노들의 박탈감과 노여움을 키웠다. 우리 울타리 안에서 사는 계집은 우리 계집이다. 우리 계집에게 손을 대는 건 우리를 우습게 본 것이다. 우리가 모욕당한 것이다. 본때를 보여 우리에게 이따위 짓을 되풀이할 꿈도 꾸지 못하게 해야 한다. 두건으로 얼굴을 가린 사내들이 쇠스랑, 곡괭이, 장작 따위 무기로 쓸 수 있는 건 죄 손에 쥐고 뒷문으로 관청을 빠져나갔다. 문졸도 같이 가지 못함을 아쉬워하며 단단히 혼쭐을 내고 돌아오라고 문을 열어주었다.

돌아온 노비들은 남은 흥분을 주체하지 못해 밤새도록 입으로 그날 밤 일을 반복하고 또 반복했다. 그들이 선장과 노비들에게 복수하러 간 건 풀 길 없이 쌓인 울분을 해소하기 위함이 기도 했다.

소란이 옆집 잔치처럼 들리는 구석에 혼자 앉은 창곤이 양 손 바닥을 펼쳤다. 도끼를 쥘 때부터 장작을 패와 굳은살이 박여 있는데 사람을 패는 건 다른지 손에 생채기가 나 있었다. 하도 힘을 써 자기가 맞은 듯 온몸이 얼얼했다. 죽었을까? 그래도 머리는 피하려 했는데….

죽었어도 상관 없다는 생각이 들었다. 명월을 두고 간 양곡에게는 따질 방도도 없지만….

창곤은 흐어 산짐승 같은 눈물을 쏟았다.

＊

명월은 다리의 붕대를 갈았다. 몸의 상처는 아물어갔으나 마음의 상처는 벌어져갔다. 창호지를 곱게 바른 창에 달빛이 만든 매화 그림자가, 놀래주려 기척을 감추고 오는 님의 발걸음처럼 살랑거렸다. 저 그림자가 님의 발소리라면 귀를 키워 듣고 맞이하겠거늘….

명월은 양곡이 자기에게 했던 무정한 말들을 되새기며 그를 원망해 지우려 무던히 애를 썼다. 곁에 없기에 곁에 있을 때보다 더 깊게 그리다가, 곁에 있을 때는 하지 않았던 말까지 있는 힘껏 끌어올려 그를 더 미워했다.

양곡은 명월을 귀히 대했으며 어떤 말을 하든 온유한 미소를 띠며 경청했다. 명월이 하는 말은 여인의 말일 뿐, 같은 사람으로서 하는 말이 아니기에 가능한 미소였다. 양곡에게 명월은 한 송이 귀여운 꽃이었다. 꽃은 무슨 말을 해도 무해했다.

명월이 제도에 의문을 품어 던지는 왜냐는 물음에 그는 빙그레 웃으며 "나는 네가 왜냐고 물을 때가 좋다."라고 말했다. 그는 질문에 대한 답이 아니었다. 양곡은 일부만을 듣고 그 일부만을 조곤조곤 설명했다.

양곡은 명월을 진심으로 사랑했지만 본질적으로 여인을 한 사람으로 볼 수 없는 이였다. 여인은 사내보다 못하고 사내는 여인을 가르침이 마땅하며 그게 옳다고 굳건하게 믿고 있었다.

그럼 어떻단 말인가? 조선에서, 양곡의 말대로 스스로 기생이 된 명월에게 그 이상의 삶이 존재할 수 있단 말인가? 양곡과 함께하는 건 그가 기대할 수 있는 최상의 삶이 될 것이다. 진심으로 자신을 아껴주는 사람을 만나는 이는 흔치 않다. 기생만이 아니라 사부가의 여인도 마찬가지다. 부처제(婦處制)가 부처제(父處制)로 바뀌어가고 딸의 상속권은 차츰 박탈되고 있었다. 혼인하지 않은 여인은 오롯이 한 사람으로서 존재할 수 없는 세상에서 남편이 아니면 기댈 곳이 없었다.

명월이 무엇을 하든 하지 않든, 뿌리 깊은 반감을 품든 품지 않든, 얼마나 많은 사내를 희롱하고 조종할 수 있든 없든 조선은 임금조차 막지 못할 광포한 시대정신으로 똘똘 뭉쳐 나아가고 있었다. 가부간에 할 수 있는 게 없을 바에야 한 사내의 품에서 평온하게 살다 간들 어떻단 말인가.

다시 명월의 마음속에 "왜?"라는 질문이 떠올랐다.

넘어져 긁히기만 해도 아픈 게 사람이다. 손가락을 자르고, 강물에 뛰어들고, 혹한에 움막 하나 짓고 사는 게 스스로 원한 일일 수 있는가. 목숨을 잃는 것은 작은 일이요, 절개를 잃는 것은 큰일이다? 자기조차 몰랐던 새끼손가락 버릇을 알아준, 자기의 오랜 마음을 읽은 이와 저 말을 하는 이가 정녕 같은 이인가? 사지가 잘린 중에 자기를 강제하려는 자들을 조목조목 문책(問責)한다는 게 가당키나 한 일인가? 누가 봐서 그걸 기록했는가?

아무리 애를 써 양곡을 원망할 기억들을 불러내도 문지르수록 번지는 얼룩처럼 그의 따스했던 품과 온전히 자신에게 머물렀던 눈빛만 떠올랐다. 양곡은 명월을 진정으로 웃게 했다. 명월을 남자다움에 대한 증명, 부와 지위에 따라오는 상으로서가 아닌 한 여인으로서 대해준 단 한 사내였다. 양민이었을 때도 반상의 법도 아래 양반보다 못한, 채 사람이 되지 못한 존재였거늘 지금은 노비가 아닌가.

명월과 양곡은 누가 먼저랄 것 없이 서신을 주고받았다. 하지만 양곡은 네 새끼손가락만은 네 것이어도 좋다고 말하지 않고, 명월도 자기 새끼손가락마저 그의 것이라 쓰지 않았다.

명월은 요 위에서 이리저리 몸을 뒤척였다. 요가 비좁고 답답해 잠이 오지 않았다. 양곡과 둘이서 누울 때도 낙낙하던 이부자리가 혼자 자는데 왜 이다지도 좁게 느껴지는지 도무지 모를 노릇이었다. 살짝만 움직여도 발끝이나 손끝이 요 밖으로 빠져나가 거슬렸다. 전에는 어떻게 잠을 잤는지 기억나지 않았다. 깬 듯 깨지 않은 듯 일어난 명월이 툇마루로 나갔다. 동원을 붉게 물들이며 생을 찬미하던 잎들이, 지난날 권세가 무상하게 방구석에서 늙어가는 이들처럼 허망하게 땅에 깔려 썩어갔다. 양곡과 나란히 서서 보던 풍경이 사라졌다. 물안개 같은 비가 내리며 뼛속까지 시려왔으나 다가와 누비옷을 걸쳐주는 이는 없었다.

명월은 사내의 헛된 약조에 속앓이를 하는 기생들을 이해하지 못했다. 밥 한술 넘기지 못하고 앓아누운 나날을 까맣게 잊고 또 떠날 사내에게 정을 주며 기대하는 이들이 한없이 어리석어 보였다. 자기는 누구에게도 흔들리지 않을 줄 알았다.

나무는 해마다 잎을 곱게 피워 올리고 그리 피운 잎을 같은 해에 모두 잃는다. 동원에서 가장 오래된 나무는 3백 년 된 은행나무라 했다. 3백 해를 자라느라 매년 더 많은 잎을 틔웠고, 그만큼을 잃었다. 동원에 있는 나무들이 해마다 떨군 꽃과 잎과 열매는 얼마이며, 또다시 피우고 맺기는 얼마인가. 천마에 있는 나무들은 또 어떠할까. 자신이 키운 나무들이 나고 자라고 죽는 걸 품어온 산의 슬픔은 얼마인가.

수북한 낙엽에 빗방울이 스며들었다. 그 어떤 슬픔도 일단 가지에서 분리된 잎은 소생시키지 못한다. 겨울비는 잎을 잃은 나무가 흘리는 눈물이었다. 그리 울고도 봄이 오면 잃을 게 뻔한 잎을 피울 것이다. 그 또한 지고 필 수많은 잎새 중 하나였다. 그가 죽고 난 뒤에도 나무는 질 잎을 피우고 가꾸고, 천마는 나무를 키우고 보내리라.

명월은 젖은 난간을 쥐었다. 이러다 고뿔에 걸릴 것이다. 한

바탕 앓고 나면 나을까?

더 울 기력도 없는 듯 비가 그치더니 언제 그리 울었느냐는 듯 천연덕스럽게 뜬 보름달이 후원을 밝혔다. 돌아서려던 명월의 발걸음이 멎었다. 동원 담을 병풍처럼 둘러선 나무 중 단 한 그루만이 달빛에 영롱하게 빛났다. 명월은 홀린 듯 툇마루에서 내려와 빛나는 나무 아래 섰다. 잎을 잃은 나무는 본연의 이름을 알아보기 어려웠다. 명월은 이 자리에 있던 나무가 매화임을 어렵사리 기억해냈다. 다른 나무는 가지를 위로 뻗었는데 이 나무만 낮은 사선을 그린 가지가 거미줄이 이슬을 붙들 듯 빗방울을 잡아 맺히게 했다.

곧게 뻗은 가지만이 곧은 마음을 뜻하는 게 아니다. 잎을 떨구지 않는 소나무만이 일편단심을 품은 게 아니다. 사내가 한 부인과 평생을 함께한다 해 그게 정절을 의미하지 않는 것과 같다. 자연의 힘을 거스르지 못해 잎은 모두 떨구었어도 마음만은 고스란히 간직해, 이 새벽, 단 한 사람을 위해 빛났다.

그래, 너였구나. 결국 너였어.

명월이 그리워한 이는 양곡이 아니었다. 명월은 그를 통해 오래전 새끼손가락을 걸고 한 약조에서 떠나길 바랐다. 양곡이라면 그리해줄 줄 알았다. 그만한 사내는 다시없으리니, 그라면 내게서 너를….

떨치려 하면 떨쳐질 마음이면 진작 떨쳤으리라.

그날 명월이 선장을 도발했던 건 양곡이 자기를 두고 갔기 때문이 아니었다.

순간이나마, 널 잊었어. 널 생각하지 않았어.

그걸 용서할 수 없었다.

배신은 배신일 뿐, 순간, 실수, 그 한 번이라는 게 가당키나 한 소리인가. 용납할 수 없었다. 한 길 사람 속 자기 마음인데, 누가 안다고…. 하나 배신이란 마음이 하는 짓이다. 들통 나지 않았다 해서 배신이 배신 아닌 것이 되지 않는다. 배신은 배신, 내가 너를, 너와 약조했을 때 내 마음을….

노비들과 선장이 물러선 까닭은 그들 자신은 명확히 인지하지 못했으나 명월이 차라리 죽기를 바람을 느꼈기 때문이었다. 폭력은 당하는 이가 두려워할 때 힘을 가진다. 그들은 명월에게 아무 힘이 없었다.

명월은 가지만 남은 매화에게 한 발 더 다가갔다.

해가 뜨면 사라지리라. 세상 그 누구도 무색무미하며 차디찬 초겨울의 여린 눈물이 얼마나 찬란할 수 있는지 모르리라. 하여도 나는 안다. 나는 보았다.

명월은 매화에 맺힌 눈물방울에 입 맞췄다.

내게는 그 어떤 꿀보다 달리라.

나의 너….

네가 지금 어디에서 어떤 마음이든 오롯이 내 것인 내 마음으로서….

보름달이 빚은 선녀처럼 빛에 싸여 웃음 짓는 명월을 어둠 속에서 창곤이 지켜보고 있었다. 더는 양곡으로 인해 진이를 걱정할 필요 없으리라. 그 뜻은…. 진이야, 진이야, 아아, 진이야.

*

　명월이 얼지 말라고 정성껏 짚 옷을 지어 입히며 보살핀 매화
나무가 매화보다 황홀한 눈꽃숭어리를 피워 올린 밤, 창곤이 어
깨에 쌓인 눈도 털지 않고 들어와 말했다.
　"죽었단다."

6장

내 이름을 불러다오

아버지가 죽었다. 진이는 해가 져 어두운 방구석에서 자기 자신도 그림자가 된 것처럼 웅크렸다.

아버지가 죽었다. 시간이 가며 상실과 슬픔에 막막함이 더해 졌다. 이제 어떻게 살아야 하지? 자기 혼자 먹는데도 독에서 보 리쌀이 줄어드는 게 보였다. 전에는 걱정하지 않았다. 때가 되 면 아버지가 채웠다.

장례를 치른 뒤 한동안은 슬픔에 짓눌려 삶을 생각할 겨를이 없었다. 저녁이 되어 보리쌀을 씻으려다 아버지 몫을 지을 필요 가 없음을 깨닫고 서럽게 울었다. 놀랍게도 밥은 삼켜졌다.

어떻게든 될 줄 알았다. 젖동냥으로 유년기를 보냈듯 사람들 이 도와줄 줄 알았다. 빨래일감을 찾고, 삯바느질거리를 받아 오고, 자라면 자라는 만큼 농사일을 거들면 되려니 했다. 창곤이 매일 와 그를 살핀 것도 큰 의지가 되어주었다.

이제 열네 살이나 살아오며 겪은 첫 번째 죽음도 아니었다. 할아버지가 죽었고, 그를 귀여워했던 고을 노인들도, 엄마 소리 한번 못해본 이웃 젖먹이 아이들도 죽었다. 진이는 일찍 부모를 여의었지만 천마가 자신의 그늘 아래 진달래도, 노루도, 멧돼지도 밉다 곱다 가늠하지 않고 품듯 자연의 순리대로 살아지려니 했다. 그도 이웃집 어린 아기들을 돌보아주었다.

그러다 창곤의 엄마가 집 앞을 지나며 하는 소리를 들었다. 동조하는 말소리도 들렸다. 말리는 소리는 들리지 않았다.

온 고을이 거두어 그를 살렸다. 이제 온 고을이 그를 저버리고 있었다. 밖에 나가는 게, 인기척을 내는 게, 자기의 존재가, 자기가 이 집에 살아 있음을 알리는 게 두려웠다.

고을이 진이를 거둔 건 그에게 아버지가, 그가 물려받을 논뙈기가 있을 때 이야기였다. 중심 기둥이 굳건히 서 있기에 옆에서 거들기만 하면 충분했을 때는 진이를 도울 수 있었다. 이젠 모두 사라졌다. 논문서는 양반의 손에 넘어갔고 양민이 양반을 고변하는 건 사실상 불가능했다. 설사 용기를 내 고변하러 간다 해도 관아의 문턱을 넘으려면 문졸에게 돈을 줘야 했다. 당장 독에 있는 보리가 전부인데 문졸에게 줄 돈이 있을 리 만무했다. 권 씨 문중도 알 것이다. 옳다구나 받고 돌아서서 잊었으리라. 그들에게 양민의 목숨은 목숨이 아니었다.

진이는 여인들은 밥을 짓고 사내들은 일할 시간이라 누구도 마주치지 않을 해거름이면 숨소리마저 아끼며 나와 고갯마루에 올랐다. 그리고 모두 저녁을 먹고 잠들 준비를 해 골목이 조용할 때 돌아왔다. 자기 자신이 고을을 부유하는 혼령 같았다.

왜 오지 않을까.

진 도령도 양민의 딸과 벗을 한다는 게 가당치 않은 일임을 깨달은 걸까.

내 딸 해라, 내 아들 장가보내마 했던 이들의 외면은 진이에게 누구든 변할 수 있음을 알려주었다. 창곤만은 변치 않았으나 그가 언제까지 제 부모 뜻을 거역할 수 있을지도 모를 일이었고, 그 눈총 속에서 계속 자기를 보살펴달라 요구할 수도 없었다. 그렇다고 밀어내지도 못했다. 아버지는 죽었고, 자기는 어려 보살핌이 필요했으며, 모두 변한 게 아니라는 실낱같은 믿음이 필요했다.

짚신을 신으려 보니 바닥이 다 해져 있었다. 전에는 해진 짚신을 신은 적이 없었다. 밤이면 아버지와 새끼를 꼬았다. 진이는 아버지의, 아버지는 진이의 짚신을 삼아주었다.

진 도령이 보고 싶었다. 그에게 위로받고 싶었다. 무슨 사정이 있어서 못 오는 건지, 마음이 변해서 자기를 보러 오지 않는 건지 알기 바랐다. 그러나 아버지의 논문서가 누구에게 갔는지 알 방안이 없듯, 진 도령이 끝내 오지 않는다면 자기로서는 할 수 있는 일이 아무것도 없으리라.

진이는 기방에서 보낸 첫날 밤, 처음 양반의 앞에서 소리를 하기 전날 밤, 우악스럽게 짓누르던 첫 사내를 맞이한 밤처럼 위태로운 시간이면 미약한 희망과 기대를 가지고 고갯길을 올

243

랐다가 낙심과 좌절로 찢긴 마음과 해진 짚신으로 인해 아픈 발을 끌고 터덕거리며 내려오던 날의, 제 발로 강물 속으로 걸어 들어가는 것만 같던 아득하게 막막한 순간으로 돌아갔다. 그 날들은 결코 사라지지 않을 화상 흉터처럼 마음에 남았다.

안 오겠구나.

다시는 오지 않겠구나.

결국은, 언젠가는 단지 그를 만나기 위해 이 고갯길을 오르는 일은 없겠구나.

일을 보러 오가며 덧없이 그날들을 회상하겠구나.

진이는 매일 오늘이 마지막이길, 자기가 그만 포기하길 바라며 고갯길을 올랐다. 푸르던 잎에 검붉은 멍이 들어갔다.

고갯마루에 설핏 사람의 그림자 같은 것이 보였다. 그간 진이는 나뭇가지의 미세한 흔들림, 산토끼가 놀라 뛰는 기척, 비탈을 가로지르는 바람 소리가 자기 마음을 가지고 장난질을 칠 때마다 그인가 하고 몸을 내던졌다. 매번 속았으면서도 이번에도 어김없이 그림자를 향해 전력으로 발을 놀렸다. 그림자도 일어나 마주 달려왔다.

"진이야! 한참 기다렸다. 못 보고 가나 했어."

그는 몇 시진, 혹은 몇 분을 기다린 걸로 한참 기다렸다 말했다. 진이가 비가 오나 눈이 오나 하루도 빠짐없이 고개에 올라 자기를 기다렸을 줄은 꿈에도 생각하지 못하고 있었다. 몇 번 오다 말았으려니, 오늘 둘이 만난 건 행운에 가까운 우연이려니 했다.

"괜찮으냐?"

"네?"

"네가 아니길 바랐는데…."

그의 손이 진이의 삼베 댕기에 닿았다.

"시비에게… 가끔 고을에 무슨 소식이 없는지 묻는데… 아비랑 둘이 살던 아이가 있는데, 그 아이가 참 예쁘장하다고, 그런데 아비가 죽어 혼자 남았다고…. 네가 아니길 바랐다. 이기적이지만 나는… 어찌하냐."

"도련님…."

진의 눈에 눈물이 핑 돌았다. 아버지를 잃은 진이가 가여워서, 옆에 있어주지 못한 게 미안해서…. 진이는 아무 말도 못하고 그를 바라보기만 했다. 애끓으며 기다려온 순간이라 오히려 환영 같았다.

"안 놀라느냐?"

눈물을 그친 진이 물었다. 그는 물 빠진 치마에 무명 저고리 차림으로, 모르는 이가 봤다면 뉘 집 여종이려니 했을 것이다. 진은 진이의 침묵 속에서 답을 찾았다.

"알고 있었구나."

"네."

"언제 알았느냐?"

"첫날 뵈었을 때부터요."

"그, 그게 참말이냐? 그럼 왜 모른 척했느냐? 그간 내가 얼마나 마음 졸이며 미안해 한 줄 아느냐?"

"말씀하지 않으셔서⋯."

진이 또 눈물을 보였다. 본시부터 알고 있었다니⋯.

"네 탓을 하다니, 내가 진즉 말했어야 하는데⋯. 시비 몰래
옷을 훔쳐 입고 나왔다. 곧 돌아가야 해."

"네."

그래도 와주었다. 자기를 걱정했다. 마음이 변해서가 아니니
괜찮았다. 자주 보지 못해도 어쩌다 한 번이라도 볼 수만 있다
면 그로써 족했다. 한동안 오지 못했던 건⋯.

"오라버니의 옷을 입고 바깥출입을 하던 걸 들키셨습니까?"

진은 표정으로 그렇다는 뜻을 전했다.

"많이 야단맞으셨겠군요."

진의 눈이 아래로 떨어져 자기 양손으로 향했다. 한동안 요강
에 앉을 때도 시비의 도움을 받아야 했을 정도로 모진 회초리와
호된 호통도 자기 손으로 이야기책을 불태워야했던 순간에 견
주면 기껏해야 모기에 물린 수준의 하찮은 아픔에 불과했다. 진
은 어머니가 보는 앞에서 이야기책을 모두 꺼내 마당에 쌓은 뒤
불을 붙였고, 어머니가 직접 쥐어 준 불쏘시개로 쑤셔 가면서
한 장 남김없이 태웠다. 진이에게 처음으로 읽어준 책, 진이가
글을 익힌 뒤 또랑또랑 읽은 책, 진이와 어깨를 나란히 하고 한
쪽 한 쪽 넘기며 읽은 책, 진이의 반응을 고대하며 챙겨 두었던
새 이야기책이 모두 재가 되어 봄바람에 날리는 풀씨처럼 흩어
졌다. 그 뒤 진은 철저히 부모님의 말에 순종했다. 그것만이 그
가 진이에게 작별인사를 할 수 있는 틈을 만들 유일한 방법이

었다.

"혼처가 정해졌다. 그 댁에서 나더러 오라 하고, 아버지도 그게 법도가 맞다며 가라셔. 가면 그 집 사람이니 친정 쪽으로는 고개도 돌리지 말라시는구나. 우린 다시 못 본다. 너를 떠올릴 수 있는 걸 하나 갖고 싶은데 아무것도 못 가져가. 어머니께서 내 방을 샅샅이 뒤지셨어. 내가 어느 집 도령이라도 만났나 식겁하셨던 것 같아. 연서도, 낯선 물건도 보이지 않으니 그제야 따분해 바람을 쐬었을 뿐이라는 말을 믿어주시더라. 그래도 불신의 잔재는 남아 있어 시집갈 때 내 물건은 속옷 하나 남김없이 어머니의 검사를 받을 게야."

혼처가 정해졌다.

"네가 그리울 거야. 너도 그렇겠지?"

그리울 거라고요? 고작 그리울 거라고요? 매일 이 고갯마루를 어떤 심정으로 오르내렸는지 아십니까?

진이는 그렇게 말하지 못했다. 혼처가 정해졌으며 우린 다시 못 본다는 말만 동굴 속 메아리처럼 반복되어 들렸다.

"네게 내 이름을 제대로 말해주지 않았지. 내 이름은 여진이다. 여(如)는 불교에서 쓰는 말로 평등하고 아무 차별이 없는 사물들 본디 그대로의 모습을 말한다. 진(眞)은 진실, 참되다, 변치 않는다는 뜻이다. 내 이름을 기억해주겠느냐?"

나뭇가지를 주운 진이 바닥에 또박또박 글자를 썼다.

"네, 도련님."

"이제 다 알면서 왜 도련님이라 부르느냐?"

"네, 아씨."

우린 다시 못 본다.

"보통 딸은 이름을 짓지 않아. 그냥 아가야, 딸아 하고 부르지. 딸이 여럿이면 큰 아가, 작은 아가, 혹은 강아지처럼 아무 글자에나 뒤에 '이'를 붙여 부른다. 내 이름은 어머니께 떼를 써서 받아냈다. 이름 자는 내가 직접 골랐어. 하지만 아무도 이 이름으로 날 불러주지 않아. 이제 혼인하면 나는 '송도아가', 아이를 낳으면 '송도댁'이 될 것이다. 다 큰 내가 왜 아가냐? 사람을 얼마나 무력하게 만드는 호칭이냐. 왜 나는 제대로 된 이름을 갖지 못하고 지명으로 불려야 하느냐. 만약에 아이를 낳지 못하면 나는 영원히 아가여야 하느냐? 너만은 내 이름을 불러다오."

혼처가 정해졌다.

"널 두고 가는 내 마음이 참담하다. 그것도 네가 아비를 잃은 이때에…. 다리가 나은 뒤에도 감시가 삼엄했다. 오늘에서야 간신히 틈을 찾았어.

다시 못 본다 해 널 잊지는 않을 것이야. 매파가 다녀간 뒤 밤낮없이 어떻게 해야 우리가 함께한 시간을, 우리가 마음을 나눈 순간들을 간직할 수 있을지 고심했어. 그 추억조차 없다면 낯선 곳, 낯선 사람들 속에서 어찌 살아야 할지…. 그래서 말인데, 진이야, 우리 의자매를 맺자. 너와 나는 두 시진 차이 아니냐. 네가 먼저 태어났으니 응당 네가 언니를 해야 맞을 터인데, 너는 동갑인 내게 꼬박꼬박 존대해왔는데, 나는 네게 언니 소리를 하자니 속이 상하고 약이 오르더라. 하니 우리 그냥 서로를

248

이름으로 부르자."

우린 다시 못 본다 하셔놓고, 아씨는 그게 속이 상하시나요? 절 언니라 칭해야 하는 게?

"싫으냐?"

여진의 동공이 흔들렸다. 진이는 서까래에 매달려 흔들리는 자신의 몸을 보았다. 살 방도도 살 이유도 모두 사라졌다.

"싫을 리가 있겠습니까."

"의자매를 맺고 나면 더는 내게 존대하면 안 된다? 내가 널 진이야 부르듯 너도 여진아 하거라."

"네."

여진이 품에서 바늘을 꺼냈다. 몸통을 잡고 왼손 새끼손가락을 뻗더니 한번 주저하지도 않고 찔렀다. 새끼손가락 끝에서 유독 머리가 둥근 홍사(紅蛇)가 흘렀다. 진이는 희고 통통한 손가락을 입에 물어 붉은 뱀을 삼켰다.

"진이야!"

"왜 이러셨습니까? 다치셨습니다!"

"너와 나눌 수 있는 게 이뿐이라…. 피를 나누어 형제애를 맺는다는 이야기를 어느 이야기책에서 읽어…."

진이는 여진의 눈동자 깊은 곳을 보았다. 아아, 너도… 너도 나와 같았구나. 나만의 것이 아니었어.

다시 보지 못한다는 말은 진이를 천 길 폭포 아래로 떠밀었다. 이대로 모든 게 끝이라고 절망한 순간, 그 이전에 추락한 수천수만의 몸뚱어리로 파인 못이 그를 받아주었다. 죽음만큼 깊어 수심을 헤아릴 수 없는 못은 나락을 목도한 자만이 지닐 수 있는 포용력으로 진이를 품었다.

진이는 자기 새끼손가락 끝에 같은 상처를 냈다. 작은 두 손가락이 겹쳐졌다.

"피로써 약조하나니 너는 나의 자매라, 나는 영원히 널 간직할 것이다."

"피로써 약조하나니 너는 나의 자매라, 나는 영원히 널 간직할 것이다."

무어라 부르든 중요하지 않았다.

나란히 앉은 둘의 어깨가 맞붙었다. 여진은 가야 하나 가겠다 말하지 못했고, 진이는 보내야 함을 알았으나 가라 하지 못했다. 여진의 댕기가 진이에게 기울어졌다.

"왜 남자가 오지 않고 여자에게 오라 하지?"

진이가 중얼거렸다. 반말이 기이하리만큼이나 자연스럽게 나왔다.

"옛부터 그러한 게 법도래."

"옛부터 남자가 장가왔잖아."

"그보다 더 먼 옛날의 법도래."

"그보다 더 먼 옛날의 법도를 갑자기 왜 따라야 하지?"

"나도 알고 싶어."

진이의 어깨에 여진의 어깨가 떨리는 진동이 전해졌다. 여진이 더는 견디지 못하고 일어섰다.

"가야 한다. 들키면 내 시비가, 나보다도 어린 아이인데 매를 맞을 것이다. 종이라는 이유로 나보다 심하게 맞을 거야. 진이야, 나는….”

여진의 목소리는 장정들이 가득 찬 길목을 지나지 못하고 쩔쩔매는 어린아이처럼 울음에 가로막혔다. 진이는 여진이 하는 말을 마음으로 들었다.

“너와 단둘이서 비선을 타고 조선 팔도를, 그 너머를 떠도는 꿈을 꾸었다.”

여진이 돌아서서 달렸다. 몸을 따라 끌려가는 댕기가 제발 날 잡아달라는 듯 길게 나풀거렸다. 진이가 손을 뻗어볼 틈도 없이 짙게 내린 어둠이 여진의 마지막 모습을 지웠다.

알고 싶었다. 옛부터 내려오는 법도, 고제란 무엇인지, 무엇이 그에게서 여진을 앗아 갔는지 알아야만 했다. 창곤이든 그 누구에게든 의탁하지 않고 스스로의 힘으로 살 수 있는 유일한 방안이기도 했다. 창곤이 따라올 줄은 몰랐다. 친오라비나 다름없던 이였다. 세상 모든 이들에게 다 보여도 그에게만은 보일 수 없었다. 가! 창곤은 기어이 남았다.

여진이 어찌 사는지 알아야 했다. 잘 살기 바랐다. 달리 부탁할 사람이 없었다. 어느 댁 도령이었다면 차라리 쉬웠을 것이다.

여진의 남편은 사내다운 일은 죄다 했다. 첩을 들이고, 여종을 건드리고, 기방에 출입했다.

네가 고운 삶을 살았더라면…. 양곡이 내 새끼손가락을 수용했더라면…. 아니, 만일은 없다. 널 향한 내 마음은 그 자체로 완전했다.

시댁과 고을에서는 여진의 덕을 칭송한다 했다. 남편을 살뜰히 모시고 시부모를 극진히 공양하며 투기도 없더라 했다.

온전히 갖지 못하는 사내라도 좋으냐고, 그 삶이 네게 맞느냐고 수없이 묻고 싶었다. 다시는 보지 못해도 그리움만은 간직하며, 그러다 어느 먼 훗날 먼발치에서라도 보기만 바랐다.

창곤이 냉기를 몰고 들어왔다. 창곤의 머리와 어깨에 쌓인 눈이 등잔불에 산란했다.

"죽었단다."

"왜?"

명월이 읽던 서책에서 고개를 들었다.

"여묘살이 중에 시동생이 겁간하려 들었다더라. 했는지 못했는지는 말이 분분해 모른다."

"그런데?"

"남편 앞에서 정결치 못해졌다고 죽음으로 사죄하겠다는 유서를 남겼다더라."

"시동생은?"

"한양에 있는 친척집에 갔다 한다. 거기서 공부해 과거를 본다고…. 양쪽 모두 가문의 수치라며 쉬쉬해 넘어가기로 합의한 것 같다."

명월은 웃었다.

✳

석빙고 아래 숨겨진 방에 선 명월이 뇌만 남은 여진을 내려다
보았다.

네 이름을 부르지 못했다. 여진아, 그렇게 한 번은 불러줬어
야 했는데….

남의 목숨줄이 걸린 논문서를 공으로 가져갈 수 있는 반가의
아이인데도, 딸이라는 이유로 이름조차 갖지 못했다. 반가에서
여인으로 태어난 이는 버젓한 가문의 여식이라 적자를 낳을 수
있으며, 낳아야 한다는 것을 제외하면 노비와 다를 바 없었다.
마음 편히 이야기를 나눌 수 있는 벗 하나 없이 새벽부터 밤늦
게까지 안채와 부엌을 오갔다. 그러다 남편이 먼저 죽기라도 하
면 생판 남의 집에서 남은 평생 일꾼으로 살아야 했다. 시모가
죽었거나 아들이 있다면 적어도 안채 내에서는 자기 지위를 가
질 수 있으나, 아들이 없고 시모가 버젓이 살아 있다면 종보다
못했다. 아들을 낳지 못한 죄인인 탓이었다. 여진에게는 아이가
없었다.

절부를 칭송하는 이들이 불어났다. 어느 게 먼저인가. 가난
과 고독을 감내하면서도 한 사람을 향한 마음을 지킨 이는 칭송
받아야 하기 때문인가. 아니면 가난하고 고독할지언정, 차라리
죽을지언정 여인은 다른 사내를 맞이하지 말아야 하기 때문인
가. 왜 절부가 칭송받아야 하는가. 마음이 변하는 게 어째서 죄
가 되는가. 자기 마음이었다. 머물든 떠나든 개인의 문제에 왜

나라가 윤리와 도덕이라는 이름을 들어 압박하는가. 그 화살은 어떤 연유로 여인에게만 향하는가.

명월이 어릴 때는 아버지가 밥을 했다. 모두 당연히 여겼다. 사대부는 다 큰 사내가 제 손으로 제 입에 들어가는 밥 지을 줄도 모르고, 한겨울에 노모가 곱아 터진 손으로 차려 온 밥상을 받으며 그것이 모성이라, 여인의 덕이라 칭송했다. 칭송할 시간에 노모를 쉬게 하고 자신이 물독을 채우고, 밥을 지으면 되지 않는가. 어찌하여 조선의 사대부들은 사내가 부엌에 들어가는 일을 늙은 어미에게서 밥을 받아먹는 것보다 더 부끄러운 일로 여기는가.

도로가 왔다. 양반으로서 조선 팔도를 돌아다니며 기기술의 발전을 도모한다는 자, 감정이 존재하지 않는 눈동자, 숨 쉬는 시늉에서 풍겨오던 피 냄새와 흡사한 쇠 비린내…. 여진을 그에게 돌려줄 수 있는 유일한 자였다. 하나 도로는 끝내 명월의 간청을 뿌리치고 떠났다.

더는 여진의 육신을 지킬 수 없었다. 명월은 여진의 몸에서 남길 수 있는 건 모두 남기고 나머지는 태웠다. 그 재를 덜어 술에 탔다.

한 번쯤 네 이름을 불러주고 싶어서, 나는….

명월의 술잔에 어떤 순간을 알리는 신호처럼 달이 떴다. 밤새들이 울음을 그치고, 풀벌레는 날개를 접어 소리를 끊고, 정자를 에워싼 나뭇잎들이 흔들리길 멈추더니 산마저 침묵했다. 대가의 연주를 들으러 온 청중들이 연주의 시작을 기다리며 숨소

리마저 죽이듯, 온 세상이 온전한 고요에 잠기고 이어 공기가
진동하기 시작했다. 놀란 고양이처럼 명월의 전신에서 솜털이
솟았다. 탁주처럼 거친 소리와 청주처럼 맑은 소리가 한 목청에
서 나왔다. 소리는 기다리던 님을 뵈옵는 날 입으려 고이 간직
해둔 비단이 가치도 모르는 자에 의해 갈가리 찢긴 마음을 위로
하는 것처럼, 무정하게 떠난 줄 알았던 님이 사립문을 열고 들
어오며 짓는 미소처럼 울렸다. 명월은 술이 깬 듯 혹은 더 취한
듯 금을 잡았다. 명월은 소리를 하는 사내를 몰랐고, 사내는 금
을 타는 이가 누구인지 몰랐다. 그렇기에 두 소리는 오직 소리
로서 서로를 탐닉할 수 있었다. 사내의 소리가 승천하는 용처럼
하늘로 솟으면 명월의 금은 구름이 되어 맞이했다. 명월의 비구
름에서 더는 품고 있을 수 없는 통곡이 쏟아지면 사내는 명월의
곡(哭)에 불어난 계곡물로서 거세게 달려 슬픔을 쏟아 보냈다.

달이 질 무렵 소리가 금을 찾아왔다. 소리는 명월의 손을 잡
아 마지막 재를 잔에 쏟도록 도왔다.

금선은 머리를 싸매고 누웠다. 정승판서를 마다한 명월이 끽
해야 선전관(宣傳官)*인 사내를 따라가겠다고 말했다. 명월관이
완공되어 옮겨온 지 겨우 몇 달이었다. 명월관은 금선에게 익숙
하지 않은 신기술로 지어졌고 많은 이들이 찾아왔다. 금선 혼자
감당할 수 있는 일이 아니었다. 월정향은 옳다구나 박수를
쳤다. 제필수는 3년 후 돌아오겠다는 명월의 말에 기가 차다는

---

* 조선 시대 선전관청에 속한 무관 벼슬, 또는 그 벼슬아치. 형명, 계라, 시위, 전
령, 부신의 출납 따위를 맡았다.

듯 웃었다.

"사내랑 3년을 살다 오겠다?"

"그리 약조했습니다."

"직책도 별 볼 일 없는 데다 정실에 자식, 부모까지 먹여야 한다며? 네가 첩으로 들어가 며느리 노릇을 하겠다는 게냐?"

"제가 가는데 먹고살기 빡빡하게야 하겠습니까."

"그 소리가 아니잖느냐."

"수시로 서신을 보내 진척 상황을 알려주십시오. 필요한 게 있으면 언제든 말씀하세요."

"서신에 쓸 내용이 아니다."

"창곤은 믿으셔도 됩니다."

"그렇겠지."

짐을 꾸린 명월은 마실이라도 가듯 명월관을 떠났다. 시모 안 씨는 명월이 가져온 패물을 하나하나 살폈고, 정실 정 씨는 온 유한 미소를 지으며 명월을 맞이했다. 일곱 살과 네 살, 어린 두 딸은 선녀처럼 예쁜 여인과 호화로운 선물에 눈을 화등잔만 하 게 뜨고 낯가림을 하느라 댕기를 물었다.

명월은 매일 첫닭도 울기 전에 일어나 어둠 속에서 발을 눈 삼아 물을 길어 오고, 닭장을 치우고, 밥을 짓고, 불을 때며 시 부모와 본부인, 본부인의 두 딸과 남편을 모셨다. 선전관 이 씨 가 정실의 방에 들어가도 투기하지 않았으며 둘이 함께한 이부 자리를 빨고 바느질을 하면서도 싫은 내색 한번 없었다.

집안일은 그 자체로 고된 일이나 이 씨의 집안일은 더 어려웠다. 이 씨의 집에는 어지간한 양반댁에는 다 있는 장작기(長斫機)나 물동이의 무게를 줄여주는 보조기가 없어 모든 걸 제 손으로 해야 했다. 안 씨가 집 안에 해괴한 물건을 들일 수 없다고 극구 반대하는 탓이었다. 안 씨의 말은 반만 사실이었다. 사대부가에서 사용하는 기기는 아직 성능이 불완전해 고장이 잦았고, 그때마다 기공을 불러 수리하고 수리비를 줘야 했으니 궁색한 이들은 선뜻 들이기 어려웠다.

명월이 온 뒤 이 씨의 벗과 친척들이 하루가 멀다 하고 방문했다. 명월은 달마다 패물을 팔아 손님을 접대할 비용을 댈 뿐만 아니라 가족들도 풍요롭게 지내게 했다.

명월은 이 씨를 찾는다는 핑계로 그를 보러 오는 이들과 사내들처럼 문답을 주고받았다. 흥이 오르면 누가 조르지 않아도 명월은 금을 잡았고 이 씨는 소리를 얹었다. 명월의 금과 이 씨의 소리는 창공을 누비는 은빛 숭어처럼, 바닷속에서 만개한 모란처럼 비현실적인 극한의 아름다움을 선사했다.

이 씨와 그의 벗들은 태어난 가문이 변변치 못해, 집안이 풍족하지 못해, 분경(奔競)을 할 성품이 되지 못해 학식은 있으나 출셋길에서 빗겨나 변두리에 머무는 자들이었다. 자의든 타의든 같은 처지에, 초록은 동색이라 모인 이들은 조상과 세상을 탓하기보다는 풍류를 즐기며 자족했다. 취흥이 고조되면 번갈아 가며 시를 지었고 정사각형의 나무판 안에서 흑백의 돌로 세상의 이치를 탐구했다.

그들은 명월이 제기하는 의문들에 너도나도 답을 내놓았고,

그 자리에서 생각해내지 못한 경우 다음에 올 때 답을 찾아오거나 명월에게 참고하라며 서책을 건넸다. 그를 빌미로 명월과 말 한마디라도 섞어보기 위함이었다. 의도야 어쨌든 덕분에 명월은 많은 걸 배웠다.

고려 때까지만 해도 본처와 첩이 신분이 같다면 균등한 존재였으며, 적자만을 앞세우며 서자와 얼자를 차별하지 않았다. 서자에 대한 차별은 조선을 세우는 데 혁혁한 공을 세웠으되 세자가 되지 못하고 힘으로 왕좌를 뺏어야 했던 이로 인해 발생했다. 그는 굴러들어 온 돌, 후처의 어린 아들이 자기를 제치고 왕세자위를 차지한 걸 용납하지 못하며 서얼을 금고하기 시작했다.

무관(武官)을 대우했던 고려가 무관에게 무너졌다. 무관 출신으로서 조선을 세운 이는 같은 실수를 반복하지 않기 위해 문관(文官)을 우대했다. 어쩌면 그의 가문에 버젓한 문관이 없었다는 데에 따른 박탈감일지도 몰랐다. 결국 한 인간의 박탈감이 한 나라의 기틀이 되고 있었다.

왜 한 사람이 모든 걸 가져야 하는가. 조상을 모시기 위해서라는 건 스스로마저 기만하는 눈가림이었다. 이는 신권(臣權)보다 왕권(王權)을 강화하기 위한 일환 중 하나였다. 왕이 모든 걸 가져야 하듯, 장자가 모든 걸 가져야 하는 것이다.

물론 왕권을 강화하기 위한 목적, 왕 개인의 박탈감과 분노만으로 조선의 정책을 모두 설명할 수는 없다. 고금을 통틀어 장자는 대체로 우대받았으나 장자가 무사히 왕위를 이양받은 경우는 드물었고, 절대 강자의 자리는 숙명처럼 형제, 부모, 친척 간에 피를 불렀다.

조선의 가치관을 만들고 이끄는 이들은 사대부였다. 조선은 그들이 바라는 이상향으로 나아가야 했다. 그들은 예와 법도라는 이름하에 왕마저 가르치려 들었다. 사대부가 왕 앞에 몸을 낮추는 까닭은 왕이 절대적으로 충성을 바쳐야 하는 존재라서가 아니라 그들의 뜻을 반영할 힘이기 때문이었다.

정실 정 씨의 몸종이 들어와 술상을 올렸다. 비가 오는데 젖지 않게 들이느라 등이 축축했다. 상에는 전, 나물에 굴비 장아찌까지 올라 있었다.

"부인께서 차리셨습니다."

몸종은 공손한 입과 달리 남몰래 명월에게 흰자위를 보였다. 지아비가 잠들기 전에 먼저 잘 수 없어 몸종의 주인은 안채에서 홀로 기다리고 있었다. 비가 오면 혼자인 게 더 처량해졌다. 그런데 명월은 이 씨 곁에서 함께 술상을 받았다. 법도상 여인은 사랑채에 들어와 남자들과 동석할 수 없었다. 이 씨는 친구들이 오면 명월을 사랑채로 불렀는데, 기생 출신이며 명월이기에 암묵적으로 받아들여지는 것이었다.

"오호, 굴비 장아찌라, 이 귀한 걸 다….."

"미안해서 오겠나."

"부인께서 지금쯤 맛이 잘 들었을 테니 내가라 하셨습니다. 여기 도토리묵은 작은 부인께서 만드신 거랍니다."

몸종이 설명했다.

"이거 참, 예의상 젓가락을 대긴 대야 할 텐데…."

그 소리에 웃음이 퍼졌다.

"왜, 어떤데 그러시나?"

첫 방문인 이가 젓가락을 들어 맛을 보더니 화들짝 놀라 뱉어냈다.

"명월이 덕에 살림이 펴긴 편 모양이군. 소금 걱정은 안 하고 사나 보이."

"명월을 음식 솜씨 보고 데리고 살겠나."

아까보다 더 큰 웃음이 터졌다. 이 씨는 도토리묵을 태연스레 씹어 삼켰다.

"짭조름하니 맛있군."

"이 사람이?"

"아주 정신이 나갔군, 나갔어."

사내들은 이 씨에게 짓궂은 농담들을 던졌다.

"이 술은 특별히 작은 부인께 드리랍니다. 항상 서방님을 성심성의껏 모시는 게 기특해 내리는 거라고요."

몸종이 한 잔 정도 들어갈 자그마한 술병을 가리켰다.

"자네 정말 장가 한번 잘 들었군."

"처첩이 의좋은 건 사내의 복일세."

"어서 아들을 봐야 할 텐데…."

"내 정실은 아이를 생산하지 못했지. 그래도 버젓이 아들이 있는데도 첩의 몸에서 나왔다는 이유로 훗날 조카에게 봉사(奉祀)를 받아야 한다니…."

이어 누가 먼저랄 것 없이 정실에게 아들이 없는 경우 조카와 서자 중 누굴 후손으로 세우는 것이 적합한가에 대한 이야기가 이어졌다.

명월은 정 씨가 준 술을 자기 잔에 따랐다.

"맛 한번 보면 안 되나? 무슨 술이기에 자네에게만 내리는지 궁금해 그러네."

한 사내가 말했다. 명월은 모호한 눈웃음을 띠었다.

"어찌하면 줄 텐가? 자네 서방에게 인허 받아야 하는가?"

사내가 이 씨의 기색을 살폈다. 이 씨는 피식 웃었다.

"명월의 술이니 명월이 결정할 일이지."

"제가 택한다면 당연히 서방님 아니겠습니까."

명월이 고운 입술을 뗐다.

"도대체 자넨 무슨 복을 타고난 겐가?"

"난 혼자 마셔야겠군."

부러운 마음을 감추지 못한 사내들이 더러는 타박하고 더러는 여 보란 듯 술잔을 비우며 대화를 이어나갔다. 명월의 눈이 미적거리며 눌러앉아 있는 몸종에게 향했다. 몸종은 술잔이 누구에게 가는지 확인하지 못하고 나갔다.

"이제 2년 남았나?"

한 사내가 말하자 모두 웃음으로 본심을 감추었다. 이 씨의 벗들은 호시탐탐 명월을 노렸다. 명월이 자기에게 은밀한 눈짓을 보내고 따로 만날 약조를 전하거나 몰래 찾아올 시각을 알려주길 기대했다. 이 씨보다 자기가 못한 게 뭐란 말인가. 그런 눈빛들이었다. 그들이 대놓고 명월에 대한 욕망을 드러내지 않는 건, 소위 말하는 사내들의 의리, 즉 벗의 여인은 건드리지 않는다는 암묵적인 협약 때문이었다. 한편으로 그들은 명월과 이 씨가 6년을 약조했다는 소리에 심중에서 순서를 기다렸다.

이 씨를 찾는 이들 중에는 서자도 있었다. 이 씨와 벗들은 드물게 서자도 한 사람으로서 대하며 학문을 논하고 가파르게 각박해지는 서자와 얼자의 처지를 동정했으나 떡 줄 놈은 생각지도 않는데 김칫국부터 들이켜는 면에서는 죄 똑같은 사내였다.

이 씨가 목을 풀었다. 명월은 금을 들며 마음으로 웃었다. 객들이 명월을 대하는 태도가 선을 넘는다 싶으면 이 씨는 여러 방식으로 저지했다. 오늘은 소리였다.

"비가 이리 거세게 오는데⋯."

땅을 뚫을 듯 내리치는 비에 천둥까지 울려 대화를 나누기도 어려운 상황에 한 객이 우려를 내비쳤다.

명월의 손가락을 따라 현이 진동했다. 빗방울들이 현을 타고 돌았다. 이 씨의 소리가 가세하고 천둥소리는 고수(鼓手)의 추임새처럼 장단을 맞췄다.

"하⋯."

소리가 끝난 여운에 탄식이 들어왔다. 초년에서 중년에 이른 사내들의 눈시울이 붉어졌다.

"진정한 몰아(沒我)를 체험했네."

"자네가 헛소릴 했어."

누가 이 빗소리를 뚫고 어찌 소리를 하겠느냐 염려한 이를 타박했다.

"벌주 한 잔 하겠네."

한차례 술잔이 돌았다.

"명월관에는 신기한 무기나 악기들이 많다면서?"

"서방님 모시고 안 가시나? 우리도 덕분에 구경 좀 하지."

"쯧."

이 씨가 미간을 좁혔다.

"아, 자네가 싫다고 우리도 보지 말아야겠나."

"명월이 있을 때 가야지."

"악기? 무기? 어찌 쇠붙이 따위에 악(樂)과 무(舞) 자를 쓰는가? 쇠붙이에 혼이 있는가? 쇠붙이가 흥취를 아는가?"

"누가 소리를 듣자는 건가. 얼마나 신기한지 구경이나…."

"새들이 운율을 알아 지저귀는 소리가 아름다울까요? 빗방울이 음의 깊이를 알아 그리 다양한 소리를 낼까요?"

명월이 대화의 틈을 파고들었다.

"그는 자연의 소리일세. 쇠붙이가 내는 어설픈 흉내가 아니야."

이 씨는 소리에 있어서만은 대쪽 같았다. 명월은 악기가 더 풍부하고 깊은 소리를 낼 방안을 그와 논의하고 싶었으나 그가 받아들일 수 없음을 알고 마음을 접었다. 명월은 이 씨를 그 자체로 받아들였다. 소리에 있어서는 꺾이지 않기에 경지에 이른 소리를 낼 수 있는 것이다.

"나는 명월의 말에 동의하네. 바람이 솔방울을 흔드는 소리에는 가을의 정취가 담겨 있지. 그렇다 해 바람이 정취를 알아 솔방울을 흔드는 거겠나. 정취는 듣는 이에게 달린 걸세."

"그럼 개나 소나 다 금을 쥐어도 듣는 이만 좋으면 그만이라는 겐가?"

"어허, 그리 말하면 안 되지."

격렬한 토론이 이어졌다. 명월은 인사를 올리고 자리를 떠났다. 소나기였는지 어느새 비는 그쳐 있었다. 명월은 툇마루에 앉아 하늘을 보았다. 우주를 유영하는 반딧불처럼 밤하늘에서 불빛이 지나갔다. 비선이었다.

왜 그랬어?

왜?

여진에게는 다른 선택지가 없었을지도 몰랐다. 절부를 우러르는 흐름이 강화되며 사대부들은 자기 집에서 절부가 나오길 바랐다. 정절이 위협받았다는 소문이 돈 이는, 설령 미수에 그쳤을지라도 자진이 마땅했다. 사대부는 절부라는 현판 하나에 여인의 삶과 목숨을 걸었다. 그게 조선을 군자의 나라로 만들겠다는 사대부들이 하는 짓거리였다. 어쩌면 어느 막다른 길에 몰리면 죽음만이 탈출구가 되어주는지도 몰랐다.

명월의 "왜?"라는 질문이 주인에게 돌아오는 사냥매처럼 자기 자신에게 돌아왔다.

왜 나는 아무것도 하지 않았지?

몰래 서신이라도 한번 전해볼 것을, 어찌 사는지 물어볼 것을, 창곤이 전해다준, 고을 사람들 사이에 떠돈다는 부부간 금실이 좋더라는 말이 뭐라고 서신 한 장을 쓰지 못해서….

264

그 서신을 누가 보기라도 했다면? 사부가 여인이 어찌 기생과 서신을 주고받는단 말인가?

여묘살이를 시작했다는 말을 들었을 때 찾아가, 다 그만두고 같이 도망하자고….

어디로?

조선인들은 태어난 곳에서 조상 대대로 살아갔다. 사대부나 임기에 따라 움직이고, 혼인을 해서야 고향을 떠났다. 고을 사람들은 저마다의 숟가락 개수까지 알았다. 낯선 이가 발붙이고 살 곳은 없었다. 도망 노비들은 산에 숨어 살았다. 인가에 내려오면 곧바로 의심받았다.

죽을 줄은 몰랐다. 네 나이 젊었으니 누가 죽음을 상상할까.

늦지 않았다. 늦지 않아야 했다. 도로는 다시 올 것이다. 얼마든지 기다릴 수 있었다. 몇 년, 몇십 년이 뭐라고. 천 년을 같은 자리에서 통곡하고 있는 박연도 있는데.

명월은 꽃신을 신고 손톱만 한 풀 한 포기 자라지 않는 안뜰에 있는데도, 흙 알갱이 한 알까지 다 느껴지던 해진 짚신을 신고 첩첩산중 같던 고갯마루를 올려다보던 날로 돌아갔다. 그때는 적어도 올지도 모른다는 희망이라도 있었다.

다시는, 다시는 어떤 대가를 치르더라도 널 놓지 않을 것이다. 그리하여 봄이면 왔다가 가을이면 떠나는 제비처럼, 겨울이면 왔다가 봄이면 떠나는 두루미처럼 어디에도 정착하지 않으며 너와 단둘이….

명월은 쓰디쓴 숨을 뱉었다. 막상 살아보니 사랑채와 안채의 분리가 나쁘지만은 않았다. 안채에 들어오면 그를 희롱하며 헛짓거리를 할 사내들을 피할 수 있었다. 인기척이 가까워졌다. 아무리 취했다 한들 안채까지 찾아오는가? 돌아보니 정 씨였다.

"그 술, 어찌했느냐?"

명월은 그보다 한 살 어린 여인을 지긋이 쳐다보았다.

"어찌했느냐 묻지 않아?"

정 씨의 목소리가 다급해졌다.

"고약한 맛에 곤욕을 치렀을 부군을 염려하십니까, 아니면 절 아끼는 척하나 본심은 미워함이 들통 난 마님 자신을 염려하십니까?"

"내 몸종이 자기가 멋대로 한 짓이라 고할 게야. 어찌했느냐? 네가 마셨느냐, 아니면 기어이 서방님이 마시도록 했느냐?"

"그는 제 질문에 대한 답이 아닙니다."

"어디서 따박따박 말대답이냐? 네가 기어이 매 맛을 봐야 정신을 차리겠구나."

"제 몸에 상처가 남으면 그 역시 몸종의 짓이라 고할 것입니까?"

"친정에서부터 함께 온 이다. 당연히 내 편을 들어줄 게야."

"몸종이 마님을 진정 아끼는군요. 마님은 아니 그러십니까?"

"뭐?"

"몸종이 마님 대신 매를 맞을 각오를 할 정도로 마님을 섬기니, 마님은 그 몸종이 매를 맞게 해도 괜찮으십니까? 몸종이 충심을 바친 대가는 대신 맞는 매입니까? 마님은 이 집안에서 하나뿐인 자기편을 그리 취급하십니까?"

"네년이 뚫린 입이라고 잘도 떠드는구나."

정 씨가 손을 추켜올렸다. 타고난 성품이 음전해 종도 때려본 적 없었다. 하지만 더는 명월을 참을 수가 없었다.

이 씨는 자상한 남편이었다. 막 시집와 낯선 부엌과 세간살이, 살림살이에서 헤매다 밥상이 늦거나 간을 제대로 맞추지 못해도, 짜면 짭짤하니 맛있다, 싱거우면 삼삼하니 맛있다 했고 눌은밥을 올린 날조차 소화가 잘되니 좋다 했다.

다만 정 씨는 첫날밤에 이미 남편이 여인의 몸에 익숙함을 알았다. 남편이 몇 달 집을 비우고 산천을 유람할 때면 누군가를 품으려니 했다. 혼인 전에 그러했듯 남편은 혼인 후에도 다른 여인이 있을 것이나 정 씨에게는 평생 남편 하나뿐이며 하나뿐이어야 했다. 어머니는 정 씨에게 첩이 들어오거들랑 몸종 하나는 셈 치라고, 때로 피곤하고 성가신 날이면 밤에도 대신하니 몸이 두 개라 편한 일로 받아들이라 조언했다.

아무리 자상한 남편일지언정 언젠가 일어날 일이라고 늘 마음 한편에 준비를 하고 있었으나 송도삼절이라 불리는 명월을 데리고 올 줄은 꿈에서라도 몰랐다.

시모 안 씨는 명월 앞에서는 패물을 야금야금 내놓는다며 눈을 부라리면서, 정 씨 앞에서는 명월은 패물을 가져왔다, 네 혼수가 얼마나 초라했는지 아느냐, 너는 애가 왜 그렇게 어두우냐, 이래서 아들을 보겠느냐고 잡았다. 정 씨야말로 간절히 아들을 바라는데 타박까지 받아야 했다. 첩이 먼저 아들을 낳으면 어쩔 게야? 그야말로 그게 무서웠다. 심지어 자기는 아들을 생산하지 못한다면? 두려움에 사지가 떨렸다.

명월이 온 뒤에도 이 씨가 전처럼 자기 방에 오는 이유가 명월이 보내서임을 알고 있었다. 명월은 남편을 독차지하지 않았다. 그게 더 고까웠다. 명월을 구박도 해보고 독한 말도 퍼부어봤지만 명월은 부처님 가운데 토막처럼 덤덤히 받아들였다.

명월의 시선이 정 씨의 추켜올린 손에서 멎었다. 자기 뜻을 관철시키는 가장 손쉬운 수단은 결국 폭력인 걸까. 사내들은 대체로 여인보다 완력이 강하다. 아이들은 어른보다 약하다. 어린 시절 살던 고을에서 많은 여인들과 아이들이 남편과 부모에게 맞았다. 사대부 담장 안에서는 체면에 걸리는지라 대놓고 부인을 폭행하는 일은 드무나 대신 정신적인 폭력이 강도 높게 벌어졌다. 제도로써 사람을 꽁꽁 묶어두는 것 또한 폭력이었다.

"무슨 생각에 빠져 있는 게냐?"

앙칼진 정 씨의 음성이 명월을 상념에서 돌려놓았다. 정 씨의 손은 내려치지도 그만 내리지도 못한 채 엉거주춤, 아까와 같은 자리에 그대로였다.

"내게 맞았다 서방님께 고하면 내가 혼날 줄 알고 그리 방자한 모양인데, 서방님께서는 내 말을 믿어줄 것이다. 너는 첩도 아닌 잠깐 들어와 사는 년이고, 나는 정실이다!"

"정실이 한 말이면 거짓도 진실이 된다는 말씀이십니까? 노마님께서 어미가 하는 말이니 처가 하는 말보다 앞선다며 마님을 모함했을 때 억울하지 않으셨습니까?"

"그 잘난 세 치 혀로 내 남편을 꼬드겼느냐?"

치마 속에서 무릎을 후들대는 정 씨와 달리 명월은 평온했다. 명월은 소위 사대부들의 온갖 추잡한 행위를 봐왔다. 그들이 얼마나 잔혹할 수 있는지도 몸소 겪어왔다. 기생들 사이의 견제와 시기는 정 씨와 안 씨가 하는 짓과 댈 바가 못 되었다. 이들은 최소한의 품위는 유지하려 들었으나 기생들 사이에서는 그조차 없었다. 명월은 전장을 겪어온 이였고, 정 씨는 고을 싸움에서도 져온 이였다. 매를 앞에 둔 이는 두려워하지 않는데 매를 든 이가 겁에 질린 건 그런 까닭이었다.

"떨고 계십니다. 다른 이에게 손찌검을 한다는 자체가 두려우신 겁니다. 그 선을 넘지 마십시오. 악행은 한 번이 어렵지 두 번은 쉬운 법입니다. 정녕 그리 살고 싶으십니까?"

"뉘 앞에서 훈시냐? 네가 송도 기생 명월이다, 이거냐?"

왜 자기만 투기하나. 저년은 저토록 태연한데. 그렇게 자신 있단 말인가? 자기가 치면 어쩔 텐가? 자신은 정실이고 명월은 설사 눌러앉는다 해도 족보에도 오르지 못할 노비 출신이다. 의지와 상관 없이 손이 내려갔다. 누군가를 때린다는 것도 무서웠고, 명월이 자기가 때렸다 고하고 남편이 그 말을 믿을까도 무서웠다.

"사랑채에서 어찌 행실을 하기에 사내란 사내는 다 너만 보면 정신을 못 차리느냐?"

"지금 마님과 나누는 이야기와 별반 다르지 않습니다. 저는 천한 출신이라 배움이 일천해 질문을 해 답을 구합니다. 마님께 여쭙습니다. 마님께서는 사람이 선하게 태어나나 자라며 악을 접해 물든다고 여기십니까, 아니면 악하게 태어나나 잘 가르치면 선해진다 여기십니까?"

"갑작스레 그 무슨 소리냐?"

"두 아기씨는 초반에는 저를 따랐지요. 요즘은 제게 눈을 흘기고 돌을 던집니다. 그 어린아이들이 아비의 눈을 피해 절 괴롭히려 드는 건 천성일까요, 아니면 학습의 결과일까요?"

정 씨는 당황했다. 아이들이 명월을 따르는 게 싫었다. 명월이 해온 비단으로 옷을 해 입히려 바느질을 할 때마다 자기 오장육부에 구멍을 뚫어 꿰매는 것 같았다. 그러면서도 일부는 혼수로 따로 두었다. 훗날 가져온 패물이 적다며 자기처럼 시모에게 타박받게 할 수 없어서였다.

아이들이 더는 명월을 좋게 보지 않는 걸 알고 기뻤다. 하지만 자기는 아이들 앞에서는 명월을 나무라지 않았다. 돌을 던지고 눈을 흘기라 지시한 바도 없었다. 언젠가 이 아이들도 자라 혼인을 할 테고, 남편은 첩을 들일 것이다. 찢어지게 가난해도 첩을 들이는 게 사대부였다. 잔소리 한마디만 해도 투기한다 단속받는 게 여인이었다.

"왜 여길 왔느냐?"

"혼인이란 어떤 건지 궁금했습니다. 정확히 말하자면 시집을 온 여인들의 삶이 궁금했지요."

"그래, 시집을 오니 좋더냐?"

"왕은 왕후를 비롯해 관계한 여러 여인에게 차등해 관직을 주고, 사대부의 부인들에게는 남편의 관직에 따라 직함을 내림니다. 여인의 지위를 사내에게 종속시킨 거죠. 더해 조선은 부유한 자, 힘이 있는 사내는 여러 여인을 거느릴 수 있다는 법도를 만들어 힘이 없는 사내들에게는 박탈감을, 힘이 있는 사내들에게는 우월감을 안겨주며 여인을 한갓 상으로, 대를 잇는 아들을 낳는 자궁으로만 존재하게 합니다. 그게 제가 본 시집입니다.”

“내가 묻는 건 그게 아니다. 넌 정식으로는 혼인할 수 없는 기생이다! 남의 사내를 꼬여 들어앉으니 좋으냐?”

“시집간 여인의 삶은 그 댁 사람들의 성품에 삶이 달려 있음을 알았습니다. 하지만 마님이 절 핍박할 핑계를 찾는 게 마님이 부덕한 탓일까요?”

“처, 처, 천것이 지금 내게 덕 운운하는 게야? 내가 지금 투기한다 하는 게냐? 투기한다 날 내쫓기라도 하려고?”

“세상에 한 남자를 나눠 갖고자 하는 여인은 없습니다. 투기하지 않는다면 그게 이상한 일입니다. 제가 드리고자 하는 말씀은 그게 아닙니다.

두 어린 아기씨는 노마님과 마님이 하는 걸 보고 따라 하기 시작했지요. 설마 아이들의 눈을 완전히 피했다 믿는 건 아니시겠지요? 마님은 노마님께 혹사당한 날은 유독 절 심하게 대하셨습니다. 부군으로 인해 제게 노여워하는 것은 납득하겠으나 노마님께 당한 화풀이도 제게 하시는 까닭은 무엇인지요.

남자들이 장가를 들던 풍습에서 여인들이 시집을 가는 풍습으로 바뀌며 여인들은 의지가지없이 시댁에 고립되고 있습

니다. 시모도 며느리도 피차 어려운 처지에 있는 것은 마찬가지
인데, 위에서 당한 만큼 아래에 갚으며 학대를 대물림하고 있습
니다. 이는 사람의 마음이 원래 악해서일까요, 아니면 이 제도
가 사람을 그리 만드는 걸까요?"

"어머님께서는 시집을 오시지 않았다. 아버님께서 장가를 드
셨지."

"장가오는 풍습이 지금보다 흔할 때였으니까요. 그래서 노마
님은 더 강자가, 마님은 그만큼 더 약자가 되었습니다. 하오나
저는 다르지요. 저는 마님께서 이 집에 오셨을 때처럼 혼자입
니다. 그런데 마님께서는 위에서 당한 걸 아래에서 풀며 악순환
을 만들고 계십니다. 저도 종이나 어린 아기씨에게 풀어야 할까
요? 어찌하여 두 약자가 서로의 삶을 지옥으로 만드는 겁니까?"

"나도 네게 독하게 굴고 싶지 않다. 하지만 왜? 너는 내게 미
안해야 한다. 죄스러워야 해. 내 부군이 아니더라도 널 받아줄
사내는 얼마든지 있지 않느냐?"

"어떻든 부인은 있는 사내들이지요. 말씀하셨다시피 저는 누
군가의 정실은 될 수 없습니다."

"그래서 그 억하심정으로 우리 집에 들어왔느냐? 남의 사내
라도 뺏어 사대부의 부인 노릇을 해보려?"

"저는 그 어떤 사내도 뺏고 싶은 마음 없습니다."

"거짓부렁을 늘어놓는구나. 1처 2첩이 용인되는 건 사대부의
사내다. 넌 양민과 혼인하기 싫었던 게야."

"양민들의 혼인은 알고 있습니다. 제가 궁금했던 건 사대부

의 사내가 아니라 사대부의 시집입니다."

"그 무슨 궤변이냐?"

명월은 정 씨의 얼굴이 마늘처럼 아린 눈물로 젖어드는 모습을 보았다. 너도 네 남편이 첩을 들였을 때 저리 울었을까? 분을 참지 못해 몰래 괴롭혔을까? 혹은 첩으로 들어온 이의 서슬에 눌려 오히려 네가 주눅 잡혀 살았을까?

"그렇다 치자. 왜 하필 내 남편이어야 했느냐. 안채에서만 사는 나도 명월이라는 이름은 안다. 우리 집에 부쩍 손님이 느는 것도 네 탓이지. 나도 네 소리를 들었다. 나는 어떻게 해도 오를 수 없는 창공에서 내 남편과 노닐더라. 그래서냐? 그래서 내 남편이었느냐? 돈이나 지위보다 너와 소리를 나눌 수 있는 이가 필요했느냐? 너 또한 내 남편처럼 네 소리를 함께할 수 있는 이는 어디서도 만나지 못할 테니, 그래서냐? 내가, 내가 너만큼 금을 타지 못해서냐?"

마지막 질문은 명월을 향한 게 아니었다. 지역마다 풍습이 달랐다. 정 씨는 시집을 와서야 송도 여인들은 누구나 금을 탄다는 걸 알았다. 그도 금을 잡아 보았으나 시댁에서 딱히 스승을 붙여주지 않아 홀로 익히는 데 한계가 있었다. 이 씨는 부인이 집안일을 하는 과정에서 저지른 실수에는 관대했으나 어설픈 소리는 참아주지 않았다.

"아닙니다. 제가 혼인이 무언지 알고자 할 때 제 앞에 나타난 사내였기 때문입니다."

"누구여도 상관없었다?"

"네."

정 씨는 기뻐해야 하는지 슬퍼해야 하는지 알 수 없었다. 차라리 자기 남편이 너무 좋아서, 명월이라는 이름으로 만나온 사내들 중 이 씨가 최고여서 어쩔 수 없었다 했으면 나았을까?

"저는 2년 뒤 떠납니다."

"남편도 그리 말하더라."

"부군께서는 저와 함께 갈 것입니다."

"들었다."

"3년 후 돌려보내드리겠습니다."

"그 말을 믿으라?"

"단 하루도 어기지 않을 것입니다."

명월의 말은 덤덤했다. 아무리 봐도 자기 남편에게 진정 아무런 마음이 없었다.

"그 소리를 나누고도?"

이 씨와 혼인한 지 7년이었다. 부끄러움도 잊고 남편의 몸짓에 달아올랐고, 이 씨가 집을 비운 밤이면 그의 품이 그리워 잠을 이루지 못했다. 명월의 탄주와 남편의 소리 합은 남녀의 교합 그 이상이었다. 그래서 명월이 미웠다. 기생이니 밤 기술도 좋겠지, 자기보다 더 남편을 기쁘게 해줄 테고, 그 맛에 빠져들면 자기는…. 그런데 자기는 나눌 수 없는 소리를 함께하고, 사내들처럼 마주앉아 대화를 하고….

"그러면서 돌려보내겠다고?"

"네."

명월은 무언가를 곰곰이 생각하다 물었다.

"제가 시집온 여인의 삶이 어떤 건지 알고 싶다 말씀 올렸을 때, 제 말을 시집온 여인의 삶이 부러웠다는 의미로 들으셨습니까?"

"아니란 말이냐?"

"아닙니다. 말 그대로 알고 싶었습니다."

"왜 3년이었느냐?"

"아비가 죽으면 3년상은 치러야 한다고 하지요. 3년이란 기한이 무엇인지 궁금하더이다. 그런데 왜 아비가 살아 있으면 어미의 상은 1년만 치르라 할까요? 심지어 어미가 먼저 죽을 경우에는 신주를 사당에 넣지도 못하고 아비가 죽을 때까지 따로 뒤야 합니다. 10개월간 태중에 아이를 품고 죽을 고비를 넘겨 낳고, 젖을 먹이며 키우는 건 어미인데도요. 조선은 왜 어미를 아비보다 못한 존재로 하락시킬까요?

더해 조선은 여인의 친가에 대한 의무와 권리는 나날이 약화시키고 전에 없던 시가에 대한 의무를 그 자리에 넣고 있습니다. 친부모가 돌아가셨을 때 상복을 입는 기간은 줄이고 시부모가 돌아가셨을 때 상복을 입는 기간은 늘리며, 남편의 사후에도 시부모를 살뜰히 모신 이는 칭송하면서 친가는 걸음 자체를 막습니다. 이게 온당한 일일까요?"

"나라의 법도가….."

"왜 그런 법도를 만든 걸까요? 법도 또한 사람이 만든 겁니다. 투기하지 말라는 법도는 왜 만들었을까요? 자기 정인에게, 부인에게, 남편에게 다른 이가 생긴다면 투기하는 게 사람의 마음이기 때문입니다. 사내들이야말로 투기로 똘똘 뭉친 자들이지요. 여인들을 담장 안에 가둬두려는 연유가 무엇이겠습니까. 다른 사내는 보지도 듣지도 말라, 다른 사내에게는 그림자도 띄지 말라는 것 아닙니까. 마님께서는 정녕 이 법도가, 불합리한 제도로 인해 발생하는 문제를 개인의 성품으로 해결하라는 강요가 옳다 믿으십니까?"

"그럼 어찌하나? 나라님이, 재상들이, 높은 관직에 있는 이들이 정한 법도를 내가 어찌해? 넌 방법이 있다는 게냐?"

"이 나라는 미쳐가고 있습니다. 학문으로 소위 난다 긴다 하는 경지에 올랐다는 이들이 법도와 예, 의의 범위를 좁힐 수 있는 만큼 좁히고 그게 전부라고 말하는 데 정신을 놓고 있다는 말씀입니다. 법도를 만드는 게 사내니 당연히 사내들에게 유리하게 바뀌고, 그럴수록 사내들의 힘이 강해지니 쉽게 깨지 못하겠지요. 하여도 저는 방법을 찾아보고자 합니다."

"네가 여기서 3년을 살고, 내 남편을 데려가 3년을 살아보는 게 그 방법이냐?"

"새로 자리 잡기 시작하는 혼인 형태가 이후에도 지속되어도 좋을, 바람직한 형태인지 알고자 합니다. 과거의 혼인 제도가 바뀌었다면 앞으로는 바뀌지 않는다 장담할 수 있을까요? 한때 옳았다고 믿는 제도가 바뀔 수 있다면 지금 제도는 영원할까요? 그 실험을 하필 마님의 부군께 하게 되어 저도 송구합니다."

"네가 내 남편을 데려가면 나와 내 두 딸, 시부모는 어찌 사느냐?"

"저야말로 돌아서면 남이 될 이들의 생계를 3년간 돌보기로 했습니다. 고맙다는 말 대신 미움을 받으면서요."

"남의 남편을 3년만 데리고 살다 돌려주겠다 말하고 기생이 좋긴 좋구나."

"기생이라 이리 살 수 있다고 보십니까?"

"네가 반가의 여인으로 태어났다면 그리 쉬이 법도를 깨지 못했을 것이다. 각기 상대방의 삶을 3년씩 책임져주며 살다 헤어진다니? 그게 될 소리냐?"

"반가의 여인은 순응뿐, 다른 삶은 없는 것입니까?"

"달리 무슨 삶이 있다는 게야?"

"저는 가장 비천한 존재로서 법도를 깨고 있습니다. 그런데 귀한 이는 깨지 못할 이유가 무엇입니까."

"이 담장 안에 갇혀 사는 내게 무슨 힘이 있겠느냐?"

"사부가 여인도 기생처럼 아무 힘없는 비천한 존재인 걸까요. 여인은 비천할 수밖에 없는 건가요?"

"비천하다고?"

"하오면 마님께서 귀한 대접을 받으며 귀하게 산다 여기십니까? 마님의 따님들은 장차 어떠할까요?"

정 씨의 말문이 막혔다. 두 딸도 자기처럼 담장 안에서 타인의 성품에 기대 살아야 했다.

"조선의 사대부는 무엇에 홀리기라도 한 듯 명에서조차 잊힌 먼 과거의 이상향을 불러들여와 조선만의 방식으로 이루려 들고 있습니다. 배우고 힘이 있는 자들이 뜻을 모아 일을 도모하는데 자갈 몇 개가 강물의 흐름을 바꾸기야 어렵겠지요. 그래도 마님, 적어도 학대를 대물림하지 않을 수는 있습니다. 그게 한 개인으로서 할 수 있는 저항입니다. 작은 권한에 연연하지 마소서. 이 집 한 채에만 매이지 마십시오. 기생이기에 할 수 있는 일이 있다면 사대부의 여인이기에 할 수 있는 일도 있을 것입니다."

"그게 무언데?"

"제가 모든 답을 가지고 있다면 사대부의 시집살이를 체험하려 하지 않았을 것입니다. 어떻든 일개 개인이 조선을 바꿀 수 없다 해 순응하며 살 것까진 없지 않겠습니까?"

"그런다고 무엇이 달라져서…."

"적어도 한 사람은 지킬 수 있을지도 모르지요. 한 사람에게 지옥을 만들지 않을 수는 있겠지요. 그렇게 모두가 단 한 사람씩을 지킨다면, 세상에 설운 눈물은 없으리다. 설운 죽음도 사라질지 모르지요."

"도대체 왜 사대부의 시집살이가 무엇인지 알고자 했느냐. 네 말대로 넌 정실이 될 수도 없는데."

이게 전부일 리 없었다. 정 씨는 명월에게 숨겨진 진짜 뜻이 있다고 확신했다.

"마님은 제가 드린 질문에 단 하나도 답하지 않으셨습니다. 하나라도 답하신다면 저도 답을 드리겠습니다."

"조건을 걸겠다? 네가? 감히 천것인 네가?"

"천것, 첩, 정실처럼 마님의 무기를 마님의 뜻과 상관없이 쥐

여진 것에서만 찾지 마십시오. 제도에 종속됩니다."

"미모 또한 권세라, 네가 관노인데도 관을 떠나 금강산 유람을 다닌 것도, 사내들이 네게 격외(格外)를 허용해주는 것도 모두 네 미모 때문이다. 금도 재주를 타고났다 들었다. 이런데도 네 무기는 타고난 게 아니라 할 것이냐?"

"마님은 자신이 아무런 힘도 재주도 없다 여기십니까?"

"네겐 뭐가 있는데? 미모 말고 다른 게 더 있다는 게야?"

"저는 약조를 지킵니다. 누구도 천것이자 기생인 제게 약조를 지킬 것을 강요하지도 제 약조를 신뢰하지도 않으나 지켜왔습니다."

명월이 이제 정 씨가 답할 차례라는 듯 바라보았다. 정 씨는 명월이 한 질문들을 떠올렸다. 어느 것 하나 답하기 쉽지 않았다. 명월의 답을 들으려면 자신도 답을 해야 했으나 허투루 아무 말이나 하면 받아들이지 않을 것이다. 진실만을 말하는 이와 대화를 하려면 자신의 답도 진실해야 했다. 정 씨는 뿌리가 뽑혀 실바람에도 날릴 갈대처럼 휘청거리며 도망쳤다.

사랑채에서 이 씨의 소리가 울렸다. 객들이 찾아오는 술자리는 이 씨의 소리로 마무리되고는 했다. 이 씨의 소리는 그날 밤 처음 들었을 때처럼 손가락이 썩는 동상을 치유해주는 온기였고, 첩첩산중에서 맹독을 지닌 독사에게 물린 상처를 해독해주는 약이었다.

긴 세월이 흘러 이 씨의 얼굴이 흐릿해진 후에도 그의 소리와 그가 자기 손을 잡고 여진의 유골함을 들어주던 순간은 자못(刺

墨)처럼 남아 잊히지 않았다. 이 씨가 함이 아닌 명월의 손을 잡은 까닭은 사내로서 여인의 손을 잡은 게 아니라 그 함은 타인의 손이 닿아서는 안 됨을 인지해서였다.

이 씨는 살얼음이 덮인 개울 아래에서 봄을 기다리며 흐르는 물소리를 들을 줄 알고, 시신을 태운 재를 차마 뿌리지 못하고 술에 타 마시는 비통을 볼 줄 아는 사내였다. 그간 명월이 답을 찾으며 문답을 나눠온 수많은 사내 중 이 씨처럼 산들바람에도 생채기가 날 여리디여린 속살까지 속속들이 보며 어루만질 수 있는 이는 없었다. 그와 같은 사내가, 살을 섞고 함께 아이를 낳은 부인의 고통과 고독은 왜 보지 못하는 걸까?

정 씨가 시비를 시켜 보낸 손님상은 모두 명월이 만든 음식이었다. 이 씨는 부인과 명월의 음식이 맛과 담음새가 다른데도 알아채지 못했다. 다른 이의 손을 거치지 않고 올린 밥상은 한 번도 간에 실수가 없었는데도 누가 장난질을 쳤다는 의심도 없었다.

정 씨는 이 씨 앞에서는 살갑게 명월의 손을 잡으며 자네와 얼마나 편한지 모르겠다고 말하고는 했다. 이 씨는 자기가 보고 듣는 것만을 곧이 받아들였다. 시모 안 씨도 이 씨 앞에서는 적당히 했다. 아무리 그렇다 해 이렇게 모를 수 있는가? 이 씨가 출타하면 집 안의 공기부터 달라졌다.

안 씨가 이따금 명월에 대해 하는 싫은 소리에 대해 이 씨는 표정은 공손하게 했으되 멀리서 들리는 풀벌레 소리처럼 귓등으로 흘리고 진지하게 듣지 않았다. 잔소리를 귀담아듣지 않는

성품인 데다 못 들은 척하는 것이 명월을 배려하는 거라 속가량
했다.

왜 안 씨가 하는 말과 행동을 제대로 보고 듣지 못할까? 친모
라는 게 그의 눈을 가리는 걸까? 아니면 그저 보이지 않는 걸
까? 보기 싫어 안 보는 걸까?

비선을 타면 아래 땅은 한없이 작아 보였다. 사대부들의 눈에
백성들은 다 이렇게 보이는 걸까. 하나의 덩어리로, 가르치고
이끌어야 할, 부역과 세를 감당할 숫자로만 보이는 걸까? 다 작
고 하찮아 보이기만 하는 걸까? 낱낱의 고통은 보이지 않는 걸
까? 백성들이 땀 흘려 일하는 수고는 안다 말하면서, 뺏기는 고
통은 모르는 걸까? 그래서 그렇게 내키는 대로 다 가져갈 수 있
는 걸까? 사대부가 백성들에 대해 그러하듯 사내들은 그들이 만
든 지옥에서 허덕이는 여인의 삶이 보이지 않는 걸까?

왜 그게 보이지 않는 걸까.

어릴 적 고을 언니들이 봄나물 캐는 법을 가르쳐주겠다며 산
에 데리고 갔었다. 이건 쑥이고, 이건 미나리, 이건 달래…. 알
려주기 전에는 보이지 않았다. 다 똑같은 푸른 풀이었다. 그런
걸까? 사내는 개입할 일이 아니라는 교육을 받아서, 나면서부터
볼 필요 없이 자랐기에 보지 못하는 걸까?

3년만 채우면 떠날 곳이라 거리를 두고 자기가 겪는 일도 남
일처럼 보는 명월의 마음에도 멍울이 지는 가학(加虐)이 자기 집
안에서 일어나는데 어떻게 그걸 전혀 모를 수가 있을까? 설마
알면서 모르는 척하는 걸까? 그러면서도 저런 소리를 낼 수 있

단 말인가?

시모 안 씨의 언행은 교묘하고 악랄했다. 안 씨는 옛 법도대로 남편을 맞이했던 이라 온 고을이 자기 집안이나 다를 바 없었다. 며느리도 맞아봤고 다른 이들과 각자의 며느리들에 대해서도 논평하며 길들이는 법을 주고받아 점차 악독한 수를 찾아냈다.

안 씨의 힘은 이 씨에게서 나왔다. 나라가 장자에게 권한을 몰아주기 시작하자 어미들도 큰아들에게 모든 걸 걸었다. 정승 댁 문턱이라도 밟아본 자는 자기와 그 정승이 긴밀한 사이라도 되는 양 떠들며 정승과 자기를 동일시하려 들듯, 여인들도 아들의 힘을 자기 것처럼 행사했다.

사람은 선천적이든 후천적이든 힘을 추구한다. 그 힘을 하나에게 몰아주니 그 하나를 가지고 아귀다툼이 벌어질 수밖에 없었다. 굶주린 이들에게 밥그릇 하나를 던져주고 싸우게 하듯, 외출조차 금지된 여인의 삶에서 아들이나 남편을 통한 집안 내 서열 싸움이 일어나는 건 당연지사였다. 다툼의 근원은 힘의 불균형이었다.

시모는 본시 자기 집, 자기가 살던 고을인지라 자리가 굳건한데다 사회에서 만들어준 제도의 뒷받침도 받아 힘을 가졌다. 몽둥이를 쥔 자는 나무라도 한번 처보듯 힘을 가진 자는 자기 힘을 행사하고 싶어 했다. 명월은 남은 2년을 살 방도가 필요했다.

안 씨가 뭐든 흠을 잡아보겠다는 눈으로 명월이 차를 따르는 모습을 주시했다.

"제가 못마땅하신가요?"

"그런 당돌한 소리를 하는데 좋게 보겠느냐?"

"저는 2년 뒤 떠납니다."

"그러고 나서 또 다른 사내를 맞겠지. 너 같은 걸 집안에 들이는 게 아니었는데…."

"하면 지금이라도 떠나겠습니다."

"첩이 가져온 재산도 이 집에 속하니 넌 가져온 건 다 두고 가야 한다."

"그러지요."

이따금 창곤이 명월이 명월관에 두고 온 패물과 돈을 가져왔다. 여기 가져온 게 전부가 아니었다. 안 씨도 아는 사실이었다.

"네년이 지금 날 겁박이라도 하겠다는 거냐?"

"겁박이라니요?"

"네년의 태도를 가지고 하는 말이다. 내가 계속 널 홀대하면 떠날 테고, 하면 너로 인해 들어오는 돈도 없을 것이다, 그 말 아니냐."

"제 금붙이가 없이도 살아오셨는데 이제 와서 그게 겁박이 됩니까?"

"이 사내, 저 사내 품을 전전한 추잡한 년이…."

"저는 부군과 총 6년을 약조했습니다. 힘써 약조를 지키며 살아왔으나 저는 시집을 알고 싶었지, 학대를 알고 싶었던 게 아닙니다."

명월의 어세가 스산하게 가라앉았다.

"학대라니? 기생년이 첩 자리를 얻었으면 감지덕지…."

"할 일 아닙니다. 하니 지금 선택하소서."

"선택?"

"계속 절 이리 대하신다면 즉시 떠나겠습니다."

시모는 정실 며느리에 대해서도 그러했듯 명월이 가져온 패물과 그가 제공하는 노동을 당연시했다. 오히려 더 가져오지 못했다, 더 잘하지 못한다며 눈에 핏발을 세웠다. 두 손녀도 금세 배워 아버지 앞에서는 아양을 떨고 조모 앞에서는 명월을 때리고 꼬집었다. 아이들이라 더 즉각적이었다. 그들은 사내아이로 태어나지 못한 죄로 자기 집에서 객식구처럼 움츠러들어 사는지라 명월을 못살게 구는 걸로 조모의 마음을 사려 들었다. 젖니도 다 빠지지 않은 나이에 성품과 삶의 방향이 결정되려 했다.

권력의 상위에 있는 사내들 앞에서도 명월이 주눅 들지 않을 수 있는 건 그들이 명월의 마음을 얻으려 들기 때문이었다. 이들은 명월의 마음을 헤집으려 들었다.

"내 아들도 데려갈 것 아니냐? 내 아들이 널 따라가는 건 사내로서도 사대부로서도 체면이 꺾이는 일이다."

"노마님께서는 부군을 그리 맞이하시지 않았습니까?"

"그렇기에 더 잘 아는 것이다. 처가살이의 고단함, 장인과 장모로 인해 기를 펴지 못하고 사는 이의 피로를 내가 옆에서 지켜보았다."

"아들을 고생시킬 수 없으니 딸이 대신 고생해야 합니까? 딸

284

은 아들을 위한 희생양일 뿐입니까? 아들은 처가살이를 해도 장
인의 덕을 보고 관직에 오를 수 있습니다. 하지만 딸에게는 타
향살이의 설움뿐입니다. 신체적 힘도 약해 시댁에서 작정하고
몰아친다면 방어할 수단도 없습니다. 노마님께서도 딸이신데
어찌 아들과 딸에 이리 차등을 두십니까."

"내가 딸이라 해서 내 아들의 앞날을 막을 어미로 보이느냐."

"어떤 말로든 합리화하시겠군요. 과히 심려 마십시오. 제가
함께 산 시간보다 더 데리고 있지는 않을 것입니다."

"네가 데리고 있는 게 아니다! 눈웃음과 교태로 네년이 내 아
들을 홀려…."

"사내란 누군가 눈웃음을 치고 교태를 부리면 모든 걸 내어
줄 정도로 우매한 존재입니까? 여인과 사내의 관계는 그뿐일 수
밖에 없습니까?"

"계집이 작정하고 달려드는데 안 넘어갈 사내가 어딨어?"

"그런가요. 정녕 그러하다면 이 나라의 앞날이 걱정이군요."

명월이 탄식을 뱉었다.

"너, 너 지금 뭐라 했느냐?"

"사내들에게 여인이란 무엇일까요. 어찌하여 법전에 여인을
제어하기 위한 제도를 넣는 데 사력을 쏟는 걸까요? 백성의 살
림을 돌보아야 하는 이들이 타인의 삶을 구속하는 데에 시간과
공을 쏟는 이유를 알고 싶습니다. 언젠가 그게 옳지 못한 일임
을 깨달을 날이 올까요? 인재를 낭비하는 일일뿐더러 사람의 인
생을…."

찻잔이 날아와 명월의 어깻죽지를 적셨다. 안 씨는 본디 이마를 노렸으나 명월이 피하지 않으리라는 걸 간파하고 어깨로 바꿨다.

"네년의 간악한 술책을 알겠다. 날 도발해 네 몸을 상하게 해 어미와 아들을 갈라놓으려는 게지?"

명월은 더 말을 이어나갈 필요를 느끼지 못했다. 안 씨는 변할 수 없는 이였다. 그런데 그 연유는 무엇일까? 태생적 성품인가? 아니면 살아오며 이 제도에 길들어서?

안 씨를 통해 명월은 많은 여인들이 자신도 딸이면서 아들을 귀히 여기고 딸을 천대하는 이유를 찾았다. 조선에서 여인은 그 존재로서 천대받았다. 세상 누가 자기 자신을 천대받는 이와 동일시하고 싶겠는가. 여인들은 아들의 어미임을 앞세워, 자신이 더 적극적으로 딸을 차별하며 약자를 멀리하고 강자와 자신을 동일시하고자 했다.

성리학은 불합리한 일에 예와 덕이라는 이름을 덧씌워 여인들이 스스로를 정당화하게 만들었다. 옳은 일이라는 명분을 덧씌우면 사람은 어떤 잔인한 짓도 서슴지 않고 저지를 수 있다. 심지어 그 대상이 약자라 밟아도 내가 다칠 일이 없다면 말해 무엇할까.

이 나라는 왜 이리 변해가는 걸까?

명월은 작별을 고하는 절을 올렸다. 시집과 학대가 다른 말일 수 없다면 더 머물 이유가 없었다. 사람의 속을 솔잎 끝처럼 좁게 만드는 안채의 권력을 두고 싸울 마음은 더더욱 없었다.

"어찌하란 것이냐?"

시모가 앙칼진 외침으로 명월을 잡았다. 명월이 가면 겨우 입에 풀칠이나 하는 삶으로 돌아가야 했다. 아들은 큰 벼슬에 뜻이 없었다. 정식 며느리에게도 져줄 수 없는데 천것에게 굽히는 치욕으로 안 씨의 눈에 원한이 깃들었다.

"남은 2년간 예를 다해 섬길 것이니 노마님께서도 제게 예를 갖춰주십시오."

명월은 굳이 대답을 기다리지 않고 나왔다. 이겼으면 그뿐, 패한 자에게 패배를 인정하는 말을 뱉으라 강요할 의향까지는 없었다. 이러든 저러든 안 씨는 꺾이지 않을 이였다. 사내가 여인보다 더 폭력적인 게 아니었다. 폭력을 행사하느냐 마느냐는 타고난 심성도 영향을 미치나 그보다 폭력을 가할 힘과 기회가 있는가 없는가, 그 힘과 기회를 포착하기 위해 얼마나 노력하느냐에 달려 있었다.

2년이 지났다. 약조대로 명월을 따라 나온 이 씨는 명월관 가까운 곳에 초가집 한 채를 마련했다. 초가집 가격도 그의 녹봉에서는 만만치 않은 일이라 지난 3년간 그 역시 준비해 왔음을 엿볼 수 있었다. 그래도 기기까지 들일 처지는 못 되어 명월이 그러했듯 이 씨도 자기 손으로 모든 걸 해야 했다.

이 씨는 첫 상으로 익은 것도 익지 않은 것도 아닌 밥과 원재료를 알아볼 수 없는 찬, 건건이를 차리고 멋쩍게 웃었다. 한 술 갈 넘긴 명월이 짧은 기침을 뱉었다.

"구수하니 먹을 만합니다."

명월의 말에 이 씨가 너털웃음을 터뜨렸다.

여인에게 부과된 일은 단지 밥과 빨래와 청소가 아니었다. 집안일이란 집안사람들이 편안히 먹고 입고 자도록 일신을 보살펴 사회의 일원으로서 하고자 하는 일을 이루도록 뒷받침하는 일이었다. 여름엔 덥지 않도록 겨울엔 춥지 않도록 의복을 지어 입히며, 수시로 솔기가 나가지는 않았는지 꼼꼼하게 살펴야 했다. 음식을 하는 자기보다 그 음식을 먹을 이의 입맛을 우선 고려하는 건 기본이요, 없는 살림일수록 식구들이 배를 곯지 않으려면 바쁘게 움직여야 했다. 봄이면 쑥, 달래, 미나리, 더덕, 당귀, 씀바귀, 냉이, 질경이를 캐 찬물에 우려 쓴 물을 빼고 곧장 무칠 건 무치고 말릴 건 말렸다. 여름이면 지붕에 키운 박을 가르고 고춧잎을 땄다. 가을이야말로 눈코 뜰 새 없으니 본격적으로 겨울을 준비해야 하기 때문이었다. 새끼손가락 한 마디만 한 도토리를 모아 일일이 껍질을 까고, 말리고, 찬물에 담그되 잊지 말고 수차례 물을 갈아야 했다. 겨울에도 찬이 비지 않으려면 봄부터 말린 나물들이 썩거나 벌레 먹지 않도록 볕 좋은 날이면 꺼내 말리고, 그늘이 지면 조속히 치워야 했다. 겨울이면 칼날들 속에 손을 쑤셔 넣는 듯한 고통을 안기는 얼음물에 손을 담그고 빨래를 해야 했다. 물을 먹어 무거운 빨래를 이고 집으로 돌아오면 허리는 바스라지는 것 같고 손은 주먹을 쥐기도 어려울 만큼 붓고 발목은 가을무처럼 부풀었다.

이 일들을 하며 자기 자신의 삶도 살아가는 건 불가능했다. 하여 여인의 삶은 스스로를 죽여 오롯이 타인을 위해 바쳐져야 했다. 조선이 여인들에게 담장 안의 일만 허가하고 국문만 눈감아줄 뿐, 한자와 시화를 익히는 따위를 모두 금지시킨 건 개인의 삶을 지우고 타인, 그중에서도 사내들을 위해 살라는 뜻이었다.

명월은 초가집에 머물렀으나 때로 부름이 오거나 볼일이 있으면 명월관에 다녀왔다. 이 씨는 돌아온 명월에게서 술 향과 함께 사내를 만나고 온 낌새가 느껴져도 내색하지 않았다. 데려온 머슴에게는 논밭 일과 나무만 시키며 집안일은 몸소 했다.

동거를 시작한 무렵에는 머슴도 기겁하고 개도 고개를 돌리던 밥을 짓던 이 씨가 나날이 집안일을 익혀갔다. 치마를 빠는 법과 버선을 빠는 법이 다름을 알고, 숯을 상비해 저고리를 반듯하게 다렸다. 명월은 그 전에 태운 저고리는 탓하지 않았다.

생전 해본 적 없는 일을 하면서도 이 씨는 한 번도 불평하지 않았다. 그는 드물게 세상의 때에 물들지 않으며 꺾이지 않는 자유로운 영혼을 간직해온 이였다. 어찌 사나 보러 온 벗들이 부엌에서 나오는 그를 보며 기겁해 사내로서 할 짓인가, 부모 얼굴에 먹칠을 하는 거라 야단을 쳐도 술이나 내놓으라며 허허 웃었다.

명월은 상석에서 독상(獨床)을 앞에 두고 손님을 맞았다. 그 누구의 술잔도 채워주지 않았으며 이 씨가 자기 상 위에 가장 좋은 찬을 올리는 걸 당연하게 받았다.

"명월과 사는 게 이렇게까지 할 가치가 있는가?"

여인이 상석에, 자신이 아래에 앉은 게 불편해 계속 궁둥이를 들썩이던 이가 결국 대놓고 물었다. 그는 이 씨 다음에는 자기가 명월을 유혹해보리라 벼르다가, 이 씨가 사는 꼴을 보고 불에 덴 양 호들갑을 떨고 있었다. 그 속을 맑은 물처럼 들여다본 명월은 냉소했다.

이 씨는 벗의 타박에 뜻 모를 미소만 지었다.

＊

명월이 명월관에서 처소로 돌아오니 이 씨가 술과 고기반찬을 차려 기다리고 있었다. 명월의 얼굴에 감미로운 웃음이 번졌다.

"3년이 다 되었구려."

"오늘로 꼭 3년입니다."

이 씨는 명월의 잔에 술을 채워주었다. 이 씨가 명월을 따라온 뒤 그는 부인이 남편을 섬기듯 밥상머리에서는 명월이 먼저 숟가락을 들 때까지 기다렸고, 명월의 잔을 채운 뒤에야 자기 잔을 채웠다.

"공께서는 저와 사시며 원하는 걸 얻으셨습니까?"

"내가 묻고 싶은 질문을 하는군."

이 씨는 사이를 두고 말을 이었다.

"내 벗들은 자네가 날 통해 다양한 문인(文人)들과 교류하고 서책을 읽고 싶어서였으려니 하지. 내가 명창이라 불리니 그게 계기가 되었을 거라 말일세. 내 모친과 부인은 자네가 남의 부인으로 살아보고 싶어서였다 하지."

이 씨는 가장 잘 익은 고기를 명월의 밥그릇에 올렸다.

"그게 다가 아니라 보십니까?"

벗들이 명월과 살기 위해 이렇게까지 해야 하느냐며 타박했을 때처럼 이 씨는 수수께끼 같은 웃음만 지었다.

"먼저 답해주시겠습니까?"

명월은 이 씨가 무엇을 얻고자 했는지 궁금했다. 이 씨는 지난 3년간 명월에게 재물이나 교태를 포함해 무엇도 바라는 기색을 내비치지 않았다.

"내게 여인의 삶이 궁금한지 묻지 않았나."

말대로 이 씨와 총 6년 계약을 하기 전에 명월이 한 질문이었다. 명월이 먼저 3년 약조를 지켰으니 이 씨는 나 몰라라 해도 그만이었으나 그는 약조를 지켰다.

"정녕 그게 궁금하셨습니까?"

"호기심이 자네만의 전유물은 아닐세."

"어쩌셨습니까?"

"3년 가지고 알겠는가. 게다가 난 자네만 모시지 않았나."

이 씨는 '모시지'라는 말을 하며 짓궂은 웃음을 지었다. 명월도 살포시 웃었다.

"댁에 쌀을 보내지 않으셨습니까."

"내 부모고 처자식이니 당연한 일. 자네와는 다르지."

조선은 어디든 그 지역의 유지(有志)가 있었다. 지역 유지의 성 씨가 그 고을 성 씨의 반 이상을 차지했다. 다름을 그름으로 받아들이는 조선 땅에서 홀로 다른 성을 가지고 시집온 이는 타인, 외부인, 적이었다. 딸은 지참금으로 재산을 축내는 존재, 좋은 가문과 연을 맺기 위한 존재, 아들을 낳아야 하는 존재로 전락해가고 있었다.

— 너만은 내 이름을 불러다오.

널 잃을 내 슬픔에만 빠져 네 두려움을 보지 못했다.

명월은 술잔으로 저며오는 마음을 감췄다.

"사내라 해도 못 할 일은 아니지?"

"그러하더이다. 딱 제 입맛에 맞춰주시니 명월관 음식을 먹을 때도 공 생각이 날 지경입니다."

이 씨의 음식이 그리워질지도 모른다는 생각에 명월의 얼굴에 감미로운 미소가 떠올랐다. 명월은 알고 싶었다. 사대부 사내들은 본질적으로 다른 이를 돌보는 일은 할 수 없는 존재인가? 이 씨는 행동으로 그게 아님을 보였다.

이 씨가 술로 목을 적셨다. 그의 몸짓에서 명월은 소리로서 만났듯 소리로서 헤어지자는 뜻을 읽었다.

"제 답은 궁금하지 않으십니까?"

사내도 할 수 있는 일인지 알고 싶었다는 게 명월의 답은 아니었다. 이 씨가 모를 리 없었다.

"조금 전 자네가 보인 웃음이 그 답이라네. 6년을 기다렸지."

이 씨는 눈으로 금을 가리켰다. 명월은 금을 잡았다. 소리와 금은 함께 하늘로 올라 구름을 지나 달로 갔고, 달은 작은 술잔에 담겼다.

한 잔이 비면 한 잔만큼, 한 병이 비면 한 병만큼, 날이 가면 날만큼 함이 줄어들더니 때가 되면 녹는 눈처럼 당연한 일로써 가까스로 한 잔에 넣을 만큼만 남았다. 어떤 신호처럼 술잔에 달이 떴다.

이 잔이 마지막이겠구나.

이 잔을 마시고 나면 널 따라가겠구나.

네 몸과 마음이 재가 되어 부서지는 동안, 나는 우리에 갇혔던 말이 자유를 찾은 듯 온 세상을 뛰놀았다.

— 공자께서 '학이시습지 불역열호(學而時習之 不亦說乎)라, 배우고 익히니 즐겁지 아니한가.'라고 하셨느니라. 나는 네게 배우고 익히는 그 자체의 즐거움을 알려주고 싶다.

너를 위해 시작했으나 배우고 익히는 즐거움은 어느 향기로운 술에 견줄 바가 아니었다. 나는 독주보다 빠르게 학문의 즐거움에 취했다. 사내들의 몸으로 육신의 쾌감을 누렸고, 산해진미로 혀를 깨웠고, 비단의 황홀한 촉감을 전신에 감았으며, 나만의 음률을 찾았고, 호흡이 만들어내는 시화에 빠졌다.

도로가 다시 온들 어쩔 것인가, 이미 재가 되어버린 너를 어쩔 것이야?

잎들이 잠깐만, 이 소리만 듣고 가라는 듯 침묵으로 명월을 잡았다. 소리가 명월에게 왔다.

곡은 끝났으나 명월의 흐느낌은 멎지 않았다. 명월이 일어서려 하니 이 씨가 그의 손을 잡아 저지했다. 감사하다고 큰절을 올릴 필요 없다는 뜻이었다.

"절 살리고자 하셨군요."

"사냥꾼도 다친 새끼 노루를 보면 마음이 애잔해진다. 하물 며 나는 소리꾼이다. 백결(百結)이 살아온대도 너에게는 미치지 못하리니. 너와 같은 금을 내가 어찌 모른 척하느냐."

"저는…."

이 씨는 명월의 제안에서, 제안한 그 자신조차 인지하지 못한 이유를 읽었으며 명월이 그 답을 찾기 바랐다. 명월은 살고자 그에게 갔다. 그 순간을 버티고 지나가게 해줄 수 있는 명분이, 목적이, 자기를 살려 여진을 지키도록 매달릴 끈이 필요했다.

이 씨는 말 대신 소리를 했다. 명월 또한 말로 하는 감사 대 신 금으로 화답했다. 잎들이 이제야 안도했다는 듯 파르르 몸을 떨었다.

"네가 와서 한번 봐야겠다."

제필수가 명월이 혼자 쉴 때 오는 누각에 와 있었다. 명월은 과거에서 현재로 돌아왔다. 도로가 온 뒤 겨울이 지났고, 봄은 살필 겨를도 없이 삽시간에 사라지더니 어느새 매미가 지천을 점령했다. 명월은 잎들이 어깨를 가까이하고 자기들끼리 비밀 을 나누는 어린 자매들처럼 사운거릴 때면 이 씨를 떠올렸다. 모친이 부인에게 가하는 모진 고통을 보지 못했던 이 씨가 명월 의 절망은 보았다. 긴 시간이 흐른 뒤에야 명월은 나름의 답을 찾았다. 부처도 악을 무찌르는 부처, 신자를 지키는 부처, 질병 을 고쳐주는 부처가 따로 있는데 한 인간이 인간사 모든 슬픔을 다 볼 수는 없다. 그래도 그라면 여인의 짐을 지고 산 3년을 다 른 눈을 뜨게 하는 계기로 만들었을지도 몰랐다. 적어도 해보니 별거 아니라며 어설픈 경험으로 목에 힘을 주지는 않으리라.

기방에는 새로 만든 기기들이 대기하고 있었다. 새 기기들은 발조와 내부에 넣은 숯의 열기만으로도 반 시진을 움직였다.

"한 시진은 가야 합니다."

"관리들 앞에서 시연하기로는 충분할 것이다. 그때 시간을 벌면 정식 공연 때까지는 만들 수 있을 게야."

명월은 기기들의 움직임을 꼼꼼히 살폈다. 제필수는 기기를 만드는 데는 능했으나 공연 연출은 몰랐다. 관리들을 만족시키려면 극적인 연출이 필요했다. 명월은 연출을 위해 필요한 동작과 불필요한 동작을 가렸다. 기기의 움직임은 제한적이었다. 사람이 하는 모든 움직임을 다 따라 하려면 그만큼 많은 부품을 추가해야 했고, 그 부품들을 다 넣으려면 크기도 커질 수밖에 없었다. 그럼 동력원도 많이 필요해 운용에 한계가 왔다.

"알겠다. 그리 해보마."

제필수가 명월의 제안을 수용해 수선할 안을 궁리했다. 명월의 눈이 어두워졌다.

"왜?"

"수령이 보낸 야장꾼들을 조심하십시오. 기공장이 이 기술을 어디 빼돌릴까 감시하는 자들이 섞여 있습니다."

"그 정도 눈치는 나도 있어. 그래서 표정이 안 좋아졌던 게냐?"

"이 기술을 고작 공연에 쓰는 행태가 한심해서 그렇습니다. 사대부는 지식은 독점하려 들고 기술은 두려워합니다. 사대부가 주구장창 주장하는, 백성에 대한 사랑은 그들을 자기 발밑에 둘 때만 성립합니다. 통치라는 이름으로 수탈을 정당화하고 있으니까요. 몸으로 하는 일은 천시해 기술은 멀리하면서도 백성이 깨어나고 손에 자기들은 체득하지 못하는 기술을 쥘까 전전 긍긍하죠. 부와 힘은 자기들만의 것이어야 하는 겁니다."

"사대부라고 다 같지 않아. 보리쌀로 겨우 연명하는 치들도 많아."

"사대부들 사이에도 격차가 있음은 압니다만 그나마도 양민들에게는 까마득한 존재입니다."

이 씨와 그의 벗들은 모여 술만 나누지 않았다. 그들은 백성을 염려했고 시를 지으며 풍류만이 아니라 세상도 논했다. 이들은 가난했기에 곤궁한 백성의 삶을 피부로 느꼈으며, 음서(蔭敍)도 남의 일이라 계급이 주는 박탈감을 몸소 겪으며 살았다. 음서는 몇몇 가문이 관직의 절대다수를 차지하도록 만들었다.

양반 중에서는 하위에 속한다 해도 양반은 양반이라 이들이 짓는 소위 애민시는 대체로 같잖았지만, 간혹 쓸 만한 풍간(諷諫) 시가 나오기도 했다. 임금이나 고위 관리들이 읽으면 좋을 시들이었다. 하지만 그 시는 벗들 사이에서만 떠돌다 사라질 것이다.

"지식과 지위로서 부와 힘을 독점하고자 하는 욕망은 쉽게 꺼지지 않을 불꽃이라, 국문은 계속 천대받을 것이며 한자는 조선이 명운(命運)을 다한 뒤에도 살아남아 일반이 지식을 쉽게 얻지 못하게 만들 것입니다."

"넌 대체 무슨 불만이 그리 많으냐? 막상 만드는 나는 이리 쓰이든 저리 쓰이든 개의치 않는데. 만들 기회가 온 게 어디냐. 조선 팔도 어디에서도 이런 기기는 만들지 못할 것이다."

"기공들을 관에 붙들어놓아 자연스러운 발전을 막는 행태가 답답합니다. 이 기기들을 잘 활용하면 집안일, 농사일, 제방, 성의 축조에도 큰 힘을 발휘해 백성들의 삶이 편안해질 텐데, 사대부들의 바람대로 사람들을 교화하고 유흥 때 흥을 돋우는 용도로만 쓰고 있습니다."

"그런 걸 네가 왜 신경 써? 너는 네 정인만 되돌리면 그뿐 아니냐. 넌 생각이 너무 많아. 그러다 제 명에 못 살아."

제필수는 어떤 기기를 만드는지, 자기 기기가 어떤 용도로 쓰이는지는 관심 없었다. 그는 기기의 원리, 그 자체에만 빠져 있었다.

"관찰사도 시연일에 맞춰 오겠다더군요. 날짜를 독촉하는 서한을 받았습니다."

"네가 부품을 빼돌리지 않으면 이리 촉박하게 쪼일 이유가 없다."

그는 한 박자 쉬었다가 덧붙였다.

"부품을 빼돌리는 걸 걸리면 아무리 너라도 무사하지 못한다."

"나랏돈을 쓰는 이들 중 빼돌리지 않는 이가 있습니까?"

"그것도 정도껏이지. 넌 적을 지나치게 많이 만들었어. 네게 잘 보이려 달려드는 사내들 다 네가 날개가 꺾이길, 가능하면 자기가 꺾길 바라는 자들이야."

297

"기공장께서 다른 사람 걱정을 다 하십니까?"

"걱정? 그냥 궁금한 거다. 천하의 명월이 자기 삶을 걸고 달려드는 자가 있는데 누군들 안 궁금하겠냐? 깨어나야 똥인지 된장인지 알 거 아냐?"

명월은 싸늘하게 눈을 돌려 그가 누구인지, 어떤 사연인지는 대답하지 않겠다는 뜻을 보였다.

"대관절 도로 공은 누구냐? 조선에 나만 한 기공은 없다. 그런 내가 그자의 설명을 십분지 일도 못 따라가겠어. 그자는 말을 타고 달리는데 나는 아장아장 기어가는 아기 수준이야."

제필수는 기기에 미친 자였는데도 정작 도로의 정체는 가늠조차 못 하고 있었다.

"저도 모릅니다."

도로의 본질은 알지만 그 본질이 어디에서 왔는지 모르기는 명월도 마찬가지였다.

"사람 같지 않은 눈이 널 볼 때면 다르더라. 캐물으면 대답해 줄 것 같은데? 네 기술 좀 써보지."

"제게 필요한 것만 얻고 다른 건 궁금해하지 않겠노라 약조했습니다. 저는 일단 한 약조는 어기지 않습니다. 기공장과 한 약조를 지키는 것과 같습니다."

"그 죽은 놈하고 한 약조를 지키고 있듯이 말이냐? 그래도 나도 이 일에 보탬이….'

"죽었다 말하지 마십시오!"

"죽은 건 죽은 게야! 네가 하는 일은 산 자의 병을 치료하는 게 아니다, 죽은 자를 되돌리겠다는 거야. 아닌 척하면 그 뼈에 새 살이 돋고 피가 돈다냐?"

"그래서 안 되는 일입니까?"

"도로가 마지막 기술은 보여주려 하지 않아. 혼자 마무리하신단다."

"도로 공을 거스르지 마십시오. 공께서 허용하신 이상으로 욕심내시면 안 됩니다."

"날 걱정하는 게냐? 이젠 내가 필요 없지 않아?"

"제가 사람을 대하는 기준은 필요가 전부가 아닙니다."

"난 그렇다."

"도로 공이 아니었다면 이 기술들을 익히지 못하셨을 겁니다. 과유불급이라 했습니다. 지금껏 얻은 걸 바탕으로 앞으로 나아가십시오. 제 말을 허투루 들으시면 안 됩니다."

"훈계질을 시작하는 걸 보니 너도 늙으려나 보다. 여긴 됐으니 도로 공에게 가봐라. 석빙고에서 기다린단다."

"예."

"명월아."

돌아선 명월을 제필수가 불러 세웠다.

"예?"

"봄은 돌아보면 와 있고, 꽃은 예기치 않을 때 피는 법이다."

"도로 공은 절 여인으로서 보는 게 아닙니다. 저 또한 공을 사내로서 받드는 게 아닙니다."

"너답지 않게 멍청한 소리를 하는구나."

제필수는 가라는 듯 몸을 돌렸다.

명월은 석빙고로 올라갔다. 비밀 출입구는 도로 혼자서도 드나들 수 있도록 손을 봐두었다. 도로는 먹거나 잠을 잘 필요가 없는 이라 언제부턴가 필요한 일이 있을 때만 밖으로 나오며 여진의 뇌를 살리는 데 전념했다. 시작은 명월과 한 약조 때문이었으나 때로 일을 하다 보면 계기는 사라지고 일 그 자체가 본질이 되어버리고는 한다. 도로는 진정으로 이 일에 흠뻑 빠져 있었다.

여진의 방은 올 때마다 달라졌다. 심장과 뇌가 있던 얼음관은 사라졌고 대신 가늘고 굵은 관들이 뇌에 연결되었다. 벽에는 빼곡하게 놓인 아륜들이 맞물린 채 빙글빙글 돌았으며 나사와 수선, 금속판들이 사람의 혈관처럼 얽히고설켜 있었다. 이 방 자체가 몸체였다. 석빙고 깊은 곳에 만들었으나 작동을 시킬 때는 부근 땅이 진동해 이 근처는 생쥐 한 마리 얼씬도 하지 않았다. 귀곡성이 들린다며 약초꾼이나 사냥꾼들도 길을 돌아갔으니 명월에게는 좋은 일이었다.

도로는 인기척에도 돌아보지 않으며 발조를 감고 관들의 위치를 바꾸고, 나사를 단단히 조이느라 분주했다.

"왔느냐?"

도로가 한참 만에 아는 척을 했다.

"찾으셨다 들었습니다."

"시연을 하려 한다."

점멸하는 불빛, 어지럽게 늘어선 관들이 한밤중에 덤벼드는 산짐승들처럼 보였다. 기기를 지나치게 과하게 돌려 천마산에 사태가 일어났는지도 몰랐다. 귀에서 매미 울음소리가 들리고 비선에서 낙하하는 듯 사물들이 뒤섞였다.

　명월이 답이 없는 게 이상해 도로가 돌아보았다. 찢어진 연처럼 균형을 잡지 못하고 혼자 허덕이던 명월이 기어이 쓰러졌다. 무슨 일인가 싶어 다가오던 도로가 뒤늦게 문제를 깨달았다. 인간의 정신이란 신비로울 만큼이나 강인하면서도 또 연약해, 큰 충격을 받으면 제대로 된 사고를 하지 못하고 몸도 가누지 못했다. 기기들을 똑바로 걷게 만드는 건 고도의 기술이 필요했다. 인간은 일단 걸을 줄 알게 되면 의식하지 않아도 걷고 뛰면서도, 몸이 다치지 않았는데도 움직이지 못할 때가 있었다. 도로는 인간의 작동원리가 궁금했다. 불안정한 면을 없애고 안정적인 면만 뽑아 만들어진 게 자기 자신인 줄은 알지만 자기를 누가, 언제, 왜, 어떻게 만들었는지는 알지 못했다.

　도로의 손이 명월을 잡아주려 가까이 왔다. 자기 앞으로 다가오는 손이 여럿으로 보여 명월은 무얼 잡아야 할지 몰랐다. 도로는 명월을 일으키지 않기로 했다. 지금은 괜찮아 보이지만 일으켰다 또 넘어지면 크게 다칠지도 몰랐다.

　"앉아서 보거라."

　"공. 지금, 시연을, 시연을 한다 하셨습니까?"

　"소리가 불안정하다. 사람의 말소리로 들리지 않을 게야. 그래도⋯."

　"말을 한다고요?"

명월이 비명처럼 외쳤다. 도로는 명월의 반응을 분석하고자 일시적으로 행동을 멈췄다. 감정이 극에 달하면 인간의 표정은 비슷해져 표정으로는 기쁜지, 노여운지, 슬픈지, 두려운지 파악하기 힘들었다.

"그렇다."

"제 말을 듣기도 합니까?"

"그렇다."

"여진아, 여진아! 여진아아!"

명월은 사방을 둘러보며 답을 기다렸다.

"아직이다."

"여진아⋯."

도로는 명월이 진정하길 기다리지 않았다. 아무리 혼이 나갔더라도 이 방에서 애먼 짓을 해 부품을 위태롭게 하는 일은 없을 것이다. 그도 시간과 공을 바쳐 매달린 일이니만큼 결실을 볼 때였다.

그는 손잡이를 내리고 단추를 누르며 관에 김이 들어가도록 했다. 무채색이던 단추들이 다채로운 색으로 점멸했다. 아륜들은 팽이처럼 돌았고 혈관에서 피가 돌듯 관이 김으로 요동쳤다.

한참 큰 오라비의 옷을 입고 어색하게 서서 자기가 제대로 속였다 자부했다. 오동통한 손가락에 잠자리를 쥐여주었다. 이갈이를 하느라 발음이 새는 말씨로 바투 앉아 이야기책을 읽었다. 혼인한다. 우린 다시 못 본다. 너만은 내 이름을 불러다오. 죽었단다. 피로써 맹세하노니 너는 나의 의자매라⋯.

네 이름을 부르고 싶어서, 네 이름을 불러주고 싶어서 나는, 나는….

솜털이 곤두서며 어떤 거대한 동물의 내장에 들어와 있는 듯한 느낌이 들었다. 이곳은 더 이상 빛나는 단추들이 가득 찬 벽이, 돌아가는 발조가 아니었다. 이 방은 살아 있었다. 도로가 말하지 않아도 명월은 여진이 깨어났음을 느꼈다.

여진과 헤어진 지 근 20년이 흘렀다. 명월은 기생이 되었다. 수많은 사내와 어울렸다. 사람의 마음이 하루아침에 돌변할 수 있음을 겪었다. 죽음의 문턱도 보았다. 얼굴에는 더 이상 어린 시절의 모습이 남아 있지 않았고, 마음도 여진과 헤어질 때의 자기가 아니었다. 하지만 자기가 아무리 변했더라도 여진만은 자기를 그때의 자기로 보아주리라. 여진은 명월의 삶에서 자기를 동등한 이로서, 오롯이 한 사람으로서 봐주었던 유일한 사람이었다. 그러니까, 여진아, 여진아, 나의 여진아….

"여, 여진아."

들었다. 여진은 명월의 소리를 들었다.

"여진아."

「어떻게?」

"여진아!"

여진이 대답했다. 뼈를 긁는 금속성의 목소리이나 분명 여진이 대답했다.

「여긴… 어디야? 나는, 죽었는데?」

"죽지 않았어, 여진아. 내가 너를…."

「왜? 왜 내가 죽지 않았어?」

"여진아?"

「나는 죽어야 해. 그래서 목을 매달았는데. 나는 살 자격이 없어. 나는 죽어야 해! 그런데 손이 없어. 목을 매달 손이 없어. 매달 목이 없어. 목을 매러 갈 발이 없어. 왜? 왜 내가 안 죽었지? 나는 죽어야 해! 죽어야 한단 말이야. 날 죽여줘, 진이야, 거기 있니? 있다면 날 죽여줘, 제발! 날 죽게 해줘어어어!」

7장

왜 울새가 죽어야 합니까?

　─ 누구 신세를 망치려고 우리 아들에게 달라붙어?

　─ 이 사내, 저 사내 붙어먹은 더러운 년이 내 아들이 첩실로
나마 받아줬으면 감지덕지할 일이지.

　개나리꽃 주워 머리에 꽂으며 놀 아이들이 돌을 집어 던지고
킥킥거리며 달아났다. 자기를 혼내지 못할 존재인 줄은 알지만
일단 어른이라, 혹은 본능적으로 자기들이 한 나쁜 짓에서 도망
친 것이다. 어린 손이 던진 돌이라 아프지 않은 건 아니었다. 그
작은 손이 던진 돌이라 더 아팠다.

　─ 너나 나나 기생 팔자인 건 도긴개긴인데, 넌 뭐가 그리 잘
났어?

　─ 잘 생각했다. 넌 얼굴도 고우니 호의호식할 게야. 그게 나아.

　─ 병돌이년이 왔어? 누구 서방을 꾀려고?

— 찢어진 년들이!

곡괭이를 든 여인들이 살기등등하게 달려나갔다.

그간 들은 말들이 한순간에 불어난 빛처럼 쏟아졌다. 어리고 약해 도움이 필요했던 게 죄입니까? 더럽다는 게 도대체 무슨 말입니까? 제가 그 댁에 빈손으로 들어가 물 한 방울 안 묻히고 살았습니까? 뭘 감지덕지해야 하죠? 기생은 잘나면 안 됩니까? 그게 나아. 절 위한 게 아니라 제가 알아서 사라진다는 데 안도해 한 말이었죠. 찢어진 년이라니, 나라에서 백성으로 셈하지도 않는 이들, 모진 게 목숨이라고 팔 게 자기 몸밖에 없는 이들에게 찢어진 년이라니요? 어찌 그런 말을 입에 올립니까? 여인은 찢어진 년입니까?

장대비로 인해 발목까지 물이 차올랐다. 개울처럼 미끄러운 땅 때문인지, 누가 다리를 거는지 자꾸 넘어졌다. 옷이 찢어지고 발걸음을 따라 핏물이 흘렀다. 누가 뭐라든 상관없었다. 자기 삶을 후회한 적 없었다. 최선을 다해 살았으며, 온 마음을 바쳐 답을 찾아왔다. 상관없었다. 상관없…. 비는 멍석말이보다 혹독했고 말들은 독사처럼 명월을 물어뜯었다.

온기가, 빛이, 약초 같은 향냄새가 풍겨왔다. 명월은 암자에 들어섰다. 단정하게 앉은 부처가 여기까지 오느라 얼마나 고생했느냐며 온 세상을 품는 미소로 명월을 맞이했다.

부처상 앞에서 염주를 돌리던 초로의 사내가 놀란 눈으로 다가왔다.

"세상에, 이 비를 맞으며 오신 게요?"

명월은 자기를 부축하는 팔에 탄식을 매달았다.

"가르침을 청하고자 왔습니다. 한 사람이, 한 사람을 마음에 품는 것이 죄입니까?"

— 우리가 나눈 마음은?

명월의 질문에 돌아온 건 칼날이 긁히는 쇳소리였다.

— 내겐 지아비밖에 없었어. 혼인 전에도, 혼인 후에도 난 정결했어!

— 네 이름을….

— 내겐 이름이 없어.

— 네 잘못이 아니야.

— 난 더럽혀졌어. 왜 나를 살렸어? 왜, 도대체 왜? 죽음으로 사죄했는데!

"그게 죄입니까? 자기 뜻이 아닌데, 죄지은 자는 도피해 과거를 보고 출세를 꿈꾸는데, 왜?"

"보살께선 잠시 고정하시지요."

선사(禪師)가 절규하는 여인을 뿌리치지도 흠뻑 젖은 몸을 안아 달래지도 못하며 말했다.

"제 정인이… 죽었습니다."

죽었다, 너는 죽었다. 여진이 죽었다는 사실은 망나니가 휘두르는 칼날보다 모질게 몸을 저몄고, 저며진 자리에 수렁보다 깊은 절망이 쏟아졌다.

"한데도 저는 반편이처럼 정인을 붙들고 있습니다. 선사여, 답을 주소서. 정인의 억울한 죽음을 되돌리려는 게 잘못된 일인가요? 제 정인은 진정 절 잊은 것입니까? 절 버린 것입니까? 제가 잘못된 일을 한 겁니까? 제 마음이… 제가 품지 말아야 할 마음을 품었습니까?"

— 아니야, 아니야, 아니야! 내겐 지아비 하나뿐이야!

"우리가 함께한 게 서책일 뿐이면, 우리가 나눈 게 딸기일 뿐이면, 도대체 뭘 부정하는 겁니까?"

"정인이 보살과 그간 나눈 정을 부인합니까?"

— 날 죽여줘, 진이야, 제발 죽여줘. 난 죽어야 해!

"왜 내 정인이 죽어야 합니까?"

"좀 더 차분히 말씀해보시면….'

명월의 비통이 선사의 옷자락을 쥐었다. 명월은 선사의 품에 통곡을 묻었다. 금선은 명월이 뭘 바라는지 모르면서 거뒀다. 수해간 그의 시중을 들어온 연연은 작은 선물에만 눈이 팔려 있었다. 명월관의 시초부터 함께해 온 제필수는 툭하면 헛된 짓거리라고, 안 될 일이니 그만 포기하라 나무랐다. 최선을 다해 명월의 원을 들어주겠노라 약조한 도로마저도 수시로 그만 여진을 떠나보내길 바라는 기색을 내비쳤다. 그 누가 알든 모르든 뭐라든 나는….

"살릴 방도를 주소서. 이토록 이기적인 마음으로, 제 마음으로 그를 놓지 못하는 절 가련히 여기소서. 제발, 제발, 제게 답을 주소서. 제 정인이 무슨 짓을 했다고 죽어야 합니까? 제 연모는 연모가 아닙니까? 제대로 피워보기도 전에 졌을지언정, 어찌 꽃봉오리조차 없었다 말합니까? 제가 정녕 그를 놓아야 합니까?

그게 그를 위한 길이겠습니까? 영원을 건 약조가 그리 가벼울 수 있습니까? 불러보지도 못했습니다. 제대로 불러보지도 못한….”

선사의 입술이 명월의 입술을 막았다. 명월은 영문을 몰랐다. 어느새 선사의 손이 자기의 옷 속으로 들어온 줄도 알지 못했다. 명월은 비탄에 잠겨 알지 못했고, 선사는 그를 수락이라 오인했다.

“너, 너, 옷차림이, 사부가의 여인이 아니다. 네가 왔다. 오밤 중에 홀로 그리 차려입고, 네가! 살결을 드러내고 내 품으로 파고들어….”

선사의 눈에 담긴 건 단순한 정염이 아니었다. 맹세를 깨는 자의 죄책감, 자기 합리화, 그로 인해 더 불어난 죄책감, 그 죄책감을 능가하는 이 순간의 불길….

명월은 웃었다. 여인을 품어보지 못한 자가 자기 자신의 서툰 몸짓에 제 애가 타 허겁지겁, 혼자 앓는 동안 웃고 웃고 또 웃었다. 도를 깨우치겠다며 세상 풍파를 회피하고 수십 년을 석벽 앞에만 앉아 있던 자에게 무슨 가르침을 청하겠다고….

선사는 불길이 사그라진 후에야 명월의 웃음을 들었다. 그의 넋을 빼앗은 건 비에 젖은 몸이 아니라 절망이었다. 절망 또한 소수만이 누릴 수 있는 호사라, 그 자체로 물아일체의 경지였다. 선사는 타인의 지옥을 딛고 극락에 올랐다. 그는 최소한의 부끄러움을 아는 자로서 도망쳤고 다시는 이 암자에 오지 않았다. 명월의 웃음소리만이 암자에서 끝없이 메아리쳤다.

제 질문은 듣지 않으십니까? 이제 저는 어디서 답을 찾습니까?

명월은 화공과 함께 시연 때 쓸 기기들의 화장을 논의했다.

"이 얼굴로 낙점하려고? 자칫….."

화공이 근심스레 말을 흐렸다.

"볼 줄이나 아는 자들입니까."

명월의 입가에 비릿한 웃음이 걸렸다. 화공이 동의를 담아 껄껄 웃었다.

"알겠다."

제필수는 화공이 기기를 어떻게 꾸미든 일절 관심을 두지 않았으나 화공은 자기 작업에 자부심이 있었다. 그의 일은 기기들에게 생명을 불어넣는 것이었다. 얼굴, 표정은 기기의 본성을 만들어냈다. 자식처럼 정성껏 꾸며 내보낸 기기들이 양반들의 놀음으로 만신창이가 되어 오는 꼴을 볼 때마다 복장이 터졌다.

"난 늙었다. 설혹 누가 낌새를 채 양반을 농락한 죄를 준다 해도 여한이 없다만 넌 괜찮겠느냐?"

"안 괜찮을 게 뭐 있겠습니까."

화공의 주름이 깊어졌다. 30년을 수련한 선사조차 명월 앞에서는 승복을 벗어 던지고 사내의 원색적인 면모를 드러냈다 했다. 일부는 명월이 선을 넘었다 비난했으나 대다수는 "역시 명월"이라며 명월의 마음을 얻으려 기를 썼다. 명월은 언제나 발자취마다 따라붙는 찬사와 조롱, 감탄과 질시가 뒤엉킨 태풍 같은 풍문을 흙먼지 취급해왔다. 그런데 근래 들어서는 그저 하찮게 여겨 돌아보지 않는 수준이 아니라….

"마음이 곯으면 얼굴에도 드러나는 법이다."

"예?"

"너 중병 들었어. 내 평생 해온 일이 얼굴을 만드는 일인데 그걸 못 볼까. 뭔지 모르지만 그만 놓아. 그러다 죽는다."

"제가요?"

명월이 절벽에서 추락하는 이가 풀뿌리라도 쥐어보려 손을 뻗듯 물었다.

"네 몸은 부족할 게 없으니 마음의 병이겠지. 마음의 병은 몸의 병보다 고약하지만 눈 한 번 질끈 감으면 아무 일 아니기도 하는 법이다."

"죽으면 죽었지, 눈은 못 감겠다면요?"

"팔자려니 해야지."

화공이 피식 웃었다. 명월도 쓴웃음을 지었다. 오랜 세월 삶 속에서 부대끼며 산 이라 해 모든 답을 가지고 있는 건 아니었다. 결국 자기 삶은 자기가 살아가야 하는 법이고 삶에 정답은 없었다.

"내 너만큼 심지가 굳은 이를 본 적이 없다. 무슨 문제인지 몰라 뭐라 말은 못 보태겠지만, 너라면 훨훨 털고 일어날 게야. 네가 여인이라 애석하다. 사내였다면 큰일을 했을 게야."

"다시 태어나도 사내로는 태어나지 않을 겁니다."

명월은 오로지 답을 구하고자 하는 갈급한 마음으로 시간을 가늠하지 못하며 명망이 자자한 승려를 찾아갔으나, 사내는 밤에 홀로 찾아온 여인의 목적은 오직 하나뿐이라 단정지었다. 나중에야 선사의 눈이 자기가 언제 본론에 들어갈지 기다리고 있었음을 알았다. 하나밖에 생각할 줄 모르는 저열하고, 저열한 종자들. 한때는 다음 생이라는 게 있다면 사내로 태어나고 싶었다. 존재 자체로 물화(物化)되어야 하는 삶에 지쳤다.

맹세코 사내로는 태어나지 않으리라. 존재로서 타인을 농락하는 자들로 태어나느니 차라리 날파리가, 지렁이가, 허락한다면 나비가, 감히 소원한다면 원앙으로 태어나… 울새와, 나의 울새와 나뭇가지를 물어다 포식자들의 눈을 피해 작은 둥지를 짓고, 나의 울새와 나란히 개울을 헤엄치며, 나의 울새와, 나의 울새와… 나의 너와….

"그럼 마무리 잘 부탁드립니다."

"뭐든 간에 홀홀 털어버려."

명월은 인사하고 기방을 떠났다.

도로는 여진을 더 나은 형태로 만들기 위해 고군분투하고 있었다. 계속하라고도 중단하라고도 할 수 없기에 그는 오래도록 석빙고에 가지 못했다.

하지만 결국 결정해야 하는 때가 오리라. 더는 미룰 수 없는 때가….

명월은 천근같은 발을 움직여 뒤뜰로 향했다. 창곤이 장작과 씨름하고 있었다.

"오라버니."

창곤의 숨이 멎었다. 진이에서 명월이 된 후 명월은 단 한 번도 그를 어떤 호칭으로도 부르지 않았다. 그래서 창곤은 명월이 자기를 불렀다는 그 사실 하나만으로도 왜 불렀는지 알아버렸다.

"오라버니…."

창곤은 소를 먹일 꼴을 벤 뒤에는 탁탁 털어 메뚜기나 방아깨비가 휩쓸리지 않게 배려했다. 밤이면 문을 열고 방 구석구석 힘차게 부채질을 해 모기를 내쫓았다. 마른 흙바닥에서 몸을 비트는 지렁이를 보면 풀잎으로 집어 풀밭에 내려주었다.

명월은 돌아선 순간 선장과 노비들을 뇌리에서 씻어내, 이후 일어난 일은 시일이 한참 지난 후에야 알았다. 그런 일을 할 수 있는 이가 아니었다. 창곤은 아무것도 배운 바 없으나 본능적으로 옳고 그름을 알았다. 약자를 애틋하게 보았고, 자신의 처지는 알았으나 그렇다 해 누구 앞에서도 비굴하게 굴지 않았고, 힘으로 남을 으른 바 없었다.

"가야 해."

명월의 입이 가까스로 벌어졌다.

"어떻게, 지금…."

창곤답게 어떻게 지금 너를 두고 떠나느냐고 묻고 있었다. 자기 배가 고프면 형들도 고프리라 양보하고, 자기 입에 들어가는 것보다 어렸던 명월이 먹는 걸 더 행복해하던 이였다. 다른 이의 마음을 자기 마음처럼 봐온 이가 지금 명월의 마음을 못 볼리 없었다.

여진에 대해 알아봐달라고 부탁할 이로 다른 이는 떠오르지 않았다. 반가의 부인 소식은 왜 궁금해하느냐고 물으면 뭐라 답할지 몰랐는데 창곤은 묻지 않았다. 물어봐야 자기가 대답하지 않으리라 여겼으려니 안도했다. 너무 늦게 깨달았다. 창곤은 물을 필요가 없어 묻지 않았다.

창곤은 깨어난 여진의 반응이 명월의 바람과 엇나갔음을 어림하고 있었다. 명월의 그림자만 봐도 아픈지, 밥은 먹었는지, 잠은 잘 잤는지 아는 이가 무언가 잘못됐음을 모를 리가 없었다. 창곤은 여진이 깨어나 명월과 함께 떠나는 모습을 보기 바랐다. 그게 그가 할 수 있는 최선이자 유일한 일이라 받아들였었다.

"그러니까 지금 가야 해."

자기가 힘들다는 이유로, 누군가가 곁에 있어주길 바란다는 이유로 창곤을 잡을 수 없었다. 어떤 결정이든 스스로 내리고 감당해야 할 때였다. 창곤의 삶을 더 붙들고 있어서는 안 되었다.

고맙다는 말은 부족해 할 수 없었다. 미안하다는 말은 양쪽의 마음을 갈가리 찢어놓을 터라 할 수 없었다.

"가야 해, 오라버니."

"어디로?"

"집으로."

창곤에게 돌아갈 곳이 있다는 건 얼마나 다행스러운 일인가. 창곤을 위해서가 아니라 자기의 죄책감을 덜 수 있기에. 명월은 한 걸음 뒤로 물러섰다. 자기 눈에서 눈물이 비쳐서는 안 되었다. 창곤의 마음을 여기서 더…. 창곤은 다섯 걸음을 다가와 명월의 어깨를 감쌌다. 괜찮아, 울어도 괜찮아. 알고 있었지, 언젠가 가야 함을. 내가 떠나는 날이 네가 행복해지는 날이길, 그로서 다 괜찮기만 바라왔는데….

창곤이 그만 무너졌다. 명월은 온 마음을 다해 창곤의 절망을 품었다. 여진을 향한 명월의 마음은 그림자처럼 때로는 저만치 앞서가며 목적지를 제시하고, 때로는 잡지도 떨치지도 못하도록 발치에 바짝 붙고, 보이지 않을 때조차 언제나 등 뒤에서 따라오고 있었다. 이제 여진을 보내야 하는 명월이 창곤의 마음을 모를 수 없었다.

"진이야, 진이야, 진이야…."

진이야, 진이야, 진이야! 창곤은 골목 어귀에 들어서기 무섭게 목청껏 '진이야'를 외쳤다. 그에게 머루를, 산딸기를, 산밤을, 살구를, 고운 잎만 골라 따온 진달래를 줄 생각에 산더미 같은 나뭇짐을 지고도 뛰어왔다. 문을 다 열기도 전에 그부터 찾았다. 진이야, 진이야, 진이야! 한겨울에도 온몸에서 김이 모락모락 피어올라 창곤을 맞이한 진이의 얼굴에 뜨거운 입김이 쏟아졌다. 뿌연 입김 속에서 빛나는 두 개의 눈동자가 있었다. 혼탁한 세상 속에서도 해맑던 눈빛을, 웃음을 자기가 무너뜨렸다.

"알아, 오라버니. 내가 모를까, 내가 모를까, 오라버니."

창곤이 없었대도 달라지지 않았을 삶이었다. 명월의 연모와 삶은 오롯이 그 자신의 몫이었다. 창곤은 명월에게 날이 가면 날만큼, 달이 가면 달만큼 죄책감을 쌓는 이였다. 하지만 코가

보기 흉하다고 잘라낼 수 없듯, 다리가 불편하다고 차라리 없는
게 나을 리 없듯 창곤은 명월의 일부와 같았다.

"진이야…."

창곤도 자기를 있는 그대로 봐주었다. 자기에 대한 마음 때문
이 아니라 창곤의 성품이 본디 그러했다. 창곤은 어떻게 그런
사람일 수 있었을까?

✳

명월은 수수한 옷을 입고 행장을 차렸다.

"언니!"

게으름피우는 제자 단속이라도 하는 스승처럼 연연이 문을
활짝 열어젖혔다. 연연은 얼마 전부터 금선을 보좌하며 명월관
을 꾸려나갔다.

"또 어디 가세요? 이번에는 얼마나 있다 오시는데요?"

"모른다."

"오늘이 월정향 언니 사십구재인 건 아세요?"

명월의 손은 다만 짐을 챙기느라 분주했다.

"창곤 오라비는 왜 보내셨어요?"

연연이 무심히 움직이는 명월의 손을 잡아챘다.

"무슨 생각을 하시는 거예요?"

"왜? 나도 월정향 언니처럼 목이라도 맬까 불안하냐?"

"그런 소리가 나와요?"

월정향은 명월이 선사의 암자에서 돌아오기 며칠 전, 대들보

에 목을 맸다. 전날 밤까지도 아무 조짐도 보이지 않았다. 의원이 와 살피더니 임신을 했었다 말했다. 아이의 아비가 누구인지 알 길은 없었고, 낳았더라도 전하지 못했을 소식, 안다 해도 의미 없는 일이었다.

"가지 마세요. 명월관에는 언니가 필요해요."

명월은 코웃음도 치지 않았다.

"저는 언니에게 아무것도 아니죠?"

"타인에게서 네 존재의 의의를 찾지 마라."

"지금이든 나중이든 언젠가는 영원히 떠나시겠죠?"

"그럼 영원히 살겠느냐?"

"선문답을 하자는 게 아니에요! 제가 언니한테 얼마나 잘했는데요."

"돌려받고자 잘하지 마라. 그러느니 숫제 인색해져, 아깝지 않을 만큼만 베푸는 게 낫다."

"돌려받으려는 게 아니에요."

"내가 어디로, 왜 가는지 말하지 않는다 따지고 있지 않느냐. 네가 내 시중을 들었다는 이유로 너는 그걸 들을 자격이 있다 여기는 거고."

"그게 당연한 거 아니에요?"

"세상에 당연한 건 없다."

"죽지 않으실 거죠?"

"안 죽는 이가 있느냐."

"그런 말이 아니잖아요!"

명월은 예의 명월다운 예리하면서도 고아한 미소를 지었다.

"내가 이대로 다시는 돌아오지 않길 바라지 않느냐. 그래서 죄책감을 느끼는 거지."

"저는…."

"내 무슨 말을 해줄까? 천하의 명월이라도 세월은 비껴가지 못한다. 나는 지는 꽃, 너는 피는 꽃이니 날 경계할 필요 없다 할까? 그 말이 듣고 싶은 게냐?"

"왜 그리 사세요?"

"내가 사는 게 왜?"

"남의 마음에 대못을 박으시잖아요. 그래요, 솔직히 언니가 안 오면 이대로 명월관 제일 기생은 제가 되리라는 마음이 있어요. 그래도, 그래도 그간 자매처럼 지내온 정이 있는데 어찌 그리 매정하세요?"

"욕심도 많다. 나더러 네 죄책감까지 덜어달라는 게냐."

연연이 하려는 말을 삼키듯, 혹은 어떻게 뱉을지 고민하듯 아랫입술을 물었다 놓길 반복했다. 결국 입이 떨어졌다.

"단옥이가 들락거린다면서요?"

명월이 가타부타 말이 없자 연연의 눈빛이 표독스러워졌다.

"월정향 언니 사십구재 준비는 거의 다 제가 했고, 이후 공연 준비도 저에게 떨어져서 몸이 열 개라도 부족한데 절 거드는 대신 단옥이를 챙기세요? 잔인하세요. 사람을 어찌 그리 허망하게 대하세요?"

연연은 앵돌아서서 나갔다. 몸이 열 개라도 부족하다 운운한 말은 일이 힘들다는 하소연이 아니라 해내겠다는 의지였다. 이제 기생마다 붙들고 명월의 험담을 할 것이다. 정성으로 모셨으나 헛된 일이었다고, 자기는 자기 밑 기생들의 노고를 흘려버리지 않으리라는 암시를 던지며….

명월관의 많은 이들이 명월이 언제든 떠나리라는 걸 예감하고 있었다. 창곤이 떠난 뒤로는 모르는 이가 바보였다. 금선은 늙었다. 월정향은 죽었다. 기생들은 명월관의 차기 행수 자리를 놓고 치열한 다툼을 벌였다. 현재로써는 연연이 제일 유력하나 단옥도 가능성이 있었다. 한동안 앓아누웠다가 얼마 전에야 정신을 수습한 단옥은 월장향의 사십구재를 준비하는 데 온 정성을 쏟았다. 이제껏 단옥이 월정향의 시중을 들어온 지라, 연연도 넘기지 않을 도리가 없었다. 단옥이 월정향의 사십구재를 주도하는 중에 명월마저 단옥을 챙기면 자칫 행수 자리가 단옥에게 넘어갈까 싶어 연연은 불안해서 미칠 지경이었다.

명월은 명월관을 나왔다. 명월관의 이후 일은 그가 상관할 바가 아니었다. 전심을 바쳐 명월관을 지었는데도 한 번도 집처럼 느껴본 바도, 두고 가기 아쉬운 물건도 없었다. 어떤 물건도, 의복도 익숙해질 만큼 쓰지 않고 주위에 나눠줬다. 자기 전용으로 지어진 별채에서조차 남의 집에 임시로 머무는 객이었다. 세상 어디든 마찬가지였다. 명월관을 나올 때마다 매번 이게 마지막일지도 모른다 느꼈었다.

명월의 발이 석빙고 쪽으로 움직였다. 여진은 잠들어 있었다. 정확히는 도로가 여진을 꺼놓은 채로 더 정밀하게 운용할 수 있도록 보수하고 있었다. 도로에게 어려운 부탁을 해야 했다. 명월은 도로의 앞에 섰다. 어려운 부탁일수록 당당해야 했다.

"공께 청이 있사옵니다."

"무엇이냐."

"여진에게 약간만 시간을 달라 말해주십시오. 다음에 올 때는 여진의 뜻을 따르겠노라고요."

"알겠다."

명월은 쉽게 회유되지 않을 여진인 줄 아는 도로가 토 달지 않고 승낙해 놀랐다.

"이번에는 어디로 가느냐?"

도로의 눈이 명월의 행장에 가 닿았다.

"송도에서 으뜸가는 스승이라는 이를 찾아갑니다."

"언제쯤 오느냐?"

"가봐야 알겠지요."

"부디 바라는 가르침을 얻고 오길 바라마."

명월이 떠난 뒤 도로는 여진의 마음을 어떻게 바꾸면 좋을지 골몰했다. 여진이 이대로 살아가도록 설득하고 싶었다. 명월이 청하지 않았더라도 했을 것이다. 설마설마했는데, 불가능할 줄 알았는데 희미하나마 가능성이 보이기 시작하며 이 일에 자신이 할 수 있는 건 다 쏟아부었다. 깨어날 확률이 늘어났다 해 봐야 1푼의 가능성이 3푼으로 오른 정도였는데 성공했다. 이대로 폐기할 수 없었다. 여진이 아니면 이 기기는 관과 나사, 철판에 불과했다.

　　　　　　　　✳

　명월이 찾아간 이는 43세에 생원시에 합격해 성균관에 들어
갔으나 관직에 오르지 않고 고향으로 돌아와 찾아오는 이는 누
구든 마다치 않고 가르친다는 가구(可久)였다. 스승에 대한 예로
서 명월은 직접 담은 술과 만든 음식을 가지고 먼지가 날리는 오
솔길을 올랐다. 듣던 대로 초가집 안뜰에 사람들이 옹기종기 모
여 있었고 지천명에 이른 사내가 그들과 문답을 나누고 있었다.
명월이 싸리문을 열고 들어서니 좌중에 있는 이들의 머리가 바
람에 갈대가 쏠리듯 명월에게로 몰렸다.

　"명월이라 하옵니다. 명망 높으신 가구께 가르침을 청하고자
왔습니다."

　작은 절을 올린 명월의 입에서 혓바닥에 은구슬을 감은 듯 청
정한 목소리가 울렸다.

　"어딜 계집이 사내들이 공부하는 자리에 끼려 하느냐?"

　"명월? 들어본 이름인데….''

　"가만, 설마하니 명월관의 그 명월인가?"

　"지금 기생이 사대부들이 학문을 익히는 곳에 끼겠다는 건가?"

　"가구께서는 신분에 따라 사람을 차별해서는 안 된다 말씀하
셨다 들었습니다. 한데 저는 기생이라 가르침을 받을 수 없습니까?"

　눈을 내리뜬 명월이 첫 번째 질문을 던졌다.

　"넌 계집 아니냐?"

　"저는 다른 분이 아닌 가구께 가르침을 청하러 온 것입니다."

"방자하기 이를 데 없구나!"

한 사내가 명월의 어깨를 험악하게 잡아 일으켜 쫓아내려 했다.

"무슨 난폭한 짓이냐."

가구가 개입했다.

"스승께서 점잖으신 데 기대 이 계집이 방약무인하게도….."

"그 아이가 곰 같은 사내였더라도 그리 어깨를 잡았겠느냐? 겉으로 보이는 모습으로 판단해 대하지 말라 일렀거늘, 내 가르침은 어디로 들었느냐."

가구의 어조는 나무람이 아닌 깨달음을 주는 어투였다. 사내는 납득해서가 아니라 스승의 말이라 손을 놓았다.

"가르침을 청하러 왔다 했느냐?"

가구의 말이 명월을 향했다.

"그렇사옵니다. 가구께서는 절개란 무엇이라 생각하시옵니까?"

명월이 두 번째 질문을 꺼냈다.

"기생이 절개를 논해?"

"온갖 사내를 다 욕보인 계집이 부끄러운 줄도 모르고….."

"절개를 지키는 이가 있느냐?"

소란 속에서 가구의 언성이 들렸다.

"산골에 묻혀 사는 내게도 네 이름이 들리더라. 너는 자진해서 관노청을 찾았다 들었다. 기생이 무엇인지 알았느냐?"

"예."

"그때 이미 절개를 바친 이가 있었느냐?"

"예."

가구와 명월의 문답이 지속되자 일부 제자들이 웅성거리는 이들의 옆구리를 쳐 조용히 시켰다. 기생 주제에 스승과 문답을 주고받는 걸 두고 볼 수 없는 자들도 스승의 말을 끊을 수 없어 입은 다물었으나 분은 가라앉히지 못해 콧바람을 뿜었다.

"절개를 지키는 이가 있는데 왜 기생이 되었느냐?"

"사대부가 여인은 한시만 지어도 무슨 몹쓸 짓이라도 한 것처럼 사방에서 펄쩍 뛰며 그 붓을 꺾습니다. 하지만 기생은 사대부의 몸과 정신을 일방적으로 충족시켜줘야 하는 존재이기에 역으로 장려하지요."

"학문을 익히고자 기적에 이름을 올렸단 말이냐?"

"그러하옵니다."

"하여도 네 정인에 대한 절개는 지켜왔다 믿느냐?"

"제 정인은 일생을 다해 하나뿐이었습니다."

"네가 네 자신에게 떳떳하다면 왜 타인에게 확인받으려 드느냐?"

뻔한 답안에 질린 심사위원이 특출난 답안에 얼굴을 펴듯 명월의 입가에 흡족한 웃음이 피었다. 일어난 명월이 큰절을 올렸다.

"가구를 스승으로 섬기고자 합니다."

"지, 지금 네가 가구를 시험한 것이냐?"

"구석자리에 앉아 있게만 해도 분수에 넘칠 노릇인데, 어디서 감히⋯."

"왜 저 아이는 날 스승으로 섬기면 안 되느냐?"

가구가 의문을 표했다.

"기생입니다!"

"주제도 모르고 스승을 시험했습니다!"

"내게 가르침을 청하러 왔다가 하품만 하다 슬그머니 일어나 가버린 이들도 있다. 그들도 다 쫓아가 질책할 것이냐?"

"그자가 무지몽매해 스승의 큰 가르침을 담지 못한 것입니다."

"질책할 가치도 없지요!"

"하면 저 아이는 왜 질책하느냐? 기생이 사대부보다 나무랄 가치가 있기 때문이냐?"

"태도가 몹시도 건방지지 않습니까?"

"여기에 어제 오후에 왔던 이와 한자리에 있던 이들도 있을 것이다. 내 말마다 막고 질문을 퍼붓다 시간만 낭비했다고 성을 내며 갔다. 왜 그이에게는 아무도, 아무 말도 하지 않았느냐? 혹 그이는 진사였기 때문이냐?"

"법도가 지엄하니 함부로 이야기할 수가 없었습니다. 하지만 그자의 짓거리에 동조한 것은 아닙니다."

"그럼 저 아이는 기생이기에 면전에서 힐난할 수 있는 것이냐?"

"말씀대로 기생입니다! 필시 스승을 능멸하러 온 것입니다."

"누가 능멸하려 들면 내가 능멸당하는 존재이냐?"

"스승께서 미처 이야기를 듣지 못하신 듯합니다. 얼마 전 30년 간 수련한 선사도 유혹해 파계시킨 계집입니다."

"승려니 넘어간 것이지. 일가붙이와 절연하고 세상에서 등을 돌리는 자들 아닌가. 유자라면 어림없는 일."

여기저기서 맞장구치는 소리가 들려왔다. 소음에 개의치 않는 가구의 시선이 다시 명월에게 왔다.

"선사를 유혹했느냐?"

"유혹한 바 없습니다."

가구는 명월의 말을 들은 그대로 받아들였다.

"유혹하지 않았는데 선사가 어찌 파계의 죄를 지었겠습니까?"

"자고로 계집이란 간악한 존재로서…."

"공의 어머니는, 공의 딸은, 공의 부인은 여인이 아닙니까?"

명월이 냉철하게 물었다.

"어딜 감히 내 모친과 딸, 부인을 입에 올려 더럽히려 드느냐?"

"어딜 감히 여인을 모욕하십니까?"

"뭐, 뭐라? 스승께서 네 말을 몇 마디 받아주셨다 해…."

"공의 사내다움이 소첩의 마음을 움직이나이다. 해가 지면 제 처소로 오시겠습니까?"

명월이 요사한 웃음을 지었다. 그 순간 사내의 눈이 명월의 귀밑머리와, 목과 어깨선이 만들어내는 매혹을 거쳐 저고리 사이의 깊이에서 멈췄다. 명월은 배에서 울리는 웃음을 터뜨렸다.

"나, 난, 결단코 갈 마음 없었다."

"노류장화로서 살아온 세월이 근 20년입니다. 제게 넘어온 사내의 눈빛을 모를 것 같습니까? 어떤 모욕은 하는 이는 없는데 당하는 이만 있는 것을 아십니까? 제가 마음만 먹으면 공을 유혹할 수 있는 까닭은 공이 유혹을 바랐기 때문입니다. 공이 모욕당

했다면 제 말로 인함이 아니라 공께서 겉과 속이 달랐던 탓입니다."

그날 수업은 소란 중에 제대로 이어지지 못했다. 어떤 이들은 기생과 한자리에 있지 못하겠다며 자리를 박차고 나갔다. 남은 이들은 대부분 명월을 용납하지 못하나 스승에게 차마 반항하지 못한 이로, 명월을 없는 사람 취급했다. 다른 자들은 두둔하는 척하며 명월을 유혹해보려는 저의를 품은 자들이었다. 드물게 남다른 반응을 보이는 이들도 있었는데 이지함은 명월의 생년월일과 태어난 시간을 물으며 학구적인 호기심을 보였다. 허엽은 자기 딸도 시화에 재주가 많다며 명월의 시와 그림에 관심을 보였다.

공부방 가까운 곳에서 홀로 사는 과부의 집에 방 한 칸을 얻은 명월은 하루도 빠지지 않고 가르침을 받았다. 달포에 한 번은 쌀과 술을 가져갔다. 그 이상은 하지 않았다. 가구의 정실 이씨와 측실 윤 씨가 받아들이지 못할 걸 감지해서였다.

가구는 학문을 갈고닦는 틈틈이 학생들을 가르칠 뿐이라 이렇다 할 수입이 없어 학생들이 자발적으로 가져오는 것을 받거나 소작농으로 일하며 근근이 먹고 살았다. 관직을 얻지 못한 양반들이 사실상 중인으로 몰락해 소작농으로 산다는 걸 익히 들어왔으나 명월이 직접 보는 건 처음이었다. 가구는 몸에 흙이 묻는 걸 부끄러워하지 않으며 성실히 일했다. 한편으로 생계보다 학생들을 가르치는 걸 더 중시했고, 일하다가도 사색에 빠지면 몇 시간 동안 그 자리에서 꼼짝도 안 하는 데다 몸도 약해

농사일에 큰 도움이 되지 못했다. 농사일은 두 부인과 자식들이 다 한다고 해도 과언이 아니었다. 가구는 가난했기에 첩이 큰 도움이 되었으니 첩과 첩이 낳은 아들들이 없다면 먹고살기가 더 곤궁했을 것이다.

명월은 가구와 문답을 나누었다. 가구는 이제껏 명월이 배우고자 만나온 사내들 중 가장 열린 마음으로 명월의 이야기를 들었다.

"현재 조선의 절대 가치는 성리학입니다. 성리학은 타고난 성품조차도 교육으로 바꿀 수 있다고 여기죠. 하여 여인들을 교육하기 위해《삼강행실도》를 널리 반포했습니다. 《삼강행실도》는 어머니로서보다 부인, 특히 여인으로서의 역할을 주목하죠. 《삼강행실도》의 모태가 된 서책들에는 미욱한 남편을 가르친 부인, 뛰어난 통찰력으로 상황을 판단해 후일의 불행을 피한 여인들의 이야기가 있습니다. 그런데《삼강행실도》에서는 여인이 활약한 이야기는 제외하고 오직 현재의 남편, 혹은 장래의 남편을 위해 자신의 몸을 정결케 하는 것, 그 정결이 타의에 의해서일지라도 훼손되거나 심지어 훼손될 우려가 있다는 이유만으로도 신체를 손상하거나 죽음을 택한 이들의 이야기만 골라내 칭송합니다.

여인의 육체적 힘은 사내에 미치지 못하니, 사내가 강제하려 들면 저항하기 어렵습니다. 하여 여인들을 집 안에 가둬 두고 나가지도 말라 하지요. 강제하는 이는 사내인데 가둬지는 건 여인입니다.

책장이 닳도록《삼강행실도》를 읽었으나 읽을수록 의문만 강해졌습니다. 어째서 강제한 자들에 대한 처벌은 나오지 않고, 강제당하는 자가 얼마나 처절하게 자신의 신체를 손상했는지, 어떤 가혹한 경로로 죽음에 이르렀는지에 지면을 할애할까요? 그 얼마나 이기적이며, 가학적인 변태성입니까."

"너는 영특한 이다. 의문을 품으면 답을 찾을 때까지 멈추지 않는 집요함 또한 칭찬할 만한 자질이야. 다만 그 재주를 타인의 악행을 비난하는 데에 쏟아부으니 안타깝다. 수신(修身)을 통해 타의 모범이 되어 그로써 네 바라는 세상을 만들어가는 건 고려해보지 않느냐."

"수신으로서 본보기가 되고자 하는 노력은 분명 가치 있는 행위입니다. 하지만 자칫 자족(自足)으로, 나아가 순응으로 이어질 위험이 있습니다. 제가 봐온 사대부들은 대부분 학문을 핑계로 권력을 장악하려는 이들이었습니다. 가구의 성품으로는 그들과 경쟁하기 쉽지 않으셨겠지요. 하여 가구께서는 관직을 포기하셨고 몸은 고달프나 마음은 평안하다 하십니다. 하지만 뜻있는 이들, 지금 제도의 한계를 인지하는 이들이 재야에 파묻히면 발언할 기회도 없는 이들의 입장을 대변할 사람조차 사라지는 겁니다. 그럼 불합리한 제도들이 더욱 굳건해질 겁니다."

"나는 관직에 나갈 이가 못 되나 내게 배운 많은 이들이 내 뜻을 이어 갈 게야."

"본인이 어려워 못한 일을 타인에게 미루는 행위는 아닐까요?"

다른 제자들이 곁에 있었다면, 명월을 이해하고 받아들이려는 제자들조차 노성을 질렀을 무례한 질문이었다. 하지만 가구는 묵묵히 질문을 숙고하기 시작했고, 명월도 그동안 문답을 되새김질했다. 어떤 일이든 한 가지 방법만으로 이뤄야 한다는 법은 없었다. 가구는 자기 방식대로 뜻을 펼치는 걸까? 가구와 명월은 침묵으로 대화를 나누었다.

명월은 다음 질문으로 옮겨 갔다.

"스승께서는 계절의 순환, 달의 차고 기욺을 통해 모든 것은 변화하는 중에 모든 것은 변화한다는 변화하지 않는 진리에 대해 말씀하셨습니다. 귀신과 사람, 삶과 죽음 또한 계절의 순환처럼 기의 변화일 뿐이니, 자신의 죽음마저도 순리로서 받아들여야 한다고요. 그러나 어떤 죽음은, 아니 세상 많은 죽음이 인위적으로 발생한다는 걸 묵과하신 건 아닐까요? 범이 토끼를 사냥함은 자연의 순리이나 강자가 더 큰 이득을 위해 부당한 방식으로 약자의 목숨을 취함은 자연의 순리가 아닙니다."

"네 정인에 대해 말하느냐."

몸에 있는 피가 일순 모두 밖으로 빠져나가는 듯 현기증이 돌아, 명월은 손바닥으로 땅을 짚었다.

이분은, 알고 계셨구나…. 내가 붙들고 있는 이가 이 세상 사람이 아님을, 허황(虛荒)을 좇고 있음을 알아. 돌이킬 수 없음을 안다.

"나는 세 번의 사화(士禍)를 지켜보았다. 아까운 목숨들이 추풍에 낙엽처럼 떨어졌지. 사화는 앞으로도 일어날 것이다. 하여 더욱 스스로를 갈고닦으며 올바른 마음으로 세상을 이끌려는 이들이 필요한 게야.

너는 정인의 죽음을 받아들이지 못해 학문에서 그 대답을 찾고자 한다. 네 의지와 노력은 높이 사나 원망과 미움, 분노에서 벗어나려 들지 않는 게 안타깝다. 애초에 편견을 가지고 학문을 바라본 건 아닌지 스스로를 되돌아보거라."

"여인의 굴레에 갇힌 저는 사대부처럼 관직에 올라 지치(至治)의 길을 갈 수 없지요. 제 삶을 종속시키는 제도에 대해 일말의 의견조차 낼 수 없으니 어찌 울분이 쌓이지 않겠습니까.

그렇다 하여 부정적인 감정에만 사로잡혀 있는 건 아닙니다. 할 수 있는 한도 내에서 세상의 근본 이치를, 어떤 세상이 옳은 세상인지를 꿈꾸며 실천에 옮길 방도를 찾고자 합니다. 세상을 구하지는 못해도 한 사람이라도 구하기를 간절히 원하지요. 절 움직이는 원동력에 분명 분노도 있으나 가장 기저에 있는 것은… 정(情)입니다."

감정이 격해지며 명월의 입가가 파르르 떨렸다. 긴 세월 답을 찾아왔으나 저명하다는 유자들과 대화를 나눌수록 해답에 가까워지기는커녕 발버둥 칠수록 더 깊이 가라앉는 개미지옥에 빠진 기분이었다.

"저는 기생입니다. 여러 기생들을 봐왔지요. 어떤 이는 한 사내를 만나도 백 사내를 알고, 어떤 이는 백 사내를 만나도 한 사내를 모르더이다. 같은 이치로 한 사람의 고통에서 백 사람의 고통을 볼 수 있지 않을까요? 세상의 이치를 찾기 위해 요순시대까지 거슬러 갈 필요가 있을까요?

스승께서는 탐구하고자 하는 것은 무엇이든 벽에 붙이고 탐구하셨다 들었습니다. 무(鵡), 한 글자를 적어두고 그 이치를 깨달을 때까지 몇 날 며칠을 그 글자 앞에서 무릎을 꿇은 채 사색하신 적도 있다고요. 한데도 스승 또한 요순시대를 지치의 완성으로, 목표로서 보십니다. 진정 눈여겨봐야 할 이들은 지금 고통받는 이들이 아닙니까?"

가구는 말이 없었다. 그가 종종 문답 사이사이에 숙고하는 시간을 갖는 줄 아는 명월은 기다렸다. 이윽고 가구의 입이 열렸다.

"가르치는 것 또한 배우는 것이라, 네게 배우는 게 많다. 나도 질문을 해도 괜찮겠느냐?"

"말씀하십시오."

"이곳에 온 첫날 퍽 인상 깊은 질문을 했었지."

"절개란 무엇이라 생각하시는지 여쭈었습니다."

"숱한 이들이 너와 정인이었다 하더라."

"제 정인은 하나뿐이었사옵니다."

"그게 부인이 있는 사내가 정을 준 기생에게 내 정인은 너뿐이다, 하는 것과 다르냐? 혹은 그 반대는 어떠하냐."

"다릅니다. 제 마음이 압니다."

"네가 그토록 책망하는 사내들도 그리 말한다. 몸뿐이었지, 마음은 아니었노라고. 너는 몸과 마음이 따로 갈 수 있다고 생각하느냐?"

가구는 함께 가야 한다고 말하는 게 아니라 다만 묻고 있었다.

"제 정인에 대해서 알고 싶었습니다. 첫날 말씀드렸다시피 상민이자 여인으로서 제가 학문을 익힐 방안은 기생뿐이었습니다."

"알아야만 연모할 수 있느냐."

"정인을 아는 것만이 아니라 그가 감내해야 하는 삶을 알고 싶었습니다."

"그는 내 질문에 대한 답이 아니다."

"제가 굶을지언정, 답을 찾지 못할지언정 오직 정인만을 기리며 살아야 했다는 말씀이십니까."

"너는 반가의 여인이 아니다. 절부는 반가에 내려지는 가르침이니 너는 거기서 벗어난 존재다. 명월이라는 기명을 받은 뒤로는 더욱 그렇지. 너는 함께한 사내들에게 정녕 아무런 마음이 없었느냐."

"가구께서는 책에 적힌 글귀를 그대로 따르지 않고 스스로 고심하며 답을 얻는 분이라 들었습니다. 그런데 제가 답을 찾는 과정에서 흔들린 적 있다 하여 제 마음이 진심이 아니라 하십니까?"

"내가 언제 그리 말하였느냐."

명월은 시간을 갖고 대화를 되돌려본 뒤 고개를 숙였다.

"죄송합니다. 가구의 말씀이 맞습니다. 그리 말씀하시지 않았습니다."

"네 생각하기에 그 정도 마음과 행동은 절개를 깬 것이 아니냐? 너 자신도 거기에 의문을 품었기에 내게 절개에 대해 물은 건 아니냐."

명월의 가슴속에서 장마 때 둑에 막힌 물이 요동치듯 노여움이 솟구쳤다. 저 굳건한 믿음의 벽, 개인의 심성만 갈고닦으면 올바른 삶을, 세상을 만들어간다고 믿는 벽을 깨고 싶었다.

유혹한다면…. 그가 작정하고 교태를 부린다면 흔들리지 않을 사내는 없었다. 하지만 명월은 실행에 옮기지 않았다. 맛있는 음식 냄새를 맡으면 누구나 군침이 돌듯, 마음만 먹는다면 얼마든지 가구의 육신을 흔들 수 있었다. 그러나 굶어 죽을지언정 남의 것은 탐내지 않는 저 사내가 무너질 리는 없었다. 아직 명확한 이유를 알 수 없는 혹은 굳이 살펴 확인하기 싫은, 치졸한 복수심에 든 생각임도 알고 있었다.

"나는 네 삶과 네 선택에 대해 질문을 하고 있다. 너는 절개란 무엇이라 생각하느냐. 너는 수차례 여인에게만 강요되는 절개의 부당함을 설파했다. 절개가 아무 의미가 없다면 너는 왜 입때껏 절개를 지키고 있느냐."

가구가 말하는 절개는 일반적인 의미의 절개가 아니었다. 그는 명월의 한 사람에 대한 마음을 있는 그대로 받아들였다.

"결코 다른 이에게는 옮겨갈 수 없는 마음을, 그 마음을 준 단 한 사람이 세상에 존재하지 않는다면 저 자신 또한 존재할 수 없는 절망을 압니다. 그렇기에 더욱 저는 누군가 절개를 지키든 지키지 않든 타인이 왈가왈부할 일이 아니라는 이야기를 하고자 합니다."

"타인이 네 존재를 규정짓느냐."

"아니옵니다."

"한데 왜 세상의 시선에 집착하느냐. 사람의 마음은 타인의 강요로 규정되는 게 아님을 이미 알면서. 너는 집요하게 답을 좇느라 멈출 때를 지나쳤다. 멈춤과 그만둠은 다르니, 멈춤과 나아감에 조화를 이루어야만 진정한 깨달음의 경지에 도달할 수 있는 것. 그 뜻을 깨우치지 못한다면 애써 학문을 한 이와 하루살이가 다를 바가 무어겠느냐. 삶과 죽음에만 집착하면 본질을 놓친다. 내 제자가 나를 떠남은, 그가 도착한 곳에서는 그가 왔음이니, 삶과 죽음도 본질은 그와 같은 것이다. 그 어떤 그릇도 자기 크기를 넘어서서 담을 수는 없으니, 다른 무엇보다 너 자신을 키우는 데 전력을 다해야 한다."

명월은 가구의 말 속에 담긴 뜻을 짚었다. 여진의 죽음은 명월을 떠남이나, 여진에게는 삶을 옥죄던 현실에서 벗어남이며, 혹여 사후 세계가 있다면, 혹 여진은 거기서는 돌아온 자가 되는 것인가. 사내들이 아무리 모든 걸 손에 쥐려 해도 가질 수 있는 것은 한계가 있기에….

다른 학생들이 왔다. 가구는 명월이 바라면 다른 이를 기다리게 하고 문답을 이어 나갈 뜻을 보였으나 명월이 인사하고 물러나왔다.

가구에게 배우는 과정은 때로는 선문답만 주고받는 것 같으나 곰곰이 생각하면 세상의 이치가 담겨 있었다. 하여 명월은 가구를 존경했고, 하여 답답했다.

가구는 천출이라는 이유로 사람이 차별받으면 안 된다 믿었다. 가장이라 하여 처첩들에게 권위를 내세우지도 않았다. 처첩이나 딸이 배움을 청했다면 자기를 받아들였듯 기꺼이 가르쳤을 것이다. 조선의 일반적인 잣대와 다른 삶을 살기에 감수해야 하는 생활의 곤궁함을 감내하며 자기 사상을 만들어가는 이였다.

그렇기에 명월의 질문은 이해했으나 같은 이유로 속 시원한 답은 주지 못했다. 명월은 제도를 말하나 가구는 어떤 고난에도 흔들리지 않는 굳은 심성을 말했다. 청빈과 무능은 종이 한 장 차이라, 가구의 식솔들은 가장을 따라 함께 고난을 짊어져야 했다. 그것이 옳은가?

명월의 질문에 가구는 타인의 피땀으로 호의호식하는 것보다는 가난하게 사는 법을 가르치는 게 옳다 답했다.

가구는 학문에 빠져 먹고 자는 것조차 잊을 때가 많았다. 한창 금을 탈 때 명월 자신도 무아지경 속에서 시간의 흐름을 망각했던 터라 그 또한 공감할 수 있었으며, 누구든 학문을 한다 하면 그 정도는 해야 한다는 것 또한 납득했다. 알면서도 자꾸 반발심이 생겼다.

진이에서 명월이 된 후 그는 내내 혹독한 가뭄이 들어 사흘간 물 한 방울 구경도 못 한 사람처럼 끔찍한 갈증에 시달려왔다. 가구의 답변은 옳은 듯 들리는데도 소금물을 마신 것처럼 전보다 더 지독한 갈증이 몰아쳤다. 문답을 반복할수록 해소되기는커녕 응어리만 더 커지는 까닭은 대관절 무엇인가.

가구의 부엌으로 간 명월은 쌀독을 열었다. 바닥이 드러나 있었다. 검은 독 속 몇 안 되는 쌀알들에서 여진의 얼굴이 보였다.

어디서든 무엇에서든 여진의 얼굴이 보이던 때가 있었다.

기생이 되지 말아야 했을까. 그게 잘못된 선택이었을까.

가구는 남의 땅을 소작하고 있어도 양반이었다. 그보다 잘살아도 중인은 가구의 앞에 머리를 조아리고 그가 편히 지나가도록 물러서야 했다. 가구는 나면서부터 존중받는 게 당연한 삶을 살아왔다. 물론 그라고 서러운 일을 겪어보지 못한 건 아니었다. 마흔이 넘어 소과를 봐 조카뻘 이들과 성균관에서 지내며 고충이 많았을 것이다. 가진 것 없고 나이까지 많으니 쉽게 조롱의 대상이 되었으리라. 그래도 그걸 노비의 삶과 비교할 수 있을까. 그가 서자나 얼자, 아니 천출이었더라도 지금처럼 자족하며 살 수 있었을까. 지금의 마음가짐을 지켜나갔을까. 애초에 그런 마음가짐을 지닐 기회라도 있었을까. 천출로 태어나 다른 선택의 여지가 없었다는 건 정녕 핑계에 불과한 것인가.

사대부는 태생 자체로 사회의 상위 존재였다. 그들의 정체성은 타인의 삶을 옥죄는 데에서 성립했다. 태생으로, 성별로 장벽을 만들고 성품으로 극복하거나 받아들이라 말하는 건 불합리한 게 아닌가. 적어도 같은 선에서 시작한 뒤 개인의 성품과 노력을 따져야 하지 않는가.

반상의 법도는 사람 위에 사람을 놓고, 사람 아래에 사람을 두어 개인의 삶을 한정 지었다. 사대부 중 진정으로 백성의 마음을 돌보는 자가 있다 해도 위에서 내려다보는 시선이라는 점에서는 매한가지였다. 문제는 심성이 아닌 반상의 법도였다. 타인보다 상위에 있는 자, 양반과 왕은 그 자체로 악은 아닐까?

가구는 열린 마음의 소유자였으나 그 또한 음양의 이치에 따라 임금이 신하를 다스리듯 사내가 여인을 거느림이 마땅하다 여겼다. 도대체 왜? 여인이란 정녕 타인에게 귀속되는 것이 마땅한 존재인가?

끝없이 이어지는 질문에 대한 답을 찾고 싶었다. 기생 외에 답을 찾을 다른 길이 있었을까?

— 너는 절개란 무엇이라 생각하느냐.

나는 널 배신해온 걸까. 내 새끼손가락을 건 약조는 그리 초라했는가.

헛기침 소리가 명월의 상념을 흐트러뜨렸다. 부엌 문간에 정실 이 씨와 측실 윤 씨가 서 있었다. 명월은 가능한 한 두 부인을 마주치지 않도록 조심해왔는데 상념에 잠겨 시간을 지체했다.

"보소! 언제까지 들락거릴 거요?"

윤 씨가 머리에 이고 온 나물 광주리를 내려놓았다. 바닥도 가리지 못한 풀뿌리 몇 개가 병자처럼 누워 있었다.

"그 쌀 도로 가져가게. 굶을지언정 기생이 가져오는 쌀로 연명하지는 않겠네."

이 씨도 말을 보탰다.

"학생으로서 스승께 예를 표할 뿐입니다."

명월이 고요하게 대답했다.

"세상 어떤 여인이 기생이 자기 서방을 만나는 걸 두고 보겠는가? 투기한다 고하려면 고하게. 나도 더는 못 참겠네."

"부군을 모르십니다. 저만이 아니라 서시(西施)가 벌거벗고 눈앞에 나타나도 흔들리지 않을 분입니다."

"지금 무, 무슨 소리를 입에 올리는 겐가?"

이 씨와 윤 씨가 기겁했다. 명월은 실소했다.

"아이는 어찌 낳으셨습니까? 행위는 가능하고 말은 안 됩니까. 이 무슨 위선입니까?"

"그렇게 삿된 말로 사내를 꾀는구나."

"당연히 서방님께서는 그따위 천박한 말에 흔들리지 않을 거요! 그래서 뭐요? 흔들리지 않을 사람이면 옆에 붙어 살랑거려도 되는 거요?"

살랑거린다…. 명월의 눈이 깊고 서늘해졌다.

"세간에서는 여색을 탐하지 않는다며 가구를 흠송합니다. 그래도 불안하시겠지요. 조선의 사내들은 무척이나 편리해, 처첩을 함께 두고도 밖에서만 여인을 찾지 않으면 군자라 불리니까요."

"자네 지금 뭐라 했는가?"

윤 씨가 순간 손을 치켜들었고 이 씨가 잡았다. 그러나 이 씨도 잡고 싶어 잡은 게 아니었다. 일이 커진다 싶어 무의식적으로 막긴 했지만 머리채를 잡아 쥐어뜯고 싶은 마음은 마찬가지였다.

"자네는 송도만이 아니라 조선 팔도에서 모르는 이가 없는 잘난 기생일세. 자네가 바란다면 배울 이를 못 찾겠는가."

"하여 가구를 찾았나이다."

"여긴 미혼인 도령들도 오는 곳일세. 자네처럼 분향기가 풍기는 이가 들락거린다면 학문에 집중할 수 있겠는가."

"이곳에 온 이래 단 한 번도 분을 바르지 않았습니다."

"지금 그 소리가 아니지 않은가?"

"그럼 무슨 뜻인지요. 제가 박색이었다면 드나들어도 좋다 하셨겠습니까?"

"거기는 박색이 아니지 않소!"

윤 씨가 분을 못 이겨 가쁜 숨을 쉬었다. 많은 사내가 가르침을 청하며 오갔다. 밤이 깊고 술잔이 돌지 않아도 여인들에 대한 이야기가 화제에 올랐고 듣고 싶지 않아도 들렸다. 그들 입에 숱하게 오르내린 이름이 바로 명월이었다. 명월의 미색, 명월의 탄주, 명월의 소리, 명월의 시화, 명월의 도도함, 명월을 품어볼 수만 있다면…. 핫핫, 자네 주제에 바랄 걸 바라야지. 30년을 수행한 선사도 그 앞에서는 이성을 상실했고, 양곡도 30일만 함께하고 돌아서겠다는 말을 지키지 못했다니, 가구께서도 혹…. 어허, 못하는 소리가 없네. 스승께서 자리에 안 계시다 해 그런 말들 하는 거 아닐세. 아니, 제가 뭐랬습니까? 그저 모를 일이라고만… 하핫, 자네도 참…. 말끝에 배어나던 웃음소리….

그 명월이 눈앞에 나타났다. 그간 들은 어떤 말도 실물 근처에도 가지 못했다. 자기가 값비싼 분을 바르고 비단옷을 입는다 한들 화장기 없이 수수한 옷을 입은 명월에게 견주랴.

"그럼 제게 흔들리지 않으며 절 가르칠 수 있는 이는 뉘입니까."

"그걸 왜 우리에게 묻는가?"

"저는 배움의 뜻을 품고 왔을 뿐 사내에게는 관심이 없습니다.

말씀대로 어떤 사내든 농락할 수 있는 제가 지천명에 이른 이나 여태 혼인도 못 한 어린 사내들에게 눈이 가겠습니까."

"자네는 여인 이전에 기생이네. 기생이 사내들과 섞여 학문을 익힌다는 게 말이 되는가?"

"사내를 꾀려고 온 게 아니다? 그걸 누구더러 믿으란 거요?"

가구를 찾는 많은 이들이 명월이 이 중 괜찮은 사내를 물색하러 왔다 곡해했다. 명월이 작은 미소 한 번 짓지 않도록 주의하고, 학문 외에는 일절 말을 섞지 않아도 오만과 편견의 벽은 한 번도 타국에 점령된 바 없는 철옹성처럼 굳건했다. 사내들은 다 안다는 눈으로 명월을 보았다.

"기생이라서, 제 외양을 좋게 보는 이들이 있어서 사내들이 유혹당할 수 있기에 저는 배움을 포기해야 합니까? 여인을 가르치는 서당이 있다면 저도 거기에 가서 배우고 싶습니다. 하지만 조선은 여인에게 배움을 막았습니다. 감사하게도 가구께서 절 가르치신다 하셔서 배울 뿐 다른 의도는 없습니다."

"도대체 여인이 학문을 배워 뭐에 쓰겠다는 건가? 자네 하는 꼴을 보아하니 관직이라도 달라 할 기세로군."

"여인은 왜 관직에 오르지 못합니까?"

"정말 못하는 소리가 없군!"

"그게 어째서 못할 소리인지요. 신라에는 여왕이 셋이나 있었습니다. 바다 건너에는 여왕이 다스리는 나라들이 있습니다."

"신라는 망한 나라고, 바다 건너 나라의 법도를 왜 조선에서 찾는가."

"요순은 현재까지도 건재해 사대부들이 요순, 요순, 노래를 부릅니까? 그토록 완벽한 나라라면 사라졌어야 할 이유가 뭡니까?"

"그걸 왜 내게 묻는가?"

"그래서 가구께 여쭈는 겁니다. 알고 싶어서요."

두 부인은 한쪽이 말문이 막히면 다른 쪽이 나서며 명월을 몰아붙였다. 명월은 흥분한 그들과 달리 내내 차분한 어조를 유지했다.

"듣자하니 기가 차서, 지금 우리 서방님께 관직이라도 달라 청할 심사인 게야? 치워라, 설사 네가 사내라 한들 우리가 남의 밭 갈고, 논 일궈 가까스로 먹고사는 줄 몰라?"

"저는 왜 안 되는지 알고 싶을 따름입니다."

"혈통이 바뀌는 건 나라가 바뀌는 일이라, 아들이 없어 딸이라도 왕위에 오른 적이 있을지도 모르지. 그렇지만 여인의 몸으로 관직에 오른 이는 없네. 오라비를 대신해 남장하고 전장에 출전한 이가 있다 하나 그 역시 주위에서 다 사내라 알았기 때문일세."

"그이는 전장에서 혁혁한 공을 세웠습니다. 여인이라 해 못할 게 아님을 증명한 겁니다. 그런데 동서고금을 막론하고 여인에게는 관직에 나갈 기회를 박탈해온 이유가 뭘까요?"

"그이는 별개일세. 여인에게 기회를 박탈한 게 아니라 여인이 그럴 그릇이 못 되는 게야. 여인의 일은 부모와 남편을 공양하고 자식을 키우는 것. 자네는 자식이 없으니 진정 여인됨이 무엇인지 모르는 걸세."

"여인의 일은 정녕 그것이 다여야 할까요? 진실로 그릇이 작아서일까요. 날개를 자르고 새장에 가두어 본래부터 날 기회를 주지 않은 건 아닐까요?"

"제발 그만 가! 가라고! 도대체 네년이 뭐기에 우리 삶을 흔드는 거야?"

윤 씨가 악을 쓰더니 엉덩방아 찧듯 주저앉아 발을 굴렀다. 이 씨가 윤 씨의 어깨를 감싸고 같은 원망을 담아 명월을 노려보았다.

이들은 처첩 사이인데도 서로를 아끼고 의지하며 없는 살림을 함께 꾸려 나갔다. 여인의 본분은 인내와 순종이라는 굳건한 믿음을 창과 방패삼아 투기만이 아니라 친자식을 더 아끼고 싶은 마음마저 몰아냈다. 그게 정녕 본인의 뜻이라면 누가 타인의 삶을 탓하고 훈장질을 하겠는가. 하지만 다른 기회가 있었어도 남편을 반쪽씩 나눠 가지고, 타인의 자식도 제 자식처럼 돌봐야 하는 삶에 만족했을까. 왜 그 삶을 순응하며 그게 여인의 올바른 윤리라 믿으며 살아가야 하는가. 가구는 청빈을 택했다. 이들에게는 주어졌다.

"나리가 양반인데도 도지(賭地)를 내는 신세라 우스운 게지?"

"그 무슨 말씀이십니까."

"그게 아니면 어찌 기생 따위가 사대부들이 학문을 논하는 곳에 끼겠다 나설 수 있느냔 말이야!"

"사람들은 자기가 납득하기 어려운 일을 보면 어떻게든 이유를 만들어내고는 하죠. 그런데 그게 왜 상대가 자신을 업신여기기 때문이라고, 스스로를 비하하고 상대를 비열하게 만드는 방향으로 흐를까요?"

"뭐?"

"도대체 여길 왜 온 건가? 본심이 뭐야?"

"답을 찾고 있습니다."

"무슨 답?"

"왜 사내는 부인의 수를 세지 않는지, 어째서 여인만 남편의 수를 세, 둘 이상일 경우 〈자녀안〉에 오르는지 알고 싶습니다."

"재가는 부도덕한 일, 〈자녀안〉에 이름이 오르는 건 당연한 일일세."

"《삼강행실도》에는 조선에 침입한 적들이 식량이 떨어져 사내를 삶아 먹으려 하자 부인이 자기 살이 더 맛있으리라 나서는 이야기가 있지요. 몇 번이나 읽었으나 남편이 부인을 만류하는 소리는 없었습니다. 제 부인의 살로써 살아가며 사대부입네, 목에 힘을 주는 까닭이 뭔지 알고 싶습니다."

"누가 목에 힘을 준다는 건가? 그 남편도 필시 애통해했을 걸세. 적혀 있지 않다 해서 그 당연한 마음을 모르는가? 자네가 서책을 읽는 방식이 고약하네. 부인으로서 남편을 살리고자 한 뜻의 갸륵함은 읽지 않고 어찌 남을 탓하고 원망할 궁리만 하는가?"

"군자의 도리를 추구한다는 이들이 어찌 무고한 이에게 죽음을 강요합니까? 그 둘이 어찌 공존합니까? 사람에게 죽으라 말하는 건, 자신이 잘못하지도 않은 일로 그리하는 게 옳다 강요하는 건, 학문도, 예도, 의도, 법도도 아닙니다! 그걸 법도랍시고 따르고 추구하며 어찌 타의 모범이 되고, 어찌 세상을 더 의롭게 할 수 있습니까?"

죽 같은 높이를 유지하던 명월의 수평이 깨졌다.

너는 담장 바깥이 궁금해 오라비의 옷을 훔쳐 입고 나올 만큼 대담한 아이였다. 네가 내게 읽어준 이야기가 아니라, 네가 내게 이야기책을 읽어준 일이, 네가 날 대한 방식이 날 바꿔놓았다. 네가 아니었다면 나는 창곤에게 기대, 태어난 고을 밖으로는 한 발짝도 나가지 못하고 살았으리라. 무엇이 그런 너를 망가뜨렸는가. 도대체 이 세상은 어떻게 돌아가기에 그랬던 네가 자진을 하게 만들었는가?

"어찌 그런 법도가 있을 수 있습니까? 왜 그런 법도를 만듭니까? 거기에 법도라는 말을 쓰는 게 가당키나 합니까? 그걸 알고자 하는 게 그리 못할 짓입니까? 어째서 남편은 부인을 쫓아낼 수 있는데, 부인은 남편을 떠나지 못하게 합니까?"

"우린 서방님을 두고 다른 사내를 볼 일 없으며, 쫓겨날 만한 잘못을 저지르지 않을 걸세. 목숨은 하늘에 달린지라, 혹여나 서방님이 먼저 돌아가신다면 절개를 지키며 살 이들이네. 자칫 신인공분(神人共憤)할 놈들과 맞닥뜨려 더럽혀지는 일이라도 생기면 죽음으로서 갚는 게 당연한 일. 그따위 부정한 질문을 예서 올리지 말고 가게. 남의 집에 평지풍파를 일으키지 말고 그만 가란 말일세!"

"죽으시겠다고요?"

"그게 마땅한 여인의 법도지. 자네처럼 여러 사내 품을 전전하며 몸을 굴린 기생이 뭘 알겠는가?"

"더러운 년이…."

윤 씨의 입에서 기어이 욕설이 나왔다.

"제가 더러우면, 제가 품은 이들, 인품과 학문으로 숭상받는 이들은 뭡니까?"

"네년이 더러운 기술을 썼겠지."

윤 씨는 공격의 양상을 바꿨다. 말로는 상대가 안 되니 어떻게든 명월을 모욕해 쫓아내려 작정한 것이다.

"타인을 탓하는 게 누구인지 묻고 싶습니다."

"이년이 그래도…."

두 여인의 인내심이 한계에 도달했다. 그들은 완력을 써서라도 명월을 밀어낼 뜻을 표했다. 명월은 고개를 젖히고 호랑이의 포효처럼 전신을 흔들며 웃음을 터뜨렸다. 웃음이 가신 자리에 공허가 찾아들었다.

"가겠습니다. 제가(齊家)는커녕 수신(修身)도 제대로 못 하면서 사물의 이치 운운하는 사내에게는 더 배울 게 없습니다."

"네가, 네가, 방자하게도 우리 서방님까지 모욕하려 드는 게야?"

"왕의 잘못은 신하의 잘못이라는 조선의 논리대로라면 부인의 서방님이 욕본 건 부인의 행실 때문 아닌가요? 이년, 저년, 더러우니 마니 하면서 무슨 좋은 소리를 듣기 바라셨습니까?"

윤 씨가 부지깽이를 들었다. 이 씨도 이번에는 말릴 기색이 아니었다.

"네년 고운 얼굴이 망가진 뒤에는 무슨 소리를 지껄이나 보자."

"그것참, 저도 궁금하군요. 숱한 사내들이 제게 반한 게 맹세코 미모 때문만이 아니라 했습니다만, 실지로 제 얼굴이 상한 뒤에는 어떻게 나올지 저도 알고 싶습니다."

명월은 흡사 진즉 그 생각을 하지 못한 게 아쉽기라도 한 듯 부지깽이를 기다렸다.

"보내게. 백로는 까마귀가 있는 곳에 발을 딛지 않는 법일세."

이 씨가 치를 떨며 말했다. 윤 씨의 부지깽이가 밑으로 내려갔다. 명월은 발을 옮겼다.

이제 사람들은 명월을 두고 제자를 자처하더니 스승께 인사도 없이 떠났다, 쓸 만한 사내를 찾지 못한 것이다, 가구를 유혹하려다 실패한 것이다, 운운할 것이다. 명월은 개의치 않았다.

가구는 의롭고 고매한 이였다. 명월에게 총명하다 칭찬했던 수많은 이들 중 그가 여인으로 태어난 게 아깝다는 말을 하지 않은 유일한 사람이었다.

하지만 가구에게는 더 배울 것이 없었다. 그는 며칠 굶다 죽 한 그릇을 받은 일로 춤을 출 정도로 궁핍한 삶 속에서도 맑은 심성을 지니고 살았다. 그러나 그가 굶을 때는 가족도 굶었다. 제 입에 들어가는 것만이 아니라 가족의 위장에도 무심해 생계에 대한 책임을 처첩과 자식에게 안겼다. 가구는 가난을 선택했으며 생계를 잇는 고난의 무게를 지지 않기 때문에 빈곤한 삶을 살면서도 진정 헐벗고 사는 백성의 삶은 알지 못했다. 많은 이들에게 세상의 이치를 깨우친 이라 우러름 받으면서도 여인의 삶에 가해지는 고난은 읽지 못했다. 첩을 두고도 여색을 탐내지 않는다는 칭송을 듣는 이가 한 지아비에게 매여 살아야 하는 이들

346

의 삶을 알 것인가.

불의와 고통이 없는 세상은 존재한 적 없었다. 혼탁한 세상에서 얽매이지 않는 영혼으로 살려면 가족을 포함해 진정 아무것도 소유하지 않거나, 주변의 고통에서 눈을 감아야 했다. 세상사에 구속받지 않는 고결한 영혼도 타인의 고통에 무심하다는 점에서는 힘을 가진 자와 다르지 않았다.

부지깽이를 집어 던진 윤 씨가 서러운 울음을 토했다. 이 씨가 윤 씨를 붙들고 함께 울었다.

"서방님도 무념하시지, 어찌 저년을 곧장 쫓아내지 않아 우리가 이 모욕을 당하게 합니까. 기생이 학문을 배우러 왔다는 게 말이나 되는 소리입니까."

"갔네, 보냈어. 그러니 된 걸세. 울지 마시게."

"놀아날 만큼 놀아나고 절개가 뭔지 묻다니요? 인두겁을 쓰고 어찌 저리 뻔뻔합니까. 왜 여기 와서 속을 긁고 마님과 저를 초라하게 만듭니까? 법도를 지키는 이가 능멸당하고, 법도를 깨는 이가 당당하다니 도대체 세상이 어떻게 되려 이럽니까아아."

"저년이 몹쓸 년일 걸세. 저런 잡것 때문에 마음 다치지 마시게."

이 씨가 옷고름으로 눈물을 훔쳤다.

✳

명월이 송도에 들어서니 공연이 열리는 날인지 온 고을에 물안개가 피어 있었다. 명월은 이번에 올라갈 이야기가 뭐였는지 기억을 더듬었다. 왜군이 침입해 폭행하려 하니 큰 소리로 문책

해 팔과 다리가 잘려 죽었다는 이? 남편이 죽은 뒤 재가를 강요받자 강물에 뛰어든 이? 병든 남편이 자기가 죽고 나면 재가할까 근심하자 자살한 처첩들?

조선은 여인의 바깥일을 엄금하는지라 남편이 없는 여인은 생존을 위협받았다. 이 상황에서 조선의 사내들은 자신이 죽은 뒤 처첩이 어찌 먹고살까가 아니라 다른 사내의 품에 안길지가 걱정인가. 조선의 사대부들은 여인을 억압함으로써 본인들의 자유연애도 구속받았다. 연애란 상대가 있어야 하는 법이다. 그들은 신체의 욕망을 억누르고 예, 의, 법도를 따지는 한편으로 연애소설들을 쓰고 돌려 읽었다. 거기 등장하는 여인들은 지적인 면모를 갖춘 동시에 대담하게 애정을 갈구했다. 그들은 실재하는 여인이 아닌 사대부들의 욕망과 환상을 구현하는 존재들이었다. 자유로운 연애를 정당화하기 위해 소설 속 여인을 연애에 적극적으로 만들어 면죄부를 획득하고, 사람의 힘으로 어쩔 수 없는 전생 따위 운명을 넣어 변명했다. 사지를 옥죄는 엄격한 틀 안에 사부가 여인을 가두고, 손쉽게 드나들 수 있는 관노청에 유희를 위한 기생을 둔 것도, 남편이 한 짓에 부인까지 연루시켜 사부가의 여인을 기생으로 전락시키는 것도 사내였다.

사내들이 다 그런 건 아니었다. 명월은 명을 오가는 사절단에 부탁해 먼바다를 건너야 있는 나라들의 이야기책들도 구해 보았다. 명이나 왜는 조선만큼 여인을 억압하지 않았다. 역설적으로 그로 인해 조선만큼 연애에 대해 집착할 필요가 없어 다양한 이야기들이 존재했으며, 남녀가 만나 정을 키우는 과정에도 전

생까지 끌어들일 필요가 없었다. 사대부들은 자기들이 만든 제도에 자기들 역시 발목이 잡혀 있었다. 도대체 조선의 제도는 어쩌다 이런 왜곡된 방향을 옳다 믿고 가게 되었는가.

명월의 몸이 관청으로 뻗은 대로에 들어섰다. 오늘은 양민들도 불러 관청 안뜰이 발 디딜 곳 없는 대숲처럼 빽빽했다. 사대부의 절개에 대한 방침을 양민들에게까지 퍼뜨리려는 시도였다. 명월이 사람들 틈을 헤치고 들어가니 다들 경악하며 몸을 피했다. 가구의 집을 떠난 뒤 명월은 계속 노숙을 해왔다. 가끔 개울을 만나도 목이나 축일 뿐 얼굴과 몸은 씻지 않았다. 숲길을 걷고 나무 밑에서 자느라 옷은 해지고 썩은 내가 났다. 땀이 흐른 자리가 보일 정도로 얼굴은 땟국물에 절었고, 먹물에라도 담갔던 듯 손과 손톱 밑이 시커멨다. 그 꼴로 명월은 태연자약하게 양반들이 앉는 곳에 올랐다. 명월이 엉덩이를 붙이자 옆자리에 앉아 있던 사대부가 기겁했다. 사대부는 다급히 명월을 쫓을 이를 찾았으나 관노들은 양반들 시중들랴, 양민들을 관리하랴 분주해 곧바로 부를 이가 없었다. 훈도, 관찰사에 어사까지 와 공연을 관람하고 있었다. 명월의 시선에 연연이 관찰사 옆에 딱 달라붙어 있는 형상이 들어왔다. 단옥도 다시 자리에 나오기 시작했는지 한쪽에 앉아 있었고 도로도 보였다. 도로 역시 이 공연의 성공 여부에 많은 게 달려 있었다.

몇 년을 개발해서 만들어낸 기기들의 팔이 잘리고, 목이 분리되고, 끓는 물에 데쳐져 고기가 되고, 목이 매달렸다. 왜구들에게 저항하느라 사지가 잘렸던 기기는 무대를 떠났다가 다음에는 병든 남편을 위해 손가락을 끊었다. 죽이고 망가뜨리기 위해 그 공을 들여 만들었는가.

기기들이 폭행당하는 장면을 차마 보지 못한 여인들은 차라리 두 눈을 질끈 감거나 옆 사람의 손을 붙들고 흐느끼며 몸서리쳤다. 기기를 동정했으며 기기에게 이입했다. 당장은 공연이며 기기들에게 일어나는 일이나 그게 언제든 자기 일이 될 수 있음을 아는 까닭이었다. 조선 여인들의 생사는, 삶이 순탄한가 가혹한가는 전적으로 다른 이의 손에 달려 있었다.

사내들은 술과 흥분으로 불콰해져 공연을 관람했다. 폭행 장면, 과부에게 강제로 재취를 권하는 장면을 생동감 있게 연출해, 특별 손님을 위해 안채에서 따로 마련하는 음란한 공연과 다를 바 없었다. 윗몸을 앞으로 내밀고 집중해서 보던 사내들이 술잔을 돌리며 서로 무슨 말인가를 나누고는 큰 소리로 웃음을 터뜨렸다. 공연이 끝나면 관직 순서대로 가장 자기 마음을 흡족하게 한 기기를 방으로 불러 부풀 대로 부푼 욕구를 풀 것이다. 그들은 죽임당한 기기들을 원했으며, 잔혹한 죽음을 당한 자일수록 비싼 값을 치렀다. 어떤 여인들은 흥분하는 사내들을 보며 수치스러워했다. 부끄러움은 언제나 부끄러운 짓을 행한 이가 아니라 그걸 목도한 자의 몫이었다.

기기들의 얼굴은 통상 고운 여인의 눈, 코, 입을 그려왔는데 이번에는 달랐다. 연연이 얼굴을 왜 이렇게 꾸몄느냐고 곱게 단장하라고 수차 요구했으나 화공은 명월과 한 약조를 지켰다. 기기들은 모두 눈을 치켜뜬 채 자기들에게 가해지는 일을 보고 있었다. 표정과 미세하게 바꾼 대사는 극을 다르게 만들었다. 기기가 폭행자를 지탄하는 소리는 비단 눈앞에 있는 이를 향하는 게 아니라, 이를 교화라 믿고 이를 옳다 전파하는 모든 이를 향하는 말이었다. 그들의 저항은, 죽음은, 한 사내를 위해서가 아니라 세상을 향한 절규였다. 몸에 수십 개의 화살이 꽂혔으나 기기는 말을 멈추지 않았다. 너희가 더럽다 해 더럽혀지는 게 아니다. 너희가 아무리 제약하려 해도 내 몸과 마음은 오롯이 내 것이니 결코 강탈당하지 않으리라. 내 몸을 희생함은 한낱 사내를 위해서가 아니라, 내 뒤를 살 여인들을 위함이니 조선의 여인들이여, 나를 기억하소서. 기기가 절벽으로 뛰어내렸다. 이 억울한 죽음을 잊지 마소서!

명월은 필요한 지원을 받기 위해 관에서 교화라는 미명하에 진행되는 세뇌에 기술을 제공했다. 그가 변형해 연출한 이번 공연에 내포된 의미를 단 한 명이라도 읽어낼 수 있다면, 그가 한 짓에 대해 최소한의 면죄부를 얻을 수 있을까?

공연 사이 쉬는 시간이 왔다. 사내들은 육체의 흥분을 여인의 절개를 칭송하는 말로 덮었고, 여인들은 공포를 덕으로 승화하며 절개를 논했다. 명월은 비릿하게 웃으며 비녀를 풀었다. 그러고는 속바지가 보일 정도로 다리를 떡 벌리고 앉아 풀어헤친 머리에서 이를 잡았다.

"저, 저, 저건 뭐냐?"

그 꼴을 본 수령 김길성이 기함을 토했다. 연연과 단옥, 명월관의 기생들마저 명월을 알아보지 못했다.

"냉큼 내쫓거라!"

김길성의 호령에 관노들이 달려왔다.

"고을 잔치라기에 왔는데 인심 한번 박하시구려."

명월의 목소리가 안뜰에 울렸다. 뜻밖의 청아한 목소리에 사람들의 이목이 집중되었다. 명월은 옆자리에 앉은 사대부의 젓가락을 가져왔다. 사대부가 사색이 되거나 말거나 명월은 젓가락을 땅에 두드리며 소리를 시작했다. 비록 바란 뜻을 가사에 직접적으로 넣을 수는 없었으나 은유로 그 의미를 담았다. 굶주림에 허덕이며 홀로 살아야만 한 사람에 대한 절개이고 지조인가. 일생 한 사람을 따라야만 연모인가. 연모가 식으면 연모했던 순간은 부정되는가. 삶을 위해 지아비를 택하는 게 죄가 되는가. 누가 타인의 삶을 판단하는가. 네가 백로라 하여 까마귀 검다 비웃는가. 너는 흰색이라 조금만 더러워져도 때가 탔다고 오두방정이나 검은색은 어떤 색이든 포용하느니, 거죽만 흰 걸 가지고 소란 떨지 마라. 울새야, 아아, 나의 울새야….

명월의 소리는 진창에서 피어오르는 연꽃이었고, 백골에서 빛나는 인이었고, 가난한 이의 창문에 쏟아지는 달빛이었으며, 종기에서 흐르는 고름이었고, 갈라진 손발에서 터지는 선혈이었다.

사람들은 존재의 근원이 가져오는 고독과 삶의 저열함과 하루살이의 비통함에 몸을 비틀며 흐느꼈다. 감정이 둔한 이조차 눈시울을 붉혔다. 명월의 소리가 그치자 세상의 종말 같은 침묵만이 남았다.

"술값은 이로 할까 합니다."

명월의 말에 침묵이 깨지고 원님 행차 후 흙먼지처럼 관청의 소란함이 돌아왔다.

"명월 언니?"

연연이 명월의 목소리를 알아들었다.

"명월이라고?"

"어딜 떠돌다 와 저 꼴인 게야?"

그제야 명월을 알아본 사람들이 수군거렸다. 수령은 명월에게 가장 좋은 상을 내리라 명했다. 관노가 술상을 가져오자 명월은 일어서 병째 단숨에 들이켜고 손등으로 입가를 닦았다. 수령, 관찰사, 어사, 향품관이 있는 앞에서 거렁뱅이도 못할 짓거리였다.

"자알 놀고 갑니다."

명월이 걷자 아무도 시키지도 않았는데 모두 양쪽으로 물러서서 길을 만들었다. 도로가 명월을 뒤따라 나왔다.

8장

언젠가 너와 함께하는
꿈을 꾸었다

나무들이 색동옷을 차려입고 맵시를 자랑했다. 여름이 천마
산을 떠날 채비를 갖추고 있었다.

"잠깐 기다려주시겠습니까."

명월이 야트막한 계곡 앞에서 멈춰 섰다. 도로는 기다렸다.
온몸이 찌르르할 정도로 차디찬 계곡물에서 명월은 몸을 씻고
머리를 감고 옷을 털어 이를 쫓았다. 여진은 눈이 없어 그를 보
지 못할 것이나 그래도 여진의 앞에 이런 몰골로 설 수는 없
었다.

명월은 머리카락의 물기를 쥐어짜고 젖은 몸에 옷을 두르고
올라왔다. 석빙고로 가며 도로는 여진에 대해 이야기했다.

"내가 할 수 있는 이야기는 다 해보았다. 여인에게 이런 강도
로 절개를 강요하기 시작한 것도 얼마 되지 않았고, 설령 네 몸

354

이 더럽혀졌다고 느낄지언정 그 몸은 벌써 다 재가 되었고 네게
는 더 이상 몸이랄 게 없으니 더럽혀지고 자시고 할 것도 없다
고도 해보았다."

그 말이 통하지 않아 다른 나라의 예를 들었다. 많은 나라들
이 적국에서 잡아오거나 힘겨루기에서 패배한 가문의 여인을
사치 노예로 전락시켰다. 어떤 핑계를 대든 정실 외에 첩을 허
용하는 것 또한 사치 노예와 다를 바 없었다. 인간들의 이 관습
을 도로는 납득하기 어려웠다. 성별이 무의미한 존재로서 도로
는 남성과 여성을 개체 차이 이상으로 받아들이지 않았다. 바라
는 대로 외향을 바꿀 수 있는 도로가 줄곧 남성의 형태를 택한
까닭은 조선에서는 남성의 형태가 운용이 더 자유로워서일 따
름이었다.

꿩, 소, 닭 따위는 겉모습만으로도 쉽게 암수의 차이를 알 수
있다. 하지만 뱀이나 두루미 따위는 겉보기로는 알 수 없고 개
나 고양이는 생식기가 드러나지 않으면 구분이 어려웠다. 도로
에게 인간은 그 사이 어느 즈음에 있었다. 의복이 아니더라도
대체로 겉모습만으로 성별을 구분할 수 있으나 뿔이나 꽁지깃
처럼 명확한 차이가 있는 건 아니었다. 그뿐이었다. 동물들도
성별에 따른 역할 분담이 정해져 있으나 그것은 본능에 가까
웠다. 인간은 규범으로 본능을 억제하거나 강화하려 했다. 특히
인간 남성은 유독 자신의 남성성에 집착하여 여성을 취함으로
써 그 능력을 인정받기 바랐다. 한 사내의 능력은 그가 거느린
여인의 수로 가늠할 게 아니었다. 여진은 이 말도 듣지 않았다.

도로는 다른 논리를 찾았다. 조선의 왕은 양민 출신 여아들을 궁으로 데려왔다. 법에는 천민 출신을 데려와야 한다 되어 있으나 차마 천민 출신을 궐로 들이지 못하는 탓이었다. 혼인해 빈으로 맞아들인 이들만이 아니라 궐에서 상주하며 일하는 6백여 명의 여인이 모두 왕의 여인이었다. 왕은 이들 중 누구든 상대의 뜻과 상관없이 관계할 수 있을 뿐만 아니라 자신이 관계했다는 사실만으로 길이 남을 영예라도 되는 양 직첩을 하사했다. 6백여 명 중 극소수만이 왕의 얼굴이나마 보는 데도, 모두 왕에게 묶여 궐 안에 갇혀 잡일에 종사하다 늙거나 병들어 죽을 때가 되면 궐에서 쫓겨났다. 궐 안에서 죽을 수 있는 자격은 왕과 그의 가족에게만 주어지는 탓이었다. 그게 자기 여인이라며 일생을 묶어둔 자가 하는 짓거리였다.

심지어 조선은 궐에서 잡일을 하는 사내들은 거세했다. 왕의 여인을 탐하는 일이 없어야 한다는 뜻으로, 기괴하고 잔혹한 제도였다. 윗물이 맑아야 아랫물이 맑은 법이라, 왕이 법전에 있는 비와 빈의 숫자를 지키지 않고, 가까이 있는 모든 여인을 사람으로 취급하지 않는데 사대부가 다를 수 없었다.

조선과 중국을 벗어나면 왕이라 해도 여인을 함부로 강제하지 못하며 당연히 시종들이 모두 왕의 여자가 되는 제도는 상상조차 할 수 없는 나라들이 지천에 널려 있었다. 도로는 마땅한 법도로 일부일처제를 따르며 왕도 예외가 아닌 나라들에 대해 들려주었다. 여진은 도로가 지어내는 이야기라 여겨 믿지 않는지, 남의 나라의 제도와 자기는 관련 없다 여기는지 받아들이지 않았다.

최후에 도로는 명월이 여진을 되돌리고자 얼마나 긴 세월과 많은 노력을 바쳤는지도 말했으나 그 이야기는 명월 앞에서 꺼낼 게 아니라 하지 않았다. 도로가 말을 마치자 명월은 찬란하게 빛나나 온기는 없는 시린 겨울 보름달처럼 웃음 지었다.

"여진을 보내는 법을 알려주십시오. 제가 해야 합니다."

도로는 깊은 한숨을 내쉬었다. 뜻대로 되는 일이 많지 않은 줄은 그간의 시간이 가르쳐주었으나 이 일만은 너무나도 아까웠다.

"정녕 그리해야겠느냐?"

"공께서는 이루고자 하는 바를 이루셨습니까?"

"네 덕에 송도에서 해야 할 일은 다했다. 머지않아 관청을 개조하는 일에 들어갈 것이다. 송도의 관청은 명월관 이상의 기기청(汽機廳)이 될 것이다."

"조선 관청 전체를 기기청으로 탈바꿈하려 하시는군요."

명월은 어렴풋이나마 도로가 하려는 일을 짐작했으나 굳이 입에 올리지는 않았다. 도로와 명월의 일은 끝났으며 더 이상 명월이 상관할 바가 아니었다.

"담백하구나."

도로가 명월이 자기 또한 관여하지 않을 테니 그도 이만 물러서라는 뜻을 읽고 말했다. 명월은 다소곳한 척 눈을 내리깔았다.

도로는 석빙고 앞에 서서 여진을 완전히 정지시키는 법을 가르쳐주었다.

"감사하옵니다."

"예서 기다리겠다."

"집요한 사내는 매력이 없습니다."

도로가 포기하지 않은 뜻을 읽은 명월이 말했다.

"나도 들인 공이 있으니 결말은 봐야겠다."

"알겠사옵니다."

명월은 여진의 방으로 내려갔다. 명월의 입가가 일그러지며 웃음인지 울음일지 모를 게 떠올랐다.

조선의 유자들이여, 당신들을 진정 추앙합니다. 그리 공을 들이시더니 결국 해내셨군요.

가구의 처첩은 여인들이 스스로 굴레에 갇힌 삶이 옳다고, 희생하는 자로서 살아가는 것이 덕이며 여인다움이라 믿기 시작했음을 알려주었다.

나의 너, 너 또한….

부당한 논리에 침식되어 행한 선택일지라도, 어떤 연유일지라도 그 자신이 원한다면 그 뜻에 따라줘야 했다. 억지로 여진을 붙든다면 여진을 그 선택으로 떠민 이들과 다를 바 없었다.

오는 내내 여진의 뜻을 들어주리라 그리 마음을 다잡았는데도 시간이 흐르면 결국 여진이 받아들이지 않을까 하는 희망이, 그러길 바라는 마음이 끈질기게 명월을 붙들고 늘어졌다.

그런데 그게 정녕 여진을 위함인가? 혹 자기의 삶이 여진을 위해 존재했다는 이유로, 여진이 어떤 모습으로든 존재하기만

하면 족하다는 마음으로 강요하는 건 아닐까?

타인이 강요할 수 없는 일이었다. 여진이 결정할 일이었다.

아니, 결정하고 자시고의 문제가 아니었다. 그의 여진은 죽은 지 오래였다. 그는 다만 매미가 벗어놓고 간 허물처럼 허망한 껍질을 붙들고 있을 뿐이었다. 누구도 부르지 않았으나 직접 지은 이름 자에 걸맞도록 살아왔던 여진은 죽었다. 어미가 천출이면 아비를 아비라 부르지도 못했다. 사대부에게는 몸을 섞은 여인도, 자기 자식도 천출이면 언제든 내다 팔 수 있는 노비였다. 자기를 닮은 딸이 기생이 되어도 눈 하나 깜빡 않는 게 조선의 법도에 길든 이들이었다. 애초에 그들이 만든 법도였다.

너는 그 속에서 나를 있는 그대로 하나의 사람으로서 봐주었다. 반가의 자식이 양민의 자식에게 벗이 되자고, 의자매가 되어달라고 청했다. 자기 지위에서 자진해서 내려오면서도 언니 소리를 하자니 약이 올랐던 건 네가 양반이라서가 아니라 벗을 언니라 부르기 싫어서였다. 조선은 위아래가 명확해 내가 언니가 되면 우리 관계는 수직이 될 수밖에 없었다. 그랬던 너였기에 나는 네가 자발적으로 그럴 리 없다 확신했다. 그런데 너는 네 의지로 택했다 말했다.

이권을 타고난 양반인데도 계급에 연연하지 않았던 너, 불가해할 정도로 열린 마음을 지녔던 너는 죽었다. 조선은 네게 그게 옳다 믿게 만들어 너를 죽였다. 그게 조선이 네게 행한 가장 잔혹한 일이다. 조선은 너를 꺾었다.

이번에는 살리라. 널 보낸 뒤에도 끝까지 이 삶을 살아내리

라. 아직 알고 싶은 게 많았다. 이 제도가 어디까지 갈지, 이 굴레를 벗어날 방법은 정녕 없는지….

그러나 아아, 혹여나 네가, 예전의 너를 다시 찾기를, 어쩌면 네가….

여진의 방, 아니 몸은 이전보다 한결 정돈되어 있었다. 나비의 몸체처럼 뇌가 중심을 이루고 수선이 시맥(翅脈)처럼 뻗어 나갔다. 아륜은 수선들 사이에서 날개의 문양처럼 자리를 잡았다. 비로소 자신이 한 짓이 보였다. 여진은 철부지 손에 잡혀 판에 고정된 나비였다.

명월은 도로가 가르쳐준 대로 발조를 돌리고, 단추를 누르고, 밤낮으로 따뜻한 상태로 준비 중인 화로에 장작을 추가해 물을 끓였다. 김을 받은 관이 짓밟힌 뱀처럼 요동치고, 단추들은 굶주린 이가 올려보는 밤하늘의 별처럼 서글프게 반짝였다. 마지막으로, 하기 싫으나 주인이 끌고 가니 어쩌지 못하는 늙은 소처럼 느리게 구른 발조가 여진을 깨웠다.

"나야, 여진아. 돌아왔어."

여진은 답이 없었다. 자기를 회유하는 말을 더 듣고 싶지 않으리라.

"내가 경솔했어. 나만 생각했지. 네가 죽음을 바랐을 리 없다고, 세상이 네 등을 떠민 거라 나 혼자 지레짐작했어. 그 믿음은 지금도 완전히 가시지 않았지만…."

명월은 여진의 몸이 된 부품들을 쓰다듬으며 느릿느릿 걸음을 옮겼다.

"널 다시 만나는 데에만 급급해서 네가 이런 몸을 원할지 말지는 고려하지 않았어. 네 뇌를 작동시키려면 인간형의 작은 기기로는 불가능했지. 물론 네가 이 몸이 마음에 들지 않아서…."

명월은 숨을 멈췄다. 입에 올리고 싶지 않은 단어이나 돌려 말하는 게 더 어리석은 짓이었다.

"다시 죽여달라고 말한 건 아닌 줄 알아."

명월의 발이 여진의 뇌가 담긴 궤 앞에서 멈췄다.

"미안해, 네게 이런 고통을 안겨서. 네가 두 번이나 같은 일을 겪게 만들어서는 안 되었어."

「기생으로 살았다고 들었어.」

여진이 금속성의 소리를 냈다. 명월의 전신이 천적에게 붙들린 나비처럼 파르르 떨렸다.

"응."

「어땠어?」

"사내들의 품 말이야?"

「응.」

"상대가 어떻든, 누구든 나를 만족시키는 방법을 찾았지."

설명만 들었을 뿐 실체는 몰랐던 첫날 밤 이후 명월은 모든 밤을 자신의 것으로 만들어 즐겼다. 단 하룻밤도 진정 내키지 않는 밤을 보낸 적 없었다.

「난 한 번도 좋은 적이 없었거든. 여인이 과하게 느끼고 음욕이 강하면 수태가 잘 안 된다기에 다행이려니 했어. 아이도 금방 설 줄 알았는데…. 시모가 내 몸이 나무토막처럼 뻣뻣해 남편을 잘 받지 못해서 아이가 서지 않는다고 하더라. 하지만 아무것도 느껴지지 않는 걸 어떡해? 그건 그냥… 몸도 아프고 입맛도 없는데 어른들 눈치 보느라 억지로 입에 넣은 죽처럼 거북한 이물감뿐이었어.」

"나도 의서에서 같은 글귀를 봤지만 여인이 음욕을 느끼느냐 마느냐는 수태와 아무 관련 없어. 명월관의 많은 기생들이 임신을 하고 아이를 낳았지. 그이들이 사내의 품을 좋아했는지, 마지못해 안겼는지는 수태와 아무 관련 없었어. 그건 임신 여부를 여인에게만 책임을 전가하기 위해 만들어진 말이야. 잘되면 사내 탓, 못 되면 여인 탓이지."

여진은 다시 침묵했다. 명월도 더 잇지 않았다. 믿음은, 그것도 왜곡된 믿음은 강한 힘을 가져 그 어떤 논리로도 설득이 불가능했다. 자기라고 뭐 다른가. 아무도 여진을 되돌리는 게 가능하다 말하지 않았다. 도로조차 안 될 거라고 말했다. 자기도 그저 맹목적으로, 방법을 찾을 수 있으리라는 게 아니라 반드시 방법을 찾아야 하는 당위로, 믿음보다는 신념으로 길을 찾았다.

「첩이 들어오니 남편과 밤을 보내지 않아도 되어 좋았는데, 아들은 내가 낳아야 한다는 거야. 달거리가 올 때마다 무서웠어. 간혹 달거리가 늦어지면 시모가 아침저녁으로 아들을 잉태하게 해준다는 보약을 가져왔어. 손수 달였다면서 죽 마시라고 앞에서 기다리는데, 수태가 안 되었으면 어쩌나, 아들이 아니면 어쩌나, 자다가도 벌떡 일어날 정도로 무서웠어. 달거리가 시작되면 시모와 남편의 눈빛이 달라졌지. 시모가 날을 정하면 남편은 업무라도 보듯 들러 말 한마디 없이 할 일만 하고 첩에게 갔어. 내 몸은 아들을 위한 도구였어.」

명월은 여진의 이야기에 귀를 기울였다. 최선을 다했으나 여진이든 다른 누구든 타인의 삶을, 고난을 명월이 다 알 수는 없는 일이었다.

여진은 여러 이야기를 했지만 여묘살이 중 있었던 일은 말하지 않았고, 명월도 묻지 않았다. 아물지도 지워지지도 않을 상처였다. 스스로 말하고자 한다면 들어주어야지 먼저 건드릴 수 없었다.

「미안해.」

"뭐가?"

「미안해.」

"무슨 소리야?"

「널 부정했어. 우리의 시간을….」

"난 이해해. 정말이야."

「조금 전 네 목소리가 들렸을 때 쥐구멍이라도 찾아 숨고 싶을 만큼 무서웠어. 그런 모진 소리를 했으니 네가 뭐라고 할지…. 그런데 너는 전처럼 미욱한 날 깨우쳐주었지. 모자란 날 탓하지 않고 변함없는 모습으로 기다려주었어.」

"내게 그 어떤 것도 미안해하지 마. 모두 내 마음이 한 일이야."

시간이 평소보다 느리게 흐르는 듯했다. 외부와 차단된 별세계 같은 곳이라, 둘이 침묵할 때면 여진을 작동시키는 기기들의 작은 진동 소리만 울렸다.

「그간 어딜 다녀왔어?」

"송도에서 제일가는 스승이라는 이를 만나고 왔어."

「뭐래?」

"사내들이 하는 소리."

그 순간 기긱거리는 소음이 났다. 명월은 여진이 어딘가 잘못된 건가 가슴이 덜컹했다가 한발 늦게 웃음소리임을 깨달았다.

「나는 인간의 외양을 취할 수는 없겠지?」

"지금으로선 무리래. 천 년이 지나면 혹시 또 모른다지만⋯."

명월이 힘든 이야기일수록 담담하게 말하는 평소처럼 대답했다. 명월의 눈이, 이 안에서는 볼 수 없는 먼 하늘로 향했다.

"너와 단둘이 비선을 타고 가을이면 제비를 따라 남쪽으로 갔다가, 여름이면 기러기와 함께 북으로 가는 꿈을 꾸었어. 도요새처럼 어디에도 머물지 않고 철 따라⋯."

「내가 네게 그런 꿈을 심었구나.」

"네가 내게 헛된 꿈을 심은 게 아니야. 나는 그간 단 한 번도, 단 하루도 후회한 적 없어. 네가 나와 비선을 타고 싶다고 말하기 전에는 내가 양민으로서 그어진 삶의 한계를 깰 수 있을 줄 몰랐어. 네가 나를 벗이라 말하기 전에는 양반도 같은 사람인 줄 몰랐듯 말이야. 네가 배우고 익히는 기쁨을 알려주었지. 공자라는 이가 한 말 중 조목조목 맞는 말도 많더라. 왜곡될 여지나 마음에 안 드는 소리도 상당하지만 인간이 어찌 완벽할 수 있겠어. 나는 수없이 비선을 탔고, 천마산이 핏빛 노을로 물드는 모습도 보았어. 나는⋯."

「네가 아니었다면 나 역시 그런 꿈을 꾸지 못했을 거야. 사부가 여인은 집 밖으로 나가기도 힘든데 비선을 타다니. 그래도 너와 함께, 감옥 같은 집을 벗어나 더 옥죄는 감옥에 가는 게 아니라 너와 이야기책을 읽고 도란도란 담소를 나누며 그렇게 함께일 수 있다면…. 시댁에서 매일 밤 너와 만나던 언덕으로 달려가는 꿈을 꾸었어. 그때 우리가 몇 살만 더 나이가 들었더라도, 웅크리고 누워도 좋으니 함께할 곳만 있었다면 떠나자 말했을 거야. 그런데 나도 어리고, 너도 어리고, 조선 팔도 그 어디에서도 함께할 방도가 없었어.

도로 공이 내게 많은 이야기를 해주었지. 어쩌면 내가 아니라 세상이 잘못된 것일지도 몰라. 도로 공의 말에 따르면 이제 내 몸은 법도를 벗어났지. 하지만 이런 몸으로 어딜 가겠어? 이런 비대한 몸으로는 움직일 수 없어. 결국 여기도 감옥이야. 이렇게 갇혀서는 못 살아.」

사람의 마음이란 참으로 기기묘묘한 것이라, 도로가 여진을 잡고자 할 때는 어떤 말도 귀에 들어오지 않더니, 명월이 여진을 놓아주려 하자 도로가 했던 말들이 여진을 휘어잡았다.

하지만 어떻게, 이런 몸으로 어떻게….

도로는 석빙고 밖에서 초조하게 서성였다. 명월은 여진의 뜻을 수용하기로 결정한 듯했다. 일단 결정하면 돌아보지 않는 게 명월인 줄 알았다. 알면서도 포기할 수 없었다.

처음 명월을 만났을 때는 죽을 날이 머지않은 이를 기기의 힘으로라도 버티게 하려는 줄 알았다. 형체가 온전한 시신도 아니고 뇌와 심장만 남은 이를 살려달라 할 줄이야. 그래도 무언가 홀린 듯이 전력투구했다. 날로 희망이 보이기 시작했다. 여진이 진짜로 깨어나자 그 자신이 누구보다 더 놀랐다. 불가능한 일이 이루어졌다. 도로는 이게 어떻게 가능했는지 그간의 과정을 수 없이 돌아보았다.

기기는 동력원이 다하면 작동을 멈춘다. 인간들은 의지 하나로 불가능을 가능으로 만들 때가 있었다. 도로는 바로 거기에, 여진이 깨어난 건 인간들의 불가해한 의지가 함께했기 때문일 가능성에 걸었다. 여진도 죽고 싶지 않았다. 모순적인 말이나 여진은 죽을 수밖에 없었을 만큼 간절히 살기를 원했다.

명월이 석빙고를 나왔다. 도로는 명월의 표정을 살폈다. 원체 읽기 어려운 명월의 표정이 평소보다 더 난해했다. 하지만 논리적으로 명월은 기쁜, 행복한 얼굴이어야 했다. 도로의 오감은 인간을 초월해 그는 발밑의 진동으로 여진이 작동되는 순간을 느꼈다. 지금도 켜져 있었다. 그런데 명월이 나왔다는 건 여진이 살기로 마음을 바꾸었다는 뜻이었다.

"공께서는 송도에서 하고자 하는 일을 다 이루셨습니다. 이제 떠나 다른 곳에서 다음 일을 도모하셔야 하는 줄 압니다."

"너답지 않게 사설이 길구나. 하고 싶은 말을 하여라."

명월은 입을 벌렸지만 바짝 마른 혀가 제대로 움직이지 않았다. 그는 웃는 듯 우는 듯 힘이 빠져 쓰러질 것 같은 몸을 바위에 기댔다. 한참 만에 말라버린 우물에서 몇 방울의 물이라도 건지려 발버둥 치듯 목소리를 끌어냈다.

"여진을, 비선으로 만들어주실 수 있습니까?"

"비선?"

"지금 몸으로는 석빙고를 나오지 못합니다. 몸체가 너무 거대하니까요. 하지만 여진을 비선의 몸체로 쓴다면…."

"하!"

세찬 바람이 안개를 걷어간 듯 눈앞이 맑아졌다.

"그런 방법이 있었구나. 누구의 착안이냐?"

"여진입니다."

"가장 어려운 일은 끝났으니 그게 어렵겠느냐."

명월은 엎어지듯 도로에게 큰절을 올렸다. 도로는 명월의 어깨에 손을 얹었다.

"내가 고마워해야 할 일이다. 이런 기기를 만들 수 있다는 걸 알게 되었을 뿐만 아니라…."

도로에게 인간이란 이용해야 하는 존재일 뿐이었다. 기기보다 나약한 육신으로 탐욕스럽고, 쉬운 일도 어렵게 만들고, 합리적인 사고를 하지 못하며, 타인을 질시하고, 약자를 짓밟으며, 쉽게 맹세하고, 작은 일에도 흔들렸다. 겉으로는 드러나지 않도록 유념했으나 심중에서는 인간을 경멸하고 있었다. 한데 이 일이 그의 인간에 대한 사유를 본질적으로 바꿔놓았다. 그를 만든 문명은 멸망했으나 인류는 번성했다. 명월과 여진은 그의 마음속 깊은 곳에 자리했던 의문, 어째서 나약하고 어리석게만 보였던 인류가 끈질기게 살아남는지에 대한 답으로 가는 실마리를 열어주었다.

*

천마산 작은 봉우리에 배가 한 척 올라 있었다. 모르는 이들이 봤다면 배가 어찌 산에 올랐는가 놀랐을 것이다. 선체에는 명월이 지낼 선실과 조종간을 둔 조종실이 있었다. 여진은 제힘으로 움직이기에 조종간은 비상사태를 위한 보조 장치였다.

배 가장자리에는 모래주머니를 줄줄이 달아놓았다. 주머니는 몸체에 단단히 묶는 동시에 필요할 경우에는 쉽게 모래를 쏟아버릴 수 있는 독특한 매듭을 썼다. 비선 위에는 열이 모이는 주머니만이 아니라 바람을 탈 수 있도록 크고 작은 돛 세 개를 달았다. 그중 가장 특이한 장치는 몸체 양쪽에 달린 날개처럼 얇은 금속판이었다.

"날지 않을 때라도 햇볕이 좋은 날은 상시 이 판을 펼쳐두거라. 태양에서 오는 동력을 담아 모으는 장치이다."

도로의 설명은 명월을 향한 것인데도 옆에 있는 제필수가 안절부절못했다. 저 판을 하나만 딱 훔치면 좋겠는데 당최 틈이 없었다. 제필수도 비선을 만드는 데 일조했다. 판을 몸체에 부착했고, 실처럼 가는 관들을 뇌를 담은 상자와 연결했다. 하지만 그가 한 일은 모두 표면적인 일로 본질인 작동원리는 익히지 못했다. 핵심 기술은 도로가 명월에게만 알려주었다. 문제가 생길 경우 수리를 해야 하는 이는 명월인 까닭이었다. 조바심을 이기지 못한 제필수가 명월을 끌고 도로가 듣지 못할 거리로 갔다.

"이제 와서 날 모른 척할 건 아니지? 내가 다 망칠 수도 있다. 당장에라도 관에 가서 저 비선이 관의 부품으로 만들었다 고하면 그만이야."

"기공장께서는 도로 공에게 바라는 걸 얻기 위해 제가 무슨 일을 해왔는지 아십니다. 이 이상 제게 업혀 가려 들지 마십시오. 바라는 게 있다면 스스로 얻어내세요."

칼같이 잘라낸 명월이 여진에게 돌아왔다. 제필수는 끈덕지게 따라붙었다. 이대로 빈손으로 돌아설 수 없었다.

여진은 제필수가 있을 때는 말하지 않았다. 제필수는 명월이 정인을 살리지 못했고, 도로가 명월을 위로하기 위해 남다른 비선을 하나 만들어주었으려니 하고 있었다.

비선의 밑면은 고등어가 아래에 있는 천적의 눈을 피하기 위해 그렇듯 흰색으로 칠했다. 왼쪽에는 나무판 사이로 크고 작은 아륜과 나사, 철판들이 그대로 드러났는데 나무판을 교묘하게 깎아 드러난 내부 부품들이 만들어낸 선이 마치 여인의 옆얼굴 같았다. 오른쪽에는 여진(如眞)이라는 이름자를 붉은색으로 적었다.

"왜 이름을 붉은색으로 칠하누."

제필수가 이맛살을 좁혔다.

"여진에게는 핏빛 선연한 이름이 잘 어울립니다."

명월이 환한 얼굴로 대답했다.

"그리 좋으냐? 아주 웃음꽃이 폈구나. 입때 명월관에서 어찌 살았나 몰라."

제필수가 비아냥거렸다. 자기는 속이 뒤집히는데 명월은 종일 전에 보지 못한 얼굴로 웃었다.

"기공장과 저는 양자 간에 어떠한 빚도 없습니다."

명월의 태도는 확고했다. 명월은 제필수의 목숨을 살렸고 제필수는 명월을 위해 많은 기기를 만들어주었다. 그걸로 상호 간에 계산은 끝났다.

제필수도 맞는 말임은 아나 받아들이고 싶지 않았다. 명월관의 다음 주인은 연연이 될 터였다. 하지만 연연으로는 턱없었다. 연연은 기기에 대한 이해도가 낮아 곱게 단장만 시키면 그만이라 여겼다. 명월이 떠나면 도로도 떠날 것이다. 도로의 핵심 기술에는 접근도 못 했다. 도로는 이 이상 그에게 기술을 전수하지 않을 것이다. 명월이 부탁한다면 일말의 가능성이라도 있지만 명월은 제필수에게 분명한 선을 그었다.

제필수의 눈이 금속판을 향했다. 작은 판 여러 개를 고리로 연결했다. 저거 딱 하나만 가질 수 있다면….

"안 됩니다."

"야박한 것."

"제가 혈서를 써서 기공장을 모셔 왔듯 연연이를 회유해 후일을 도모하는 건 이제 기공장께 달렸습니다."

"나도 정 없단 소리 많이 듣고 살았지만 넌 더하구나. 그래도 그간 우리가 함께 명월관을 꾸려 온 세월이 있는데 어찌 이리 냉정하게 떠나느냐."

"감사의 뜻은 방에 전달해두었습니다."

명월은 당분간 여비로 쓸 패물만 챙기고 나머지는 모두 기공과 수공들에게 나누어 주었다.

"내가 돈 따위에 연연할 사람 같아?"

명월의 입에서 짧은 한숨이 흘러나왔다. 제필수의 눈동자에 기대가 어렸다. 명월은 제필수를 데리고 한쪽으로 갔다.

"단옥에게 말해보세요."

"단옥이? 월정향이를 졸졸 쫓아다니던 개? 공연 연출에 대해 연연이보다 모르지 않느냐?"

"그래서 편견이 없지요."

"걔가 새삼 기기술에 관심을 둘까?"

"죽음은 많은 걸 바꿔놓으니까요."

명월의 눈이 명월관으로 향했다. 울창한 나무를 뚫고 뿌옇게 오르는 김이 위치를 알렸다.

월정향이 자진한 뒤 충격을 받아 사경을 헤매던 단옥이 깨어나 명월을 찾았다. 통통해 귀엽던 아이가 마른 오이처럼 전신이 파여 있었다.

"월정향 언니는 왜 자진해야 했을까요?"

왜 자진했는지 물었다면 나도, 너도 쉬어야 한다고 즉각 내보냈을 것이다. 하지만 단옥은 왜 자진해야 했는지 물었다.

"누가 알겠느냐."

명월의 답이 냉랭하긴 해도 쫓아낼 기미는 보이지 않자 용기를 낸 단옥이 말을 계속했다.

"저는 알고 있었어요."

뭘 알고 있었다는 건지 익히 짐작이 가나 명월은 앞서 말하지 않고 기다렸다.

"월정향 언니가 임신했었다는 걸요."

기어간 흔적에 따라 체액을 남기는 달팽이처럼 단옥의 눈물이 뺨을 타고 궤적을 남기며 흘렀다.

"의원을 부를지 물으니 언니가…."

말을 채 맺기도 전에 달려든 월정향이 단옥의 목을 졸랐다. 월정향은 광기마저 엿보이는 눈을 번뜩이며 절대 발설하지 말라 경고했다. 단옥이 발설하면 그가 단옥에게 할 짓들에 대한 말이 뒤따랐다.

"언니, 곧 떠나실 거죠?"

아직 질문이 아니기에 명월은 다만 단옥을 주시했다.

"언니는 명월관에서 첫째가는 기생인데 떠나려 하고, 월정향 언니는 둘째가는 기생이었는데 왜 자진했을까요? 그리 악착같이 모은 패물들을 두고 갔다는 게 믿어지질 않아요. 욕심이 많은 사람이었고, 그만큼…."

자기 키만 한 항아리 바닥에 깔린 된장을 푸려고 아등바등하는 것처럼, 단옥이 하려는 말은 마음속 깊은 곳에서 애를 태울 뿐 도통 꺼내지질 않았다.

"저는 월정향 언니 같은 기생이 되고 싶었는데, 언니는 왜…."

이제껏 명월은 때로는 자기 자신에게, 때로는 명망 높은 유자들에게, 때로는 직접 서책을 뒤지며 '왜'라는 질문에 대한 답을 찾아왔다. 명월이 찾은 답은 충분하지 않았으나 여진이 새로이 주어진 시간을 이어가기로 한 이상 더는 답을 찾아 헤맬 필요가 없다 여겼다.

정말 그런 걸까?

여기서 멈춰도 되는 걸까?

멈추길 바라지 않는다 해도 더 이상 뭘 할 수 있단 말인가?

"언니는 왜 그리 서책을 열심히 읽으셨어요? 지난번 관에서 연 공연… 다른 공연과 달랐어요. 제 기분 탓인가요?"

"아니다."

"다른 나라의 기생도 관노인가요?"

명월의 두 눈이 느리게 깜빡였다.

"일본은 관노가 아니라 들었다. 명은… 모르겠구나. 왜 묻느냐?"

"모르겠어요. 그냥 갑자기 궁금해졌어요."

"기생이 관노로서 존재하는 게 보편적인 법도에 맞는 일인지 궁금한 게로구나."

"맞아요! 그게 궁금했나 봐요. 어찌 아셨어요?"

"나는… 거기까지 생각해본 적이 없구나."

이후 명월은 자신이 품었던 의문, 답을 찾은 과정을 단옥에게 가르쳤다. 사막에 비가 내리면 때만 기다리던 수목이 일제히 자라 꽃을 피운다던가. 단옥은 무서운 속도로 명월의 가르침을 흡수했다.

"언니 말대로 성리학이 본뜻을 떠나 여인과 서자, 얼자의 삶을 어렵게 만드는 명분으로 쓰이고 있다 해도, 성리학을 파훼하는 게 의미가 있을까요?"

"무슨 소리냐?"

"어떤 이론, 어떤 학문인가가 중요한 게 아니지 않나 싶어서요. 고려는 근친혼으로 힘의 분산을 막았죠. 신라는 육두품으로 벼슬자리를 제한했고요. 조선은 성리학을 택했어요. 모르긴 몰라도 성리학을 파훼해도 어느 학문, 어떤 논리로든 강자가 모든 것을 가지려 드는 일은 반복될 거예요. 강자와 약자가 균형을 이룰, 누구 하나가, 어느 한쪽이 절대적 강자가 되지 않을 이론을 찾기 전까지는요."

명월은 한동안 말이 없었다. 단옥은 자기가 토론에 취해 그만 선을 넘는 건방을 떨었다고 자책하며 움츠러들었다. 명월의 입술이 조금 벌어진다 싶더니 이어 커다란 웃음이 터져 나왔다.

"하핫핫핫핫, 청출어람(青出於藍)이로다!"

그 웃음이 명월의 마음 깊은 곳에서 꽁꽁 묶여 있던 자루를 풀었다. 그 자루에서 응어리, 분노, 원망들이 풀려나왔다. 증오만이 아니라 부정해왔으나 증오 또한 존재했다. 막힌 물길이 트이자 비로소 새 물이 들어올 여지가 생겼다. 인간 또한 자연의 일부로서 자연처럼 순환해야 했다. 명월은 긴 시간 순환하지 않은 채 고여 왔다.

"기기술에 집착하신 이유를 여쭈어도 될까요?"

"아직 네게 말해줄 수 없다."

명월은 그 대답은 하지 않았으나 조선이 백성들을 그 뜻에 맞게 교화하는 데 기기술을 쓰고 있음을 설명했다.

"하면 저희도 기기를 써서 가르칠 수 있지 않을까요? 언문을

374

모르는 이들도 공연은 보고 이해할 수 있으니까요."

벼락을 맞은 것만 같은 충격에 명월은 한동안 꼼짝도 하지 못했다. 명월은 오로지 여진, 한 사람만을 위해 기기술을 익히고, 기기를 만들어왔다.

"기기를 써서… 가르친다…."

"네!"

"네게서 날 또 놀라게 할 말이 나올 줄 몰랐으니, 교만했구나. 한 스승이 내게 가르치는 것은 또한 배우는 것이라 하셨었지."

명월의 눈에 굳은 심지가 돋았다.

"제필수 기공장은 만만한 사람이 아니다. 조금이라도 빈틈을 보이면 네가 끌려가. 고삐는 네가 쥐어야 한다. 그러려면 너도 기기술의 기본을 알아야 해. 하지만 확실히 장악하기 전에는 아무것도 모르는 양 굴거라. 사내란 여인을 가르치기를 좋아하니, 네 기술을 써서 필요한 건 모두 뽑아내야 해."

"네, 언니."

명월의 말은 제필수를 유혹하라는 뜻이 아니었다. 스스로를 낮추며 상대를 칭송하는 말을 하면 많은 이들이 쉽게 가진 걸 풀었다. 사내만 그런 것도 아니었다. 누가 칭송을 마다하랴. 누가 높은 자리를 거부하랴.

어느덧 동녘이 밝아왔다. 이 밤이 이들의 마지막임을 둘 다 잘 알고 있었다.

시선을 아래로 한 채 치마를 구기던 단옥이 물었다.

"언니는 앞으로 어쩌실 거예요?"

"아무 생각 없다."

솔직한 대답이었다. 지금은 아무 생각도 하고 싶지 않았다. 여진과 명월은 나눌 이야기가 많았고 함께할 시간이 필요했다.

명월이 제필수에게 단옥에 대해 이제야 말하는 연유는, 단옥을 준비시킬 시간이 필요했던 데다 제필수가 급한 쪽이어야 단옥이 휘둘리지 않을 수 있기 때문이었다.

"단옥이도 순순히 뒷전으로 물러설 아이는 아니에요."

"으음…. 알았다. 연연이에게 밀리고 있으니 내 뜻을 더 잘 따라줄지도."

제필수가 중얼거렸다.

명월은 대화가 끝났다는 몸짓을 했다. 미련을 버리지 못한 제필수가 몇 번이나 뒤를 돌아보다 산에서 내려갔다.

「갑갑해서 혼났네. 간 거 맞지?」

"응!"

「절 제작해주시고 마음을 전환시켜주셔서 감사드립니다.」

"헛된 공을 들인 게 아니길 바랐다. 감사할 일이 아니다."

"공께는 헤아릴 수 없는 은혜를 입었나이다."

"난 태조 때 이 나라에 와 그간 수많은 이들을 봐왔지. 그걸 토대로 말하거니와 네 이름은 역사에 남을 것이다. 네 생애와 겹쳤던 시간은 내게도 작동이 멈출 때까지 삭제되지 않으리라. 언젠가 네 삶이 종결되는 날, 곁에서 지켜볼 수 있다면 기쁠 것이다. 하지만 그러지 못해도 나는 역사가 널 어떻게 기록하는지 보게 되겠지."

"그리 말씀하시니 영광이옵니다."

여진에게 오른 진이가 화로에 불을 붙였다. 주머니가 부풀기 시작했다. 진이는 어린아이였을 때조차 차분한 성품이었다. 그랬던 진이가 서른이 훌쩍 넘은 나이에 시간을 되돌려 아이로 돌아간 듯 치마폭을 나풀거리며 이리 뛰고 저리 뛰어 여진과 함께, 그를 띄울 준비에 분주했다. 도로는 방금 자기가 한 말이 진이에게 저장되지 않았음을 인지했다. 역사 따위에 어떻게 남든 말든 진이에게는 아무 관심 없는 일이었다. 기록되지 않은 것은 사라지고, 기록된 것은 왜곡되겠으나 진이는 타인의 시선에서 벗어나 자신의 본질에 가장 어울리는 삶을 시작할 준비를 하고 있었다.

"어디로 갈 것이냐?"

"화란부터 시작해 나라 이름에 난초가 들어가는 곳은 모조리 돌아볼 것입니다."

"아서라, 바다를 건너기는 무리다. 폭풍을 만나면 그대로 수장될 것이다."

"하면 달로 가 선녀와 시화를 나누겠습니다."

"달은 더더욱 못 간다. 바다와 견줄 거리가⋯."

여진은 기긱거렸고 진이는 은방울이 구르는 소리로 웃었다. 그제야 도로는 둘이 농담을 하고 있음을 인지했다. 여진의 음성이 영 거슬렸다. 현재로서는 저게 최선이지만 언제고 개선시키리라.

주머니가 부풀자 비선이 떠올랐으나 땅에 고정된 줄에 매여 있었다. 도로는 여진과 진이를 구속하던 최후의 끈을 풀었다.

작별을 고하는 진이의 손이 활기차게 흔들렸다. 두 여인의 웃음소리가 먼 하늘로 올라갔다.

〈끝〉

작가의 말

　《명월비선가》는 원래 아작에서 출간된 앤솔러지《기기인 도
로》수록작으로 구상했던 글이었기에 작가의 말에서《기기인
도로》도 잠시 언급하고자 합니다.

　《기기인 도로》는 '조선시대에 증기기술이 발달했다면?'이라
는 가정하에 쓰인 조선 스팀펑크 앤솔러지입니다. 정명섭, 김이
환, 박하루, 이서영 작가와 함께 참여했습니다. 앤솔러지에 넣
을 글로《명월비선가》를 구상했는데 쓰다 보니 도무지 단편으
로 풀어갈 수 있는 이야기가 아니었습니다. 해서 출판사에 양해
를 구하고 〈군자의 길〉이라는 단편을 새로 써서 보냈습니다.
《명월비선가》와 〈군자의 길〉은 설정은 공유하되 독립된 이야기
라 어느 이야기를 먼저 읽든 상관없습니다.

　《기기인 도로》기획 단계에서 각기 다른 스타일을 가진 작가

들의 이야기에 통일성을 부여하는 공통 인물이 하나 있으면 좋겠다는 출판사의 제안이 있었습니다. 해당 인물의 설정을 누가 짤 것인가를 두고 사다리 타기를 했는데요. 박하루 작가가 당첨되었습니다. '도로'는 그렇게 박하루 작가의 설정으로 세상에 나오게 됩니다.

각기 개성이 다른 작가들이 설정을 맞추기 쉽지 않다 보니 《기기인 도로》의 도로는 작품마다 조금씩 성격을 달리 합니다. 중단편도 그러할진대 장편은 더 말할 나위가 없는지라, 제가 쓰는 조선시대 스팀펑크 연작은 제 연작 내에서는 나름의 통일성을 유지하려 하나 다른 작가들의 설정과는 달라질 수 있습니다. 몇몇 작가들이《기기인 도로》후속작을 준비하고 있는데요. 그 글들 또한 같은 뿌리에서 나온 다른 가지로, 평행 우주처럼 같은 세계이자 다른 세계의 이야기로 뻗어 나가게 될 것입니다.

《기기인 도로》앤솔러지 기획에 참여하기로 한 뒤 어떤 인물을 중심으로 할지 고민했습니다. 당시 제가 바란 인물상은 누구나 이름을 들으면 바로 알 유명한 사람일 것, 하위 계층일 것이었습니다. 그러자 바로 황진이가 떠올랐습니다. 아마도 많은 분들이 어려서부터 자연스레 전래동화 형식으로 혹은 역사 속 야사로 황진이에 대한 이야기를 접했을 텐데요. 황진이는 아리따운 외모와 더불어 시화에도 능하고, 학문도 높은 경지에 이르렀다고 합니다. 그를 바라보는 시각은 대체로 기생이기에 많은 사내들의 여인이 될 수 있었으나 또한 한 사람만의 여인이 되지도 않았던 신비로운 존재, 성적 판타지를 불러일으키는 인물이었습니다. 문득 궁금해졌습니다. 황진이는 왜 그렇게 열심히 학문을 익혔을까요? 천민이자 여인이었던 그가 학문을 익힌다 한들 관직에 오를 수 있는 것도 아닐 텐데요. 그리고 황진이는 어느 날 홀연히 관노청을 떠나 길에서 떠돌다 죽었다고 합니다. 생몰 연대가 불분명하고 야사로만 전해지는 이라, 그가 왜 명성을 떨친 기생이 누릴 수 있는 화려한 생활을 버리고 떠났는지, 어디에서 어떻게 죽음을 맞이했는지는 알 길이 없습니다.

여기에서 착안해 나온 인물이 바로 소설 속 인물 '진이'입니다. 글 안에서 황진이의 기명인 '명월'은 사용하나 황진이라는 전체 이름은 의도적으로 쓰지 않았습니다. 여러 번 영화나 드라마로 재탄생한 인물인지라, 자칫 기존의 이미지에 갇힐까 우려되어서였습니다. 같은 이유로 야사 속에서 명월과 얽힌 인물들도 일부러 잘 알려지지 않은 자(字)나 호(號)를 사용했습니다.

명월에 대한 자료를 찾으며 이 많은 야사 속 사내들을 어떻게 배치할지 고민했는데요. 뜻밖에 각기 있을 곳이 있었습니다. 아마도 글을 쓰는 작가조차 예상치 못하게 진행되는 이야기와 인물들의 면면이 글을 쓰는 가장 큰 즐거움 중 하나인 것 같습니다.

더불어 이 이야기를 통해 신분제 사회였던 조선에서 가장 하위 계층인 천민에 속한 기생의 시선으로 당시 조선 시대를 그려 보고자 했습니다.

한 시대를 바라보는 관점은 그 시대를 살아가는 사람들의 수만큼 존재한다고 할 수 있습니다. 오래전에 본 찰리 채플린을 소재로 한 한 컷 만화가 아직도 기억에 선명합니다. 극장 화면에서 찰리 채플린이 구두끈을 포크로 둘둘 말아 스파게티처럼 먹는 장면이 나오자 일등석 자리에 앉은 부유한 관객들은 박장대소하고, 이등석에 앉은 보통 관객들은 적당히 웃고, 삼등석에 앉은 가난한 이들은 눈물을 글썽입니다. 아마도 그들에게는 개그가 아닌 현실이었기 때문이었겠지요.

IT 강국인 대한민국에서 출퇴근길에도 각종 스트리밍 서비스로 드라마를 보고, 게임을 즐기고, 음악을 듣고, 소설을 읽는 사람들이 있습니다. 소외된 곳에서 끼니를 때우기도 버겁게 살아가는 이들 또한 존재합니다. 우뚝 솟은 아파트 단지에는 정돈된 화단에서 화사한 꽃이 피지만, 그 아파트 단지에서 조금만 더 걸어가면 같은 동네인데도 금이 간 양철 지붕을 얹은 집 앞에 스티로폼 상자를 놓고 상추와 대파 등을 키워서 찬거리에 보태며 사는 사람들이 있습니다. 양쪽에 사는 사람들이 바라보는 대한민국은 아마도 많이 다른 곳일 테지요.

어릴 때 읽은 위인전에 등장하는 인물들은 참으로 한결같았습니다. 착하고, 공부 잘하고, 부모님 말씀 잘 듣고, 형제간에 우애가 깊고, 자라서는 여색을 탐하지 않았습니다. 많은 사극 로맨스에서 단골손님으로 등장하는 장면이 남자 주인공이 아리따운 기생을 앞에 두고 무심한 모습을 보이는 겁니다.

흥미로운 건 여색을 탐하지 않는 이를 칭송하면서도 조선은 일부다처제를 끝까지 유지했다는 점입니다. 당시 노비는 개인 소유인 사노비와 국가 소유인 공노비로 나뉘었는데, 기생은 국가에 소속된 노비, 즉 관기였습니다. 유흥 때 흥을 돋우기 위한 노비 제도를 국가 차원에서 갖추어 운영했던 겁니다. 놀랍게도 관기와 간음하거나 첩으로 들이는 것은 법으로 금지되어 있었습니다. 다만 아무도 지키지 않았을 뿐이었죠. 심지어 서로 한 기생을 차지하겠다고 무관들이 자기 휘하의 병사들을 동원해가며 벌건 대낮에 몽둥이 싸움을 벌이기까지 했습니다. 그러면서 어우동에게는 간음죄를 물어 사형을 선고했습니다.

국가 소유의 노비인 기생의 시선으로 본 조선은 잔혹하고 모순으로 가득 찬 세계였습니다.

이 책을 쓰면서 《그림으로 읽는 조선 여성의 역사》(강명관, 휴머니스트), 《열녀의 탄생》(강명관, 돌베개), 《중종의 시대: 조선은 어떻게 유교국가가 되었는가》(계승범, 역사비평사), 《한국의 유교화 과정》(마르티나 도이힐러, 너머북스) 외 여러 책에서 영감을 얻었습니다. 물론 《명월비선가》라는 작품에 대한 책임은 오롯이 제게 있습니다.

서곡은 마더 구스의 〈누가 울새를 죽였나?〉를 변주해 썼습니다. 마더 구스는 영국 등지에서 17세기부터 유행한 일종의 잔혹 동화 혹은 동요로 작자는 미상입니다.

《명월비선가》와 〈군자의 길〉은 제가 스팀펑크의 매력에 푹 빠지게 된 계기가 되어주었습니다. 스팀펑크는 '전기 동력 대신 증기기관이 계속 발전했다면'이라는 상상력을 기반으로 하는 SF의 하위 장르입니다. 소설로는 《견인 도시 연대기》(필립 리브), 《해저 2만리》(쥘 베른), 《라미아가 보고 있다》(팀 파워스) 등이,

애니메이션으로는 〈천공의 성 라퓨타〉, 〈하울의 움직이는 성〉 등이, 영화로는 〈휴고〉, 《견인 도시 연대기》를 영화화한 〈모털 엔진〉처럼 다양한 작품이 있습니다.

스팀펑크의 매력은 쉬운 걸 일부러 어렵게 하는 골드버그 장치와 비슷한 면이 있습니다. 통로를 따라 굴러간 구슬이 망치를 건드리고 망치가 움직여 시소를 누르고, 시소 끝에 달렸던 성냥이 그어지며 실에 불을 붙이고 실이 타면서 실에 묶였던 햄이 프라이팬 위에 떨어져서 구워지는, 그냥 햄을 들고 가서 굽는 게 훨씬 쉬울 것 같은데 일부러 어렵게 만들며 즐기는 것처럼, 전기 동력이 발전한 현대의 기술로 구현하면 쉬울 걸 증기 기관으로 만들기 위해 다양한 방법을 고안합니다. 현대는 내부 부품을 가리지만 스팀펑크는 내부의 나사, 톱니바퀴 등등을 드러내는데, 거기에서 그로테스크한 미학이 창조됩니다. 무궁무진한 상상력의 나래를 펼 수 있는 세계입니다.

이 자리를 빌려 감사드려야 할 분들이 있습니다. 박하루 작가께 장편에도 도로의 설정을 써도 좋을지 물으니 흔쾌히 허락하셨습니다. 멋진 인물상을 만들어 이 연작의 큰 축을 잡아주고, 앤솔러지 수록작이 아닌 다른 글에도 사용을 허락해준 박하루 작가께 진심으로 감사드립니다.

저는 퇴고를 꽤 많이 하는 편인데, 아작의 교정은 그런 제게도 버거워서 처음에는 다소 당황했습니다만, 마지막까지 놓지 않고 꼼꼼히 봐주신 덕에 저 역시 반복해서 글을 훑으며 부족한 점을 가다듬을 기회를 얻었습니다. 이 글을 함께 작업해주신,

설재인 편집자, 오유진 디자이너, 최지혜 편집자께 감사드립니다. 여러 편집자와 디자이너께서 애쓰셨는데도 부족한 점이 있다면 그건 전적으로 작가인 제 책임입니다.

《기기인 도로》, 《명월비선가》에 이어 도로가 등장하는 또 다른 조선 스팀펑크 작품으로 독자 여러분을 만날 날이 오기를 바랍니다. 제가 이 연작을 쓰며 스팀펑크의 매력에 흠뻑 빠졌듯이, 스팀펑크를 좋아하는 분들에게는 조선과 스팀펑크의 접목이 신선함을 주고, 스팀펑크를 처음 접하는 분들은 또 다른 즐거움을 맛보는 계기가 된다면 기쁘겠습니다.

2022년 1월
박애진

명월비선가

초판 1쇄 발행   2022년 1월 20일

지은이   박애진
펴낸이   박은주
편집장   최재천
편집   설재인, 최지혜
디자인   김선예, 서예린, 오유진
마케팅   박동준

발행처   (주)아작
등록   2015년 9월 9일(제2021-000132호)
주소   04050 서울특별시 마포구 양화로 156
         LG팰리스빌딩 1428호
전화   02.324.3945-6 **팩스** 02.324.3947
이메일   decomma@gmail.com
홈페이지   www.arzak.co.kr

ISBN   979-11-6668-655-9 04810
         979-11-6668-017-5 04810 (세트)